红色起点
Birth of the Red

伟大纪念日

吴海勇 著

上海人民出版社 学林出版社

七月一日，

是中国共产党建立的十七周年纪念日，

这个日子，又正当抗战一周年。

为了使每个共产党员在今后抗战中能够尽其更善更大的努力，

也有着重地研究持久战的必要。

因此，

我的讲演就来研究持久战，

作为送给这两个伟大纪念日的礼物。

——毛泽东在延安抗日战争研究会作《论持久战》的演讲，1938 年 5 月 26 日[①]

---

① 毛泽东：《论持久战》，《解放》第 43、44 期合刊，1938 年 7 月 1 日，第 3 页。

目
录

想尽一切方法，至少支持三十天，就有办法 *145*

西安事变发生，张闻天等确立不采取与南京对立方针 / 王明鼓动杀蒋，斯大林责问季米特洛夫 / 周恩来冒雪赶赴延安飞西安 / 经历永昌消耗战，西路军在西安事变和平解决后继续西进 / 死守高台城，董振堂壮烈牺牲 / 史沫特莱到延安，访谈朱德 / 西路军在倪家营子死战 / 中共中央致电国民党五届三中全会 / 中共中央组建援西军 / 西路军兵败祁连山

国焘同志是老同志，创立党的同志，虽有错误，还有功绩 *161*

张国焘自我检讨《从现在来看过去》/ 何凯丰《党中央与国焘路线分歧在哪里》/ 毛泽东对史沫特莱说，中国共产党人是国际主义者，同时又是保卫祖国的爱国主义者 / 中共中央政治局扩大会议，批判张国焘路线 / 张闻天主张暂不作组织结论，强调张国焘是创立党的同志 / 张国焘追忆自己主持中共一大开幕，宣告中国共产党正式成立

东等不才，剑屦俱奋 *177*

国共同祭黄帝陵，东等不才剑屦俱奋 / 张闻天撰文《迎接对日直接抗战伟大时期的到来》/《中国共产党中央执行委员会告全党同志书》/ 苏区党代表会议，张闻天宣读六十位烈士名单 / 李大钊为主义而牺牲 / 何叔衡为中华苏维埃流尽最后一滴血 / 毛泽东晤谈尼姆·韦尔斯 / 韦尔斯采访共青团书记冯文彬，谈及施存统 / 韦尔斯就中共一大等情况访谈毛泽东 / 张闻天撰文《关于十年来的中国共产党》/ 延安欢迎中央考察团 / 刘少奇抨击"左"倾路线引争议，中共中央统一党的白区工作会议意见 / 刘晓受

负责编写战略方面的教材，又批张国焘 / 刘仁静来见陈独秀，二人不欢而散，陈不愿再见托派

1

一九二一年的夏天，
私立博文女学校的楼上，在七月下半月

陈潭秋撰文回忆中共一大／
王尽美抱憾病逝／
邓恩铭慷慨就义／
陈潭秋左耳受伤，转赴苏联／
共产国际「七大」召开，《八一宣言》受到全场关注，
滕代远通报红一、红四方面军会师的消息

1936 年春，苏联莫斯科的夜。

高尔基大街 10 号，纽克斯国际宿舍。这其实是共产国际专为各国共产党代表团设置的招待所。[①]

房间陈设简洁，钢笔在纸上划下往事心迹：

一九二一年的夏天，在上海法租界蒲柏路，私立博文女学校的楼上，在七月下半月，忽然新来了九个临时寓客。楼下女学校，因为暑期休假，学生教员都回家去了，所以寂静的很，只有厨役一人，弄饭兼看门。他受了熟人的委托，每天做饭给楼上的客人吃，并照管门户，不许闲人到房子里去，如果没有他那位熟人介绍的话。他也不知道楼上住的客是什么人，言语也不十分听得懂，因为他们都不会说上海话。有的湖南口音，有的湖北口音，还有的说北方话。这些人原来就是各地共产主义小组的代表，为了正式组织共产党，约定到上海来开会的。这九个人是：长沙共产主义小组代表毛泽东，何叔恒（衡）同志；武汉共产主义小组代表董必武同志和我。[②]

笔尖停住了，执笔者发自内心的莞尔一笑。随后，他在文章题目《第一次代表大会的回忆》下划去"徐杰"的化名，补上了作者的真

① 师哲：《陈潭秋同志在莫斯科》，湖北省社会科学院编：《回忆陈潭秋》，华中工学院出版社 1981 年版，第 124 页。

② 陈潭秋：《第一次代表大会的回忆（1936 年〈共产国际〉中文版）》，原载《共产国际》（中文版）1936 年 8 月第 4—5 合刊，中共"一大"会址纪念馆、上海革命历史博物馆筹备处编：《上海革命史资料与研究》第 11 辑，上海古籍出版社 2011 年版，第 651 页。

实姓名:"陈潭秋"。陈潭秋,相貌朴实敦厚,时年 40 岁,却已面带沧桑。他继续写下去:

济南共产主义小组代表王尽美同志,邓恩铭同志,王邓两同志那时是两个活泼英俊的青年,后来王同志在努力工作中病死了,邓同志被捕,在济南被韩复渠(榘)枪毙了。

闪回——1925 年 8 月的一天,青岛医院。负责组织工作的中共山东地方执行委员会委员王尽美的肺结核病已入晚期,他骨瘦如柴,肚子板硬,时而吐出大块大块的紫血。"我是不行了,"王尽美无限遗憾地对来探病的同志们说,"你们好好为党工作吧!我万想不到会死在病床上。"他请中共青岛党组织笔录遗嘱,王尽美口授道:"全体同志要好好工作,为无产阶级和全人类的解放和共产主义的彻底实现而奋斗到底!"8 月 19 日(农历七月初一),王尽美病逝,时年 27 岁。[①]

闪回——济南,1931 年 4 月 5 日凌晨 6 时,山东省立第一监狱,提号的叫声划破黎明的宁静。宋占一!纪子瑞!黄伯云……黄伯云就是邓恩铭,这敌我双方都心知肚明。邓恩铭时年 30 岁(虚龄 31 岁),两年多的牢狱摧残,平光眼镜下眼窝深陷,面容消瘦,腿脚有伤还不利落。他曾策动两次越狱行动,1929 年 7 月 21 日那次越狱其实是成功了,一部分难友跑了出去,仅因他患病身体虚弱,又跌伤了腿,才又被抓回,打入了死牢。听到叫郭隆真的姓名,这位山东省委妇女委员会书记立即高呼口号,竟遭军警当场枪杀。21 位革命同志辞别难友,走出牢门,他们汇合在一起,高呼"中国共产党万岁!""打倒国民党!"的口号。被加以"阴谋暴动、图谋不轨"的罪名,邓恩铭面无惧色,嗤之以鼻。他与 20 名同志分乘 3 辆汽车,驶往纬八路刑场,

---

① 李海涛编著:《王尽美》,青岛出版社 2009 年版,第 95—96 页。

路上同声高唱《国际歌》。① 对于迫在眉睫的赴死，邓恩铭早有心理准备，3 月间他写下最后一封家书，内录一首自作诗，壮词警句在心海里、在天地间回响：

卅一年华转瞬间，壮志未酬奈何天；

不惜惟我身先死，后继频频慰九泉。②

一阵凄厉的枪声。

陈潭秋的表情痛苦起来，残损的左耳分明有幻听：急促的喘息声，折磨神经的嚣叫，刺耳的枪声又骤然响起。

闪回——陈潭秋率领警卫班边打边撤，来到山顶。陈潭秋当时正患眼疾，身体虚弱，四望茫然，气喘不止。但是，他仍指挥战士连续朝敌开枪，为的是将追兵吸引过来，掩护从其他方向突围的同志。

遵照中共中央在遵义会议后发来的"万万火急"电报，苏区中央分局的机关干部与红军指战员约万人，除留少数就地坚持斗争外，分九路突围。陈潭秋以中央分局特派员的身份和参谋谭震林率明光支队，实为一加强营，共 4 个连（3 个加强的步兵连、1 个机枪连）约400 人，1935 年 2 月中旬由瑞金前往闽西；中途得到邓子恢接应，准备与张鼎臣部会合后，在闽粤边坚持打游击。敌军有 6 个团尾追堵截，途中遇险不止一次，汀州金坊一仗，重机枪被打坏，营长牺牲，后来是从小山沟插出敌包围圈的；过紫金山，夜渡旧县河，对岸的敌军听到水激声不敢贸然出击，胡乱打枪，子弹啾啾地钻入身旁河水。然而，最为凶险的还是在永定的大阜区与张鼎臣部会合后，部队在福冈山遇到国民党陈荣光部 2000 多人的伏击，大家紧急分头突围。

---

① 张业赏编著：《邓恩铭》，中共党史出版社 2005 年版，第 180—188 页。

② 黔南布依族苗族自治州《概况》编写组编：《邓恩铭烈士专集》（总第 13 集），1983 年印，第 137、212 页。

　　敌人被吸引过来，身边警卫一个个地倒下去，只剩陈潭秋一人了。"抓活的！抓活的！"敌人的狂喊声越来越近。情急之中，陈潭秋摸到随身携带的两三百块银元，那是准备去香港的旅费，三把两把撒了出去。敌兵见白花花的大洋钱，就疯抢起来，甚至拼起刺刀来。乘敌不备，陈潭秋纵身一跃，从山上直滚下来，一只耳朵被杂树荆棘巉岩硬石刺伤割裂，血流不止，他忍痛在山沟里爬行，找到一山洞隐蔽起来。①

　　幸而被同志救出，伤势稍有好转，即在永定县上溪南区赤寨乡，召集闽西南地区党政军负责人第一次会议，确立游击区的组织方式和斗争方式；陈潭秋代表党中央宣布闽西南军政委员会委员名单。

　　没有药物治疗，耳伤开始化脓，辗转汕头、香港，1935 年 7 月前往上海治伤。不久，陈潭秋接中共中央命令，出席共产国际第七次代表大会。

　　于是，在 8 月初一个火热的夏天，陈潭秋从上海秘密登上一艘苏联客船，前往海参崴。同行者七八人，有从长征中途前来白区的陈云；还有瞿秋白夫人杨之华，有何叔衡的女儿，等等。一到海参崴，就被当地公安人员当作走私犯持枪押送到公安局，这是苏方有意设的障眼法。在那里，一律换上西装，休息两天，再乘火车，横越西伯利

------

① 温仰春：《转战赣南闽西——忆三年游击战争中的潭秋同志》，湖北省社会科学院编：《回忆陈潭秋》，华中工学院出版社 1981 年版，第 115—116 页。一说陈潭秋是在永定会合前上岩下山时跌了一跤，滑下悬崖陡壁，左脚跌断，右耳被树枝挂掉。在福岗遇袭时，陈潭秋头缠绷带，坐在深草丛里，自称是伙伕，趁敌兵忙着抢东西之机，钻入草丛深处。不久，枪声急促，敌人怕有援兵至，仓惶逃跑，陈潭秋始为同志救出。参见谭震林：《从赣南到闽西——忆潭秋同志》，梁广：《在游击战争的艰苦岁月里》，湖北省社会科学院编：《回忆陈潭秋》，第 110—111、112—113 页。

亚，前往莫斯科。①

共产国际第七次代表大会，已于 1935 年 7 月 25 日晚 7 时半盛大开幕。

莫斯科工会大厦，正面悬挂一幅巨大的灯光标语，16 种文字并排组成的文字矩阵震撼视觉："全世界无产者，联合起来！"

来自欧洲、美洲、亚洲、非洲、大洋洲五大洲的 65 国共产党代表，经过饰有鲜花的楼梯，来到长长的走廊，步入圆柱大厅。走廊的墙上，是作为共产国际各支部的各国共产党的重要事件，用艺术形式加以展示。在巨大的侧厅，陈列着革命图书和报刊。

圆柱大厅，富丽堂皇，主席团背后的墙上悬挂着镶着马克思、恩格斯、列宁和斯大林硕大画像的巨幅红旗，画像下的大字标语是："伟大的不可战胜的马克思、恩格斯、列宁、斯大林的旗帜万岁！"两边侧面墙上的通栏标语，用 6 种文字书写："结成无产阶级统一战线，反对资本进攻，反对法西斯和帝国主义！"背后墙上的标语是："中华苏维埃万岁！"

在阵阵掌声后，共产国际执委会主席团委员和书记处书记、德共主席威廉·皮克在庄严肃穆的气氛中致开幕词，各国代表可通过耳机听到同声传译：

此时此刻，当我们这些欧洲、亚洲、非洲、美洲和大洋洲的劳动者的代表聚集在社会主义的莫斯科，举行共产国际第七次代表大会时，我们的第一个思念、我们的第一句话、我们的第一个敬礼，就是献给苏联及其无产阶级的社会主义社会的胜利的建设者们，……

---

① 陈云：《回忆与潭秋同志同赴苏联》，湖北省社会科学院编：《回忆陈潭秋》，华中工学院出版社 1981 年版，第 118 页。

开幕词还提到将"我们的思念和敬礼"献给处于法西斯独裁统治下的无产者、遭囚禁的工人领袖：德国的恩斯特·台尔曼、意大利的葛兰西、匈牙利的拉科西、日本的市川正一、西班牙的卡瓦列罗。为此，话题自然切换到"社会主义还是法西斯主义，这就是人类面临的问题"。开幕词指出，资产阶级懂得法西斯恐怖和蛊惑煽动不能长保其统治，"因此它企图通过新的重新瓜分世界的战争来拯救自己"。"日本帝国主义已经开始了对世界的重新瓜分，正在占领中国一个又一个省份。"还有意大利发动对阿比西尼亚（今译埃塞俄比亚）的战争，德国组织重新瓜分欧洲的战争，准备对苏联发动罪恶的战争。"我们共产党人是无产阶级专政和社会主义民主的坚决而热烈的拥护者。"在怀念近七年劳动人民英勇斗争的英雄榜中，致辞者专门提到了中国："我们向正在发展壮大的中国革命致敬，这一革命使 4 亿人民行动起来，在无产阶级劳动群众的积极支持下，任何力量都不能制服这 4 亿人民。"话音刚落，赢得暴风雨般的掌声。[1]

在接下来选举 42 人主席团中，来自中国的康生、周和生、王明三人皆得全场鼓掌通过，此外，从中国白区去的孔原还当选为资格审查委员会委员。中国代表在共产国际"七大"备受瞩目，周和生以中国共产党的名义向大会致贺词，并在后几天的会议讨论中发言。此外，发言的中国代表还有王明、康生、孔原、梁朴（饶漱石）、沈元生（欧阳生）、王荣（吴玉章）、李光（滕代远）、宋一平。中共代表团还有张浩、高自立、赵毅敏等人参加共产国际这次盛会。

王明，无疑是大会的明星人物。华北事变的消息传来，中共驻共

---

[1] 《第一次会议（1935 年 7 月 25 日）》，王学东主编：《共产国际第七次代表大会文献》第 1 册，中央编译出版社 2013 年版，第 3—15 页。

产国际代表团成员、莫斯科东方大学中国部主任吴玉章急电王明结束疗养返回莫斯科，根据共产国际的新政策，由王明主笔起草《中国苏维埃政府、中国共产党中央为抗日救国告全体同胞书》。经中共代表团一周的讨论，7月14日通过后，此件即送斯大林和季米特洛夫审阅，8月1日由中共代表团以中华苏维埃共和国政府、中国共产党中央委员会的名义签发，因此又称《八一宣言》。该宣言秉承共产国际"七大"的旨意，正视"日本帝国主义加紧对我进攻，南京卖国政府步步投降，我北方各省又继东北四省之后而实际沦亡了！"的危局，指出"我国家、我民族、已处在千钧一发的生死关头。**抗日则生，不抗日则死，抗日救国，已成为每个同胞的神圣天职！**"为此，"共产党和苏维埃政府再一次向全体同胞呼吁：无论各党派在过去和现在有任何政见和利害的不同，无论各界同胞间有任何意见上或利益上的差异，无论各军队间过去和现在有任何敌对行动，大家都应当有'兄弟阋于墙外御其侮'的真诚觉悟，首先大家都应当停止内战，以便集中一切国力（人力、物力、财力、武力等）去为抗日救国的神圣事业而奋斗。""苏维埃政府和共产党愿意作成立这种国防政府的发起人"，"抗日联军应由一切愿意抗日的部队合组而成，在国防政府领导之下，组成统一的抗日联军总司令部。"进而号召全体同胞："有钱的出钱，有枪的出枪，有粮的出粮，有力的出力，有专门技能的贡献专门技能，以便我全体同胞总动员，并用一切新旧式武器，武装起千百万民众来。"相信"一定能战胜内受人民反抗和外受列强敌视的日本帝国主义！"宣言结尾的口号，让处于亡国边缘的人们尤感心魂激荡：

同胞们起来：

为祖国生命而战！

为民族生存而战！

为国家独立而战！

为领土完整而战！

为人权自由而战！

大中华民族抗日救国大团结万岁！①

如此积极呼应大会主题，自然受到共产国际领导人季米特洛夫的特别推崇。为此，季米特洛夫在共产国际"七大"所作的主报告，将中国共产党及其领导的工农红军树为典型：

所以我们赞成我们英勇的中国兄弟党的倡议，即建立一个反对日本帝国主义及其中国代理人的最广泛的反帝统一战线，这一统一战线要联合中国境内所有那些愿意为救国救民而真正斗争的有组织的力量。我相信：如果我宣布，我们以全世界革命无产阶级的名义向中国的各个苏维埃，向中国革命人民致以最热烈的兄弟般的敬礼，那是表达了我们整个代表大会的感情和思想。（暴风雨般的掌声，全体起立）我们向身经百战的英勇的中国红军致以热烈的兄弟般的敬礼。（暴风雨般的掌声）而且我们向中国人民保证，我们坚决支持中国人民争取从一切帝国主义强盗及其中国走狗那里完全解放出来的斗争。（暴风雨般的掌声，全体起立。长达几分钟的欢呼声。代表们的致敬声。）②

在5天后召开的第23次会议，继续讨论季米特洛夫的报告，王明的发言具体阐发了中国所面临的危局，强调"共产党除了采取统一

① 《中国苏维埃政府、中国共产党中央为抗日救国告全体同胞书》，中共中央党史研究室第一研究部译：《共产国际、联共（布）与中国革命文献资料丛书》第17卷，中共党史出版社2007年版，第423、425、428页。

② 季米特洛夫关于《法西斯主义的进攻和共产国际在争取工人阶级统一、反对法西斯主义斗争中的任务》的报告，《第十五次和第十六次会议（1935年8月2日）》，王学东主编：《共产国际第七次代表大会文献》第1册，中央编译出版社2013年版，第437—438页。

的反帝人民阵线的策略之外，没有别的办法对全体中国人民进行总动员以开展神圣的反帝民族革命斗争"。

王明口才甚好，以十九路军调转枪口抗日、福建事变公开反蒋、吉鸿昌等率华北国民党军抗日反蒋，以及 1933 年发表的组织中国人民反对日本帝国主义的民族战争的基本纲领征集成千上万的签名等四个事例来印证中国共产党的提议确有实效。接着，他适时通报了中国红军在近期取得的一个"新的伟大胜利"：

江西、福建前中央苏区的红军主力在中共中央和中华苏维埃中央政府的领导下，不仅突破了蒋介石近百万军队的战略包围，而且红军还粉碎了南线和西线敌人的包围圈，完成了从江西到中国西北的英勇长征。中国红军主力穿过 9 个省份的领土，征服了许多崇山峻岭、崎岖小道、大江大河（乌江、扬子江、金沙江、大渡河等），在长期艰苦卓绝的战斗中行程达 3000 公里以上。

这时，共产国际执委会书记曼努伊尔斯基带头高呼："英勇的中国红军万岁！"接着引起全场暴风雨般的掌声。这种场景下，王明的发言自然过渡到对中国工农红军领导人的介绍：

中国共产党能够根据共产国际的列宁斯大林主义路线，在民族斗争和阶级斗争的严酷的学校中，锻炼和塑造成千上万忠于革命事业的战士。它能够造就有真才实学、能征善战的干部，他们不怕困难，迎难而上，攻坚克难。在这些战士中有这样一些杰出的党和国家领导人，如毛泽东……

立时，会场又响起经久不息的掌声。①

---

① 《第二十三次会议（1935 年 8 月 7 日）》，王学东主编：《共产国际第七次代表大会文献》第 2 册，中央编译出版社 2015 年版，第 56、62、63、64 页。

　　并不在大会现场的毛泽东，因为成功地将长征中的红军带出危境，在共产国际"七大"获得崇高的声誉。

　　这与出席这次大会的中共代表发自内心的揄扬也有关系，除了王明，周和生在致贺词时也提到了毛泽东："我们为共产国际拥有像**季米特洛夫、台尔曼、毛泽东、拉科西、市川正一**这样一些英勇的旗手而感到骄傲，他们善于在困难的条件下，高举、维护和捍卫共产主义的光荣旗帜，他们善于在列宁和斯大林的共产国际的旗帜下领导群众走向胜利。"康生的发言，特别引用毛泽东的话，叙述劳动群众同红军的关系。①

　　这时，李光（滕代远）再度通报了长征胜利的消息："今年6月16日红军的两大主力部队——朱德和毛泽东指挥的红一方面军与徐向前指挥的红四方军——在四川省天全县实现了历史性会师，从而结束了长征。"他在此后还总结红军拥有一批"对共产主义事业无限忠诚，善于将马克思列宁主义原理运用于实际之中"的党员干部，其中"属于这种党的领袖和政治家的有毛泽东、张国焘……"②

---

① 《第九次会议（1935年7月29日）》，王学东主编：《共产国际第七次代表大会文献》第1册，中央编译出版社2013年版，第272页。

② 《第三十七次会议（1935年8月15日）》，王学东主编：《共产国际第七次代表大会文献》第2册，中央编译出版社2015年版，第449、454页。

2

我们要抗日，首先要到陕北去

两河口，迎候张国焘／

南下还是北上，政治路线问题，左路军、右路军／

密电，中共中央率部星夜北上／

俄界会议，腊子口，岷山，哈达铺／

我们要抗日，首先要到陕北去／

红军不怕远征难，屈指行程二万／

抵达吴起镇，走了两万五千里／

张浩带来密电码，瓦窑堡会议

毛泽东、张闻天（洛甫）、周恩来、朱德、博古、刘伯承等中共中央领导和红一方面军指战员，军衣破旧，身形消瘦，然而精神振奋。红一方面军翻过夹金山后，与红四方面军胜利会师，11天前还在懋功（今四川小金县）达维镇举行了会师庆祝大会。6月25日，他们一起健步快走，从懋功北面约90里的抚边驻地往北走出两三里地，一直到两河口（今小金县北）来迎接四方面军领导人张国焘。

天公不作美，从早晨开始下起的雨就是停不下来。

中央直属队的干部、战士早在那里集结等候，毛泽东等挤进一个毛毡帐篷里避雨，耳边时而响起陆定一新编的《两大主力红军会师歌》：

两大主力军邛崃山脉胜利会合了，

欢迎红四方面军，百战百胜英勇弟兄。

团结中国革命运动中心的力量，嗨！

团结中国革命运动中心的力量，

坚决争取大胜利。

……

一直等到傍晚5时许，突然，等候的人群中传出"来了！来了！"的呼喊声。

一骑高头白马，后面紧跟十几匹骏马，在烟雨迷蒙中由小路奔腾而来。骑兵簇拥在前的正是威风凛凛的张国焘。

"国焘兄！"朱德第一个迎上去打招呼。

张国焘勒住缰绳，翻身下马，拱手答礼，随后跑上前张开双臂，与朱德紧紧拥抱，与毛泽东、与周恩来一一拥抱握手，与同来欢迎的人们握手拥抱。口号声仿佛滚雷在周围爆发，正对应了低压的乌云。

又一阵大雨袭来，然而，处于欢乐氛围中的人们谁也不以为意。中央领导人与张国焘一起进入由荒坡改造成的会场，走上就自然坡度削成的主席台。欢迎仪式就此开始，首先由朱德发表热情洋溢的欢迎词："同志们！两大主力红军的会合，欢迎快乐的不只是我们自己，全中国的人民，全世界上被压迫者，都在那里欢呼庆祝！这是全中国人民抗日土地革命的胜利，是党的列宁战略的胜利！""同志们！"张国焘致答词，"这里有八年前我们在一起斗争过的，更多的是从未见过面的同志。多年来我们虽是分隔在几个地方斗争，但都是存在一个目标——为着中国的人民解放，为着党的策略路线的胜利……这里有着广大的弱小民族，有着优越的地势，我们有着创造川康新局面的更好条件。"张国焘振臂高呼："红军万岁！朱总司令万岁！共产党万岁！"①

张国焘真是阔了，国字脸双颊红润，灰布军服裁剪合身，显出身材的丰满，身后的警卫都配有二十响的驳壳枪，有的甚至一人两支短枪，红一方面军一名战士不禁夸赞对方的高头大马，被毛泽东制止："别羡慕那些马！"②张国焘的眼睛也是犀利的，他不可能没注意到中央领导人的艰苦形象：平时不修边幅的毛泽东，这天有意打了绑腿，绑腿里竟像士兵一样插了一双筷子，皮带上还挂着一个大大的茶

---

① 莫休：《大雨滂沱中》，中共中央宣传部党史资料室编：《党史资料》1954 年第 3 期，转引自刘统：《北上：党中央与张国焘斗争纪实》，广西人民出版社 2004 年版，第 22 页。

② ［美］索尔兹伯里：《长征：前所未闻的故事》，过家鼎等译，解放军出版社 1986 年版，第 282 页。

缸子，但仍遮掩不了膝盖上的两个大补丁；张闻天帽檐儿软塌塌的，哪有统军者的样子，倒是残存大学教授的风度；博古鼻梁上架着圆圆的近视眼镜，眼镜腿显然出了问题；周恩来胡子长得老长；朱德瘦得都脱了形。①

晚上酒宴，彼此敬酒，互诉衷肠，天南海北地闲聊。饭后朱德陪张国焘回住所，一番长谈，透露了红一方面军的一些内情："现在一方面军是不能打仗了，它过去曾是一个巨人，现在全身的肉都掉完了，只剩下一副骨头。"8个月前从江西西行的中央红军，丢光了所有的炮，"机关枪所剩无几，又几乎都是空筒子。每枝步枪平均约五颗子弹（少的只有两三颗，多的也不过上十颗罢了）。"这么少得可怜的子弹，只用以保住枪支就不错了。朱德对革命前途并不悲观，认为红一方面军"虽只剩下一副骨架，却是极可珍贵"。②听到这些关键信息，拥兵8万的张国焘自有他自己的解读。张国焘曾向周恩来打探中央红军有多少人，周有意往多里说称有3万，其实不足两万。真正具有战斗力的也就是一万来人吧。

第二天9时，在两河口村的关帝庙里召开中共中央政治局会议，着重讨论战略方针问题。张国焘以其固守川西北一带计划为基点，提出向川北甘南至汉中一带发展，或转移陕西北、夺取宁夏为后方，以外蒙古为靠背的"北进计划"，以及转移到兰州以西的河西走廊三计划。周恩来、毛泽东的发言表述的都是北上战略，毛泽东明确不同意打成都，这样周恩来代表中央提出的战略方针得以通过。在谁当先锋

---

① 刘标玖：《总司令的长征》，华文出版社2016年版，第106页。
② 张国焘：《我的回忆》下册，东方出版社2004年版，第221—222页。

打松潘的问题上，张国焘绕圈子不肯承担，又是毛泽东慢条斯理讲道理，逼得他最终同意：由四方面军负责打松潘。中共中央政治局据此在两天后发布《关于一、四方面军会合后的战略方针》，宣布夺取松潘，创造川陕甘苏区。29日，中央政治局常委再次召开会议，增选张国焘为中央革命军事委员会副主席，徐向前、陈昌浩为军委委员。同日，中央发布《松潘战役计划》，并派刘伯承、李富春率中央慰问团随张国焘前去红四方面军总部慰问。

然而，6月30日早晨，正准备与张国焘一起行动的刘伯承却看见张副主席正和毛泽东激烈争吵。前两天间，毛泽东与张国焘谈及张不请示中央擅自成立的西北联邦，还只是试探性地问道："我归你吧？"未承想张国焘半开玩笑半当真地说："你归我呀。"这回不知什么事忤怒了张国焘，他更是口无遮拦地大声喊出自己心中的不满："我们跑来还听你毛泽东的指挥呀！"①

张国焘回归茂县红四方面军部，重又拾起谋取川南的念头，这是他与中共中央立异争锋的开始，虽然当时并不放弃北取松潘的既定计划。问题是攻取松潘颇不顺利，先是在川西北藏民区筹粮大成问题，不时遭到藏兵与国民党军的袭击骚扰；7月下旬松潘战役开始，遭到胡宗南部的顽固抵抗，经10天苦战，红军不得不主动撤出战斗。

北上还是南下，问题重新浮现。而这时，在张国焘蓄意挑唆下，加之中共中央总政治部创办的《前进报》刊文批评"西北联邦政府"等政治摩擦，张国焘乘势以"统一指挥"为由，提出改组充实总司令部，要求由他担任军委主席，给以"独断决行"的大权。毛泽东多次

---

① 刘伯承：《1961年1月26日的谈话》，转引自刘统：《北上：党中央与张国焘斗争纪实》，广西人民出版社2004年版，第27页。

找张闻天密商对策，此时周恩来虽然牵挂此事，但正发着高烧，不便再烦劳他了。

"张国焘是个实力派，他有野心，"毛泽东一语中的，他并不回避张闻天的新婚妻子刘英，"我看不给他一个相当的职位，一、四方面军很难合成一股绳。"据毛泽东的分析，"张国焘想当军委主席，这个职务现在由朱总司令担任，他没法取代。但只当副主席，同恩来、稼祥平起平坐，他不甘心。"张闻天就说："我这个总书记的位子让给他好了。"毛泽东立马制止："不行，他要抓军权，你给他做总书记，他说不定还不满意。但真让他坐上这个宝座，可又麻烦了。"考虑来考虑去，毛泽东觉得还是"让他当总政委吧"。这样既考虑了张国焘的要求，军权又不会让他全抓去。不过，总政委可是周恩来的职位，要与其商量，周恩来毫不计较个人名位，表示赞同。①

7月18日，在黑水县的芦花，中共中央召开政治局常委会议。张闻天提议，张国焘任红军总政委，是军委的总负责者。军委下设小军委（军委常委），增加陈昌浩，共为5人。张国焘仍意有不足，提出中央委员会增补人员，遭毛泽东婉拒，未获会议通过。最后，张闻天宣布张国焘任总政委，徐向前、陈昌浩任前敌部队指挥，博古任总政治部主任。军队行动的决定权由朱德、张国焘、徐向前、陈昌浩4人掌控。

但是，张国焘并不止足，又授意手下以反击凯丰批评"西北联邦政府"为突破口，要求中央"大大发展反倾向斗争"。反对凯丰是小，真实用意是逼迫中央承认自己的路线错误。为此，7月21日和22日，中央政治局又在芦花连开了两天的扩大会议。会议只是批评了四

① 《在历史的激流中：刘英回忆录》，中共党史出版社1992年版，第79页。

方面军主动退出通南巴苏区、成立西北联邦政府等错误，并没有触及张国焘以杀人立威的"肃反"扩大化等"左"倾问题。尽管如此，张国焘在会上当场就与毛泽东顶牛，火药味已经十足。

芦花会议后，红军主力继续北上，到达松潘西部的毛儿盖村休整，此时敌军北堵南压，形势日渐严重。中革军委决定放弃松潘战役计划，改变北上道路，由毛儿盖经班佑北上甘南占领夏河、洮河流域，形成在甘南广大地区发展的局势。8月3日，制定《夏洮战役计划》，将红一方面军、红四方面军混编为右路军和左路军。以红一方面军的第1、第3军和红四方面军的第4、第30军混编组成右路军，由前敌总指挥徐向前、政委陈昌浩指挥，中共中央、中革军委随右路军行动；以红一方面军的第5、第32军和红四方面军的第9、第31、第33军组成左路军，由总司令朱德、总政委张国焘率领。中央原本是要一路走，但张国焘执意要把红四方面军分两路走，只好迁就了这位红军总政委的意思。[①] 计划明确要"攻占阿坝，迅速北进夏河流域，突击敌人包围线之右侧背，向东压迫敌人，以期于洮河流域消灭遭遇之蒋敌主力，形成在甘南广大区域发展之局势"。

然而，张国焘按兵不动，非要与中央把政治路线问题搞清楚不可。8月4日，中央政治局在毛儿盖南约10公里的沙窝寨子连开3天会议，史称沙窝会议。会议重申两河口会议确定的北上战略方针，强调创造川陕甘根据地是当前红一、红四方面军面临的历史任务；为此，要进一步加强党对红军的绝对领导，维护两个方面军的团结。对政治路线问题的讨论遂告一段落，接下去便是更为实质的组织问题。会议宣布吸收红四方面军干部参加中央工作，补选徐向前、陈昌浩、周纯

---

① 苏若群、姚金果：《张国焘传》，天地出版社 2018 年版，第 467 页。

全三人为中央委员，补选何畏、李先念、傅钟三人为中央候补委员。其中，陈昌浩为中央政治局委员，周纯全为政治局候补委员。然而，这与张国焘要求将红四方面军9名干部提拔为政治局委员还是相去甚远，张国焘不满地说："在坚决提拔工农干部的原则上，还可以多提几个人嘛！"张国焘还含沙射影地说："吸收新人参加工作，只是实施党内民主，并不是什么推翻中央领导的阴谋。反之，不让新人参加中央工作，政治上军事上的重大问题也不让同志们有发表意见的机会，这就无异于阻塞了团结之路。"

沙窝会议后，中共中央发布《关于一、四方面军会合的政治形势与任务的决议》，明确一、四方面军会合后的基本任务是执行两河口会议决定的北上方针，创建川陕甘根据地。并不点名地批评了"企图远离敌人避免战斗""对创造新根据地没有信心"等右倾机会主义的动摇，张国焘愈加不满。徐向前劝解张国焘道："现在不是吵架的时候，这里没有吃的，得赶紧走，我们在前面打仗，找块有粮食的地方，你们再吵好不好呀！"确实如此，部队天天吃野菜、黄麻，吃得嘴都肿了。①

8月13日，右路军向班佑开拔。6天后（8月19日），张国焘、朱德率领的左路军才开始行动，21日攻占阿坝，又起盘踞不走的念头。而早此一日，中央政治局在毛儿盖索花寺召开会议，毛泽东说服大家向陕西发展，如果向西发展就会被敌人限制在黄河以西人烟稀少的荒漠地区。对此徐向前、陈昌浩也表示赞同，并提出左路军应向右路军靠拢。会议通过了毛泽东起草的《中央政治局关于目前战略方针之补充决定》，中共中央由此掌握了军事指挥的主动性，尽管总司令

---

① 徐向前：《历史的回顾》，解放军出版社1988年版，第438—439页。

部实际上是在左路军那里。

为了北上，右路军冒险进入松潘草地无人区。野花点缀、景象可观的草甸却是杀机四伏，沼泽暗藏没顶之灾，潴淤之水有毒，高原气候时有雨雹，昼夜温差极大，加之衣服、食物短缺，长途行军的红军指战员身体原本虚弱，以致出现大量牺牲情况。一军团五六天走出草地，掉队落伍与牺牲者在 400 人以上。

过草地后，徐向前见红一方面军的一军团减员较大，三军团还没上来，主动向毛泽东提出由红四方面军来攻取包座。8 月 29 日，战役打响，残敌逃入大戒寺。该寺紧靠一座五六百米高的大山，守敌在山坡松林里建立外围据点，寺前又有小河适逢雨季水流湍急形成天然屏障。鉴于大戒寺易守难攻，红军决定围点打援。翌日下午，敌 49 师开到大戒寺以南，红军边打边往西北撤退，诱敌深入。31 日下午 3 时，来敌全部进入红军包围圈，两小时后嘹亮的军号声骤然划破天空。枪炮声、手榴弹爆炸声响成一片，战场顿成火海，红军从原始森林中迅猛杀出，将敌军分割成三块。战局紧迫，师、团的预备队和机关干部、宣传员、炊事员、饲养员，以至军部几名同志均投入了战斗。

在激战七八个小时基本解决敌 49 师后，红军主力杀回大戒寺。守敌乘夜雾放火逃跑，红军冲进寺内奋力灭火。有的战士跳进冒着烟的粮仓，抓起焦煳的麦粒往嘴里送，大口大口地吞嚼起来。①

北上的大门打开了，只等左路军前来会合。在三催四请之下，张国焘 8 月 30 日率部开拔，向东进入若尔盖大草原。经过 3 天的跋

---

① 程世才：《包座之战》，甘肃省军区党史资料征集办公室编：《三军大会师》上册，甘肃人民出版社 1987 年版，第 268—269 页。

涉，9月2日左路军遇到夏季洪水发作的噶曲河，张国焘找到了回转部队的合适借口。红一方面军五军团的董振堂刚说是小河，就被张国焘缴了他一排人的枪。张国焘手下悍将黄超更是嚣张地打了董振堂几个响亮的耳光。朱德沉住气，让人骑马过河试试，水最深处也就是到马肚子的地方，下马后牵着绳子也可以过河。但是，张国焘坚决地说："那不行！"张国焘不但是要回师阿坝，而且要右路军"乘胜回击松潘敌"，认为北上要有大损失。他想的是找一处偏僻所在保存实力，或索性杀回马枪，顺应红四方面军众多四川兵的心愿，打回老家去。

9月8日，张国焘电令红四方面军驻阿坝、马尔康地区的部队"飞令"军委纵队移至马尔康待命，如其不听"则将其扣留"，① 并告徐向前、陈昌浩，要右路军"即准备南下"。徐、陈颇为难，就找张闻天、博古他们商量。周恩来、张闻天、博古、徐向前、陈昌浩、毛泽东、王稼祥七人联名致电左路军，强调"目前红军行动是处在最严重关头"，并晓以北上南下的利害："左路军如果向南行动，则前途将极端不利"，因为"形地利于敌封锁，而不利于我攻击"；"经济条件，绝对不能供养大军"；"北面被敌封锁，无战略退路。""因此望兄等熟思深虑，立下决心，在阿坝、卓克基补充粮食后，改北进。"②

第二天，中央又致电张国焘并致徐、陈。"中央现恳切的指出，目前方针只有向北是出路，向南则敌情、地形、居民、给养都对我极端不利，将要使红军受空前未有之困难环境。中央认为：北上方

---

① 中共中央文献研究室编：《毛泽东年谱》（修订本）上卷，中央文献出版社 2013 年版，第 514 页。

② 《中央为要求左路军立下决心、北上甘南致朱、张、刘电》（1935 年 9 月 8 日），甘肃省军区党史资料征集办公室编：《三军大会师》下册，甘肃人民出版社 1987 年版，第 565—266 页。

针绝不应改变，左路军应速即北上，在东出不利时，可以西渡黄河占领甘、青交通新地区，再向东发展"。① 这一天，红军战士照常出操、休整，彭德怀担心毛泽东的安全，毕竟一军团已经前出，红一方面军仅留下了三军团。他有意活动于中央和前敌总指挥部之间，上午还见徐、陈商量北进的事，午饭后再去，陈昌浩就说南下阿坝好了，看来张国焘来电发挥了作用。担心三军团遭被胁制南下，彭德怀来见毛泽东，毛泽东头发长长，显然没睡好，他刚与张闻天又给张国焘发去了规劝北上的电报。彭德怀问道：为避免红军打红军的不幸事，在这种被迫的情况下，可不可以扣押人质？毛泽东想了一会，回答："不可。"② 陈昌浩来见要求转向，遭到毛泽东严厉批评。

陈昌浩一肚子委屈，沉着脸回到前敌总指挥部，即召集开会。译电员送来一份电报，交给叶剑英，叶看电报报头是给陈昌浩，就递给陈。陈讲话正在兴头上，又顺手把它还给了叶。叶剑英随即看了一眼电文，吃惊非小，这是张国焘发来的，"语气很强硬"。于是，过了一会，悄悄跑出来，报告了毛泽东。毛泽东见电报中有"南下，彻底开展党内斗争"字样，③ 从口袋里拿出一短截铅笔和一张卷烟纸，迅速地把电报内容记了下来，随后让叶剑英迅速把电报带回。④

---

① 《中央为贯彻战略方针令张国焘速即北上电》(1935 年 9 月 9 日)，甘肃省军区党史资料征集办公室编：《三军大会师》下册，甘肃人民出版社 1987 年版，第 568 页。
② 《彭德怀自述》，人民出版社 1981 年版，第 202 页。
③ 李维汉回忆："洛甫告诉我，张国焘有电报说，如果毛泽东、洛甫、博古、周恩来等不同意南下，就把他们软禁起来。"李维汉：《回忆长征（节录）》，甘肃省军区党史资料征集办公室编：《三军大会师》上册，甘肃人民出版社 1987 年版，第 106 页。
④ 《叶剑英传》编写组：《叶剑英传》，当代中国出版社 1995 年版，第 187 页。

傍晚时分，毛泽东主动来见徐、陈。陈昌浩说张总政委来电要南进，毛泽东问徐："向前同志，你的意见怎么样？"徐向前回答："两军既然已经会合，就不宜再分开，四方面军如分成两半恐怕不好。"①毛不再争论，说："既然要南进嘛，中央书记处要开一个会。周恩来、王稼祥同志病在三军团部，我和张闻天、博古去三军团司令部就周、王开会吧。"②

就在 9 月 9 日的当夜，中共中央与红一方面军第 3 军团悄然北上。红军联合大学还带上了红四方面军的人。叶剑英设法通知了军委直属队，凌晨 2 点各自动身。

9 月 10 日早晨，叶剑英的失踪与指挥部军用地图的不翼而飞，惊动了陈昌浩。随后，接到红四方面军驻扎在前面的部队的电话：发现中央红军连夜出走，还放了警戒。前敌总指挥部一下子炸了锅。前面干部电话请示：打不打？陈昌浩手捏电话筒，转过来问徐向前。徐向前果断回答："哪有红军打红军的道理！"

这时，参谋送来刚收到的电报。正是中央政治局发来的指令，强调"目前战略方针之唯一正确的决定，为向北急进"，指出张国焘电令南下"显系违背中央累次之决定及电文"，明告"中央已令一方面军主力向罗达、拉界前进"，并指令前委指挥余部在日内随后前进。陈昌浩见此大怒，当即命令副参谋长李特：率领一队骑兵追赶中央，把被他们带走的红四方面军同志统统追回来。

红四方面军人员被追回去了，毛泽东率 3 军团继续前进。9 月

① 徐向前：《历史的回顾》，解放军出版社 1985 年版，第 452 页。
② 《彭德怀自述》，人民出版社 1981 年版，第 203 页。

11 日，行至俄界（今甘肃省迭部县达拉乡高吉村），与红一军团会合，总共不足万人。

9 月 12 日中午，中共中央在俄界召开政治局扩大会议。会议通过《关于张国焘同志的错误的决定》，言辞犀利地指出："张国焘同志从对于全国目前革命形势的紧张化，特别是由于日本帝国主义的积极侵略而引起的全中国人民反日的民族革命运动的高涨估计不足"，等等，"以致丧失了在抗日前线的中国西北部创造新苏区的信心，主张以向中国西南部的边陲地区（川康藏边）退却的方针"。《决定》还揭底张国焘分裂红军的深层原因："除了对于目前形势的机会主义估计外，就是他的军阀主义的倾向。"指出："张国焘同志这种右倾机会主义与军阀主义的倾向，是有着他的长期的历史根源的"，又颇有预见性地指出："张国焘同志这种倾向的发展与坚持，会使张国焘同志离开党。"[1] 事实上，这也正是毛泽东的预言。[2] 为了尽最大努力争取张国焘，在毛泽东坚持下，没有将其开除出党。此决定只发给党的中央委员。

俄界会议还同意彭德怀提出的缩小部队编制的意见，决定成立中国工农红军陕甘支队，彭德怀任总司令员，毛泽东任政治委员，林彪任副司令员，王稼祥、杨尚昆分别为政治部正、副主任。另成立由毛泽东、周恩来、王稼祥、彭德怀、林彪组成的五人团，作为全军的领导核心。

---

[1] 《关于张国焘同志的错误的决定》（1935 年 9 月 12 日于俄界），甘肃省军区党史资料征集办公室编：《三军大会师》下册，甘肃人民出版社 1987 年版，第 571—572 页。

[2] 中共中央文献研究室编：《毛泽东年谱》上卷，中央文献出版社 2013 年版，第 513 页。

9 月 17 日黎明，突破腊子口。后续部队经过独木桥头，踏着满满一层的弹片，以及守敌当时慌忙扔出尚未爆炸的手榴弹，通过天险门户。①

接着，红军翻越位于岷县、宕昌、迭部三县交界的大拉梁。该山大部位于岷县境内，习惯地被人称为岷山。就要走出雪山草地的藏民区，红军战士欢快地奔跑下山。回头一望，岷山高处还绵延着皑皑白雪，诗情壮句一时在毛泽东心胸澎湃。19 日下午，毛泽东来到岷县旋窝村。这是一个回汉杂居的小村，红军良好的军纪与颇具针对性的宣传，改变了村民对红军的态度，毛泽东等受到热情招待。②

前路是迭部与岷州交界的小镇哈达铺，毛泽东急召红一军团直属侦察连连长梁兴初、指导员曹德连来指挥部商谈，要他们注意找点"精神食粮"来，"国民党的报纸、杂志，只要近期和比较近期的，各种都给搞几份来。"梁兴初等领命后，同侦察连换上国民党中央军服装，进入哈达铺，迅速控制当地武装，搜得捆裹旧年画的上月报纸。③报上有徐海东率领红军与陕北红军会合的消息，另外还有一张陕北革命根据地略图，长征二万多里，没有见到苏区，红军指战员看陕甘宁有那么大的地盘都兴奋异常，当时就在这条消息上画了红杠

① 蒋耀德：《长征中的红色干部团》，甘肃省军区党史资料征集办公室编：《三军大会师》上册，甘肃人民出版社 1987 年版，第 378 页。
② 曹仁孝：《毛泽东〈七律·长征〉创作时间及地点考略》，《党的文献》2008 年第 3 期。
③ 任桂兰、李宗儒：《统领万岁军：梁兴初将军的戎马生涯》，中国青年出版社 2004 年版，第 15 页。

杠。① 报纸送到红一军团政委聂荣臻那里，聂展看《山西日报》，上有阎锡山部队"围剿"陕北红军刘志丹部的消息，当时抑制不住内心的喜悦："赶紧派骑兵通信员把这张报纸给毛泽东同志送去，陕北还有一个根据地哩! 这真是天大的喜讯!"②

哈达铺人口密集，盛产当归，回民当占一半以上，其余多为汉族，语言既通，镇上百姓对红军又十分亲和。由于当地交通不便，物产运不出去，农产物十分便宜，5 块大洋可买一头百来斤重的肥猪，2 块大洋可买一头肥羊，1 块大洋可买 5 只鸡，1 毛钱可买 10 多个鸡蛋，一担蔬菜只要几毛钱，加之国民党守军逃跑时丢下的数百担大米、白面，以及数千斤食盐，红军的伙食大为改善。红军总政治部顺势提出"大家要吃得好"的口号，③ 各连队都在杀猪宰羊忙着"过年"。毛泽东形见消瘦，却并不专注吃好吃的，他一拿到报刊，就与张闻天等分头翻阅起来，乐享精神大餐。8 月 1 日《大公报》还有这么一条消息：

盘踞陕北者为红军二十六军，军长刘子丹辖三师。其下尚有十四个游击支队，此外各种小组及赤卫队等甚多……现在陕北情况，正与民国二十年之江西情形相仿佛。

毛泽东抬起头来，一缕阳光正透进窗户。

---

① 曹德连：《长征途中》，中共甘肃省委党史资料征集研究委员会编：《甘肃党史资料》第 1 辑，甘肃人民出版社 1984 年版，第 100—101 页。

② 聂荣臻：《从腊子口到吴起镇》，甘肃省军区党史资料征集办公室编：《三军大会师》上册，甘肃人民出版社 1987 年版，第 100 页。

③ 杨成武：《忆长征（节录）》，甘肃省军区党史资料征集办公室编：《三军大会师》上册，甘肃人民出版社 1987 年版，第 144—145 页。

　　哈达铺主街有一座小的关帝庙，在那里召开红军干部会议。红军指战员在哈达铺吃到好的饭食，又得以安稳睡眠，大多抽空擦澡、理发，人显得精神多了，他们认真聆听毛泽东在会上的重要讲话。

　　"同志们，今天是 9 月 22 日，再过几天就是阳历 10 月，自从去年我们离开瑞金，过了于都河，至今快一年了。一年来，我们走了两万多里路，打破了敌人无数次的追、堵、围、剿。尽管天上有飞机，蒋介石连做梦也想消灭我们，但是我们过来了，过了江西、湖南、广西、贵州、云南、四川，过了金沙江、大渡河、雪山、草地，过了腊子口，现在坐在哈达铺的关帝庙里，安安逸逸地开会，这本身就是个伟大的胜利！"

　　在定下长征胜利的基调后，毛泽东又为大家冷静地分析形势。除了分析敌情，他并不回避党内斗争："张国焘看不起我们，他对抗中央，还倒打一耙，反骂我们是机会主义。我们要北上，他要南下。究竟哪个退却，哪个是机会主义？"毛泽东习惯性地两手叉腰："我们不怕骂，我们要抗日，首先要到陕北去，那里有刘志丹的红军。"会场内红军干部开始交头接耳起来，毛泽东继续说道："'感谢'国民党的报纸，为我们提供了陕北红军的比较详细的消息：那里不但有刘志丹的红军，还有徐海东的红军，还有根据地！"会场"哄"地一声热闹起来。

　　毛泽东抒发了对在四方面军的朱总司令、刘伯承参谋长，以及五、九军团和红四方面军同志的惦念之情。随后，他代表中央宣布重要决定：将红一方面军 1、3 军和军委纵队改编为中国工农红军北上抗日陕甘支队，"由彭德怀同志当司令员，我兼政委，下属三个纵队。第一纵队由红一军团改编，第二纵队由红三军团改编，军委直属部队改编为第三纵队。"改编后兵力只有七八千人，然而，毛泽东信心满怀："大家用不着悲观，我们现在比 1929 年初红四军下井冈山时的人数还多哩！胜利是一定属于我们的。"他用洪亮的声音召唤道："同志们，胜利前进吧，到陕北只有七八百里路了，那里就是我们的目的地，就是我们的抗日前进阵地！"①

关帝庙里，响起一阵热烈的掌声，与会同志振臂高呼"坚持拥护中央北上抗日的正确路线""到陕甘根据地去"等口号。

9 月 23 日，在哈达铺完成整编的红军陕甘支队，队伍迤逦东进。

万里，长征。"秦时明月汉时关，万里长征人未还。"（王昌龄《出塞》）"万里长征战，三军尽衰老。"（李白《战城南》）望着队伍，毛泽东若有所思。古代边塞诗除了少数抒发个人追求军功的雄心，便总有着挥之不去的厌战怨情，那么，该如何抒写我工农红军的万里长征呢？——红军不怕远征，"红军不怕远征难，万水千山只等闲。"

9 月 24 日，行军路线在闾井突然转向西北，经两天一夜的急行军，26 日清晨出敌不意强渡渭水。翌日，抵达通渭县榜罗镇，召开中共中央政治局常委会议。这次会议改变了俄界会议关于接近苏联建立根据地的决定，确定把中共中央和陕甘支队的落脚点放在陕北。28 日清晨，召开陕甘支队连以上军政干部会议。毛泽东在零星秋雨中向一千多名红军骨干讲话，他指出日本侵略中国北方的严重性，阐明了红军北上抗日的伟大意义，分析了陕北可以成为抗日新阵地的经济、政治条件，进而发出号召：同志们，努力吧！为着民族，为着中国人

---

① 毛泽东：《在哈达铺红军干部会议上的讲话（要点）》，郝成铭、朱永光主编，麻琨副主编：《中国工农红军西路军（文献卷）》下册，甘肃人民出版社 2004 年版，第 73—75 页。

民不做亡国奴，奋力向前！①

陕甘支部先头部队进逼通渭县城，县长、保安队弃城而逃。通渭是陕甘支部进入甘肃后占领的第一个县城。9月29日下午，毛泽东在城内文庙为第一纵队第一大队的先锋连作报告，突然有人插话："主席，我们要到哪里去呀！""到抗日最前线去。"毛泽东毫无不悦之色，他和蔼地回答："我们首先到陕西北部与陕北红军会合，然后，哪里有侵占我国土的日本鬼子，我们就到哪里去消灭他们。"到哪里去的问题郁积战士心中许久，另一个战士接着问道："到陕北还有好多路呀？""千把里路。"毛泽东显得成竹在胸，"如果每天走六十里，十七天就可以走到。怎么样？行吗？""行！每天走七十里也可以。""每天走八十里吧！……"其他战士也按捺不住发话，会场活跃起来。

待气氛稍事平静，毛泽东尽快作完报告，乘兴为战士们朗诵了自己新作的一首七律。

9月30日晚，县城南门外的河滩，军乐大奏后，陕甘支队全体指战员齐唱《国际歌》，随后举行文艺联欢晚会和大会餐，以此进行进军陕北的政治动员。杨尚昆、邓发、叶剑英分别讲述北上抗日的意义、西北形势及与骑兵作战的战术问题，演讲完毕就宣布会餐开始。6人一桌，各桌都有猪、羊、鸡肉，只不过各部队的做法不同，战士们纷纷大声邀请："司令员请来我这里，我们有红烧肉。""参谋长请来我这里罢，我们有白切鸡。""政治委员，你喜欢吃鸭子，请到这里来吧！"此类声音此伏彼起，各级军政指导员手拿筷子游行般的到各

---

① 陆定一：《榜罗镇》，甘肃省军区党史资料征集办公室编：《三军大会师》上册，甘肃人民出版社1987年版，第168—171页。

个伙食单位品尝，官兵其乐融融。①

经过数日休整，陕甘支部 10 月 2 日凌晨 2 时开拔。部队迅速通过西兰公路，4 日来到陕甘宁交界的六盘山脚下单家集（今属宁夏西吉县），当地回民很是热情。原来是不久前红 25 军曾经过此地，军纪甚好给当地民众留下深刻印象，陕北革命根据地真的是不远了。

就要进入陕北革命根据地，毛泽东诗情愈发高涨。10 月 7 日，毛泽东站在甘肃固原县青石咀的一个山头上，直接指挥陕甘支队第一纵队歼灭国民党追兵两个骑兵连，缴获战马百余匹。随后，翻越长征中的最后一座大山——六盘山。于是，就有了那首《清平乐·六盘山》：

天高云淡，望断南飞雁。不到长城非好汉，屈指行程二万。　　六盘山上高峰，旄头漫卷西风。今日长缨在手，何时缚住苍龙？

事实上，毛泽东在 10 月间还作有另一首词《念奴娇·昆仑》："横空出世，莽昆仑，阅尽人间春色。飞起玉龙三百万，搅得周天寒彻。……"同样是气势沉雄、豁达乐观。

10 月 19 日，陕北保安县吴起镇，在晴空艳阳下，迎来了陕甘支队。连日的行军作战，牺牲的、掉队的、开小差的，部队只剩 7200 余人，个个衣衫褴褛，随身背着的脸盆或烧水缸子烧得黑黝黝的，一副叫花子的形状，而肩上钢枪却闪烁着凛然不可侵犯的幽光。

猛然看到街镇上刷有"中国共产党万岁！"的大标语，红军战士

---

① 杨定华：《从甘肃到陕西》，甘肃省军区党史资料征集办公室编：《三军大会师》上册，甘肃人民出版社 1987 年版，第 194 页。

恍然觉得回到了中央革命根据地，不少人激动得流下了热泪，[①]一间窑洞门口竟然还挂着工农民主政府的牌子。[②]但是，当地百姓误以为来者是国民党军队，逃避一空，好不容易找到几个留守的老人，对红军的询问一律答以"害不下"（即不懂之意），红军战士误听作"我害怕"，忙着作了一通无谓的解释。是红军清扫住处、张贴标语、对百姓和蔼可亲的行为让吴起镇的老头子、老太婆意识到这不是国民党军队，于是，找回了村里的男女老幼，[③]立时掀起拥军的热潮。

吴起镇已是陕北苏区的边界，向东就有红色政权。10月20日，在聂荣臻的建议下，毛泽东同彭德怀等研究敌情，决定打退追敌，不把敌人带进根据地。翌日，陕甘支队两个纵队在吴起镇附近伏击尾随而来的宁夏马鸿逵部4个骑兵团，歼敌一部，击溃其余。毛泽东为此赋诗一首，书赠彭德怀：

> 山高路远坑深，大军纵横驰奔。
>
> 谁敢横刀立马？惟我彭大将军！

"江西上来了批老共产党，一人一杆乌焰钢"，新词信天游在陕北黄土地的上空回响。进入陕北革命根据地诸事顺利，然而，在同吴起镇当地游击队长张明科交谈中，毛泽东却意外地听说：刘志丹被陕甘边区保卫局抓起来了。陕甘边区游击队第二路指挥马福记和政委龚逢春一起到吴起镇来迎接中央红军，毛泽东在听取他们汇报时进一步获

---

① 杨得志：《信念的力量》，甘肃省军区党史资料征集办公室编：《三军大会师》上册，甘肃人民出版社1987年版，第121页。

② 《肖锋长征日记（节选）》，甘肃省军区党史资料征集办公室编：《三军大会师》下册，甘肃人民出版社1987年版，第717页。

③ 杨定华：《从甘肃到陕西》，甘肃省军区党史资料征集办公室编：《三军大会师》上册，甘肃人民出版社1987年版，第215页。

悉陕北"肃反"扩大化的问题。毛泽东当即指示："刀下留人，停止捕人。"①

红十五军团派人来联络，毛泽东约定会见徐海东的日期。10月30日，毛泽东、彭德怀率陕甘支队离开吴起镇，3天后抵达甘泉县下寺湾。11月4日，兵分两路。毛泽东、周恩来、彭德怀率红一军团继续南下，去与红十五军团会合。张闻天、博古等率中共中央机关前往瓦窑堡，主持苏区后方工作。5日，部队在象鼻子湾休整，毛泽东作会师前的最后动员。他第一次提出了二万五千里长征的概念，就总结过去、开辟新局面作了鼓舞人心的讲话："从江西瑞金算起，我们走了一年多时间。我们每人开动两只脚，走了两万五千里。这是从来未有过的真正的长征。我们红军的人数比以前是少了一些，但是留下来的是中国革命的精华，都是经过严峻锻炼与考验的。留下来的同志不仅要以一当十，而且要以一当百、当千。今后，我们要和陕北红军、陕北人民团结一致，要作团结的模范，共同完成中国革命的伟大使命，开创中国革命新局面。"②

11月7日，正是共产党人和革命群众欢欣共庆的十月革命节，红军在甘泉县驻地套塘举行运动大会。毛泽东与周恩来、彭德怀前往甘泉县道佐铺红十五军团部。在前线指挥作战的徐海东闻讯，快马加鞭，130里路，当中还有两座山，仅用3小时就赶回。刚洗去脸上的征尘，毛泽东等就到了，紧紧握手。中央红军与十五军团于此胜利

① 王首道：《参与为刘志丹平反的工作》，任文主编：《会师陕北》，陕西师范大学出版总社有限公司2014年版，第166—167页。
② 中共中央文献研究室编：《毛泽东年谱》上卷，中央文献出版社2013年版，第527页。

会师。①

张闻天所率中央机关 11 月 7 日抵达瓦窑堡，暂住城外。

不久，从定边发来电报，说来了一个可疑的商人，自称张浩，要找党中央。"张浩"，从没听说过这个人？但，既然那人明言要见中共中央，怕是有些来头，不管怎么说，就让他来瓦窑堡走一遭吧。赤卫队把那人押来：貌似淳朴的行商，身穿一件光板的羊皮大衣。时任中央组织部长的李维汉一见，喜上眉梢：这不是林育英，林仲丹同志吗？②

林育英，是龙华二十四烈士之一林育南、红军悍将林彪（林育容）的堂兄弟，中国共产党最早的工人党员之一。为表丹心永向共产党，他入党后改名为林仲丹。③这回林育英化名"张浩"，熟记电台密码，带领在苏联受训的报务员赵玉珍，从苏联穿越蒙古，途经银川，终于在陕北找到了中共中央。

好事成双。1934 年底奉命执行共产国际命令从苏联经蒙古潜入中国的刘长胜，也经历千辛万难，同期来到陕北宁条梁（今梁镇）。见到红军战士八角帽上的红五星，这位山东大汉不禁喜极而泣，两行热泪从尘土满面的脸颊上滚落下来。刘长胜踉踉跄跄地抢上前去，却被红军战士视为形迹可疑，可能是国民党潜伏特务，一绳子给绑了起

① 徐海东：《会师陕北》，甘肃省军区党史资料征集办公室编：《三军大会师》上册，甘肃人民出版社 1987 年版，第 303 页。

② 李维汉：《回忆张浩回国时的一点情况》，中华全国总工会中国工人运动史研究室编：《张浩纪念集》，上海人民出版社 1986 年版，第 21 页。

③ 张浩填的《党员登记表》，1938 年 11 月。转引自李海文、熊经浴：《张浩传》，当代中国出版社 2001 年版，第 17 页。

来。"同志！绑得太紧了，"刘长胜笑着嚷嚷道，"把我送到党中央去吧！"就这样，也来到瓦窑堡，先见杨尚昆，进而见到周恩来，割开鞋底取出了国际密码。[①] 中共中央与共产国际中断许久的电报联络有望接上了。

在此前后，毛泽东密切关注国民党军对陕甘苏区实施的第三次"围剿"态势。针对东北军的行动谨慎，毛泽东命令红军加紧对甘泉之敌的围攻，以诱敌东进。东北军109师11月20日下午4时开进直罗镇，当晚报捷庆功。翌日拂晓，天空飘落小雪，杀声突起，红一军团从北、西北、东北三方面，红十五军团从西南、南、东南围攻直罗镇。东北军仓促应战，至中午大部被歼，师长牛元峰率残部五百，退守镇东南的土寨内待援。毛泽东指示围点打援，然而，东北军57军军长董英斌竭力避战，在红军追歼之下败退而去。牛元峰见增援无望，23日午夜率残部从缺粮无水的绝境突围，逃至直罗镇西南的老牛湾再次被围，绝望自杀。此后，红军对东北军的抗日统战工作渐次展开，前此为红十五军团俘虏的东北军67军上校参谋处长高福源，后来就成为沟通红军与东北军的信使。直罗镇战役，共歼敌一个师又一个团，彻底打破了国民党军对陕甘苏区的第三次"围剿"。[②]

张浩及时传达共产国际"七大"精神，促成中共中央实现重大政策的调整。11月28日，毛泽东、朱德署名发布《中华苏维埃共和国中央政府、中国工农红军革命军事委员会抗日救国宣言》，表示："不论任何政治派别、任何武装队伍、任何社会团体、任何个人类别，只要他们愿意抗日反蒋者，我们不但愿意同他们订立抗日反蒋的作战决

---

① 钟雪生：《刘长胜》，中国工人出版社2015年版，第19—21页。
② 曲爱国、张从田：《长征记》，华夏出版社2016年版，第438—444页。

定，而且愿意更进一步的同他们组织抗日联军与国防政府。"①

12月17日至25日，中共中央在瓦窑堡召开政治局扩大会议，史称瓦窑堡会议。席卷平津京沪的一二·九学生、市民爱国运动消息此时也传到了陕北，团结御侮、共同抗日正是民心所向、大势所趋。12月23日，毛泽东在会上作军事问题的报告，确定"把国内战争同民族战争结合起来"的方针，明确"红军是中国人民抗日的先锋队"，"一切不愿当亡国奴的士兵及军队，同红军联合起来打日本去"，"准备直接对日作战的力量"，"猛烈扩大红军"等战略方针，在作战指挥上"反对单纯防御，执行积极防御"，"反对先发制人"，执行"诱敌深入""后发制人"，强调"运动战是基本原则"，"集中兵力于主要方向，战略上一个拳头打人，内线作战中的外线作战，消灭战"，"战争的持久战，战役的速决战"，等等。② 张闻天的讲话突出了军事行动方针的重点："总的目标是：消灭卖国贼，准备与日作战，进行民族革命战争，巩固扩大苏区，打通国际路线。""我们的方案是占据宁夏，背靠外蒙。但因那里作战不便，若不能占城，我们便处于困难境地，故我同意先向山西方向发展。"并同意"泽东所讲的作战原则"。③

12月24日，大会通过《中国共产党告全国民众、各党派及一切

---

① 中国工农红军长征史料丛书编审委员会编：《中国工农红军长征史料丛书》第4册"文献"，解放军出版社2016年版，第204页。

② 《中央关于军事战略问题的决议》(1935年12月23日政治局通过)，中国工农红军长征史料丛书编审委员会编：《中国工农红军长征史料丛书》第4册"文献"，解放军出版社2016年版，第209页。

③ 张闻天：《关于军事行动方针的发言》(1935年12月23日)，中共中央党史研究室张闻天选集传记组编：《张闻天文集》第2卷，中共党史出版社2012年版，第39—40页。

军队宣言》。[①]25 日，大会通过《中共中央关于目前政治形势与党的任务决议》，明确"目前政治形势已经起了一个基本上的变化，在中国革命史上划分了一个新时期"，确立了"只有最广泛的反日民族统一战线（下层的与上层的），才能战胜日本帝国主义及其走狗蒋介石"的策略路线，提出建立国防政府和抗日联军的主张，并决定"为了使民族统一战线得到更加广大的与强有力的基础，苏维埃工农共和国及其中央政府宣告，把自己改变为苏维埃人民共和国"。强调"红军是抗日的先锋队"，"游击战争应在全国发展起来"，并争取"千千万万在日本与卖国贼统治之下的工人，农民，兵士，贫农与革命民众大多数起来进行坚决的斗争"。同时，指出"党内主要危险是关门主义"，号召全党"为扩大与巩固共产党而斗争"，"在新的大革命中，共产党需要数十万至数百万能战斗的党员，才能率领中国革命进入彻底的胜利。"[②]

为了进一步统一党内思想，两天后（12 月 27 日）又在瓦窑堡召开了党的活动分子会议。毛泽东在会上作《论反对日本帝国主义的策略》的报告，指出："目前形势的基本特点，就是日本帝国主义要变中国为它的殖民地。"毛泽东分析了中国各阶段对日本侵华的态度，着重指出："国民党营垒中，在民族危机到了严重关头的时候，就要发生破裂的。"接着，又说到中国民族革命营垒的情形。毛泽东高度评价了二万五千里长征："我们说，长征是历史纪录上的第一次，长

---

① 《中国共产党告全国民众、各党派及一切军队宣言》(1935 年 12 月 24 日)，魏建国主编：《瓦窑堡时期中央文献选编》上册，东方出版社 2012 年版，第 82—83 页。

② 《中共中央关于目前政治形势与党的任务决议（瓦窑堡会议）》(中国共产党中央政治局 1935 年 12 月 25 日通过)，中国工农红军长征史料丛书编审委员会编：《中国工农红军长征史料丛书》第 4 册"文献"，解放军出版社 2016 年版，第 212—226 页。

征是宣言书，长征是宣传队，长征是播种机。""长征一完结，新局面就开始。直罗镇一仗，中央红军同西北红军兄弟般的团结，粉碎了卖国贼蒋介石向着陕甘边区的'围剿'，给党中央把全国革命大本营放在西北的任务，举行了一个奠基礼。"他明确"党的基本的策略任务是什么呢？不是别的，就是建立广泛的民族革命统一战线。"毛泽东解释道："日本帝国主义是下了凶横直进的决心的。国内豪绅买办阶级的反革命势力，在目前还是大过人民的革命势力。打倒日本帝国主义和中国反革命势力的事业，不是一天两天可以成功的，必须准备花费长久的时间"，"中国革命战争还是持久战，帝国主义的力量和革命发展的不平衡，规定了这个持久性"。"帝国主义还是一个严重的力量，革命力量的不平衡状态是一个严重的缺点，要打倒敌人必须准备作持久战"。并解释从现在起，应在工人、农民和城市小资产阶级以外，"还要加上一切其他阶级中愿意参加民族革命的分子"，把工农共和国改变成人民共和国。"我们的政府不但是代表工农的，而且是代表民族的。"最后，他还谈到了国际援助："我们中华民族有同自己的敌人血战到底的气概，有在自力更生的基础上光复旧物的决心，有自立于世界民族之林的能力。但是这不是说我们可以不需要国际援助。"[1]

张浩继续发挥作用，他纠正了对富农"左"的政策。更为重要的是，他意外地成为干预张国焘搞分裂的重要人物。红四方面军与中共中央的电台联络一直没有中断。张浩到陕北后很快以个人名义致电张国焘，通报共产国际"七大"精神，并交待自己想到川康来找张国焘的打算。起初毛泽东等人并不知道张国焘10月5日在卓木碉（在今

---

[1] 毛泽东：《论反对日本帝国主义的策略》（1935 年 12 月 27 日），中共中央文献研究室、中央档案馆编：《建党以来重要文献选编（1921—1949）》第 12 册，中央文献出版社 2011 年版，第 558—559 页。

四川理番县的白赊寨）另立中央，宣布撤销毛泽东、周恩来、博古、张闻天的职务，"开除"中央委员及党籍，并下令"通缉"，杨尚昆、叶剑英应"免职查办"，直到 12 月 5 日接张国焘来电，这才觉出事态进一步恶化的严重性。该电明确"此间用中央，中共中央，中央政府，中央军委，总司令部等名义对外发表文件，并和你们发生关系"，而指令"你们应称北方局，陕北政府和北路军，不得再冒用党中央名义"。① 面对张国焘发来的长电冒称"党中央"并指摘朱毛等种种不是，张浩顿觉情况比自己料想的要严重，他 12 月 22 日复电张国焘，开始代表共产国际干预张国焘闹分裂的问题。

---

① 《张国焘狂妄要求党中央改称"北方局"电》(1935 年 12 月 5 日)，甘肃省军区党史资料征集办公室编：《三军大会师》下册，甘肃人民出版社 1987 年版，第 583 页。

3

为纪念中共成立15周年做准备

「中国工作计划」引发季米特洛夫的沉思 /

国会纵火案，激辩莱比锡法庭 /

十月革命胜利后，诸国共产党纷起成立 /

共产国际「三大」宣告进入组织建设时期 /

张太雷、俞秀松代表中国共产党早期组织亮相共产国际「三大」 /

季米特洛夫决定庆祝中共成立15周年

1935 年 12 月 23 日，莫斯科。

季米特洛夫的中国问题政治助理米夫，和中共驻共产国际代表团共同提出 1936 年第一季度中国工作计划。

共产国际"七大"后，当选为共产国际执委会总书记的季米特洛夫将中国革命放在首要位置，他亲自负责处理中国问题。为此，专门成立由米夫、康生等人组成的书记处机关秘书处。①

那份"中国工作计划"共分七部分，其一为"组织情况通报"，其二为"宣传［共产国际］七大决议"，其三便赫然写着："为纪念中共成立 15 周年做准备"，以下便是准备工作要点：

1. 为纪念中共成立 15 周年准备出版下列小册子：

（1）《中国共产党 15 周年》（米夫同志）；

（2）《中共文件集》（李明、林大生、普拉格尔同志）；

（3）《中国苏维埃》第 2 卷（王明、克雷莫夫、米夫同志）；

（4）《中共人物（著名共产主义运动活动家）》（博林、肖亚〈音〉、李明、徐杰、米夫等同志）；

（5）《中国国民经济恢复和发展计划》（工作队）；

（6）《民族危机与中国共产党》（王明同志）。

2. 在中国各种政治、军事和教育人士中间调查对中共的看法，并出版单独小册子公布他们的答复。

---

① 《共产国际执行委员会书记处关于共产国际执行委员会书记处机关结构的决议》，中共中央党史研究室第一研究部译：《共产国际、联共（布）与中国革命档案资料丛书》第 15 卷，中共党史出版社 2007 年版，第 45—46 页。

3. 准备出版纪念中共成立 15 周年的《共产国际》杂志、《国际新闻》专号和《真理报》专版。①

工作事项涉及的中国同志有：王明、武胡景（林大生）、郭绍棠（克雷莫夫）、潘汉年（博林）、李立三（李明）和陈潭秋（徐杰）。

这是组织纪念中国共产党成立 15 周年庆祝活动首次被提上议事日程。就在该份工作计划的第六部分"季米特洛夫同志秘书处会议日程安排"，明确安排：3 月 22 日，由康生负责汇报"关于准备纪念中共成立 15 周年的工作"。

面对这份"中国工作计划"，季米特洛夫陷入沉思。

闪回——"季米特洛夫同志，我们德国共产党人感谢你英勇无畏的伟大榜样，你与戈林、戈培尔对质，在全世界的喝彩声中指斥他们是纵火犯和法西斯独裁的奴隶。你极大地帮助了德国工人阶级，使他们摆脱了沮丧情绪，你鼓舞了千百万社会民主党人和小资产阶级。季米特洛夫，你的所作所为对各国统一战线的形成和开始走向高潮起了决定性作用。做一个季米特洛夫，这是全世界革命无产阶级所能授予的最高荣誉称号。"②

德国代表费朗茨热情洋溢的发言，在共产国际"七大"会场激起热烈的掌声。

保加利亚共产党员季米特洛夫不仅获得德国共产党人的衷心拥戴，而且赢得了其他各国共产党人的极大认同。为此，他众望所归在

① 《米夫，和中共驻共产国际代表团共同提出 1936 年第一季度中国工作计划》，中共中央党史研究室第一研究部译：《共产国际、联共（布）与中国革命档案资料丛书》第 15 卷，中共党史出版社 2007 年版，第 73—74 页。

② 《第四次会议》(1935 年 7 月 27 日上午)，王学东主编：《共产国际第七次代表大会文献》第 1 册，中央编译出版社 2013 年版，第 136 页。

共产国际"七大"当选为共产国际执委会总书记。这主要是因为季米特洛夫在莱比锡法庭上的斗争，实在太精彩了。

闪回——1933年2月27日晚9点多，德国柏林的国会大厦突然传出一声巨响，随后火光四起、浓烟冲天。消防队赶到，虽然控制火势，但是国会大厦已被烧得面目全非。赶到现场的纳粹高层、国会议长赫尔曼·戈林激动得满脸通红，他挥舞着双手高声喊道："这是共产党干的，他们想以此来反对新政府！"德国法西斯误导舆论、嫁祸于人的意图十分明显。《魏玛宪法》规定总理可不通过议会自行制定规章以代替法律，然而，希特勒要启用这一特别授权法，却遭到德国共产党这议会中第二大党的反对。因此，纳粹蓄意制造事端以消灭共产党。警察在纵火现场发现的荷兰流浪汉马里努斯·凡·德尔·卢贝（据说在其身上搜到一张共产党党证），在严刑拷打下承认是他放的火，其目的就是为了反对纳粹党。纳粹政府乘势勒令解散除法西斯党以外的一切政党，取缔工会及一切结社、集会，到3月2日德国所有的共产党党部被纳粹党占领，包括德国共产党领袖恩斯特·台尔曼在内的1.8万名德国共产党人被捕入狱，共产国际驻德国的季米特洛夫等被指证与纵火者有联系也遭监禁。

闪回——1933年9月21日，纳粹党在莱比锡法庭公开审理国会纵火案。早此一天，由世界许多新闻工作者和进步律师组成的"国际调查委员会"公布了大量人证物证，足以证明被控告的共产党人无罪。保加利亚、德国、法国、美国的25名律师自愿无偿为季米特洛夫辩护。然而，纳粹党法律不允许被告人自由选择辩护人。于是，季米特洛夫决定由自己为自己进行政治辩护。①

---

① 萧盛编：《惊天谜案》，北京联合出版公司2013年版，第127—129页。

9 月 23 日，季米特洛夫第一次发言。他将德国当政者的法庭变成了暴露法西斯主义罪行、宣扬共产主义主张的世界讲坛。季米特洛夫豪迈声明：

> 是的，我是一个布尔什维克，一个无产阶级革命家。是的，以保加利亚共产党中央委员和共产国际执行委员会委员的资格来说，我是一个负责的和领导的工作者。正因为如此，我不是一个采取恐怖主义的冒险家，不是阴谋家，也不是纵火犯⋯⋯

从而将共产党与恐怖主义活动撇清。为说明这一点，他还援引马克思的名言为证："共产党人不屑于隐瞒自己的观点和意图。他们公开宣布：他们的目的只有用暴力推翻全部现存的社会制度才能达到。"接着，季米特洛夫顺势无情揭露了法西斯分子的无耻挑衅和白色恐怖，愤怒地控诉了检察官的作伪，有力地抨击了法西斯监狱的野蛮。[1]

审判过程长达 3 个月，可分 4 个阶段，季米特洛夫的出彩表现贯穿始终。第一阶段，在季米特洛夫的严词质问下，所谓"证人"支吾其词、狼狈不堪；第二阶段，季米特洛夫对阵戈林，将对方驳斥得只会咆哮；第三阶段是审讯政治问题，即"德国共产党是否准备 2 月 27 日武装起义，纵火焚烧国会是否起义的信号"的问题，被捕的工人及其儿女在季米特洛夫的帮助下，完全推翻了各自在预审时的假口供，纳粹阴谋再度落空；最后，莱比锡审讯以季米特洛夫在法庭上对法西斯的控诉收场。[2]

12 月 16 日，季米特洛夫在莱比锡法庭作最后的陈述："强派给

---

[1] 柳振铎主编：《国际共运史话》，福建人民出版社 1982 年版，第 217 页。

[2] 《出版者的话》，[保加利亚] 季米特洛夫：《控诉法西斯：季米特洛夫在莱比锡审讯中的两个发言》，种冲校译，生活·读书·新知三联书店 1958 年版，第 2—4 页。

我的辩护人的蜜汁或毒药，都不是我所需要的。在这个诉讼的全部进程中，都将由我自己答辩。"他说道：

我承认我的语调是激烈而尖锐的。我的斗争和我的生平也是激烈而尖锐的。但是我的语调是诚实坦白的。我有说实话的习惯。我不是一个因所操职业而来为受理人辩护的律师。

我是在保卫我自己，一个被控的共产党员。

我是在保卫自己共产主义革命者的荣誉。

我是在保卫我的理想，我的共产主义信仰。

我是在保卫我整个生命的内容和意义。

因为这些理由，我在法庭上所说的每一个字都出自衷心。每一句话都表示我对这种不正当的控诉，对这种诬陷共产党人的反共罪行，怀着深切的愤恨。

我常常受到指责，说我对待德国最高法院不够严肃。这是毫无理由的。

诚然，对我来说，作为一个共产党员，最高法律是共产国际纲领，最高法院是共产国际监察委员会。

……①

在法西斯法庭上，暂时去掉手铐脚镣的季米特洛夫一直精力充沛、反应敏锐。他辨析周谨，驳论有力，义正词严，进退有据，表现出压力下的风格，不仅令法西斯分子气沮神丧，更使广大共产党人与革命群众为之倾倒。12月23日，莱比锡法庭被迫作出无罪的判决。但是，季米特洛夫仍被置于"监护性的禁锢"中。直至翌

---

① 《季米特洛夫在莱比锡审讯的最后发言》，[保加利亚] 季米特洛夫：《控诉法西斯：季米特洛夫在莱比锡审讯中的两个发言》，种冲校译，生活·读书·新知三联书店1958年版，第17—18页。

年 2 月 27 日，在强大的世界舆论声援下，特别是经苏联政府的努力，季米特洛夫才得以释放。在万众瞩目下，他前往苏联，重返共产国际。

亲历国会纵火案，特别是莱比锡法庭的激辩，季米特洛夫力主共产国际调整政策，以反击日益猖獗的法西斯势力。放眼世界各国共产党，季米特洛夫对在东方积极抗击日本法西斯侵略的中国共产党顿时肃然起敬。

闪回——在十月革命胜利的影响下，共产主义运动磅礴寰宇，迅速成为遍布五大洲的世界运动。中国共产党就是在那时期涌现的诸国共产党之一。相比之下，保加利亚共产党的成立时间较早，仅比南斯拉夫社会主义工人党（1920 年 6 月改名为南斯拉夫共产党）晚了一个来月，[1] 成为旗帜鲜明响应共产国际号召成立诸国共产党的先锋。1919 年 3 月 2 日，共产国际第一次代表大会在莫斯科开幕，列宁致开幕词，宣称"我们的会议具有伟大的世界历史意义"，实即宣布共产国际成立，[2] 从而将奉行机会主义路线、支持各国政府参加世界大战的第二国际抛弃在历史尘埃中。5 月 25 日至 27 日，保加利亚社会民主党（紧密派）召开世界大战后第一次党代表大会，决定改名为共产党，[3] 季米特洛夫当选为中央委员，[4] 大会一致赞同该党参加共产

---

① 钟清清主编：《各国共产党总览》，当代世界出版社 2000 年版，第 1041 页。

② 《第一次会议》（1919 年 3 月 2 日），戴隆斌主编：《国际共产主义运动历史文献》第 29 卷"共产国际第一次代表大会文献"，中央编译出版社 2012 年版，第 15 页。

③ 钟清清主编：《各国共产党总览》，当代世界出版社 2000 年版，第 1105、1185 页。

④ 《季米特洛夫大事年表》，张万杰：《季米特洛夫：国际反法西斯斗争先锋共产国际总书记》，中国工人出版社 2014 年版，第 181 页。

国际。[1]

紧随保加利亚共产党之后，美国共产党成立。芝加哥，南阿希兰路113号机器工人大厦，8月30日社会党大会，两支左派力量遭到驱赶。第二天（8月31日），李德——华根纳赫派在色洛普街129号"世界产业工人"大厅聚会，组成美国共产主义劳工党。另一派密执安和各联盟稍后一天，于9月1日在布卢埃兰德大道1221号开会，宣告成立美国共产党。[2]后在共产国际的协调下两党合并，统称为美国共产党。

9月14日，全墨西哥马克思主义小组、墨西哥共产主义小组和墨西哥社会主义团体在墨西哥城召开第一次代表大会，宣告墨西哥共产党成立。[3]

11月9日，丹麦社会主义工党和社会民主青年联盟合并组成丹麦左翼社会主义党；翌年参加共产国际，10月改称丹麦共产党。[4]

1919年加入共产国际的还有瑞典社会民主左翼党，1921年5月改名瑞典共产党。[5]

步入1920年，西班牙的共产党[6]、东印度共产主义联盟（1924年改名印度尼西亚共产党）[7]、伊朗共产党，先后在上半年成立。

---

[1] ［苏］奥西波夫（М. В. Осипов）：《资本主义总危机第一阶段中的保加利亚》，杨志超译，高等教育出版社1957年版，第8页。

[2] ［美］福斯特：《美国共产党史》，梅豪士译，世界知识出版社1957年版，第180页。

[3] 康学同等编：《当代拉美政党简史》，当代世界出版社2011年版。

[4] 钟清清主编：《各国共产党总览》，当代世界出版社2000年版，第877、884页。

[5] 李其炎主编：《中国共产党党务工作大辞典》，新华出版社1993年版，第78页。

[6] 钟清清主编：《各国共产党总览》，当代世界出版社2000年版，第434、441页。

[7] 钟清清主编：《各国共产党总览》，当代世界出版社2000年版，第804页。

　　7月31日至8月1日，创立英国共产党的全国大会在伦敦召开。到会152人，因可委托投票，共收得211张投票。当天收到汤姆曼的祝词，以及独立工党左翼的贺语："恭祝成功"。[①] 7月31日，由此成为英国共产党的成立日。[②]

　　闪回——1920年7、8月间，共产国际"二大"在莫斯科召开。大会筹备者的意图明确："在共产国际第二次代表大会即将召开之际，国际无产阶级组织正在进入一个新阶段：共产国际开始进入组织建设时期。"[③] 共产国际"二大"强调："只有共产党真正成为革命阶级的先锋队"，"只有这样的党才能领导无产阶级同一切资本主义势力进行最无情最坚决的最后斗争。"进而指出："从国际无产阶级运动来看，目前各国共产党的主要任务是，团结分散的共产主义力量，在每一个国家中成立统一的共产党（或加强和革新已有的党），以便百倍地加强工作，为无产阶级夺取国家政权，即建立无产阶级专政形式的政权做好准备。"[④] 并对相应政党"正式加入共产国际"作出规定：

　　1. 日常的宣传和鼓动必须具有真正的共产主义性质，必须符合第三国共的纲领和各项决议。……

　　2. 凡是愿意加入共产国际的组织，都必须有计划有步骤地撤销改良主义者和"中派"分子在工人运动中（在党组织、编辑部、工

---

① 波立特等：《英国共产党三十年》，欧英辑译，火星社1951年版，第43页。

② 钟清清主编：《各国共产党总览》，当代世界出版社2000年版，第983、994页。

③ 《国际共产主义运动史文献》编辑委员会编译：《共产国际第二次代表大会文件》，中国人民大学出版社1988年版，第23页。

④ 《国际共产主义运动史文献》编辑委员会编译：《共产国际第二次代表大会文件》，中国人民大学出版社1988年版，第684、685—686页。

会、议会党团、合作社、地方自治机关等等中）所担负的比较重要的职务，用可靠的共产党人来代替他们，不必顾虑最初有时不得不用普通工人来接替"有经验的"活动家。

3. 几乎在欧美的所有国家里，阶级斗争都正在进入国内战争阶段。在这种情况下，共产党人不能信赖资产阶级法制。他们必须在各个地方建立平行的不合法机构，以便在决定关头能够帮助党执行自己的革命职责。……

以下三条要求尤为重要：

17. 鉴于上述种种，一切愿意加入共产国际的党，都应当更改自己的名称。凡是愿意加入共产国际的党都应称为：某国共产党（第三国际即共产国际支部）。名称问题不只是一个形式问题，而且是具有重大意义的政治问题。共产国际已经宣布要同整个资产阶级世界和一切黄色社会民主党进行坚决的斗争。必须使每一个普通的劳动者都十分清楚共产党同那些背叛了工人阶级旗帜的旧的正式的"社会民主"党或"社会"党之间的区别。

18. 各国党的一切指导性的机关报刊，必须刊登共产国际执行委员会的一切正式的重要文件。

19. 凡是已经加入或正在加入共产国际的党，必须在最短期间，无论如何不迟于共产国际第二次代表大会闭幕后四个月，召开一次紧急代表大会，讨论所有这些条件。同时，中央委员会应当设法使各级地方组织都了解共产国际第二次代表大会的各项决定。①

总共 21 条，涵盖了列宁关于加入共产国际的 19 条要求并有所增益。

---

① 《加入共产国际的条件》，《国际共产主义运动史文献》编辑委员会编译：《共产国际第二次代表大会文件》，中国人民大学出版社 1988 年版，第 720—725 页。

继后，在当年成立的有乌拉圭共产党①、土耳其共产党②、印度共产党③，澳大利亚共产党的成立颇具戏剧性。

1920 年 10 月 30 日，由澳洲社会党发起，在悉尼召开各社会主义者团体和左翼团体会议，一致议定成立共产党，并选出一个由 12 人组成的临时执行委员会。在休会若干天后，11 月 6 日至 13 日再次举行大会。社会党代表为争取对共产党的领导权和控制权，反对立即批准前一阶段会议通过的决议，遭到大多数与会代表的反对。社会党遂撤回自己在临时执委的 3 名代表，独自成立"共产党"，以致澳大利亚一时出现两个共产党并存的局面。④ 不过，澳大利亚共产党统一后仍以当年大会的第一天 10 月 30 日为党的成立日。

12 月 25 日圣诞节，法国中西部城市图尔，法国社会党召开第十八次全国代表大会。参加共产国际"二大"并受到列宁接见的加香和福罗萨，从苏俄归来，积极推动前已脱离第二国际的法国社会党实现政党转型，加入共产国际。大会上，每个总支部都可以发表他们是否赞成参加共产国际的意见。尽管勃鲁姆、龙格、桑巴等右派和中派分子叫嚣、恫吓、攻讦、诡辩，无所不用其极，12 月 29 日夜间的投票结果，4731 票中有 3208 票赞成加入共产国际，从而以绝大多数的党员意志宣告法国共产党于当夜 10 点诞生。勃鲁姆、伦诺得尔、福尔等不服从大会的决议，另组社会党，但是被他们拉走

---

① 乌拉圭社会党的多数派 1920 年 9 月 20 日召开党代表大会，决定成立共产党并加入共产国际。钟清清主编：《各国共产党总览》，当代世界出版社 2000 年版，第 759 页。

② 1920 年 9 月 10 日，在土耳其的巴库成立了土耳其共产党。刘春元：《土耳其共产党对社会主义的探索》，《当代世界与社会主义》2010 年第 5 期，第 67 页。

③ 钟清清主编：《各国共产党总览》，当代世界出版社 2000 年版，第 115、118 页。

④ 郑寅达：《澳大利亚史》，华东师范大学出版社 1991 年版，第 199 页。

的党员不到 1/3。大会于 30 日胜利结束，为了有利于革命活动，法共暂称社会党（共产国际法国支部），翌年 10 月才正式定名为法国共产党。①

进入 1921 年，新生的共产党继续呈雨后春笋之势。1 月 1 日至 2 日，卢森堡社会党在迪费当热的海德尔大厅召开代表大会，多数代表表示拥护共产主义，但在第二天表决关于无条件加入共产国际的提案时，情况出现逆转，赞同的仅占少数。为此，共产主义者在表决后迅速离场，到尼德尔科恩的另一个会场创建自己的政党，② 1 月 2 日成为卢森堡共产党的成立日。③

1 月 15 日，意大利社会党在里窝那举行第 17 次代表大会，共产主义派与最高纲领派、改良主义派在票选中不能胜出，于是，左派代表高唱《国际歌》退场；1 月 21 日他们转移到圣马力科戏院，召开意大利共产党第一次代表大会，④ 那天成为意大利共产党成立纪念日。⑤

3 月 1 日至 3 日，⑥ 在恰克图举行第一次代表大会建立蒙古人民党，后改名为蒙古共产党，3 月 1 日成为该党成立日。⑦ 在 3 月成立

① 凌治彬：《世界现代史稿（1917—1945）》上册，黑龙江教育出版社 1986 年版，第 108—109 页。

② 中共中央对外联络部八局：《卢森堡共产党简史》，1982 年印，第 1、3—4 页。

③ 钟清清主编：《各国共产党总览》，当代世界出版社 2000 年版，第 426 页。

④ 陆人译：《意大利共产党简史》，人民出版社 1953 年版，第 28—30 页。

⑤ [意] 帕尔米罗·陶里亚蒂：《意大利共产党》，寒微等译，世界知识出版社 1959 年版，第 1 页。

⑥ 中共中央对外联络部二局：《蒙古人民革命党代表大会、代表会议和中央全会决议汇编（1921—1939）》第 1 卷，1977 年印，第 3 页。

⑦ 《蒙古人民革命党》，http://baike.baidu.com/link?url=seh_j5GwrhEP5R-4Z1Jjx29ajQSZrNs7qtigqYgAdc_HGZsGjCDtx8HStOftA49XPR0b5JPpS16WDTK9U5Ek-q，2016/4/25。

的还有瑞士共产党 ①、葡萄牙共产党 ②、新西兰共产党 ③。

5 月 8 日，罗马尼亚社会民主党在布加勒斯特召开代表大会，有
540 人参加。5 月 12 日，与会代表就加入共产国际和成立罗马尼亚共
产党进行表决，结果有 428 名代表赞成无条件地加入共产国际，111
票主张有保留地参加。于是，代表大会决定把社会党改为罗马尼亚共
产党。④ 当晚，罗马尼亚反动当局就派出大批警察包围了代表大会的
会场，逮捕无保留地投票赞成加入共产国际的大会代表，⑤ 把他们关
进日拉瓦和瓦卡雷什蒂监狱。数月后，即开始对这些被捕的共产党
人提出诉讼，史称"270 人案件"，⑥ 又名斯皮里坡案件。⑦ 受此挫折，
《罗马尼亚共产主义社会党章程草案》未及获得大会通过。⑧ 然而，
这并不能扼杀罗马尼亚共产党成立的事实，罗马尼亚共产党以大会首
日 5 月 8 日为其成立日。⑨

① 钟清清主编：《各国共产党总览》，当代世界出版社 2000 年版，第 460 页。
② 钟清清主编：《各国共产党总览》，当代世界出版社 2000 年版，第 447 页。
③ 王章辉编著：《新西兰》，社会科学文献出版社 2014 年版，第 107 页。
④ ［罗］米隆·康斯坦丁内斯库、康斯坦丁·达伊科维丘：《罗马尼亚通史简编》中
　册，商务印书馆 1976 年版，第 819 页。
⑤ ［罗］米隆·康斯坦丁内斯库、康斯坦丁·达伊科维丘：《罗马尼亚通史简编》中
　册，商务印书馆 1976 年版，第 820 页。
⑥ ［苏］H. 维诺格拉多夫等：《罗马尼亚近现代史》，中国科学院世界历史研究所翻
　译组译，商务印书馆 1974 年版，第 351 页。
⑦ ［罗］米隆·康斯坦丁内斯库、康斯坦丁·达伊科维丘：《罗马尼亚通史简编》中
　册，商务印书馆 1976 年版，第 820 页。
⑧ 中共中央对外联络部世界政党党章编选组编：《罗马尼亚共产党章程汇编》，求实
　出版社 1988 年版，第 1 页。
⑨ 《罗马尼亚共产党的光辉道路》（1956 年 5 月 8 日）开篇明言："今天是罗马尼亚
　共产党成立三十五周年纪念日。"《人民日报社论全集》编写组编：《人民日报社论
　全集：国民经济恢复和社会主义改造时期（1949 年 10 月—1956 年 9 月）》第 4
　册，人民日报出版社 2013 年版，第 521 页。

5 月 14 日，捷克斯洛伐克社会民主党左翼联合一些共产主义小组成立共产党。①

5 月 28 日至 29 日，美国共产党和美国统一共产党在加拿大的党组织联合举行代表大会，大会首日即宣告加拿大共产党成立。②

1921 年 6 月 22 日在莫斯科开幕的共产国际第三次代表大会，季米特洛夫是躬逢其盛。

闪回——来自 50 多个国家的共产党和左翼工人团体的代表参加共产国际"三大"，列宁演说，挥斥方遒。在共产国际执委会公布的受邀出席大会的组织名单中，中国有社会主义党左派、共产党早期组织两个团体的代表出席大会，均只有发言权。③7 月 12 日，大会的最后一天，第 23 次会议，讨论东方问题。张太雷代表筹建中的中国共产党发言："同志们！我想向你们介绍中国共产主义运动的概况，以及中国反帝革命斗争的全貌。但时间不允许我这样做。在 5 分钟的时间里，我只能向大家指出远东的运动对世界革命所具有的意义。"全场肃静，季米特洛夫认真聆听着。

张太雷随即指出历史的关键性要害："日本帝国主义是远东最近期间必须解决的一个重大而又迫切的课题。只要这个课题不解决，日本帝国主义就要经常威胁苏维埃俄国，就会使远东各国不能向共产主义迈进。"为此，他吁请"共产国际和西方各国共产党更加关注远东

---

① 中共中央对外联络部编：《各国共产党概况》，1980 年印，第 101—112 页。

② 钟清清主编：《各国共产党总览》，当代世界出版社 2000 年版，第 575、567 页。

③ 《共产国际执行委员会公布被邀请出席共产国际第三次世界代表大会的组织名单（初步的名单）》，戴隆斌、王学东主编：《国际共产主义运动历史文献》第 31 卷"共产国际第三次代表大会文献"第 1 册，中央编译出版社 2011 年版，第 13 页。

的运动，给予运动以大力支持"。①

中国代表的举动已在各国共产党代表中传开：中国共产主义者将中国社会党的代表给告发了。中国社会党，由江亢虎成立于十年之前，且江亢虎似曾与第二国际有过联络。张太雷和另一位中共早期组织成员俞秀松两次就大会资格审查委员会承认江亢虎代表资格提出抗议，后又由张太雷向共产国际寄出用英文写的抗议信（且有共产国际驻远东代表舒米亚茨基和日本代表太郎共同签名）。见共产国际并无反应，俞秀松、张太雷又联名写信给共产国际领导人季诺维也夫，再度强调：

1. 他并不代表任何一个中国政党。他自称代表的社会党在中国并不存在。他是中国反动的北京政府总统的私人顾问。2. 中国青年对他并不尊重，也不信任。如果他以青年代表的身份参加共产国际，那就肯定会妨碍共产国际和中国共产党的工作，破坏他们的声誉。3. 他是十足的政客，他善于利用一切机会来达到自己的目的。他会利用他是共产国际承认的代表这一事实，在中国从事卑鄙的勾当，从而损害中国共产党。

此外，信中还详述了江亢虎如何骗得参加共产国际"三大"资格的经过。② 不仅限此，6、7 月间，张太雷还联合日本、朝鲜代表团代表共同签署给共产国际执委会的信，要求将江亢虎从共产国际"三大"代表名单中除名。③ 准备参加青年国际"二大"的中国社会主义

① 戴隆斌主编：《国际共产主义运动历史文献》第 32 卷"共产国际第三次代表大会文献"第 2 册，中央编译出版社 2011 年版，第 306 页。
② 《俞秀松、张太雷给季诺维也夫的信》，中共一大会址纪念馆编：《中共首次亮相国际政治舞台：档案资料集》，上海人民出版社 2016 年版，第 138—139 页。
③ 《朝鲜、日本、中国代表张太雷等三人就江亢虎代表资格事致共产国际执行委员会的信》，中共一大会址纪念馆编：《中共首次亮相国际政治舞台：档案资料集》，上海人民出版社 2016 年版，第 140 页。

青年团其他成员也署名致信共产国际资格审查委员会，质疑江亢虎参加共产国际"三大"的正当性。① 当时江亢虎正与苏俄政府商讨实施征蒙计划，颇受重视，为此仍列席大会，② 只是没有安排发言。此外，来自中国的社会主义青年团员和共产党员还就共产国际接纳自称是"中国共产党"的大同党代表姚作宾进行了抗争活动。③

"在今后的世界革命中，中国富饶的自然资源和庞大的人力是用来反对无产阶级，还是被无产阶级用以反对资本家，这将取决于中国共产党。"张太雷如此结束他在共产国际"三大"上的发言："但是不应忘记，中国共产党的工作在相当大的程度上取决于共产国际对中国运动的关注。"④

季米特洛夫记得，中国共产党就是继后正式成立的。同年后续成立的还有南非共产党⑤、比利时共产党⑥，翌年成立的又有智利共产党、巴西共产党、日本共产党、埃及共产党，等等。

十四五年过去了，中国共产党在诸国共产党中脱颖而出。除了苏联之外，中国共产党是仅有的拥有军队的无产阶级政党，而且推进苏

① 《参加青年共产国际第二次代表大会的中国社会主义青年团代表团致第三国际资格审查委员会的声明》，中共一大会址纪念馆编：《中共首次亮相国际政治舞台：档案资料集》，上海人民出版社 2016 年版，第 157—158 页。

② 汪佩伟：《江亢虎研究》，武汉出版社 1998 年版，第 173、178 页。

③ 《参加共产国际第三次代表大会的中国代表俞秀松同志向共产国际远东部做出的声明》，中共一大会址纪念馆编：《中共首次亮相国际政治舞台：档案资料集》，上海人民出版社 2016 年版，第 174 页。

④ 戴隆斌主编：《国际共产主义运动历史文献》第 32 卷"共产国际第三次代表大会文献"第 2 册，中央编译出版社 2011 年版，第 307 页。

⑤ 钟清清主编：《各国共产党总览》，当代世界出版社 2000 年版，第 527 页。朱庭光：《当代国际知识大辞典》，团结出版社 1995 年版，第 480 页。

⑥ 朱庭光主编：《当代国际知识大辞典》，团结出版社 1995 年版，第 97 页。

维埃运动，拥有自己的革命根据地、建有自己的政权，并在白色恐怖下坚持城市斗争，现在中共驻共产国际代表团又及时推出《八一宣言》，不折不扣地成为诸国共产党的先进典范。[①]

为如此优秀的共产党筹办 15 周年之庆，正可弘扬中国共产党 15 年艰苦奋斗的光辉业绩，发挥鼓舞各国共产党斗志的引领示范作用。这是一个颇具启发性的计划。

[①] 陈新民主编：《第七次代表大会前的共产国际文献》，中央编译出版社 2011 年版，第 506 页。

『今天是我们中国共产党员最快乐的一天』

潘汉年、王明与邓文仪开启国共谈判 /

《关于中共干部问题的书面报告》，建议 1936 年 6 月庆祝中共成立 15 周年 /

陈潭秋继续撰文回忆中共一大 /

李汉俊牺牲场景 /

中共驻共产国际代表团细化中共成立 15 周年庆祝方案 /

7 月 1 日，中国共产党成立 15 周年庆祝宴会 /

陈潭秋在庆祝纪念会作专题报告，共产国际 8 月 23 日给中共中央发去贺电未及庆祝筹备工作展开，中共驻共产国际代表团先要应对国共谈判事宜。

《八一宣言》的影响迅速扩展，先是 1935 年 10 月下旬陈铭枢的使者找到王明，传递陈坚决要来莫斯科商谈的消息。陈因为推动十九路军奋起一·二八淞沪抗战而声名卓著，当然，欢迎他来。然而，道阻且长，待陈铭枢赶到莫斯科，已是翌年 4 月 13 日。而早在 1936 年初，国民政府驻苏联大使馆武官邓文仪就与王明开始会谈。

共产国际"七大"结束后，邓文仪将王明在大会上的发言摘要及《八一宣言》译出寄给蒋介石，这让那时正想以政治手段来解决中共问题的蒋氏眼前一亮。12 月 19 日，蒋介石从苏联大使鲍格莫洛夫那里得知，苏联政府已同意与南京政府缔结军事互助条约，遂起意借用苏联力量迫使中共服从自己统一中国。此时，邓文仪已回国述职，没承想刚到国内就接到蒋的紧急密令：迅即返回莫斯科，有"要事"要办。邓文仪赶回莫斯科，已是 1936 年春。他奉命与中共代表团秘密接触，先是直接写信给共产国际执委会秘书处，请其代为转交中共驻共产国际代表团团长王明，明确表示希望与王明就国共两党关系问题进行秘密商谈。然而，一等几天不见回音。邓文仪大着胆子，去找中华民族革命同盟驻苏联的机构，这可是打着抗日旗号的反蒋组织，该盟驻莫斯科代表胡秋原答应代为向王明传话。

1 月 13 日晚，胡秋原寓所，潘汉年受王明指派与邓文仪先期会谈。潘汉年一开口便单刀直入地问："邓文仪将军，王明同志听说你要找他谈国共两党合作抗日救国问题，委托我先来了解一下，你找他谈话，是以私人资格，还是正式代表南京政府？我们早在上海战争时，就公开宣布愿在三条件下与一切军队谈判共同抗日救国问题，……"潘汉年的开场白不免有点长，他忍不住谈到自己在遵义会议后，离开长征队伍来到上海所见，越说越激愤："可惜我到上海时，日本帝国主义实际上已经占领平津了。而苏维埃中央政府与中共中央号召全国各党各派团结一致共同救国的主张不仅没有得到国民党的响应，而且国民党还不断地逮捕和枪杀抗日救国的同胞，更加残酷地进攻红军。在这种情况下，我不仅没有可能向各方具体表示我们苏维埃政府与红军抗日救国的主张，就连人身安全都毫无保证，不得不离开祖国。我很高兴今天能在这里会见邓先生，很想知道国民党与南京政府在全国同胞一再要求停止内战，一致抗日的今天，到底有什么表示没有？"

"我这次来莫，完全是受蒋先生的委托，要找到王明同志讨论彼此间合作抗日问题。"邓文仪不疾不徐，"我们曾经在上海、南京等地找过共产党的关系，进行了一周的时间，全无结果。后来，我们想到四川和陕北直接去与红军进行谈判，但事先毫无联系，恐怕进不去。最近蒋先生看到王明同志在共产国际七次大会上的讲演，以及最近在《共产国际》杂志上的文章，立即决定派我来找王明谈判合作的问题。……"

"我们在你们五次大会之前，曾有过一个通电，蒋先生看了为什么没有提出讨论？"潘汉年将了对方一军。

"在那种会议上实际上根本不可能讨论这种问题。"邓文仪巧妙回答，"因为几百人的会议，没有人知道里面会有多少汉奸。"随后，邓文仪向潘汉年转诉蒋介石的苦衷："蒋先生主张，现在要抗日，首先是要集中八十个师的人马，否则必然受日本所制。可现在这八十个师的人马都被红军牵制住了，因此我们两党需要合作。……"

于是，二人很自然地谈到大革命时期的国共合作。邓文仪把错误推到鲍罗廷的身上。"过去的不要说了。"潘汉年颇为机敏，"究竟谁对谁错，历史会回答的。现在我们唯一希望的，就是国民党能够按照孙中山先生的反帝主张来制定政策制止日本帝国主义吞并中国的阴谋得逞。我可以代表中国苏维埃和红军的领袖朱、毛两同志和王明同志，向全体国民党员以及南京军队的全体将士宣布说：只要你们立即停止进攻红军，表示抗日，我们愿意与你们谈判合作问题。"

"我们最近召开的六中全会和五次大会，已经表达了团结对外的一致愿望，这是国民党有史以来所没有过的团结现象。"邓文仪开始为国民党评功摆好。接着，他简要回顾了自己积极促成国共和谈的经过。

最后，二人谈到合作的原则问题。"要合作这一点是确定了。不过有三个问题比较难解决。一是联合以后对日作战非统一指挥不可；二是我们现在子弹和粮饷都只够三个月的，如果要打持久战，就非另想办法不可；三是外交方面我们对英美是有些办法的，但英美离中国太远，远水不救近火，无论如何没有苏联与我们那样方便。最近我们得到消息，日本今年肯定要打外蒙，因此我们应当与苏联合作，让他们帮助我们军火和粮饷。这一点很重要。"

"如果真心抗日，"潘汉年接口道，"这三个问题应该都不难解决。……"初次交换意见很快达成共识，邓文仪及时提出要与王明会谈。①

① 杨奎松：《潘汉年与邓文仪谈判概要》附"1936年1月13日潘汉年与邓文仪谈话记录要点"，中共上海市委党史研究室编：《潘汉年在上海》，上海人民出版社1995年版，第189—197页。

3 天后的 1 月 17 日晚 8 时，王明与邓文仪进行首次谈判，二人以前是莫斯科中山大学的同学，相见微笑握手。

王明开谈第一句是："您是受蒋介石委托来同我会见，还是您个人作为老朋友想同我谈谈？"

"我受到了蒋介石的委托，"邓文仪回答，"因为他早就想跟红军进行谈判，并想派我去四川或陕西，但我们不敢，因为事先没有征得红军方面的同意。蒋介石看了你在共产国际七大上的讲话稿。后来，我去上海时，弄到了一期《共产国际》杂志，上面刊登了你关于中国反帝统一战线的文章。我立即找来翻译把这篇文章译出来，并把它寄往南京。此后，蒋介石就更坚持要我立即到这里来同你们谈判。"

尽管邓文仪承认国民党方面受了"日本人不可能真的把中国殖民化"的日方宣传愚弄，谈判还是梗阻在国民党方面在反共与抗日方面孰真孰假的问题上。王明一针见血地指出："但事实证明，你们在继续进行反对中国红军的战争，你们仍在逮捕国统区的共产党员，你们仍在镇压抗日运动，因此我们的许多同志担心，你们的谈判只是一种策略。"谈判眼看到了山穷水尽，王明话锋一转却又是柳暗花明："原则上我方的问题已经解决。我们的政策是公开的。我们一直公开宣布对日本进行民族革命战争。而如果您说，你方对日斗争问题原则上也已解决，那么自然一切都取决于协议的具体条件。因此，您应当把蒋介石想向中共和红军提出的条件说出来。"

于是，邓文仪亮出蒋介石所谈的内容：

第一，关于苏维埃政府问题。蒋介石建议撤销中国苏维埃政府，邀请苏维埃政府的所有领导人和工作人员参加南京政府。

关于红军问题，蒋介石建议把红军改编成国民革命军，因为对日作战必须有统一的军事指挥。当然，红军可能不接受南京政府的军事工作人员，但在红军与南京军队之间应该交换政治工作人员，即红军派自己的政工人员到南京部队中去，而南京部队派自己的政工人员到红军中去，以表示相互的信任与尊重。

关于党，蒋介石认为，要么恢复1924年至1926年曾经存在过的那种国共合作形式，要么共产党单独独立存在。这将在以后由我们共同来解决。

蒋介石知道，红军没有弹药、武器和粮食。因此，南京政府可以给红军提供一定数量的武器和粮食，还可指派一些部队去帮助红军，以便红军进军内蒙古战线，而我们南京的军队将驻守长江防线，因为我们不可能派出很多部队去其他战场攻击日本。

我们获悉，在今后几个月内，至少在今年下半年，日本一定会进攻蒙古人民共和国。……①

对于撤销中国苏维埃，王明颇觉敏感。随后，王、邓交谈主要集中于如何建立互信、互派代表，至于谈判具体内容，王明指出"中国党的多数政治局委员都不在莫斯科"，"即使我们提出某些具体条件，也还要等待苏区政治局的决定。所以我们认为，最好不提具体条件，具体条件要同毛泽东和朱德去商谈。"

4天后（1月22日），王明与邓文仪进行第二次交谈，已具体涉及代表护照的问题。潘汉年早已是整装待发。翌日，王明给毛泽东、朱德、王稼祥写信，通报与邓文仪面谈进展情况，"唯至于抗日救国之具体合作办法有待于蒋〔介石〕与诸同志直接商洽，故决由邓〔文仪〕君与〔潘〕汉年同志亲赴南京与蒋面商，并言定再由南京同去苏

---

① 中共中央党史研究室第一研究部译：《共产国际、联共（布）与中国革命档案资料丛书》第15卷，中共党史出版社2007年版，第89—102页。

区与诸同志协商抗日救国的合作具体办法。"

然而，就在王明致信毛泽东等人的同一天，情况突变。邓文仪第三次找王明面谈，是特地解释后天不能动身归国了，"因为刚才收到蒋介石的电报，他要我立即去柏林。"据邓向王出示的电报，蒋介石是要他到柏林与李荣清密谈。李荣清，实即陈立夫的化名。其实，蒋介石所以中途改变主意，直接肇因是苏联大使鲍格莫洛夫昨日（1月22日）代表苏联政府正式拒绝蒋氏有关请苏方出面助其劝说中共向南京政府"输诚"的提议。陈立夫与王明的晤谈计划就此流产。不过，同期陈立夫手下曾养甫通过谌小岑，在翦伯赞的介绍下，经与自由职业大同盟书记吕振羽联系，终与中共中央北方局代表周小舟接上关系；[1] 宋子文通过宋庆龄在1935年底找到原在中共特科系统工作的董健吾，陈立夫又通过关系找到了中共上海地下党员张子华，1936年初董、张二人经西安往陕北，传递国共合作的信息。[2] 国共两党为第二次合作的谈判就这么开始。

对于王、邓会谈，季米特洛夫给予高度重视。

1936年1月21日，季米特洛夫致信伏罗希洛夫，传递相关谈话记录，以及"要利用机会派我们的中国人到那里去"的"最终确定"，坚信"如果他来得及到红军那里，转达有关我们新策略的必要信息和关于实际运用的相应警告，那是会有很大好处的"。[3]

---

① 杨奎松：《西安事变新探：张学良与中共关系之谜》，江苏人民出版社2010年版，第195—197页。

② 范小方、毛磊：《国共谈判史纲》，武汉出版社1996年版，第72页。

③ 中共中央党史研究室第一研究部译：《共产国际、联共（布）与中国革命文献资料丛书》第15卷，中共党史出版社2007年版，第103页。

邓文仪匆匆离去后，共产国际执委会书记处 2 月 2 日收到中共驻共产国际代表团提交的一份关于干部问题的书面报告，该报告第三节是就"争取党的合法地位和我们干部的合法化"提出的四项政治建议，其中第二项又提到纪念中共成立 15 周年：

在筹备纪念中共成立 15 周年的过程中，应当让在美国出版的《先锋报》和在巴黎出版的《救国时报》，在中国和国际范围内的所有著名作家、学者、政治活动家等中间进行调查，征询他们对中共的看法。在收到答复后将调查表汇编成集出版，以便更加提高我党的政治威望。

其他三项建议包括：利用一切机会宣传我党的政治主张；出版党内已牺牲的中央委员和中央政治局委员，如李大钊、瞿秋白、方志敏等同志的文集，以及现时我党、红军和苏维埃政府的领袖，如毛泽东、朱德、王明、周恩来、张闻天、博古、彭德怀等同志的单独文集，"以便更广泛地宣传我们党的干部"；出版在满洲牺牲的民族战士和英雄的专集等，"以便更加提高我党作为中国人民在争取社会和民族解放斗争中的领袖的威望"。① 此三项后来也成为纪念中共成立 15 周年的活动项目组成。

一个多月后的 3 月 4 日，米夫又提交了一份《关于中共干部问题的书面报告》，上述四项建议均化为争取党的合法地位和干部的合法化问题的举措，且愈发聚焦于中共 15 周年庆祝活动。该报告写道：

要有步骤地揭露敌人把我党说成是阴谋者集团的企图。要利用一

① 中共中央党史研究室第一研究部译：《共产国际、联共（布）与中国革命档案资料丛书》第 15 卷，中共党史出版社 2007 年版，第 122—123 页。

切机会证明，共产党人是最忠诚的爱国者和为人民群众的民族解放和社会解放而斗争的先进战士。例如，为此目的应当在中共成立 15 周年之际（1936 年 6 月）好好筹备并广泛开展群众运动。在这个日期到来时，应当出版有关党史、烈士和党的著名领导人生平事迹等等的系列小册子。①

较此前不同的是，该文件赫然初见中共成立 15 周年的庆祝活动时间：1936 年 6 月。

陈潭秋继续撰文回忆中共一大：

还有一个北京的代表刘仁静后来变成了托洛茨基的走卒，被党开除，现在在国民党警察所特务机关卖力气，专门反对共产党。一个广州代表包惠僧，国共分家后，投降了国民党，依靠周佛海谋生活。再一个是留日共产主义小组代表周佛海在广东时期，因行动违背共产党党纲，被党开除了。

这次到会的一共有十三人，除上面九个人以外，还有北京代表张国焘同志，上海代表李汉俊与李达，李汉俊因为一贯保持其右倾观点，并与北洋军阀、政客相结纳，放弃了党的立场，在四次代表大会上被开除党籍。然而武汉国民党叛变后，他仍不免以"共匪"罪名死于桂系军阀枪弹之下。

闪回——1927 年 7 月中下旬，大革命失败之际，董必武找李汉俊谈话："这次党的撤退，没有布置后卫，原来同党合作的人，要留下做点工作。"李汉俊厚重的眼镜藏着深邃的目光，冷峻的外表强抑

---

① 中共中央党史研究室第一研究部译：《共产国际、联共（布）与中国革命档案资料丛书》第 15 卷，中共党史出版社 2007 年版，第 143 页。

着复杂的情绪。1923 年 5 月 5 日他在北京给中共中央送上了"脱党书",由于反对党内合作方式实现国共合作、反对中央集权、自己违规在北京活动要求国会公布工会法等种种原因,李汉俊索性宣布退党。但他现在仍是国民党左派,永远的左派,不帮左翼政党共产党又帮谁呢?1927 年 12 月 17 日傍晚 5 时左右,桂系军胡宗铎派便衣干探会同日本巡捕,撞进汉口日租界中街(今胜利街上段)42 号李汉俊、詹大悲寓所,将二人押走。住在附近的董必武闻讯急忙托朋友营救,不料反动当局不加审讯,就在当夜下令将二人枪决。黑夜里,从市公安局到济生三马路(今单洞门内)的大街上,岗哨林立,一群士兵押着李、詹向空场(今焕英野)走去。詹大悲痛骂国民党右派背叛孙中山三大政策,屠杀工农,是一群披着人皮的禽兽。李汉俊身着睡衣,拘捕时都不允许他换一下衣服,但见他仰天长叹:"胡宗铎的手段真辣啊!"接着,便是一排枪响。翌日,武汉卫戍司令部发出布告:"为布告事,照得詹大悲、李汉俊,为湖北共产党首领,罪恶昭著,业经拿获执行枪决,特此布告,俾众周知。"① 李汉俊牺牲时 37 岁。

当年代表上海党组织参加中共一大的还有李达,陈潭秋继续写道:

李达在"五卅"运动后,被伟大的革命浪潮,推落到党的战斗队伍以外去了。还有一个广东代表陈公博,在陈炯明叛变孙中山以后,他帮助陈炯明反对孙中山,经党历次警告不听,最后被开除党籍,然而不久他竟然一变而为国民党的要人了。

取消派领袖陈独秀,在第一次代表大会以后,曾长期担任党的领

---

① 田子渝:《中国共产党创始人:李汉俊》,武汉出版社 2004 年版,第 150、184、185、187、188 页。

导工作，后来在一九二七年革命紧急关头、用机会主义的投降政策，断送了大革命。然而他并没有出席党第一次代表大会，那时他在广东陈炯明部下任教育厅长。

七月底大会开幕了，大会组织非常简单，只推选张国焘同志为大会主席，毛泽东与周佛海任记录。就在博文女校楼上举行开幕式，正式会议是在李汉俊家中开的，大会进行了四天，讨论的问题是：当时政治形势，党的基本任务，党的章程，以及发展组织问题。在这些问题的讨论中间，对于党的基本任务与组织原则曾经发生过严重的争论。

陈潭秋停笔凝思，当时确实是有争论的。李汉俊"认为中国无产阶级太幼稚，不懂马克思主义，须要长期的宣传教育工作"，"他不赞成组织严密的，战斗的工人政党，而主张团结先进知识分子，公开建立广泛的和平研究马克思主义理论的政党。""他提出党员的条件是不论成分，学生也好，大学教授也好，只要他信仰马克思主义，了解马克思主义与宣传马克思主义的即可入党，至于是否实际参加党的一定组织担负党的一定工作，他认为是不关重要的。"陈潭秋记得，"当时李达与陈公博拥护李汉俊的观点"。这遭到最年轻的"一大"代表刘仁静的反对，"他主张以无产阶级专政为直接斗争的目标，反对参加资产阶级民主运动，反对任何合法运动，认为知识分子都是资产阶级的思想代表，一般应拒绝其入党。"陈潭秋记得当时"包惠僧是赞成刘仁静的意见"。

由于中国共产党创建后经受复杂艰巨的斗争考验，"一大"代表遭遇大浪淘沙般的历史冲刷，不同的理念、个性、意志与抉择，注定了不同的命运遭际。对于出党的李汉俊、李达、刘仁静、包惠僧，陈潭秋未予宽容，给李汉俊贴上了"公开马克思主义派"的标签，指其为"右倾"，而指刘仁静为极"左"派。陈潭秋所以将中共一大会议上的论争视为"左"、右政治路线斗争在党的创建时期的最初体现，与其身在莫斯科不无关联，他不可能不受到王明"左"倾教条错误的影响。此类观点早见于王明1934年11月发表的《十三年来的中国共产党》："在中国共产党第一次成立大会上（1921年7月），关于党和革命的基本问题进行了斗争：**主张无产阶级专政或是主张资产阶级民主制，主张建立战斗的工人政党和建立职工会或是建立宣传员、学生、大学教授底政党及和平研究马克思主义底理论，主张秘密的铁一般的革命职业家底政党或是主张与军阀统治和平共居的党。**"[①]而王明早在中共六届四中全会得以超擢，特别是向忠发被捕后便俨然是党内一把手；遵义会议的消息传来莫斯科后，康生作为中共驻共产国际代表团团长王明的副手，又积极谋划将王明树为中国共产党的领袖。

陈潭秋记忆中，当时出席中共一大的大多数代表，严厉批评了以李汉俊、刘仁静分别代表的两方面错误意见，确立了"以实现无产阶级专政为党的基本任务，但在过渡阶段的斗争策略上，不但不拒绝而且应当积极组织无产阶级来参加和领导资产阶级的民主运动"。"在一定的有利于无产阶级发展的条件下，应当利用公开合法运动。"这显然是忘了中共一大通过的《中国共产党第一个决议》，决议明确主张无产阶级"始终站在完全独立的立场上，只维护无产阶级的利益，不同其他党派建立任何关系"，对其他党派"一律采取攻击"，[②]与统一

---

① 王明：《十三年来的中国共产党》，中共中央党史研究室第一研究部编：《共产国际、联共（布）与中国革命文献资料选辑（1931—1937）》，中共党史出版社2007年版，第245页。

② 中央档案馆编：《中共中央文件选集》第1册，中央党校出版社1982年版，第9页。

战线政策相去甚远。

陈潭秋屈指盘算着日子，他继续写道：

大会决定第四天的夜晚（引者注，当是大会开幕后的第 8 天，中共一大的第 6 次会议），最后通过党章，下午八点钟晚饭后，齐集李汉俊寓所的楼上厢房里，主席刚刚宣布继续开会，楼上客堂，发现了一个獐头鼠目穿长衫的人。当时李汉俊到客堂去询问他，他说是找各界联合会王会长。找错了房子，对不起，说毕扬长下楼而去。离李汉俊寓所的第三家，确实是上海各界联合会的会所。但是上海人一般都知道，各界联合会没有会长，也没有姓王的人。于是我们马上警觉到来人的可疑，立即收检文件分途散去……

回首当年，往日的紧张氛围仿佛仍然氤氲目前，神经不由得紧绷起来——突然，传来重重的敲门声。

开门，来者长条脸，金丝眼镜，略见瘦削，正是中共驻共产国际代表团的领导副手康生。

闪回——1935 年 11 月 15 日，在中共驻共产国际代表团为庆祝共产国际"七大"胜利闭幕举行的宴会上，康生突然朗声向与会者提议："拥护王明同志担任中共中央总书记"，并带头举杯："为王明提出的抗日统一战线而干杯！"[1]

陈潭秋同志，康生甚是热情，你好啊！

你好你好！陈潭秋不免有些拘束，忙着要去倒茶。

康生赶紧制止：我忙我忙，不用了，说两句话就走。然后，他站

[1] 吴坚同志 1979 年揭发。参见仲侃：《康生评传》，红旗出版社 1982 年版，第 52 页。

在书桌前，瞟了一眼陈潭秋的文稿：哦，你正在写，很好。

是的，这文章我写得有些艰难，断断续续，事隔多年，很多经过我也想不起来了……

康生话锋突转，似不经意而威严自在：潭秋同志，听说你对国际列宁学院和东方劳大的中国学生给共产国际的联名信有意见？

陈潭秋有些意外：上书要求共产国际批准王明出任为中共中央总书记，显然不妥……①

王明同志确确实实就是中国共产党的领袖，这个，无可争议。

总书记，不是应该全国党代会选举中央委员再产生吗？况且，中国革命还是在中国国内……

潭秋同志，康生语气加重，中国革命需要中国共产党来领导，王明同志长时间在世界无产阶级的共同祖国——苏联学习工作，立场坚定、理论性强，有政治远见，在中国国内又有革命历练，经过反对立三路线的重大考验，特别是这次共产国际"七大"，他提出的抗日民族统一战线政策，深得共产国际的赞同与各国共产党的支持。就全党而言，王明同志已是事实上的领袖。其时，康生正策划在巴黎《救国时报》发表纪念瞿秋白殉难一周年的纪念词，后于 6 月 20 日《救国时报》第 37 期上发表，标题即为"我国共产党领袖王明等之纪念词"。②

只怕在中国革命前线浴血奋战的革命将士……还不知道，王明同志……陈潭秋嗫嚅道。

好了，康生微笑，收放自如，控制场面，他挥了一下手，不谈这

---

① 仲侃：《康生评传》，红旗出版社 1982 年版，第 52 页。

② 郭德宏编：《王明年谱》，社会科学文献出版社 2014 年版，第 320 页。

个。我来，主要不是跟你谈这个。他顿了一下，参加过中共一大的代表现在莫斯科的只有你一人，纪念我党成立 15 周年缺不了你这篇大文章，请抓紧。你……还要做好给大家作报告的准备。他随后翻了一下文稿：哦，中共一大究竟是在哪月召开的？

我反复回想，是在 1921 年 7 月，那时候放暑假。

原本不是说 6 月吗？

那是中国农历月。

好的，这么说，还是王明同志的意见是正确的，我很忙……

就在第二天（3 月 5 日），共产国际执委会书记处收到米夫和中共驻共产国际代表团的两份材料。其一是米夫与中共驻共产国际代表团成员共同草拟的中国形势和中共任务的指示文件，该文件草案指出"目前中国正经历着历史性的转折关头"，中国共产党应当"利用**历史上出现的千载难逢**的机会"，正确而彻底地实行统一战线的政策和策略，其第 17 条指示是："应该不断地揭露敌人试图把共产党说成是阴谋集团的伎俩。应该利用一切机会来证明共产党人是争取民众的民族和社会解放的最忠诚的爱国者和先锋战士。"基于这个目的，"必须很好地准备并广泛开展与（1936 年 7 月）中国共产党建党十五周年有关的群众运动。在这个日子之前，应当出版一批党史概述、烈士传和党的著名领导人传记等著作。"① 该文件将庆祝中共成立 15 周年纪念活动的时间修正为 1936 年 7 月。

其二是写给共产国际执委会书记处的信，提请审议上述"草案"并建议将其作为共产国际执委会主席团的决议或共产国际执委会的指

---

① 《共产国际、联共（布）与中国革命档案资料丛书》第 15 卷，第 164—165 页。

示信，"供中共中央批准"。信中将中国共产党成立 15 周年的纪念活动进一步细化，明确提出："6 月中，要在中国境内外开展一场广泛的政治运动。"纪念活动分 3 个场域：

在莫斯科

1. 出版中共 15 年历史概论和纪念中共成立 15 周年的提纲。

2. 出版中共人物文集（烈士和党的杰出领导人的传记）。

3. 利用共产主义学院一个组的力量制定并出版中共经济纲领。

4. 出版《中国苏维埃》第 2 卷。

5. 用各种语言出版《共产国际》和《国际新闻通讯》纪念中共成立 15 周年的专号。

6. 组织一系列的会议和报告，纪念中共成立 15 周年。

7. 中共应出版中文报纸（《救国时报》）专号和中文杂志，纪念中共成立 15 周年。

在中国

除了将在莫斯科印刷的上述材料寄给中国各社会团体、人士和报刊编辑部以外，还必须：

1. 把有关中共活动和中共人物的一系列文章寄给半公开的反帝报刊和自由主义报刊以及文艺性刊物；

2. 在中国政治家和社会活动家、科学家、知识分子中间以及外国政治和社会活动家、学者、作家等人中间征询对中共的意见。

在国外

1. 各兄弟党都要在 6 月中旬举办声援中国人民日或周。

2. 在这些日子里要通过中国人民之友协会、反战委员会、国际革命战士救济会、工会等群众团体召开一些群众大会和集会，以示对中国革命的声援。

3. 要在党的报刊上发表有关中共成立 15 周年及其斗争的专号或专版，至少要刊载这种文章或短评。

4. 通过议会共产党党团组织对中国事件的质询。

5. 发起反对在中国进行恐怖活动的运动，如有可能，则派代表团去中国。①

显然，这份计划是稍前作的，相关纪念活动仍系于"6 月中"。

20 多天后的 3 月 27 日，米夫和中共驻共产国际代表团就中国形势和中共任务的指示文件，又提交了一个"补充建议"，7 月庆典时间得以再次明确强调。位居**"特别几点"**第一条的便是"委托共产国际执委会宣传部"，"精心准备并广泛开展一次纪念中共成立十五周年（1936 年 7 月）的群众运动。在此日期之前出版一套中共党史论文集、烈士以及党和红军著名领导人的传记，出《共产国际》和《国际新闻》专刊，中文报纸（《救国时报》）出专号，同时保证为国际共产党报刊提供相关的资料。"② 至此，有关中国共产党成立 15 周年庆祝活动的组织领导确定为共产国际执委会宣传部。

然而，相应筹备活动却极少见启动。至共产国际执行委员会书记处通过王明、米夫起草的中国共产党成立 15 周年的决定，已是 6 月 23 日。全文如下：

1. 中国共产党成立 15 周年的庆祝活动推迟到 8 月 7 日举行，以使该活动不与 8 月 1 日的运动重合。

2. 责成共产国际执委会宣传部筹备并用中文、英文、法文、日

① 中共中央党史研究室第一研究部译：《共产国际、联共（布）与中国革命档案资料丛书》第 15 卷，中共党史出版社 2007 年版，第 153—154 页。

② 中共中央党史研究室第一研究部译：《共产国际、联共（布）与中国革命档案资料丛书》第 15 卷，中共党史出版社 2007 年版，第 188 页。

文、西班牙文、安南文和乌尔都文在8月1日前出版：（1）小册子——中共党史概述；（2）为中国的解放而牺牲的烈士的传略文集；（3）党和红军著名领导人的传略文集（注意保密）。

3.《共产国际》和《国际新闻》编辑部保证在8月1日后出的最近一期上发表三到四篇纪念中国共产党和专论全民抗日任务的文章。

4. 责成宣传部组织一些兄弟党（法国共产党、英国共产党、美国共产党、德国共产党、日本共产党、捷克斯洛伐克共产党）给中国共产党发贺信，并在巴黎、伦敦、马德里、纽约、旧金山、马赛、布拉格等城市举行群众声援集会，并使之与保卫中国抗击日本侵略的任务相结合。

5. 责成国际列宁学校校长和东方劳动者共产主义大学（外国部）校长为学生组织一系列报告，纪念中国共产党成立15周年。允许东方劳动者共产主义大学（外国部）举办纪念中国共产党成立15周年内部展览。①

文件没有一个废字，后4条是事项、责任明确的具体举措，第一条规定的是纪念活动日期，"推迟"一词分明是照应前此所定的7月时间，而所以确定为8月7日，为的是避开8月1日"反对帝国主义战争红色日"的国际运动。② 至于何以延后，最易理解的原因是时间紧张，此"决定"经共产国际通过之际，距离7月仅剩6天。

---

① 《共产国际执行委员会书记处关于中国共产党成立15周年的决定》，中共中央党史研究室第一研究部译：《共产国际、联共（布）与中国革命档案资料丛书》第15卷，中共党史出版社2007年版，第207—208页。

② 1936年7月25日，巴黎《救国时报》曾最先发布了一则消息："党中央已议决于本年八月七日为中国共产党成立十五周年纪念，在全国各地筹备举行庆典。"

7月1日，莫斯科。

当晚，为庆祝中国共产党成立15周年的宴会盛大举行。

中外宾、主一同举杯，王明口若悬河，发表热情洋溢的祝酒词。

觥筹交错，穿梭应对，王明红光满面，顾盼自雄，他是当然的宴会主角，并信心满满地预备回国去领导中国革命。

有人匆匆来报：收到中共中央从陕北发来的电报，中断近两年的电讯联系终于重新接上了。

哦，王明面露欣喜之色。

但是，那是封长电，我们只收到其中的第一、六、八、九、十、十一点。①

这不重要，王明摆摆手，截住了对方的话，随即向与会者高声宣布：同志们！长征胜利到达陕北的中国工农红军，与我们重新恢复了电讯联络。接着，他用流利的俄语重复了一遍。

既而，王明高举酒杯祝词：中国革命万岁！

乌拉！宴会厅涌起一阵欢呼声、碰杯声的浪潮。

待声浪稍事平静，忽又一声再掀风潮：祝王明同志健康！回头一看，原来是康生，但见他高举金杯，无比虔诚地发起敬酒，与会者纷起响应。

在一片热闹嘈杂声中，康生突然领头高呼："王明同志万岁！"②

---

① 7月2日，中共中央收到中共驻共产国际代表团负责人王明的回复，电称："收到你们用李福生密码发长电的一、六、八、九、十、十一各点。"李福生，即张浩在中共驻共产国际代表团时所用的化名。李海文、熊经浴：《张浩传》，当代中国出版社2001年版，第98页。

② 仲侃：《康生评传》，红旗出版社1982年版，第53页。

中国共产党成立 15 周年庆祝活动，就这样拉开序幕。

创办于 1935 年 12 月 9 日巴黎的《救国时报》，作为中共驻共产国际代表团的海外中文报纸，专门刊登了《中国共产党成立十五周年纪念》的社论，并报导"党中央已议决于本年 8 月 7 日为中国共产党成立 15 周年纪念，在全国各地筹备举行庆典。"

莫斯科外国工人出版社在这阶段出版了米夫撰写的《英勇奋斗的十五年——中国共产党成立十五周年纪念》，这其实是一部概述中国共产党 15 年奋斗历程的简史。[①] 此外，还有由中共驻共产国际代表团成员分工撰写的《烈士传——纪念我们为中国人民解放奋斗而牺牲的战士》，收录了从五卅运动至第五次反"围剿"时期牺牲的 25 位烈士的传略，前言《纪念我们英勇牺牲的先进革命战士》深情写道：在纪念党的 15 周年之际，"我们深刻地忆念着追悼着我们光荣牺牲的革命战士"，"所有他们的名字，都是与中国人民及共产党伟大斗争的历史，永远不可分离的；而他们一生的丰功伟业，更是千古光辉的。不仅他们的生平事业，我们永远可歌可泣，就是他们的气节风格亦可为一切革命者永久模范"。[②]

《共产国际》中文版第 4—5 期合刊、俄文版第 14 期、英文版第 44 期，以及在巴黎出版的《救国时报》《全民》月刊第 7—8 期合刊，分别以专栏形式发表或转载了一批纪念文章，有季米特洛夫的《中国共产党 15 周年纪念》、王明的《为独立、自由、幸福的中国而奋斗——为中共成立十五周年纪念和中共新政策实行一周年而

---

① 中共中央党史研究室第一研究部译：《共产国际、联共（布）与中国革命档案资料丛书》第 17 卷，中共党史出版社 2007 年版，第 269—342 页。

② 《烈士传》第 1 集，莫斯科外国工人出版社 1936 年版，第 5—7 页。转引自梁化奎：《首次中国共产党诞辰纪念活动揭析》，《党的文献》2011 年第 4 期，第 42 页。

作》、①康生的《十五年来的中国共产党》、唐古（曾山）的《广州起义的回忆》、施平（陈云）的《中共是中国苏维埃和红军的组织者和领导者》、李光（滕代远）的《井冈山的回忆》等，②特别值得一提的是陈潭秋的那篇《第一次代表大会的回忆》。

专门召开了庆祝中国共产党成立15周年纪念会，陈潭秋在会上作专题报告：

"同志们！今天是我们中国共产党员最快乐的一天。中国共产党在共产国际领导下，在伟大的斯大同志领导下，在十五年来的艰苦奋斗中，已经得到了这样的光荣地位，它已经是共产国际除联共（布）外最优秀的支部。我们今天在这里庆祝我党光荣的十五周年纪念，这是值得我们非常荣幸的。"

因为内心的激动，陈潭秋停顿了一下："代表团因为我是参加过党的成立大会——第一次代表大会的党员，要我作关于党十五周年纪念的报告。这使我非常惭愧！"陈潭秋话语朴实，他如此介绍自己："我虽然是一个老的党员，在党中受过十五年的教育，可是我自己的进步和发展是非常微弱的。这十五年来我虽然没有脱离党的工作（除在监狱时期），可是在工作中犯过不少的错误。自然我也不是完全没有进步的，我始终是在跟着党前进，我的错误，一经党指出后即能改正。不然的话，党早已不允许我站在布尔什维克的战线上了。今天也就没有资格出席这样光荣的纪念会来作报告了。"

全场凝神静听，陈潭秋接着说道："同志们！十五年不是很短的期间，党在这十五年中领导中国革命所做出的成绩是非常之多的。如

① 郭德宏编：《王明年谱》，社会科学文献出版社2014年版，第321、324页。
② 梁化奎：《首次中国共产党诞辰纪念活动揭析》，《党的文献》2011年第4期，第41页。

果要作党史的详细的叙述，不但是时间上不可能，而且超出我今天的能力范围。关于党的历史的概略，已有王明同志所写的《十三年来的中国共产党》《七年来的中国共产党》，米夫同志最近写的《奋斗的十五年》，以及康生同志最近写的《十五年来的中国共产党》的文章及其他一些材料。"随后，陈潭秋以"党内两条路线斗争"的角度回顾了中国共产党的15年历程，先是讲到"党的产生及在初期的斗争情形"，讲到"党的第一次大会——一九二一年七、八月于上海。"他显然是将浙江嘉兴也当成上海的一个地方。

接着，陈潭秋讲到"反帝统一战线的政策"；其三，是"革命暂时失败后的政策——恢复和整理组织，收集力量保存力量，武装暴动变为宣传口号，准备新的革命高潮的到来"；其四，是"革命新高涨中苏维埃运动的政策——三位一体的任务：红军、苏维埃、工人斗争与反帝斗争"；最后，讲到"目前民族严重危机中的新政策——全民反日统一战线"。

于是，报告进入收束阶段："我们今天在这里庆祝党的光荣的十五周年纪念的时候，应当热烈的感谢斯大林同志及其所领导的共产国际，感谢坚决执行布尔什维克革命政策的中央，感谢毛泽东同志、朱德〔同志〕等为执行革命政策而奋斗的伟绩。"

陈潭秋总结道："我党在十五年的艰苦斗争中，确实得到了上述这些伟大的胜利。可是我们不要被胜利冲昏了头脑。联共（布）在十五周年纪念的时候，已经取得了全国的政权，而我们已经得到的胜利在中国革命的全部事业上还只是局部的初步的胜利。"然而，接下去的话却是气势沉雄："因为我党不仅是中国无产阶级的先锋队，而且是全民族的全中国人民的领袖。党的胜利与全民族全国人民的胜利是分不开的。现在中国正处在极端危急的关头，日寇正在积极地进行吞灭全中国，民族的命运悬于一发，全国人民陷于水深火热之中。现在摆在我党面前的任务，是更艰难更巨大和更加紧迫了，需要我们用最大的努力，百倍的艰苦奋斗，才能完成的。"陈潭秋进而号召："我们在这里应当更加紧学习马克思列宁主义，更深刻的研究党的斗争历史和目前新政策，准备着调送回国去作实际的战斗。"①

陈潭秋平实之语颇具感染力，激起与会者热烈的掌声。

相应庆祝活动显然没能聚集于 8 月 7 日。

共产国际执委会给中共中央发去贺电是在 8 月 23 日："值此中国共产党成立 15 周年之际，共产国际执行委员会谨向中国人民解放斗争的组织者中国共产党致以热烈的祝贺。"电文盛赞："十五年来，中国共产党已经成长为一个强大的布尔什维主义的政党，它在国内战争中经受了考验，创立了苏维埃地区和革命武装力量——红军，红军表现出了令人赞叹的英雄主义，敌人的六次讨伐也未能将它摧毁。"称扬中国共产党要"充当建立抗日民族统一战线的发起人"，共产国际表达"支持中国共产党的坚定决心"，坚信中国共产党只要大力加强同工农群众的联系，"就能克服所有困难和障碍，实现民族统一战线和同中国人民不共戴天的敌人——日本帝国主义进行胜利的斗争。"②

季米特洛夫的那篇文章更是迟于 8 月 31 日才动笔。那天季氏日

① 《陈潭秋在庆祝党的十五周年纪念会上的讲话（提纲）》，中共"一大"会址纪念馆、上海革命历史博物馆筹备处编：《上海革命史资料与研究》第 11 辑，上海古籍出版社 2011 年版，第 703—707 页。

② 中共中央党史研究室第一研究部译：《共产国际、联共（布）与中国革命档案资料丛书》第 15 卷，中共党史出版社 2007 年版，第 245—247 页。

记赫然记道："撰写纪念中国共产党成立 15 周年的文章。"① 该文发表于《共产国际》当年第 4—5 期合刊，俗称 8 月号，其实要迟于 9 月付印。

---

① 中共中央党史研究室第一研究部译：《共产国际、联共（布）与中国革命档案资料丛书》第 17 卷，中共党史出版社 2007 年版，中共党史出版社 2007 年版，第 518 页。

5

我民族革命战争的先锋队第一、第二、第四三个方面军，会合了

陕北黄土高原，保安（今志丹县），石孔窑洞。

1936 年 7 月 23 日，15 年前中共一大于此日在上海开幕。当夜，毛泽东正同从上海辗转来陕的美国记者埃德加·斯诺畅谈中国共产党与共产国际、苏联的关系问题。

毛泽东言论滔滔，这不是得力于他的口才，而是源自其对问题的缜密思考与独到见解。就在一星期前（7 月 16 日），毛泽东回答斯诺提出的关于中国抗日战争的形势、方针问题，便让斯诺欣喜地感知到中共核心层的战略精髓与抗日必胜信心："三个条件可以保证我们的成功：第一、中国结成抗日民族统一战线；第二、全世界结成反日统一战线；第三、目前在日本帝国主义势力下受苦的被压迫各国人民采取革命行动。在这三个条件中，主要条件是中国人民自己的团结。至于战争能延长多久，要看中国人民的民族统一战线的力量，要看中国和日本国内的许多的决定性因素，要看国际对华援助的程度以及日本内部革命发展的速度而定。……但到最后，日本还是要被打败，只不过牺牲重大，全世界都要经历一个痛苦的时期。"①

一张铺着红毡的桌子，其上烛光毕剥着火花。

"共产国际不是一种行政组织，"毛泽东的湘音在窑洞中回响，"除起顾问作用之外，它并无任何政治权力。虽然中国共产党是共产国际的一员，但决不能说苏维埃中国是受莫斯科或共产国际统治。"

中共中央宣传部副部长吴亮平，在一旁担任口译。

---

① ［美］埃德加·斯诺：《红星照耀中国》，董乐山译，新华出版社 1984 年版，第 82 页。

说着话，毛泽东站起来，两手叉腰，伟岸的身影在窑洞里撑天铺地，他继续说道："中国共产党仅仅是中国的一个政党，在它的胜利中，它必须是全民族的代言人，它决不能代表俄国人说话，也不能替第三国际来统治，它只能为中国群众的利益说话。"

斯诺又问："我很好奇，红军何以能够一直取得胜利？"

毛泽东略加沉吟，答道："我认为，原因有三：第一，红军是民众的军队，人民群众千方百计地支持它。"

"第二，"毛泽东屈指说道，"依靠共产党用正确的战略战术来领导。第三，红军的指挥员是能干、正确、聪明、忠实和真诚的。"

"那么，"斯诺停下记录的笔，追问道，"抗日战争结束后，国内革命的主要任务又是什么？"

"中国革命属于资产阶级民主革命的性质，因此，"毛泽东点燃一支烟，猛吸一口，"因此，首要工作是调整土地问题——实行土地改革。"[①]

这期间，毛泽东最为牵挂的还是红二、红四方面军的北上动向。

8月3日，毛泽东同张浩、张闻天、周恩来、秦邦宪，为红二、四方面军两天前发来的正积极北上、预备三方面军大会合的电文而欢欣鼓舞，一起致电朱德、张国焘、任弼时："接八月一日电为之欣慰。团结一致，牺牲一切，实现西北抗日新局面的伟大任务，我们的心和你们的心是完全一致的。""我们已将你们的来电通知全苏区红军，并号召他们以热烈的同志精神，准备一切条件欢迎你们，达到三个方面

---

① 中共中央文献研究室编：《毛泽东年谱》上卷，中央文献出版社2013年版，第509—510页。

军的大会合。"①

眼见长征就要胜利结束，毛泽东心境为之一廓，转而开始筹划红军主力集结陕北后的给养问题。8月5日，他同杨尚昆一起向参加长征的同志发出为《长征记》征稿的信函："现因进行国际宣传，及在国内国外进行大规模的募捐运动，需要出版《长征记》，所以特发起集体创作，各人就自己所经历的战斗、行军、地方及部队工作，择其精彩有趣的写上若干片断。文字只求清通达意，不求钻研深奥，写上一段即是为红军作了募捐宣传，为红军扩大了国际影响。"同时，又向各部队发出电报："望各首长并动员与组织师团干部，就自己在长征中所经历的战斗、民情风俗、奇闻轶事，写成许多片断，于九月五日以前汇交总政治部。事关重要，切勿忽视。"②

红军长征到陕北，中央党校旋即恢复，董必武随后受命为校长。接到《长征记》的征稿通知，勾起他无尽的思绪，遂率尔命笔。在8月至10月间，他先后写成了《出发前》《从毛儿盖到班佑》《长征中的女英雄》3篇回忆文章。不必搜肠刮肚，这是往事涌上心头，点点滴滴落于纸上，首先跃出心海的是长征出发前的一件往事。

"当我们感觉到主力红军有转移地区作战可能的时候，我就想到我是被派随军移动好呢还是被留在根据地里工作好呢的问题。"董必武一开笔就记下自己真实的思想，接着便是一段挥之不去的往事记忆：

有一天何叔衡同志和我闲谈，那时我们同在一个机关工作。他

---

① 中共中央文献研究室编：《毛泽东年谱》上卷，中央文献出版社 2013 年版，第 615 页。

② 中共中央文献研究室编：《毛泽东年谱》上卷，中央文献出版社 2013 年版，第 615 页。

问："假使红军主力移动，你愿意留在这里，或是愿意从军去呢？"

我的答复是："如有可能，我愿意从军去。"

"红军跑起路来飞快，你跑得么？"

"一天跑 60 里毫无问题，80 里也勉强，跑 100 里怕有点困难；这是我进根据地来时所经验过了的。"

"我跑路要比你强一点，我准备了两只很结实的草鞋。你有点什么准备没有呢？"

"你跑路当然比我强，我只准备了一只新草鞋，脚上着的一只还有半新。"

我们这样谈话过后，没有好久，我就被调在总卫生部工作，随着红军出发去了；叔衡同志呢，仍然留在中央根据地。我们到了贵州，有人说：看见报纸上载有他已遇害的消息。这一年近 60 的共产党员，他不怕任何困难，任何牺牲，准备为共产主义的事业而奋斗到底，准备随时在党的号召之下无条件地去工作，这从上面我们的谈话及以后的经过，就可以看得出来。①

写到这里，董必武不由得喉头哽咽：何叔衡、徐特立、谢觉哉、林伯渠与自己五人年龄偏大，中央苏区同志并称为"五老"。除何叔衡之外，四人都随红军长征，"经历了千山万水，苦雨凄风，飞机轰炸过无数次，敌人抄袭过无数次，苗山蛮荒的绝粮，草地雪山的露营，没有障碍住我们，我们都完全地随着大队红军到达了目的地，只有叔衡同志留在根据地，落到反革命的手中，而成为他们的牺牲品。这是怎样的令人悲愤的事呵！"

董必武搁笔抬头，泪眼蒙眬中，他仿佛看到何叔衡参加中共一大

---

① 吴江、青霖编：《重读长征原始文本》，中共党史出版社 2016 年版，第 109 页。

住在博文女校与自己坦承交谈的情形，何叔衡可是参加党的创建的中共早期党员啊。

又一往事联翩而至：那是1929年的最后一天，董必武复信何叔衡，回答对方有关中共一大的问题。董必武记得当时回答的第一个问题是："大会在一九二一年七月（?）在上海开会。"对具体月份自己也无十足把握，因此在书信中打了个问号。另外，还提到中共一大代表的名单、议程的内容，"决议是产业组合"，"决议是不准党员跨任何党籍"，决议绝不允许在政府做事务官；"会场是借李汉俊的住宅，开到最后一次会的时候，忽被侦探所知"，"李寓即被搜检"，"隔了一日"就到嘉兴的湖船上将会开完，等等。

董必武记得，最后，他还在信中关照何叔衡："国焘同志还能记得许多，请问问他，当更知道详细点。"[①] 当时，董必武、何叔衡、张国焘三人均在莫斯科。

张国焘情绪低落，大方国字脸瘦了一圈，南下失败对他的心理打击是巨大的，其在红四方面军的威信一落千丈。

南下无路可走，北上渐成共识，在中共驻共产国际代表张浩等不时来电争取下，张国焘于1936年6月6日取消自立的"中央"。7月1日，贺龙、关向应领导的红二军团和任弼时、萧克、王震领导的红六军团北上到达甘孜，与红四方面军会合，一时欢声雷动。张国焘正要在欢迎大会上讲话，贺龙半开玩笑半认真地悄悄提醒："国焘啊，只讲团结，莫讲分裂。不然，小心老子打你的黑枪。"张国焘愈加气

① 《关于一大的回忆——董必武给何叔衡的信（1929年12月31日）》，中共中央党史资料征集委员会、中共中央党史研究室编：《中共党史资料》第3辑，中共中央党校出版社1982年版，第1—2页。

丧。翌日，红二、六军团与原属红一方面军的第 9 军团改编的第 32 军奉中央电令组成红二方面军，贺龙为总指挥，政治委员为任弼时。被张国焘挟持多时并一度受到斗争的朱德倍感"我们气壮了，北上就有把握了"。①

红四、红二方面军相继北上挺进，徐向前、陈昌浩的 4 军、30 军尤感痛楚的是，他们这是第三次经历过草地的艰辛，中央红军正确性毋庸置疑。待过了草地，红四方面军减至原兵力的一半，张国焘内心震恐，又起意率军西进。稍前，中共中央确曾有过取青海及甘西直至联系新疆以打通苏联的意图，旋因共产国际制止红军向新疆方面前进，以免红军脱离中国主要区域而作罢，共产国际的承诺是要红军占领宁夏区域，将给予帮助。9 月 16 日，中共西北局在岷州三十里铺的红军总部开会，张国焘以红一方面军主力不能南下，红四方面军无以单独在西兰大道地区迎战胡宗南部为由，提出西渡黄河，伺机策应红一方面军渡河，夺取宁夏，实现冬季打通苏联的计划。朱德、陈昌浩则主张四方面军应北上静宁、会宁地区，会合一方面军，与敌决战。两种意见相持不下，只好都上报中央决定。

让中央决定自己的命运，张国焘心有不甘，9 月 18 日他突然在会上宣布辞职，拂袖而去。一向忠厚温和的朱德气愤已极："他不干我干！"闹腾了一天后，张国焘派人通知继续开会。当天黄昏，大家赶到岷江对岸的供给部张的住处，议定了《静（宁）会（宁）战役纲领》。

但当大军开拔之际，张国焘又另搞一套，擅自命令部队转向西进，这遭到了陈昌浩的坚决抵制。9 月 20 日，张国焘深夜 3 点赶到

---

① 朱德 1960 年 11 月 9 日谈话，《中国工农红军第二方面军战史资料选编》第 4 册，解放军出版社 1996 年版，第 272 页。

四方面军总部，与陈昌浩大吵一架。张国焘大体讲了三点：一是说陈昌浩无权改变他决定的西进计划；二是会合是错误的，今天的革命形势应该保存四方面军；三是"会合后一切都完了，要让我们交出兵权，开除我们的党籍，军法从事。"说到这里，张国焘情绪激动以致恸哭流涕。陈昌浩相对冷静，当时应对："谁有权决定要看是否符合中央要求，而你的是错误的。""必须去会合。甘孜决定的会合为什么要变呢？""是革命形势要求会合，会合后就有办法了，分裂对中国革命是不利的。我们是党员。错误要向中央承认，听候中央处理。哭是没有用的。"①

张国焘起身便走。他策马奔驰，清晨时分来到四方面军前敌总指挥部，进门就叫徐向前把周纯全、李特、李先念等同志找来，劈头第一句就是："我这个主席干不了啦，让昌浩干吧！"大家大吃一惊。张国焘越说越激动，又掉泪了："我是不行了，到陕北准备坐监狱，开除党籍，四方面军的事，中央会交给陈昌浩搞的。"最后，徐向前遵照张的意思拟订了新的行动计划。

接张国焘的电报，朱德总司令大光其火，立即电告中央及二方面军领导人："现又发生少数同志不同意，拟根本推翻这一原案"，"我是坚决遵守这一原案，如将此原案推翻，我不能负此责任。"② 张国焘倚仗红军总政委、中共西北局书记的权位，无视朱德的抗争，对中央反对西进的电文更是虚与委蛇，强调西进有利于获得共产国际的支

① 陈昌浩 1961 年 5 月 10 日谈话，《中国工农红军第四方面军战史资料选编：长征时期》，解放军出版社 1992 年版，第 763 页。

② 《中国工农红军第四方面军战史资料选编：长征时期》，解放军出版社 1992 年版，第 713 页。徐向前则回忆，陈昌浩、朱德到来后，先后同意了张国焘的计划。徐向前：《历史的回顾（节录）》，甘肃省军区党史资料征集办公室编：《三军大会师》上册，甘肃人民出版社 1987 年版，第 264 页。

持，既承认统一领导的万分重要，又强调红军集中在一块是不利的，最后，径自告诉中央红四方面军已按西渡计划行动。9 月 26 日，张国焘以"朱、徐、陈、张"名义致电张浩、张闻天、毛泽东、周恩来、博古、王稼祥、贺龙、任弼时、关向应、刘伯承："我们决定四方面军即经循化先机抢占永登一带地区，将胡敌向北吸引。对一、二方面军实为有力配合"云云，在进军方向一意孤行的同时，在组织方面却有所退让："关于统一领导，万分重要，在一致执行国际路线和艰苦斗争的今日，不应再有分歧。因此我们提议：请张闻天等同志即以中央名义指导我们。西北局应如何组织和工作，军事应如何领导，军委主席团应如何组织和工作，均请决定，我们当遵照执行。"[①] 张国焘首次表示接受陕北的党中央的领导。

尽管中共中央劝慰红四方面军北上之途确有保障，尽管红二方面军致电张国焘等，吁请红四方面军"停止在现地区，以待陕北之决定"，都阻止不了张国焘的一意孤行。9 月 26 日深夜 22 时，一封朱德、徐向前、张国焘、陈昌浩联名的急电发往贺龙、任弼时、关向应、萧克、刘伯承及中共中央，电报申明："现我们仍照西渡计划行进"，"如兄等仍以北进为万分必要，请求中央以明令停止，并告今后行动方针"。电报发出 2 小时后，张国焘未等中央回复就挥师西渡，并又发一电，声称"如无党中央明令停止，决照此计划实施"以塞责。[②] 然而，从临洮归来的徐向前带来前途不畅的消息，黄河对岸已入大雪封山的季节，气候寒冷，道路难行。在朱德劝说下，张国焘只

---

① 中共中央文献研究室编：《朱德年谱（新编本）》中卷，中央文献出版社 2016 年版，第 589 页。

② 中共中央文献研究室编：《朱德年谱（新编本）》中卷，中央文献出版社 2016 年版，第 589 页。

得召集会议商量，取消西进计划，仍按原静、会战役计划北上会合一方面军，时已 9 月 27 日。

红四方面军调头东进，分 5 个纵队向静宁、会宁等地进发，一路顺畅。但因张国焘延误时日，不仅红军打击胡宗南的静会战役计划泡汤，而且致使原本要向陕、甘进发的红二方面军停留一星期，红四方面军一撤走，立时遭到胡宗南、王均部队的合围。在急行军跳出包围圈的进程中，因部队刚出草地体力未恢复导致红二方面军数千人掉队。10 月 7 日红六军团的 16 师与国民党王均的部队遭遇，仓促应战，部队被打散。过渭河时，遭敌侧击，渭河上游又下暴雨，红二方面军将士徒步涉水，越走水越深，有些将士被大水冲走。过了渭河，是荒原开阔地，18 师的马匹暴露目标，遭来四五架敌机轰炸，当时被炸死炸伤 50 余人。红二方面军一路艰难，在宁夏的海原，贺龙差点被敌机炸死。

幸运之神垂顾红四方面军。10 月 2 日大军攻占甘肃会宁城，8 日红四方面军先头部 4 军 10 师在会宁界石铺与红一方面军的一军团 1 师会合。消息传来，红四方面军总部加速前进，9 日到达会宁。红军将士激动万分，纷纷抛下武器，悲喜交加地拥抱在一起。朱德同前来迎接的陈赓师长亲切会谈，并与远在 90 里外界石铺的第二师政委萧华接通电话，关切地问候："毛主席好吗？周副主席好吗？"① 同日，中共中央、中华苏维埃中央政府、中革军委发出通电，高度评价一、二、四方面军在甘肃境内的大会合，认为"中国民族抗日统一战线与抗日联军是有了坚强的支柱了"，并宣称："我们即刻就要进入一个新阶段

---

① 中共中央文献研究室编：《朱德年谱（新编本）》上卷，中央文献出版社 2016 年版，第 596 页。

了，这就是抗日民族革命战争的阶段。"这一天，中共中央书记处还致电朱德、张国焘并告彭德怀、贺龙、任弼时、徐向前、陈昌浩：军事问题，决先由彭德怀与朱、张两总及各同志会面，林育英亦日内动身。3个方面军会合后，请朱德、张国焘以总司令、总政治委员名义，依照中央与军委之决定，统一指挥前线作战。[1] 张国焘见此，愁眉稍展。

为避免敌机袭扰，特意选于第二天傍晚，在会宁城内的文庙广场举行盛大的联欢会。朱德总司令在讲话中特别强调了团结就是力量，只有加强了全体红军的团结，才能克服一切困难，争取革命事业的胜利！[2] 歌声嘹亮，红四方面军战士代表饱含深情，朗读早在两月前就写好的《庆祝一、四方面军大会合战士讲话大纲》：

……回想到一、四方面军第一次会合的时候，我们中间的个别战士，曾经因为一些细小的事故吵起来，因为一、四方面军习惯上的不同，致使我们中间发生了一些误解。现在这些事情是已经过去了，纠正了。现在已胜利的会合了，我们已经一致的在共产党中央领导下，坚决的为执行当前伟大的政治任务而斗争；再没有任何人能够破坏我们的团结。我们红四方面军全体战士准备好了用心的学习一方面军哥哥们的长处，希望我一方面军的哥哥，能够纠正我们的缺点，多多指示我们。同志们，携手前进吧！卖国汉奸和日本帝国主已经在我们伟大会合面前发抖了！胜利就在眼前！[3]

---

[1] 中共中央文献研究室编：《朱德年谱（新编本）》上卷，中央文献出版社2016年版，第597页。

[2] 肖全夫、陈福初：《记会宁会师》，甘肃省军区党史资料征集办公室编：《三军大会师》上册，甘肃人民出版社1987年版，第423页。

[3]《中国工农红军第四方面军战史资料选编：长征时期》，解放军出版社1992年版，第666页。

就在 10 月 10 日，中共中央、苏维埃中央政府、中革军委发表通电庆祝一、二、四方面军大会合。"正当日本帝国主义准备好了举行对于中国新的大规模的进攻，我有五千余年光荣历史的中华民族，处在空前未有的危急存亡地位的时候，我民族革命战争的先锋队第一、第二、第四三个方面军在甘肃境内会合了"。通电豪迈地宣告："我们的这一在抗日前进阵地的会合，证明日本帝国主义的强盗侵略是快要受到我们全民族最坚强的抗日先锋队的打击了；证明中国民族抗日统一战线与抗日联军是有了坚强的支柱了；证明正在抗日前线的爱国工人、爱国农民、爱国学生、爱国军人、爱国记者、爱国商人，英勇的东北义勇军以及一切爱国志士是有了援助者与领导者了。"并预言："我们即刻就要进入一个新阶段了，这就是抗日民族革命战争的阶段"。①

翌日，中共中央发布《十月份作战纲领》，明确毛泽东、彭德怀、王稼祥、朱德与张国焘、陈昌浩共同组成军委主席团，由朱德总司令、张国焘总政委负责指挥 3 个方面军，准备实施宁夏战役。军权犹在，张国焘长舒一口气。他不知道就在会宁会师之日，彭德怀悄悄找到随红四方面军行动的红军文工团团长李伯钊，通过她找到四方面军政治部副主任傅钟，取得了《卓木碉会议纪要》，并很快转到了毛泽东的手里。②

① 《中央为庆祝一、二、四方面军大会合通电》(1936 年 10 月 10 日)，甘肃省军区党史资料征集办公室编：《三军大会师》下册，甘肃人民出版社 1987 年版，第 640—641 页。

② 李尚志：《长征人谱长征歌——记李伯钊同志》，《人物》1984 年第 2 期，转引自刘统：《北上：党中央与张国焘斗争纪实》，广西人民出版社 2004 年版，第 270—284 页。

红四方面军与红一方面军在会宁会师的喜讯传来，红二方面军全体上下精神振奋，长期行军作战的疲劳忘得一干二净，他们冒着敌机扫射、轰炸，奋勇前进。10 月 18 日，红 6 军在老君铺和中央红军的一个团会师，后续部队闻讯星夜兼程，翌晨听到路旁传来兴国新歌谣："哎呀里！毛主席领导好主张，拖得敌人叫爹娘，哎呀里……"，一问正是中央红军兄弟。

正沉浸在红军大会合的喜讯中，忽闻噩耗：鲁迅先生 10 月 19 日在上海逝世。10 月 22 日，一封"中国共产党中央委员会""中华苏维埃中央政府"联合署名的电报发往上海，送到鲁迅夫人许广平手中。许广平展看：

上海文化界救国联合会转许广平女士鉴：

鲁迅先生逝世，噩耗传来全国震悼。本党与苏维埃政府及全劳区人民尤为我中华民族失去最伟大的文学家、热忱追求光明的导师、献身于抗日救国非凡的领袖、共产主义苏维埃运动之亲爱的战友而同声哀悼。谨以至诚电唁。深信全国人民及优秀之文学家、必赓续鲁迅先生之事业，与一切侵略者压迫势力作殊死的斗争，以达到中国民族及其被压迫的阶级之民族和社会的彻底解放。肃此电达。①

同日，中共中央和中华苏维埃中央政府还联名发表了《为追悼鲁迅先生告全国同胞和全世界人士书》，并为此致电国民党中央及南京国民党政府，不仅要求"鲁迅先生遗体举行国葬并付国史馆列传""废止鲁迅先生生前的一切禁止言论出版自由的法令"等，同

① 阎愈新：《纪念鲁迅的珍贵革命文献——介绍中共中央和中华苏维矣中央政府为追悼鲁迅发出的三件函电的标准文本》，北京鲁迅博物馆鲁迅研究室编：《鲁迅研究资料》第 15 辑，天津人民出版社 1986 年版，第 103—105 页。

时在全苏区实行"下半旗致哀并在各地方与红军部队中举行追悼大会"等追悼活动与纪念事项。这 3 个文件，都是出自张闻天之手。当中共中央、苏维埃中央政府为追悼鲁迅致国民党中央及南京国民党政府电在 10 月 28 日《红色中华》刊出之际，《红色中华》同版还摘登了鲁迅生前来信的寄语："英勇的红军将领和士兵们，你们的勇敢的斗争，你们的伟大胜利，是中华民族解放史上最光荣的一页，全国民众期待你们更大的胜利，全国民众正在努力奋斗，为你们的后盾，为你们的声援，你们的每一步前进将遇到极热烈的欢迎与拥护。"①

也正是在 10 月 22 日这一天，红二方面军总指挥部、红二军团在将台堡与红一方面军的红一军团一师胜利会师。② 红军三大主力大会师，标志着中国工农红军长征的胜利结束。中共中央、中央军委为此决定，从 11 月 1 日起至 7 日止，"以十月革命节为中心，进行七天的教育计划"，全军于 11 月 7 日举行庆祝红军三在主力会合，誓师抗日并纪念苏联十月革命节大会。③

西北上空，战云密布。

虽然红军与张学良的东北军达成互不侵犯的秘密协议，然而，西北地方势力林立，由胡宗南统率的国民党中央军 14 个师更是从四面八方合围过来，还配有一百架新式飞机，气势汹汹。在得到红四方面

---

① 《红色中华》1936 年 10 月 28 日，第 3 版。

② 朱家胜：《会师前后》，中共中央党史研究室编：《红军长征纪实丛书（红二方面军卷）》第 3 册，中共党史出版社 2016 年版，第 1610—1612 页。

③ 中共中央文献研究室编：《朱德年谱（新编本）》上卷，中央文献出版社 2016 年版，第 601 页。

军遗失的"通庄静会战役计划"后，国民党方面拟定了"通渭会战"，准备与红军主力决战。从张学良方面获知这一情报后，中共中央立即重新部署部队。10月11日，中共中央和中革军委发布《十月份作战纲领》，分派给四方面军的任务是加速造船，在11月10日完成一切渡河准备；同时，"派多数支队组成扇形运动防御，直逼定西、陇西、武山、甘谷、秦安、庄浪、静宁各地敌军附近，与之保持接触，敌不进我不进，敌进节节抵抗，迟滞其前进时间，以期可能在10月份保持西兰大道在我手中。""攻宁部队准备以一方面军西方野战军全部及定盐一部、四方面军之三个军组成之，四方面军之其余两个军及二方面军全部，一方面军之独四师组成向南防御部队，可能与必要时，抽一部参加攻宁。"[1] 此即宁夏战役计划。

10月21日，红四方面军在静宁、通渭、会宁地区与从东、南、西三个方向猛攻过来的国民党军展开激战。由于地势开阔，利于敌人飞机、大炮火力的发挥，红四方面军顽强抵抗，损失惨重，被迫节节后退，被敌挤压到黄河之东，有被聚歼的危险。

在这种危情下，报经朱德、张国焘同意，10月24日半夜时分红四方面军第30军从靖远以南10公里处的虎豹口（今河包口）西渡黄河。一天后，第9军继后渡河。为迅速夺取宁夏，中革军委10月29日中午同意第31军立即渡河。然而，彭德怀建议该军暂留河东作战，待胜利后直接由中卫渡河。于是，中革军委改变命令。而这时因为南线之敌向靖远突进，负责监视靖远守敌并看守船只的第5军无法向打拉池靠拢，遂奉朱德、张国焘命令，撤至河西。

---

[1] 《十月份作战纲领》（1936年10月11日），中国人民解放军政治学院党史教研室编：《中共党史参考资料》第15册，1979年印，第520页。

这样，红四方面军过半西渡黄河。红四方面军总部及第5、第9、第30军，以及骑兵师、妇女独立团、回民支队，共21800人，均在黄河之西。黄河东岸则留下了第4、第31军，在打拉池前线指挥的朱德、张国焘命该两军脱离四方面军建制，直接归红军总部和前线总指挥彭德怀指挥。河西部队其实有不少妇女、小孩和伤病员，战斗人员至多占40%至38%之间，且有枪者仅占全人数的32%。[1] 其面对的却是凶悍的马家军。

11月2日，朱德与张国焘致电徐向前、陈昌浩等，通报昨日与林育英会面获知来自共产国际和党中央的许多振奋人心的消息：苏联的援助物资已准备，何时到达指定地点，尚待通知。当前，则"应加紧筹粮、制冬衣、问明情况等准备工作"。[2] 没想到一天后共产国际来电，为防止引发日本与苏联的严重冲突，现决定不采用从外蒙帮助的方法，拟将货物运到新疆哈密，并问有无占领甘肃西部来接收的可能。[3]

由于国民党胡宗南等部的迅速北进，中共中央11月8日确定"我宁夏计划暂时已无执行可能"，并提出新的作战计划：3个方面军主力11月份继续在现地区作战，并以一部引敌北进宁夏；12月上旬以后，分两路行动，一、二方面军组成南路军，红四方面军未渡河的两军组成北路军，分别经陇东进入陕西，相机渡河入山西。同日，张闻天、毛泽东致电朱德、张国焘并徐向前、陈昌浩等七同志，答复徐、陈等11月7日电关于河西部队组织前委与军委会的提议："我

① 《陈昌浩关于西路军失败的报告》，《中国工农红军第四方面军战史资料选编：长征时期》，解放军出版社1992年版，第982页。

② 中共中央文献研究室编：《朱德年谱（新编本）》中卷，中央文献出版社2016年版，第607页。

③ 《共产国际执委会书记处致中共中央书记处电》（1936年11月3日），杨奎松：《西安事变新探：张学良与中共关系之谜》，江苏人民出版社2010年版，第233页。

们基本上同意，河西路队称西路军，领导机关称西路军军政委员会，管理军事、政治与党务，以昌浩为主席、向前为副。"翌日，中共中央复电共产国际明确："已渡河的红军约两万一千人，可令其向哈密方向前进，但通过五千余里路程，战胜这一带敌人与堡垒，需要许多时间，至少也是明年夏天的事情。并且除非你们用汽车送到安西，要红军到哈密去接是不可能的，因为哈密、安西之间是一千五百里无人烟的沙漠。"①

11 月 11 日，过河后历经十余次战斗的西路军由靖远、一条山区分 3 个纵队向西进发，一头扎进河西走廊。12 日，中共中央书记处致电王明、康生、陈云转共产国际，通报西路军"人数二万二千"，"令其依照国际新的指示向接近新疆之方向前进。""请你们确实无误地准备接济物品，并将准备情况迅即电告我们。"②

河东军情，直接关系中共中央的安危。

"蒋介石仍坚决打红军，与南京妥协一时难成，我们应坚决粉碎其进攻。"11 月 15 日，毛泽东两次致电朱德、张国焘、彭德怀、贺龙、任弼时，对集结一、二、四方面军准备与胡宗南部作战进行部署。翌日，朱德、张国焘致电毛泽东、周恩来，明确"西路军已无再东渡可能"，"只有占领永昌、凉州地区与新疆办好外交背靠那方"、"打通远方取得接济"。③

---

① 《中共中央书记处致共产国际书记处电》（1936 年 11 月 13 日），杨奎松：《西安事变新探：张学良与中共关系之谜》，江苏人民出版社 2010 年版，第 235 页。

② 中共中央文献研究室编：《朱德年谱（新编本）》上卷，中央文献出版社 2016 年版，第 611 页。

③ 中共中央文献研究室编：《朱德年谱（新编本）》上卷，中央文献出版社 2016 年版，第 612—613 页。

11月18日，毛泽东、朱德、张国焘、周恩来、彭德怀、贺龙、任弼时联名向3个方面军各兵团军政首长发出《粉碎蒋介石进攻的决战动员令》："从明日起粉碎蒋介石进攻的决战，各首长务须以最坚决的决心最负责的忠实与最吃苦耐劳的意志去执行"。同日，张闻天、毛泽东、周恩来致电徐向前、陈昌浩并告朱德、张国焘：远方恐准备不及，要求西路军"在现地区留住一时期"，"以一部控制方浪险要，远距毛炳文"，以防东面地区为毛炳文过早占去，致使红军处于回旋地狭小的不利境地。①

翌日，徐向前、陈昌浩拍来电报：敌集中主力猛攻古浪，9军血战终日，阻击溃敌。"我方过河后人弹消耗极大，未得补充。九军渡河至今伤亡二千四百左右，干部伤亡极大，更难提起。"估计毛炳文推到大靖后，马步芳必更集兵犯永昌、甘州，我势必与之决战。请转远方迅速准备，最好能早与我们接通。对于回击毛炳文，并不提及。经张浩、朱德、张国焘、周恩来去电指示，引来11月21日徐、陈关于西路军近月来减员情况及对形势的分析电文：现有实力，各军子弹平均只3排到4排，机枪子弹甚少，炸弹无几；伤亡共2800人，掉队约600人，干部伤亡大；棉衣缺少1/4，皮衣收集甚少，天寒，早晚零下二三十度，扩红共不到50人。此间房屋为堡寨、土围，不便出去与运动战；大路两翼平行路多，便敌迂回，敌以集团骑兵猛犯，白天只能守围寨，夜出击敌每散逃。一句话，"与马、毛全力决战不利"。② 朱德与张浩、周恩来、张国焘致电徐向前、陈昌浩，报

---

① 中共中央文献研究室编：《朱德年谱（新编本）》上卷，中央文献出版社2016年版，第613页。

② 中共中央文献研究室编：《朱德年谱（新编本）》上卷，中央文献出版社2016年版，第615页。

告毛炳文动向，要求："三十军应占有利阵地，坚工集粮，如遇敌决战，需集中优势兵力达到有把握消灭敌人之目的。"并告：一、二、四方面军现集山城堡南洪德城线，准备明后日灭敌，士气甚旺。

事实上，11 月 21 日下午围歼战就已经打响。环县北部洪德城附近的山城堡一线，胡宗南的第 1 军 78 师进入伏击圈后，红十五军团和红一军团第 2 师向山城堡西北之哨马营攻击，断其退路；红一军团主力由南向北，第 31 军由北向南，第 4 军由东南而西北向山城堡进逼。进入黄昏，国民党飞机不得不停止对红军的空袭，敌第 232 旅向曹家阳台转移，红一军团第 1、第 4 师和红 31 师一部从南、东、北三面攻入山城堡，并乘胜追击，将其大部压缩于山城堡西北山谷中。[①] 伸手不见五指的黑夜，忍受着陕北缺水地区的极大干渴，红军发起正面奇袭，左右两翼并有刺刀冲锋。气温降至零度，没手套戴的红军战士手指都被冻僵，连手榴弹的雷管都拔不出来，他们就挥舞着手榴弹冲向敌阵。[②] 红军战士发挥夜战的特长，迅速出击，猛冲猛打，敌炮营还没架好炮就当了红军的俘虏，[③] 甚至还出现一个班摸坍敌军一个连的战例。被围的是胡宗南部的精锐，负隅顽抗，一些阵地反复争夺。"郑州"团红 1 连连部通讯员高其秀在第一次冲锋时被敌人打断左手，他还继续冲锋，敌人用两连以上兵力进行反攻，抓住了高其秀。红 1 连再次发动冲锋，迅疾击溃敌军，救回高其秀。这一个

---

① 姜廷玉：《红军不怕远征难：红军长征若干重大史实聚焦》，江西人民出版社 2017 年版，第 106 页。

② ［美］埃德加·斯诺：《红星照耀中国》，董乐山译，新华出版社 1984 年版，第 377 页。

③ 《肖锋长征日记（节选）》，甘肃省军区党史资料征集办公室编：《三军大会师》下册，甘肃人民出版社 1987 年版，第 749 页。

半回合打得太快，高其秀的全副武装及自己的行李都毫无遗弃。① 从东向西进击的红 1 师由 13 团打主攻，两次突击未成，陈赓师长亲临前线，指定在第二次突击时摸到敌人碉堡底下的司号员带队，红 4 师 12 团闻讯主动提供机枪支援。20 多挺机枪齐射，第三次突击战打响，几分钟后胜利的号音在山头响起，敌人从工事里跳出来，双方混战。红军战士一手提刀，一手往前摸，只要摸到人头上有个"圆巴巴"的帽徽，就顺手一刀下去。仅仅几分钟，敌军开始溃逃，警卫员传来师长的三字口令："追！追！追！"② 彻夜激战后，敌人的战斗意志全部瓦解，战斗于 22 日上午胜利结束，歼敌一个旅又两个团，③ 其中有一整团投诚红军。胡宗南部被迫全线后撤，国民党军窜入陕甘宁根据地尾随追击红军的攻势就此停止。

11 月 23 日，前敌总指挥部在山城堡举行一、二、四方面军团以上干部庆祝胜利大会，朱德与彭德怀、贺龙、任弼时等出席。朱德发表热情洋溢的讲话："三大红军西北大会师，到山城堡战斗结束了长征，给追击红军的胡宗南部队以决定性的打击。长征以我军胜利敌人失败而告终。我们要在陕北苏区站稳脚跟，迎接全国救亡运动的新高潮。"④

然而，翌日深夜 23 时徐向前、陈昌浩发来电报，所报军情却是

---

① 《山城堡的夜间战斗》，《红色中华》1936 年 12 月 13 日，转引自甘肃省军区党史资料征集办公室编：《三军大会师》下册，甘肃人民出版社 1987 年版，第663 页。

② 魏洪亮：《夜战山城堡》，甘肃省军区党史资料征集办公室编：《三军大会师》上册，甘肃人民出版社 1987 年版，第 452—465 页。

③ 石仲泉：《长征行》，上海人民出版社 2016 年版，第 450—451 页。

④ 中共中央文献研究室编：《朱德年谱（新编本）》上卷，中央文献出版社 2016 年版，第 616 页。

异常的凶险。"马敌以骑兵四出活动，以成团密集队形猛攻寨，前仆后继，进退均速，我方胜利难缴获，败即无生还。每守一堡寨须一营以上兵力，枪弹少，难阻敌攻。今查九军现有一千八百支步枪，人数四千六百；五军人四千不足，枪弹更少；三十军人数近六千，步枪二千余，每枪弹有二三排。人弹有耗无补，无日不战，敌骑到处骚扰"，"我们现无能集优势兵力，弹药太少，难在甘东地区灭敌，如何速示。"

11月30日（一说12月1日），张国焘在张浩等的劝慰下，随朱德率领红军总部和红四方面军红军大学，到达中共中央驻地陕北保安。① 下午3时，十数匹战马趟起的泥尘由远而近，毛泽东、张闻天等中共中央负责人、红军学校校长林彪站在红一方面军指战员欢迎队伍的前列。但见来者衣装各色不一，甚至有穿喇嘛服和藏族服的，所携武器也不再令人眼热，情绪明显低落，与一年半前两河口会师的情状已是判若云泥。毛泽东等笑容满面地上前握手："国焘同志"。朱德最为激动，一时间热泪盈眶。

自从到达陕北后，一方面不放弃同国民党的军事斗争，另一方面积极擘画抗日民族统一战线的形成。毛泽东、周恩来等一管在手，加紧开展亲书政治活动。

毛泽东的亲书政治活动，可追溯到1935年11月26日他致信国民党东北军代理第57军军长董英斌。董未经赴宁开会的张学良同意，麾军贸然东进，结果招致直罗镇惨败。毛泽东修书一封，痛陈东

---

① 《张国焘年谱》，盛仁学编：《张国焘年谱及言论》，解放军出版社1985年版，第82、84页。

北沦丧的历史教训，指出："东北军将领虽铸'九一八'大错，然而今日者固犹是食中华之粟，践中华之土。东北军之与红军，固犹属中国境内之人，何嫌何仇而自相斫丧！"提出同对方洽商东北军、红军互不攻击等约定。[①]12 月 5 日，毛泽东又联名彭德怀分别写信给杨虎城及第 17 路军总参议杜斌丞，由曾在该军工作的汪锋带去，表达与杨虎城组成联合战线，与沈克等东北军将领、甘肃邓宝珊联合的意愿。"重关百二，谁云秦塞无人；故国三千，惨矣燕云在望。亡国奴之境遇，人所不苦，阶下囚之前途，避之为上"等辞句，激发杨虎城的爱国热情，争取东北军、西北军的统战工作随之迅速展开。

1936 年 1 月 25 日，毛泽东与周恩来、彭德怀等 20 名红军将领联名发出《为红军愿意同东北军联合抗日致东北军全体将士书》："中国苏维埃政府与工农红军是愿意与任何抗日的武装队伍联合起来，组织国防政府与抗日联军，去同日本帝国主义直接作战的。我们愿意首先同东北军来共同实现这一主张，为全中国人民的先锋。"

毛泽东这时期亲书政治活动旨在团结一切可以争取的力量，化敌为友，共图抗日大业。就是红军东征打击的阎锡山，毛泽东在胜利回师后也致书对方，晓以统战抗日之民族大义，深信"国难日亟，谅三晋贤者决难坐视也"，[②] 让被俘的晋军郭登瀛团长带去。

通过各种努力，特别是在周恩来 4、5 月两次赴延安与张学良秘密会谈后，抗日民族统一战线在西北成效初显。同期，周恩来也积极用书信联络各方。4 月 22 日，周恩来致书张学良，回顾"坐谈竟夜，快慰平生"，盛赞对方"肝胆照人"，又不回避彼此分歧，继续理论说

---

① 中共中央文献研究室编：《毛泽东年谱》上卷，中央文献出版社 2013 年版，第 532 页。

② 中共中央文献研究室编：《毛泽东书信选集》，人民出版社 1983 年版，第 35 页。

服："为抗日固足惜蒋氏，但不能以抗日殉蒋氏"，宣示："决心扫此两军间合作之障碍"，并派刘鼎为两军的联络人。①

5月15日，周恩来一连写了三信，由张子华捎去。第一封信是写给当年觉悟社社友谌小岑，当时在国民党政府铁道部任劳工科长。正是想到谌小岑与周恩来有私交，时任国民党中央委员、铁道部政务次长的曾养甫把联络共产党的重任交给了这位下属。其实，谌与周早没有联系了，他后来想到中国大学教授吕振羽，吕在北平参加自由职业者大同盟，该盟主张抗日反蒋，谌认定该组织一定是共产党领导的，吕一定也是共产党。事实上，吕振羽当时并不是共产党员，但他与中共北平市委确有联系，就这样接通了国共谈判的渠道。为此，周恩来在信中写道："得知老友为国奔走，爽健犹昔，私衷欣慰。"并指出"丁兹时艰"，"亟应为民族生存，迅谋联合。""深愿兄能推动各方，共促事成。"又称与曾养甫"本为旧识，幸代致意"，欢迎曾或谌来苏区"商讨大计"或者参观。"国难当前，幸趋一致，矧在老友，敢赋同仇。春风有意，诸维心照，不宣。"② 周恩来迅速收笔。

接着，写第二封信。"子周先生"，时子周就是时作新，时为国民党候补中央委员，当年五四运动期间曾与周恩来一起被拘于天津地方检察厅看守所。周恩来由叙旧起笔，由五四连及"今岁平津学潮再起"，因念当年"铁窗同伴"早逝的马千里、被捕牺牲的马骏，以一句隽语"惟前志未遂，后死之责"承前启后："今日强敌铁蹄，布满平津，先生虽备位中委，恐求如'五四'时代之活动自由亦不可得。"

① 中共中央文献研究室编：《周恩来书信选集》，中央文献出版社1988年版，第87页。

② 《致谌小岑信》（1936年5月15日），中共中央统一战线工作部、中共中央文献研究室编：《周恩来统一战线文选》，人民出版社1984年版，第16页。

随后，痛陈华北转瞬沦亡之危，张扬红军北上东征之义，指斥阎蒋出兵阻战之厄，遂而寄予厚望："今日兵压境，先生其有意于联合各界，不分党派，不分信仰上，为救亡图存之举乎？倘蒙见教，愿作先驱，并愿先生广布斯旨于华北，求得抗日战线迅谋建立。此不仅华北之幸，亦全国之幸。"①

最后一封信，是写给周恩来曾经就读的"南开"的校长张伯苓。"不亲先生教益，垂念载矣。曾闻师言，中国不患有共产党，而患假共产党。自幸革命十余年，所成就者，尚足为共产党之证，未曾以假共产党之行败师训也。"书信如此入笔，由师生情迅速切换到政治话题，继而由张伯苓在一·二八事变后曾到江西苏区"主停内战，一致对外"，自然引出红军北上东征的抗日之路，指斥阎、蒋阻挠，是"同室操戈，为暴日清扫道路，是实现广田三原则中日'满'共同防共之要旨，而非中国民族之利也。"随后，笔锋一转："目前华北局势，非战无以止日帝之迈进。华北沦亡，全国继之。救华北即所以救全国。"在陈诉"共谋抗日"的具体主张后，委婉地提出期望："先生负华北重望，如蒙赞同，请一言为天下先。"②

"反对日本增兵华北"，1936年5月27日陈济棠、李宗仁、白崇禧以中国国民党西南执行部名义发出的通电，震动全国。两广事变以吁请南京国民政府和国民党中央领导抗日为旗号，迅速向湖南进兵。

① 中共中央文献研究室编：《周恩来书信选集》，中央文献出版社1988年版，第92—93页。
② 中共中央文献研究室编：《周恩来书信选集》，中央文献出版社1988年版，第95—96页。

那年南京的夏天，极为闷热。

时任国民党中央执行委员和中央政治委员会委员的陈公博，正闲居南京。一忽儿传来胡汉民去世的消息，一忽儿又听说广东向湖南进兵，真是不得安生。

汪精卫1935年11月1日在国民党四届六中全会上遭晨光通讯社记者孙凤鸣枪击重伤，蒋介石从此集党政军重职于一身。随着翌年2月汪精卫出国就医，"汪派人物"陈公博慵政起来，他辞去实业部长等党政部门的实权职务，白天打打网球，夜晚闭门看书，时而弄笔，以文章影响时政。除了在《民族杂志》不断抛出政论文章，年届44的陈公博近年没少回忆往事，《四年从政录》《军中璅记》一篇篇连刊长文在笔下汨汨而出。稍前在1935年出版的《良友》画报第14期就刊载了他的《少年时代之回忆》。文章从其12岁追述起，一直写到民国九年（1920年）回广州以至民国十一年（1922年）赴美留学，以民国十四年（1925年）归国结止，[①] 却只字不提自己在1920年至1922年间参与中国共产党的活动，出国前因归附陈炯明的谣传与陈独秀闹得不可开交以致愤而退党……[②]

还需要多回忆吗？不怕被戴上"红帽子"？！

何况早在1923年留学美国就读哥伦比亚大学时，就已把自己那段最可骄人的经历写入了经济学硕士学位论文《共产主义运动在中国》，1924年初顺利通过答辩。也正是留学美国期间对马克思主义的一通生吞活剥，让陈公博"发现"了马克思主义的理论"漏洞"："我最先发觉的就是马克思所说中等阶级消灭的理论绝对不确。"美国

---

① 陈公博：《少年时代的回忆》，《良友画报》1935年第106期，第14—17页。
② 陈公博：《我与共产党》，《陈公博·周佛海回忆录》，台湾跃升文化事业有限公司1988年版，第51—53页。

的中产阶级明明是多起来了嘛。"第二个发觉是马克思的辩证法不确。"无产阶级专政后，何以"不复有无产阶级的反面？""第三个发觉，马克思所谓剩余价值也是片面的观察"，"譬如拿一条铁道来说罢，铁道是独占的事业，剩余价值很多，但剩余价值决非单由于铁道上的工人日常工作来的，……沿铁道土地的强制收买，都是造成铁路剩余价值的很大原因。"凡此种种，动摇了对共产主义理论的信仰，听说中共中央还给自己留党察看的处分，去他的吧，这回是在思想上也脱党了。①

闪回——陈公博在哥伦比亚大学写硕士论文，第三章"中国共产党第一次代表大会"，起首一句便是："中国共产党第一次全国代表大会于1921年7月20日在上海召开。②这是中国共产党的生日。"接下来的情况他也有点记不清，不管这么多，先写下大致记忆："大会代表十二人，代表七个地区——广州、北京、湖南、上海、山东、天津、汉口，以及在日本的中国同志。这次大会持续了两周，选出五个委员会起草纲领、计划和宣言。"

论文写到了中共一大通过的决议与纲领，特别其他现存政党的态度、加入第三国际等。"在结束这一章之前，有两三件更有意思的事或许值得一提。"接着，陈公博写到了党的纲领禁止党员做官吏和各种议会的议员，"另一个重要问题是未能发表第一个宣言。"第三件事最为惊险：

在大会的第一周周末，许多议案尚在考察和讨论中，这时法国警察突然出现了。在大会召开之前，外国租界就已收到了许多报告，说

---

① 李珂：《陈公博》，河北人民出版社1997年版，第66—89、85—87页。
② 据考证，中共一大1921年7月23日在上海开幕。

东方的共产党人将在上海开会，其中包括中国人，日本人，印度人，朝鲜人，俄国人等。所有的租界都秘密警戒，特别是法租界。或许是因为有密探发出警报，侦探和警察就包围了召开会议的建筑物，所幸十个代表警告其他人有危险，而且逃走了。即使搜查了四个小时，但并未获得证据，警察这才退走。为防止再出现这种中断，大会在警察管辖范围之外的一个著名的湖中央的船上举行，在这种被宁静动人的景然所环绕的优美的船上，作出了许多激愤和激进的决议，欢快恬静的湖水和美丽的月色都没有缓和代表们激烈的感情。①

事实上，陈公博并没有参加中共一大的嘉兴南湖会议。但 7 月 30 日夜，中共一大在上海李公馆召开最后一次会议时，突然有穿长褂的陌生人（事后得知是法租界华捕程子卿）闯入，说是要找社联的王主席，随后匆匆离去。密探，马林当时就下此判断，并主张马上解散。与会代表吃惊非小，匆忙从后门撤离李公馆，只留下了屋主人李汉俊与陈公博，陈内心不免好笑，偏要留下来陪陪李汉俊，"看到底汉俊的为人如何，为什么国焘和他有这样的恶感。"没想到众人走了不到 3 分钟，突听得脚步杂遝，一帮人闯上楼来。②

对此，陈公博记忆犹新。自己当年在事发后不久就以"公博"之名写了一篇《十日旅行中的春申浦》，曲笔记述了自己携新婚的娇妻赴上海参加中共一大的经历，刊载于同年出版的《新青年》第 9 卷第 3 号。就以法租界巡捕搜查李公馆的经过最为详实：

……我因为天热的缘故，不愿匆忙便走，还和我的朋友谈谈广州

---

① 陈公博：《共产主义运动在中国》，［美］韦慕庭编，中国社会科学院近代史研究所翻译室译，中国社会科学出版社 1982 年版，第 98—102 页。

② 陈公博：《我与共产党》，《陈公博·周佛海回忆录》，台湾跃升文化事业有限公司 1988 年版，第 35 页。

的情形，和上海的近状；不想马上便来了一个法国总巡、两个法国侦探、一个法兵、三个翻译，那个法兵更是全副武装，而两个中国侦探，也是睁眉怒目，要马上拿人的样子。那个总巡先问我们，为什么开会？我们答他不是开会，只是寻常的叙谈。他更问我们那两个教授是哪一国人？我答他说是英人。那个总巡很是狐疑，即下命令，严密搜检，于是翻箱搜箧，骚扰了足足两个钟头。他们更把我和我朋友隔开，施行他侦查的职务。那个法侦探首先问我懂英语不懂，我说略懂。他问我从那里来，我说是由广州来。他问我懂北京话不懂，我说了懂。那个侦探更问我在什么时候来中国。他的发问，我知道这位先生是神经过敏，有点误会，我于是老实告诉他，我是中国人，并且是广州人，这次携眷来游西湖，路经上海，少不免要遨游几日，并且问他为什么要来搜查；这样严重的搜查。那个侦探才告诉我，他实在误认我是日本人，误认那两个教授是俄国的共产党，所以才来搜检。是时他们也搜查完了，但最是凑巧的，刚刚我的朋友李先生是很好研究学问的专家，家里藏书很是不少，也有外国的文学科学，也有中国的经史子籍；但这几位外国先生仅认得英文的马克思经济各书，而不认得中国孔孟的经典，他搜查之后，微笑对我们说："看你们的藏书可以确认你们是社会主义者；但我以为社会主义或者将来对于中国很有利益，但今日教育尚未普及，鼓吹社会主义，就未免发生危险。今日本来可以封房子，捕你们，然而看你们还是有知识身份的人，所以我也只好通融办理……"其余以下的话，都是用训戒和命令的形式。他这番说话不打紧，可是他说我是社会主义者，我却担当不起，因为我觉得我的知识还是不很成熟，他的恭维实在与我的程度不甚相当；但当时虽像受宠若惊，可是不敢说受之有愧，只有恭听这位先生的恭维，一直等他走了，然后我才和我的朋友告别。自此之后便有一两个人在我背后跟踪，我听闻人说每逢中国当时得势的大官僚，和失败而挟多金的大人物，一到上海，巡捕房都派人在暗中保护，我既不是什么巨子，又不是什么要人，对于巡捕房这种优待，真是感激不遑，只有敬谨拜谢，于是我们翌日便乘车游杭，消度我们的后补蜜月了。

这次旅行，最使我终身不忘的，就是大东旅社的谋杀案。我到上海住在大东旅社的四十一号，那谋杀案就在隔壁的四十二号发生。七月三十一那天早上五点多钟，我睡梦中忽听有一声很尖厉的枪声，继续便闻有一个女子锐励悲惨的呼叫。我马上从床上跳起，打开房门一看，声息俱沉。我站立门口有五分多钟，不独人影杳然，还隐约觉得各房住客的早睡鼾声遥遥呼应。

此时我心内盘算，这声明明是手枪，然而我既听得，那么他人也应当听得。何以我站立五分多钟也不见一个人来，难道是我的听觉错了吗？听到这几天刮风，或者是物件被风吹跌了吗？心里盘算一会，自己想着是时五点多钟，天已大亮，而且在南京路的大东旅社，哪里会有谋杀案，怕不是自己跑入了福尔摩斯侦探小说的里面？想了一会儿，于是再复闭门重寻我未了的清梦。那知这件案子直至下午六点多钟方才发觉，那个凶手早已远扬，至于他为什么谋杀这个女子，至今不知，我当时所能知的，仅知这个男子叫瞿松林，女子叫孔阿琴，一个是洋行的侍役，一个缫丝的女工。这个瞿先生还留下一封信给上海各报，列出五个问题，要求报馆先生研究。第一问题是执业微贱，第二个是婚姻不自由，第三第四我已忘记，最后一个至莫名其妙的是"世界潮流日逼"。看他书函的意思，有男女共同自杀的口气，但不知后来怎样，这位瞿先生杀了恋爱者之后，自己反脱身远逃。大约上海不可思议的事很多，他们原因结果，我也无暇研究，不过一个被杀女

子的最后惨呼，竟然入到我的耳里，这个印象真使我一生都不能忘记
的。我住上海十天，谋杀案统计有六宗，汽车撞人连死带伤的事平均
每天总有三宗，上海真是一个极危险地方呵！

我们因为法巡捕房的优待，和邻房暗杀案的刺激，三十一夜遂乘
车赴杭。是时我默计广州市民大学和全省夏期讲习会开学已久，因为
对于学术上的忠实，其势不能久游。于是我们在沪杭车上开一个旅行
计划的协议。协议的终局我们打算一日游山，二日游水，三日回沪，
四日附轮回广州。……①

就这样，陈公博错失了中共一大续开的南湖会议，那年夏天好像
也是这样的炎热。

暑热的中午，正沉浸在对往事的追思中，陈公博的副官进来报
告："蒋委员长的副官处来电话，说今夜委员长请客，如果部长去的，
就送请帖，不去的，就不送请帖了。"

蒋介石的饭，最怕吃了。这位老头子往往是终席不发一言，而宾
客又都诚惶诚恐，不但是无酒可饮，也无烟可吸，纵使来宾身边带着
烟卷，受那干枯的氛围的压迫，谁不会首先抽烟。陈公博沉吟了一
下，开腔道："说我身体不舒服，谢谢罢。"广东的军事正紧张，难保
席间不讨论内战问题，让他这位汪派的广东人如何置答？

然而，尽管副官回绝了宴请，请帖照样送来。当晚 8 点钟，蒋公
馆打来电话："陈部长不舒服，是不是不能起床？若能起床的话，还
请来一下，因为蒋先生有事奉商。"

陈公博为此犯难。他思索了一下，吩咐副官如此答复：就说我的

---

① 杨宏峰主编：《新青年简体典藏全本》第9卷（第1—6号），宁夏人民出版社
2011年版，第267—270页。

确不能来食饭，假如有事的话，请于席散之时，再打电话来，我准到蒋公馆领教。

夜晚9时过去了，10时又过去了，陈公博如释重负：蒋介石不会来找我了吧。

陈公博全身松弛地往床上一躺。

闪回——法租界巡捕与包打听总算走了，陈公博与李汉俊大出了一口气。正全身松弛地瘫坐在椅子上，突然，听到楼梯上的脚步声，陡然一惊，再看上来的原来是陈独秀派来参会的包惠僧，这才将一颗心重新安放下来。包惠僧是来探听消息的，陈公博就听李汉俊在那里诉说险情："你们走了不过十多分钟，陈公博还没有走，有十几个巡捕和包打听来搜查了一番并没有搜去什么。他们问我们开什么会，我答应是北京大学的几位教授谈谈编辑新时代丛书的问题，并不是开会，好在他们都知道这是阿哥（李书城）的公馆，最后还说了几句道歉的话走了。"①

突然，副官来报：蒋公馆又打来电话，宴席已散，蒋先生和宾客正等着，请你立刻去。

什么事，都深夜10时半了！

陈公博慌忙惊起，赶往孝陵卫的孔祥熙公馆。屋后的草场，没有灯光，仅靠厅内射出的灯光照明，唐少川、王亮畴、孙哲生（孙科）、李君珮、陈树人等留在南京的粤籍中委，应该都到齐了吧？

公博，来来来，坐我这边。蒋介石主动招呼陈公博坐到他的左手位置。

----

① 包惠僧：《共产党第一次全国代表会议前后的回忆（一）》，安徽省中共党史学习研究会编：《包惠僧回忆录》，1979年印，第4页。

陈公博只得从命,心里对蒋介石的意图已猜到十之八九。

"余汉谋已于今天来南京了。"沉默一阵后,蒋介石向陈公博通报了这个"好消息"。生怕对方不明白,蒋又加了一句解释:"余汉谋这次来,不是陈伯南叫他来的,是他自动来的。"这么说,余汉谋背弃陈济棠,投靠蒋介石了,两广大势去矣。

"我们大家商议一个提案,提议取消广州政治分会和西南政务委员会,请你也签个字。"孙科不等陈公博答话,就从口袋中拿出一张纸来。

见陈公博没带笔,蒋介石吩咐他的副官进厅去取笔墨。

签就签了,统一原本就是自己的主张,取消各地的政治分会尤其是他力主倡导的,只是这幕戏演得让人不舒服,事先不通知,倒像是鸿门宴。陈公博一挥而就,内心不悦,告辞而去。①

8月8日,潘汉年到达陕北保安。

潘汉年此次归国,肩负着向中共中央传递同共产国际联系的新编密码、宣传《八一宣言》,特别是继续在莫斯科开启的与国民党方面的谈判等重任。张闻天特别重视,在自己窑洞里的炕前给他支了一张行军床,二人彻夜长谈。潘汉年向党中央汇报了自己归国的周折,与胡愈之到香港后帮助邹韬奋出版《生活日报》,为救国会起草《告全国同胞书》,会见李宗仁、李济深等国民党地方实派上层人物,还见到了北伐名将叶挺,请其做一些国民党将领的工作。党中央派往上海的冯雪峰经胡愈之回沪后联系,赶来香港会面,潘汉年与中共中央的联络就此接上。当然,这其间执行的最为隐秘的任务还是继续与国民

---

① 陈公博:《苦笑录》,东方出版社 2004 年版,第 226—227 页。

党方面的谈判。7月7日香港《生活日报》刊出了一则寻找"叔安"的寻人启事，这正是潘汉年离苏前致信陈果夫所约定的联络方式。"叔安"是潘汉年常用的化名，他按报上所登地址来到九龙酒店，见到了化名为"黄毅"的国民党中央委员、中央组织部代理副部长张冲。7月中旬，潘汉年在张冲的陪同下回到上海，随后前往南京，正值国民党召开五届二中全会。陈果夫、陈立夫不便出见，让潘汉年同曾养甫会面，又以潘不能代表中共中央为由，让其先取得中共中央和红军方面正式代表的资格，并携有关谈判意见，再来南京会谈。当年中央特科的得力助手刘鼎现已为张学良的高参，潘汉年由此得与张学良在上海秘密会谈，赴陕一路畅通。①

8月10日，中共中央政治局举行会议，一致"认定南京为进行统一战线之必要与主要的对手"，决定在过去南京秘密谈判的基础上，以进行抗日准备，实现国内民主、停止对红军的"围剿"为条件，与国民党就苏维埃政权、红军的统一问题进行高层谈判。② 随着"抗日必须反蒋"向在统一战线下反对卖国贼的重大调整，毛泽东对统战对象展开的亲信攻势形成一波新的高潮。

8月13日，毛泽东分别致信杜斌丞、杨虎城，由张文彬带去。毛泽东在信中深愿杨虎城既"同意联合战线，但望百尺竿头，更进一步"，并设身处地地为对方谋划："先生如以诚意参加联合战线，则先生之一切顾虑与困难，敝方均愿代为设计，务使先生及贵军全部立于无损有益之地位。"对杜斌丞寄予厚望："正抗日救国切实负责之时，先生一言兴邦，甚望加速推动之力，西北各部亦望大力斡旋。"

---

① 张云：《潘汉年传》，上海人民出版社 2006 年版，第 117—134 页。

② 范小方、毛磊：《国共谈判史纲》，武汉出版社 1996 年版，第 74 页。

第二天（8月14日），毛泽东一连写了7封信，分别致信韩复榘、张自忠、刘汝明、宋哲元、宋子文、傅作义、易礼容。其中，韩、张、刘、傅，以及宋哲元，皆为国民党当局镇守一方的军政首脑，毛泽东审时度势，尽可能寻觅抗战的同道中人。写给宋哲元的信不吝赞词："先生奋力边陲，慨然御侮，义声所播，中外同钦。"并积极表示愿为后援，并嘱托："鲁韩绥傅晋阎三处，弟等甚愿与之发生关系，共组北方联合战线。"致傅作义的信以"涿州之战，久耳英名"起笔，指明当前危局，转而反问："先生北方领袖，爱国宁肯后人？"进而明确责任共担："保卫绥远，保卫西北，保卫华北，先生之责，亦红军及全国人民之责也。""亟望互派代表，速定大计"。宋子文是蒋介石的妻舅，毛泽东看重他在南京政府中"时有抗日绪论"，专门致信给宋，是有意要扩大自己的同盟力量。毛泽东书信中尊其为"邦国闻人"，"深望竿头更进，起为首倡，排斥卖国贼汉奸，恢复贵党一九二七年以前孙中山先生之革命精神，实行联俄联共农工三大政策"，属望可谓深沉。

易礼容，新民学会旧友，并非国民党军界政界显要人士，当时只在朱学范领导的中国劳动协会"工人勇进队"任参谋长。[1] 但是，易礼容曾经加入中国共产党，"马日事变"后为中共湖南省委代理书记，直至1928年才与党组织脱离关系。毛泽东不忘旧友，一句"韵珊兄"的称呼拉近二人的距离：

还是在五年之前从文亮口中得知吾兄尚未忘记故人，那时我就写了一封信给你，不知寄到你手否？近有人来，知兄从事群众工作并露合作之意，我听了非常欢喜。现在局势，非抗日无以图存，非合作无

---

[1]《易礼容同志生平》，陆象贤主编：《易礼容纪念集》，团结出版社2001年版，第8页。

以抗日，统一战线之能得全国拥护，可知趋势之所在了。兄之苦衷，弟所尽知。然今非昔比，救国自救只有真诚地转向抗日革命工作，这个意见不知能得兄之完全赞成否？上海工人运动，国共两党宜建立统一战线，共同对付帝国主义与汉奸，深望吾兄努力促成之。如有进一步办法，希望能建立秘密联系，可以时常通信。

"文亮"是许文亮，易礼容的内弟，已于1931年在江西苏区牺牲。毛泽东此番去信不但是接续友情，而且关切其他旧朋的近况："李鹤鸣王会悟夫妇与兄尚有联系否？"

闪回——王会悟带领毛泽东、董必武、陈潭秋等人先行，从上海北站乘头班火车到达浙江嘉兴。穿街过巷，先到鸯湖旅馆订下两间客房。这样就可委托旅馆账房代订一艘中型丝网游船，以续开中共一大的最后一次会议。在湖上结束最后的议程，与会代表克制着澎湃的激情，压低嗓音呼喊："共产党万岁！""第三国际万岁！""共产主义——人类的解放者万岁！"①

毛泽东拉回思路，继续写道：

我读了李之译著，甚表同情，有便乞为致意，能建立友谊通信联系更好。闻兄之周围有许多从前老同事，甚为怀念他们，希并致意。希望你们能发展一个有益于国有益于民的集体力量。

文煊还在你身边否？她好否？一同致意。弟躯体如故，精神较前更好，十年磨炼，尚堪告慰。②

为对方免祸起见，毛泽东此信落款有意署名为"杨子任"。谁都知道毛泽东的夫人原姓杨，"子任"则是泽东曾用的笔名，故人一见

---

① 中共一大会址纪念馆编：《中国共产党创建图史》，上海文艺出版社2011年版，第283—284页。

② 中共中央文献研究室编：《毛泽东书信选集》，人民出版社1983年版，第47—48页。

即知。"文煊",即许文煊,是易礼容的夫人,也是新民学会旧友。至于所言"李之译著",可能是指李达与其学生雷仲坚合译的西洛可夫(现译希罗科夫)、爱森堡(现译艾森贝格)等著《辩证法唯物论教程》。事实上,虽得此书,毛泽东一时还没有空暇时间静心阅读。

《中国共产党致中国国民党书》这封重要的公开信,也由毛泽东执笔。这是对国民党五届二中全会后"南京来信"的答复,也是八月会议议定的。"中国国民党中央委员会诸位先生并转中国国民党全体党员大鉴:……"毛泽东下笔不卑不亢,"贵党""蒋委员长"的称谓微妙地体现了八月会议的精神,书信直面亡国灭种的危机,向国民党大声疾呼:"立即停止内战,组织全国的抗日统一战线,发动神圣的民族自卫战争,抵抗日本帝国主义的进攻,保卫及恢复中国的领土主权,拯救全国人民于水深火热之中。"公开信对国民党近来主张的进步予以肯定,对国民党五届二中全会确定的政策提出中肯的批评,以大量的事实说明和平早已绝望,牺牲到了最后关头,进而批驳对方"集中统一"的错误主张,顺势提出:"我们赞助建立全中国统一的民主共和国";通过回顾国共合作的历史,再度强调建立统一战线的主张,并申明:"至于我们方面是早已准备着在任何地方与任何时候派出自己的全权代表,同贵党的全权代表一道,开始具体实际的谈判,以期迅速订立抗日救国的具体协定,并愿坚决的遵守这个协定。""让我们的敌人在我们的联合战线面前发抖罢,胜利是一定属于我们的!"毛泽东如此收笔,随后写上信末敬语:"专此,谨致民族革命的敬礼!"①

---

① 中国工农红军长征史料丛书编审委员会编:《中国工农红军长征史料丛书》第4册"文献",解放军出版社2016年版,第676—681页。

公开信中的"民主共和国"，是 8 月 15 日共产国际执委会书记处来电的主张。共产国际的最新指示要中共停止红军与蒋介石军队的军事行动，彻底否决了中共中央大半年来发动经营西北的战略。与张学良、杨虎城的联盟还是要加固，但是"联蒋抗日"势在必行。公开信 8 月 25 日写定，同日毛泽东致电潘汉年，指出："南京已开始有了切实转变，我们政策重心在联蒋抗日"，要潘充当密使，赴南京、上海与国民党上层人士接触。致国民党中枢人物的信件，正好交潘汉年带去。

8 月 27 日，张子华携国民党电台呼号密码及曾养甫邀请周恩来外出谈判的信件再度来到陕北。31 日，周恩来写信给曾养甫。强调"国难危急如此，非联合不足以成大举"，表明自己"兹为促事速成，亟愿与贵方负责代表进行具体谈判"，就谈判地点、代表安全等问题提出协商。9 月 1 日，周恩来致信陈立夫、陈果夫："敝党数年呼吁，得两先生为之振导，使两党重趋合作，国难转机，实在此一举"，"两先生居贵党之中枢，与蒋先生又亲切无间，尚望更进一言，立停军事行动，实行联俄联共，一致抗日，则民族壁垒一新，日寇虽狡，汉奸虽毒，终必为统一战线所击破。"① 同日，周恩来还以黄埔同学的名义给胡宗南写去一信："黄埔分手后，不想竟成敌对。十年来，兄以剿共成名，私心则以兄尚未成民族英雄为憾。"一句点中武将的死穴，所谓内战无英雄。在痛陈国难日亟后，希望对方"力排浮议，立停内战，则颂之者将遍于国人"，"此着克成，全国抗日战争方能切实进行"。"叨在旧知，略陈鄙见，如不以为无当，还望惠我好音。纸短心

① 中共中央文献研究室编：《周恩来书信选集》，中央文献出版社 1988 年版，第 98、100—101 页。

长，怅望无既。专此。顺致 / 戎祺!"① 以上数信正好由张子华带去。

9月8日，毛泽东一日写信4封，分别致国民党陕西省政府主席邵力子；致国民党军西北"剿总"第一路副总司令兼第三军军长王均；致国民党军西北"剿总"第一路总司令、甘肃绥靖公署主任朱绍良；致国民党第37军军长毛炳文。书信措辞不唯委婉谦恭，而是因人而异。邵力子当时在报纸上发表反共言论，对于这位昔日的中共早期党员，毛泽东特下重语，责其"斤斤于'剿匪'，无一言及于御寇，何贤者所见不广也!"可谓爱恨交加，后又接以"弟与先生分十年矣。今又有合的机会，先生其有意乎?"一句，愈显情意绵长。相应书信，均附寄共产党"致国民党书"。

9月18日，毛泽东写信给宋庆龄:

庆龄先生左右:

武汉分别，忽近十年。每从报端及外来同志口中得知先生革命救国的言论行动，引起我们无限的敬爱。一九二七年后，真能继续孙中山先生革命救国之精神的，只有先生与我们的同志们。……

毛泽东在书信中殷切嘱托:"我想到要唤醒国民党中枢诸负责人员，觉悟于亡国之可怕与民意之不可侮，迅速改变其错误政策，是尚有赖于先生利用国民党中委之资格作具体实际之活动。兹派潘汉年同志前来面申具体组织统一战线之意见，并与先生商酌公开活动之办法，到时敬求接洽，予以指导。"同时还请"介绍与先生比较接近的诸国民党中枢人员，如吴稚晖、孔祥熙、宋子文、李石曾、蔡元培、孙科诸先生，与汉年同志一谈"。同日，毛泽东还写信给上海文化界救国会和全国各界救国联合会领导人章乃器、陶行知、沈钧儒、邹韬奋，请

---

① 中央档案馆编:《中国共产党抗日文件选编》，中国档案出版社1995年版，第121页。

诸先生与共产党作广大的努力与更亲密的合作，以实行停止内战一致抗日，"我相信我们最近提出的民主共和国口号，必为诸位先生所赞同，因为这是团结一切民主分子实行真正抗日救国的最好方策。"两封书信结尾日期特意写成"九一八五周年纪念日"，并附上共产党"致国民党书"。

9月22日，周恩来再次写信给陈果夫、陈立夫，对于"关于双方负责代表具体谈判事，迄今未得复示"表示关切，对于"蒋先生于解决两广事变之后，犹抽调胡军入陕，阻我二、四方面军北上抗日"表示质疑，希望二陈能够"力促蒋先生停止内战，早开谈判，俾得实现两党合作，共御强敌"。最后，周恩来在书信中明确潘汉年为联络代表，"详申弟方诚意，并商双方负责代表谈判之地点与时间"。①

写完这封信，周恩来凝神静气，开始写书信给蒋介石：

介石先生：

自先生揭橥反共以来，为正义与先生抗争者倏已十年。先生亦以清党"剿共"劳瘁有加，然劳瘁之代价所付几何？日本大盗已攫去我半壁山河，今且升堂入室，民族浩劫高压于四万万人之身矣！……

民族立场，大义凛然："先生须知，共产党今日所求者，唯在停止内战、建立抗日统一战线与真正发动抗日战争。内战果能停止，抗战果能实行，抗日自由果能实现，则苏维埃与红军誓将实践其自己宣言，统一于全国抗日政府指挥之下，为驱逐日寇而奋斗到底。"对于蒋氏，周恩来有意回顾其创办黄埔军校、统一两广、出师北伐的业绩，以与其"背育孙先生遗教，分裂两党统一战线后，则众叛亲离，内乱不已，继之以'九一八'，五年外患，国几不国"形成鲜明对照。

————

① 中共中央文献研究室编：《周恩来书信选集》，中央文献出版社1988年版，第103页。

周恩来下笔底气十足："红军非不能与先生周旋者，十年战绩，早已昭示国人。特以大敌在前，亟应团结御侮。"并严正指出："天下汹汹，为先生一人。"不过，也有尊崇与肯定："先生为国民党及南京政府最高领袖，统率全国最多之军队。使抗日无先生，将令日寇之侵略易于实现"，"先生统率之军队及党政中之抗日分子，亦尝以抗日领袖期诸先生。"周恩来设身处地期望："愿先生变为民族英雄，而不愿先生为民族罪人。"进而指出"依违于抗日亲日两个矛盾政策之间"的结果："则日寇益进，先生之声望益损，攘臂而起者大有人在。局部抗战，必将影响全国。先生纵以重兵临之，亦难止其不为抗战怒潮所卷入，而先生又将何以自处耶？"①总之，此信写得情真词切。

同日，毛泽东分别致信蒋光鼐、蔡廷锴，致信李济深、李宗仁、白崇禧。时距两广事变平息不久，毛泽东在共产党"致国民党书"之外，还附上对两广实力派所提的协定草案。那天，毛泽东还写信给国民党甘肃省政府主席、东北军第51军军长于学忠，以及国民党元老蔡元培。"五四运动时期北大课堂，旧京集会，湘城讲座，数聆先生之崇论宏议，不期忽忽二十年矣！"致蔡元培的书信一开头就把彼此双方的历史因缘写得充实饱满，随即由感慨流年向当下瞬间急转："今日者何日？民族国家存亡绝续之日。老者如先生一辈，中年者如泽东一辈，少年者则今日之学生，不论贫富，不分工农商学，不别信仰尊尚，将群入于异族侵略者之手，河山将非复我之河山，人民将非复我之人民，城郭将非复我之城郭，所谓亡国灭种者，旷古旷世无与伦比，先生将何以处此耶？"下文以"先生将何以处此耶"的两次重复，与上形成3个排比段落，先后推出共产党创议抗日统一战线，以及共产党致国民党书。随后，又由蔡

---

① 中共中央文献研究室编：《周恩来书信选集》，中央文献出版社1988年版，第105－107页。

元培名列首位的《新文字意见书》，由"从同志从朋友称述先生同情抗日救国事业"，复迭以"见之而欢跃者绝不止我一人，绝不止共产党，必为无数量人也！""闻之而欢跃者更绝不止我一人，绝不止共产党，必为全民族之诚实儿女，毫无疑义也。"深望对方："百尺竿头，更进一步，持此大义，起而率先，以光复会同盟会之民族伟人，北京大学中央研究院之学术领袖，当民族危亡之顷，作狂澜逆挽之谋，不但坐言，而且起行，不但同情，而且倡导"，"若然，则先生者，必将照耀万世，留芳千代"。信末开列的"党国故人，学术师友，社会朋旧"致讯名单多达69人（其中就有陈公博、李鹤鸣），①突出地反映了毛泽东的历史紧迫感。9月23日，毛泽东又致信李济深，希望对方和李宗仁、白崇禧派人来陕常驻，沟通情意。②这可说是对前一天所写书信内容的补充。这一天，周恩来再次写信给胡宗南。③这期间，周恩来还给陈诚、汤恩伯等去信。④

　　9月底，中共中央正式任命潘汉年为同国民党谈判的代表。这时，潘汉年在西安已成功地说服张学良继续准备"西北大联合"。叶剑英等进入西安后，传来消息：张学良愿代为中共冒险向蒋说和，但要叶剑英以毛泽东名义写一信"以作根据"。10月5日，毛泽东同周恩来联名致信张学良，尊张为"西北各军的领袖"，"即祈当机立断"，不仅实现西北停战，还请将共产党9月拟写的国共两党抗日救国协定草案转达蒋介石。⑤

---

① 中共中央文献研究室编：《毛泽东书信选集》，人民出版社1983年版，第66—68页。
② 中共中央文献研究室编：《毛泽东年谱》上卷，中央文献出版社2013年版，第636页。
③ 中共中央文献研究室编：《周恩来书信选集》，中央文献出版社1988年版，第109—110页。
④ 中共中央文献研究室编：《周恩来书信选集》，中央文献出版社1988年版，第117—118页。
⑤ 《毛泽东、周恩来致张学良信》（1936年10月5日），中共中央文献研究室编：《毛泽东书信选集》，人民出版社1983年版，第78—79页。

携带毛泽东、周恩来写的一批书信，中共中央拟定的《国共两党抗日救国协定草案》等文件，潘汉年由陕北启程，匆匆赶往上海。

美国记者又来了，相关政治问题全都回答了，这回该开始回答斯诺开列有关毛泽东个人历史的问题。毛泽东默念着问题表上的问题，当看到"你结过几次婚"这一问题时，不禁微微一笑："我不太相信有必要提供这些自传内容。"

斯诺争辩：从一定程度上说，这比其他问题上所提供的情况更为重要。"大家读了你说的话，就想知道你是怎样一个人。再说，你也应该纠正一些流行的谣言。"斯诺提请毛泽东注意有关他死亡的各种传说，"有些人认为你能说流利的法语……"

毛泽东微微摇头。

闪回——1920 年 5 月 8 日，上海半淞园，细雨蒙蒙，淞江半水，绿草碧波，毛泽东等新民学会会员在这里欢送留法勤工俭学的会员。游人无几，新民学会会员畅谈一直到天晚，继之以灯还意犹未尽，将送别会开成了一个讨论会。作为湖南赴法勤工俭学运动的积极组织者，毛泽东却决定暂时不出国留洋，他主张新民学会各会员要"向各方面去创造各样的事"。与会者议定介绍新会友要符合四条件：纯洁、诚恳、奋斗、服从真理。[1]中午时分，萧子璋（萧三）、熊光楚、李光楚、李思安、欧阳玉生、陈绍休、陈纯粹、毛泽东、彭璜、刘望成、魏璧、劳君展、周敦祥 12 人一字排开，在雨中合影。身着长袍，外罩深色短袄的毛泽东，站在中央位置，恰又两手叉腰。[2]

---

[1] 《新民学会会务报告》第 1 号（1920 年冬刊印），薛顺生编著：《上海革命遗址及纪念地》，同济大学出版社 1991 年版，第 12—13 页。

[2] 毛泽东思想生平研究会、韶山毛泽东同志纪念馆编：《毛泽东文物图集（1983—1949）》上册，湘潭大学出版社 2014 年版，第 31 页。

"也有些人，说你是一个无知的农民。"斯诺继续劝导，有一条消息说毛泽东"是一个半死的肺病患者，有的消息则强调他是一个发疯的狂热分子"。

"哦……"毛泽东稍感意外，"应该，纠正这类传说。"

再一次审阅斯诺的问题表，毛泽东最后说道："如果我索性撇开你的问题，而是把我的生平的梗概告诉你，你看怎么样？我认为这样会更容易理解些，结果也等于回答了你的全部问题。"

"我要的就是这个！"斯诺叫道。

在接下来的一个夜晚，毛泽东打开记忆的闸门，开始追述往事，向斯诺侃侃而谈。①

斯诺速记疾书，直到累得就要倒头睡去才暂时中止。

接连几个夜晚，毛泽东所说就是他的妻子贺子珍以前也不知道，贺子珍在一边听着入神。

毛泽东盘膝而坐，背靠在两只公文箱上，他点燃了一支纸烟，接续自己的故事：

……我第二次到北京期间，读了许多关于俄国情况的书。我热心地搜寻那时候能找到的为数不多的用中文写的共产主义书籍。有三本书特别深地铭刻在我的心中，建立起我对马克思主义的信仰。我一旦接受了马克思主义是对历史的正确解释以后，我对马克思主义的信仰就没有动摇过。这三本书是：《共产党宣言》，陈望道译，这是用中文出版的第一本马克思主义的书；《阶级斗争》，考茨基著；《社会主义史》，柯卡普著。到了一九二〇年夏天，在理论上，而且在某种程度

---

① 〔美〕埃德加·斯诺：《红星照耀中国》，董乐山译，新华出版社1984年版，第106—107页。

的行动上，我已成为一个马克思主义者了，而且从此我也认为自己是一个马克思主义者了。同年，我和杨开慧结了婚。

毛泽东继续谈道：

一九二一年五月，我到上海去出席共产党成立大会。在这个大会的组织上，起领导作用的是陈独秀和李大钊，他们两人都是中国最有才华的知识界领袖。我在李大钊手下在国立北京大学当图书馆助理员的时候，就迅速地朝着马克思主义的方向发展。陈独秀对于我在这方面的兴趣也是很有帮助的。我第二次到上海去的时候，曾经和陈独秀讨论我读过的马克思主义书籍。陈独秀谈他自己的信仰的那些话，在我一生中可能是关键性的这个时期，对我产生了深刻的印象。

在上海这次有历史意义的会议上，除了我以外，只有一个湖南人。其他出席会议的人有张国焘、包惠僧和周佛海。我们一共有十二个人。那年十月，共产党的第一个省支部在湖南组织起来了。我是委员之一。接着其他省市也建立了党组织。在上海，党中央委员会包括陈独秀，张国焘（现在四方面军），陈公博（现为国民党官员），施存统（现为南京官员），沈玄庐，李汉俊（一九二七年在武汉被害），李达和李森（后被害）。在湖北的党员有董必武（现任保安共产党党校校长），许白昊和施洋。在陕西的党员有高崇裕和一些有名的学生领袖。在北京是李大钊（后被害）、邓中夏、张国焘（现红军军事委员会副主席），罗章龙、刘仁静（现为托洛茨基派）和其他一些人。在广州是林柏渠（现任苏维埃政府财政人民委员）、彭湃（一九二七年被害）。王尽美和邓恩铭是山东支部的创始人。

同时，在法国，许多勤工俭学的人也组织了中国共产党，几乎是同国内的组织同时建立起来的。那里的党的创始人之中有周恩来、李立三和向警予。向警予是蔡和森的妻子，唯一的一个女创始人。罗迈和蔡和森也是法国支部的创始人。在德国也组织了中国共产党，只是时间稍后一些；党员有高语罕、朱德（现任红军总司令）和张申府（现任清华大学教授）。在莫斯科，支部的创始人有瞿秋白等人。在日本是周佛海。

……①

---

① ［美］埃德加·斯诺：《红星照耀中国》，董乐山译，新华出版社 1984 年版，第135—136、137—138 页。由于时隔多年，记忆不免有些失准，加之信息隔膜、传译转写等问题，上述文字的历史内容不尽准确。中共一大成立的中央局仅有陈独秀、张国焘、李达组成，陈独秀未到上海前暂由周佛海代理书记工作；施存统当时并未在南京为官，林柏渠当为林伯渠，彭湃牺牲于 1929 年。尽管如此，相关段落还是涉及中共创建历史的重要内容，特别是毛泽东提出的 1921 年 5 月赴上海参加中共一大说，为排除新时期译本根据中共党史当时常识修订英文原作的可能，特将 1938 年初版《西行漫记》中译本相应的前两节译文抄录如下："一九二一年五月，我到上海去参加中国共产党的成立大会。在这个组织中间占主要势力的是陈独秀和李大钊。他们两人都是中国最著名的文化界领袖。我在北大当着图书馆助理员的时候，在李大钊手下，很快地发展，走到马克思主义的路上。我对于这方面的发生兴趣，陈独秀也是很有帮助的。在我第二次到上海去的时候，我和陈独秀讨论着我所读过的马克思主义的书籍。在我生活中，这一个转变的时期，可以说陈独秀对我的印象，是极其深刻的。在上海这有历史意义的第一次会议中，除了我以外，只有一个湖南人。参加会议的别的人是：张国焘、包惠僧和周佛海。我们总共是十二个。那一年的十月，共产党第一省委在湖南组织起来了。我是委员之一。接着在别的省分和城市里组织也建立起来了。在上海的党中央委员会有陈独秀、张国焘（现在红军第四方面军）、杨民哉（译音）、谭平山、陈公博（现任国民党官吏）、刘燕青（译音）、殷秀松、施存统、沈玄庐、李汉俊（一九二七年在武汉被枪决）、李达、李森（译音）等。在湖北的党员有项英、恽代英、董必武——（现任保安共产党学校主席）、许白昊、施洋。在山西的党员有高崇武（译音）和一些有名的学生领袖。在北京是李大钊、邓中夏、罗章龙、刘仁静（现为托洛茨基派）和一些别的人。在广州是林伯渠（现任苏维埃政府财政委员）、彭湃（一九二七年被枪杀）、王精美（译音）和邓恩明（译音）是山东省委的发起人。"参见爱特伽·斯诺：《西行漫记》，王厂青、林淡秋等译，复社 1938 年版，第 185 页。

10 月 25 日，毛泽东再度致信傅作义，在介绍彭雪枫与其建立直接通讯关系，并希望通过傅来打通与阎锡山方面联络的关节。有此铺垫，近一月后毛泽东同朱德致电傅作义，祝贺绥远守军抗日胜利，也就显得顺畅自然。26 日，毛泽东同朱德等 46 人联名发表《红军将领给蒋总司令及国民革命军西北各将领书》，"我们敢以军人的坦白与热忱敬告诸先生：中华民族已经到了最危急的时候，'覆巢之下安有完卵'，深望诸先生悬崖勒马，立即停止进攻红军并与红军携手共赴国防前线，努力杀贼，保卫国土，驱逐日寇，收复失地。"[1]11 月 2 日，毛泽东致信许德珩等，致候各位教授，不仅是答谢惠赠的物品，同时也表达团结抗日的决心。两天后（11 月 4 日），毛泽东又一次提笔写信，这回是写给陈公培：

公培兄大鉴：

又数年不见了，得悉吾兄依然奋斗不懈，同人闻之十分佩慰。相距尚远，不能聚首，望用书面时通消息。各方统一战线，深仗大力斡旋，对内则化干戈为玉帛，对外则求一致之抗战，争取民族革命战争与民主共和国之联系及彻底胜利之前途。……[2]

闪回——1920 年 6 月的一天，上海法租界，学生模样的陈公培步入老渔阳里 2 号，这当时是陈独秀的寓所。学者李汉俊，好友施存统、俞秀松也在那里，在陈独秀的主持下，五人商定成立共产党，当时名为"社会共产党"。陈公培记得，当时"搞了五六条章

---

[1] 《红军将领给蒋总司令及国民革命军西北各将领书》(1936 年 10 月 26 日)，甘肃省军区党史资料征集办公室编：《三军大会师》下册，甘肃人民出版社 1987 年版，第 643—644 页。

[2] 中共中央文献研究室编：《毛泽东书信选集》，人民出版社 1983 年版，第 86 页。

程，很简单。第一条好像主张无产阶级专政，会前经过一些解释，后来大家也都同意了"。"当晚，施存统去日本"。2个月后，经陈独秀与李大钊商定，定名为共产党。其年秋，陈公培也赴法勤工俭学去了。①

快进——1924年8月，陈公培考入黄埔军校第二期生；1927年，陈公培参加八一南昌起义，起义部队在潮汕失败后，陈经香港赴沪，脱离了党组织。但是，他何曾忘怀政治，通过神州国光社，陈公培成为陈铭枢的幕僚之一。1933年9月22日，一身农民旧衣的陈公培带着4人，受命到福建前线与红军接触。树林里传来红军便衣哨的喊声："口令！"他撕开衣领，从中取出蒋光鼐的绸子信交给红军便衣哨："我要见红军指挥员。"随后来到红三军团总部驻地王台，彭德怀闻报电告瑞金的中共中央，周恩来迅即复电：陈公培确有其人，系中共脱党者，提供情况可信，拟派袁国平前往，与陈公培商谈。彭德怀立即在八角楼总部会见陈公培，经王台谈判，红军与十九路军在延平前线实现休战。10月初，陈公培又陪同十九路军总部秘书长徐名鸿等一行，前往

---

① 陈公培：《回忆党的发起组和赴法勤工俭学等情况》，吴殿尧编：《亲历者说：建党纪事》，解放军出版社2011年版，第346页。又，施存统在《中国共产党成立时期的几个问题》中回忆，"党的上海小组成立于一九二〇年六月间，一开始就叫'共产党'，它的机关刊物也叫《共产党》。""上海小组成立经过：一九二〇年六月间，陈独秀、李汉俊、沈仲九、刘大白、陈公培、施存统、俞秀松，还有一个女的（名字已忘），在陈独秀家里集会，沈玄庐拉戴季陶去，戴到时声明不参加共产党，大家不欢而散，没有开成会。第二次，陈独秀、俞秀松、李汉俊、施存统、陈公培五人，开会筹备成立共产党，选举陈独秀为书记。并由上述五人起草党纲。不久，我和陈公培出国。陈公培抄了一份党纲去法国，我抄了一份去日本。"详参金立人：《中共上海发起组成立前后若干史实考（上）》，《党的文献》1997年第6期；金立人：《中共上海发起组成立前后若干史实考（下）》，《党的文献》1998年第1期。

瑞金与谈判，受到毛泽东、朱德、周恩来等的热情接待。①

　　书信结尾，毛泽东殷切嘱托对方："各方统一战线，深仗大力斡旋"。随后就是信末的祝福语："顺祝 / 行止佳胜！"毛泽东行草遒健。

　　毛泽东不仅自己倾力于亲书政治活动，还发动其他同志一起努力。10 月 18 日，他致电朱德、徐向前、贺龙等，要他们利用旧日关系，开展对王均、毛炳文、胡宗南、何柱国等国民党将领的工作。毛泽东还代徐向前拟写了致胡宗南的信。②11 月 9 日，毛泽东、朱德等又发出《局势至此非抗战不足以图存——红军三十八将领致国民革命军西北将领书》。张国焘虽也名列其中，但始终做袖手旁观派，内心暗笑毛泽东这是在做"买空卖空"的生意。

　　11 月，毛泽东开始细读李达等译《辩证法唯物论教程》。

　　山城堡战役后西北军事形势稍事缓解，毛泽东抓紧学习，要在马克思主义理论方面有明显的提高，以适应党内外、国内外日益复杂的斗争形势。这个李达李鹤鸣，实在是不简单哪，在日本留过学，很早就研究马克思主义，他不仅是中共一大代表，在大会召开前他还是中共发起组的代理书记，是他与李汉俊一起召集了党的第一次全国代表大会。后来的中共二大，就是在李达住处召开的，可惜自己当年到上海却没有找到会址。李达书生气十足，他主张努力研究马克思学说和中国经济状况，以求对革命理论有一个彻底的了解，而党内流行的是"要求马克思那样的实行家，不要求马克思那样的理论家"。特别看不

---

①　王顺生、杨大纬：《福建事变：1933 年福建人民政府始末》，福建人民出版社 1983 年版，第 54—55 页。《陈公培生平大事记》，中共一大会址纪念馆编：《陈公培文集》，上海人民出版社 2016 年版，第 249—260 页。

②　《徐向前传》编写组：《徐向前传》，当代中国出版社 1991 年版，第 253 页。

惯张国焘这样当面一套背后一套的做派，张在党的二大上搞小集团，让李达深深厌烦。中共二大后，毛泽东写信给李达，请其湖南自修大学主持教务，李达就回长沙去了。

闪回——1923年暑假，李达从长沙到上海会见陈独秀。谈到国共合作，陈独秀问李达意见如何，李答："我是主张党外合作……"话音未落，陈大发脾气，他猛拍桌子，茶碗也被他打碎。陈独秀破口大骂，边说边捋袖子，好像要动武的样子，简直是草寇式的家长，难怪党内同志称其为"老头子"。李达据理力争：党的二大并未规定要与国民党党内合作，我不愿意做什么国民党党员。老黄历不要翻了，陈独秀盛气凌人：刚结束的党的三大已经确定全体共产党员以个人名义加入国民党，这也是执行共产国际的决定，我就这么甘心当这个国民党党员，我作为党的总书记都成为国民党的一员，你还爱惜什么羽毛，进而大吼一声："你违反党的主张，我有权开除你！"李达毫不示弱，他脱口而出，回敬道："被开除不要紧，原则性决不让步，我也并不重视你这个草莽英雄！"①

李达愤而脱党后，还是坚持研究宣传马克思主义，有时还应接党组织交付的任务。毛泽东清楚地记得：1927年春，李达受自己的嘱托，去劝说唐生智与共产党一起干革命。②大革命失败后，李达著述不断，早已是声名卓著的红色教授。且看他和学生翻译的这本苏联理论专著，"辩证法的本质即对立的统一法则"。毛泽东认真在书的页边做着读书笔记，红蓝铅笔、黑铅笔、圆珠笔，有时是用毛笔，书上留下大量的批注和符号。这书看了近半年，毛泽东翻阅有4遍之多。"中

① 宋镜明：《李达》，河北人民出版社1997年版，第104页。
② 宋镜明：《李达》，河北人民出版社1997年版，第116页。

日民族矛盾要用联合资产阶级的统一战线去解决。""游击战争与正规战争，保存游击性与克服游击性；分配土地的土地私有与准备转变为社会主义；共产党的民族性与国际性；民主主义革命与社会主义革命；爱国主义与国际主义；战争与和平，和平与战争；同资产阶级联盟与克服资产阶级的动摇叛变；共产党同国民党妥协正是加强共产党的独立性；军队的休息训练，同时即是加强战斗力，退却与防御同时即是准备进攻，……都是互相渗透互相转变的对立，一切对立都是这样的。""矛盾之中，不论主要与次要的，对立的两方面，不但是对立的斗争，而且互相依赖其对方，以行其对立与斗争，两方面斗争的结果，发生相互渗透的变化，即转化为同一性，转化到相反的方面。"[1] 这些读书心得后来转化为毛泽东 1937 年 4 月至 7 月上旬为中国人民抗日军政大学讲授马克思列宁主义哲学的《辩证法唯物论（讲授提纲）》。[2] 后又助其在 7、8 月间到抗日军政大学讲授哲学课，促成《实践论》《矛盾论》两篇经典文章的产生。

只是西路军的军情让人不免揪心，11 月 25 日毛泽东致电徐向前、陈昌浩："远方接济，三个月内不要依靠。目前全靠自己团结奋斗，打开局面。"[3] 明知国共谈判不利，毛泽东还是做最后的努力，12 月 1 日由其执笔的《致蒋介石》公开信发布。信末具名前所未有地开列 19 位红军将领的姓名矩阵：毛泽东、朱德、张国焘、周恩来、王

---

① 中共中央文献研究室编：《毛泽东年谱》上卷，中央文献出版社 2013 年版，第 670 页。

② 胡为雄：《马克思主义哲学在中国传播与发展的百年历史》下册，百花洲文艺出版社 2015 年版，第 407—429 页。

③ 中共中央文献研究室编：《毛泽东年谱》上卷，中央文献出版社 2013 年版，第 666—667 页。

稼蔷（王稼祥）、彭德怀、贺龙、任弼时、林彪、刘伯承、叶剑英、张云逸、徐向前、陈昌浩、徐海东、董振堂、罗炳辉、邵式平、郭洪涛。该信义正辞重，而又不失浅文言书信应有的礼数：

介石先生台鉴：

去年八月以来，共产党、苏维埃与红军曾屡次向先生要求，停止内战，一致抗日。自此主张发表后，全国各界不分党派，一致响应。而先生始终孤行己意，先则下令"围剿"，是以有去冬直罗镇之役。今春红军东渡黄河，欲赴冀察前线，先生则又阻之于汾河流域。吾人因不愿国防力量之无谓牺牲，率师西渡，别求抗日途径，一面发表宣言，促先生之觉悟。数月来绥东情势益危，吾人方谓先生将翻然变计，派遣大军实行抗战。孰意先生仅派出汤恩伯之八个团向绥赴援，聊资点缀，而集胡宗南、关麟征、毛炳文、王均、何柱国、王以哲、董英斌、孙震、万耀煌、杨虎臣（诚）、马鸿逵、马鸿宾、马步芳、高桂滋、高双成、李仙洲等二百六十个团，其势汹汹，大有非消灭抗日红军荡平抗日苏区不可之势。吾人虽命令红军停止向先生之部队进攻，步步退让，竟不能回先生积恨之心。吾人为自卫计，为保存抗日军队与抗日根据地计，不得已而有十一月二十一日定边山城堡之役。……

公开信指出，不但西北各军官佐士兵不愿参与"自相残杀之内战"，"即如先生之嫡系号称劲旅者，亦难逃山城堡之惨败。""所以者何，非该军果不能战，特不愿中国人打中国人，宁愿缴枪于红军耳。"紧接着一问："人心与军心之向背如此，先生何不清夜扪心一思其故耶？"进而设身处地地为对方着想：

天下汹汹，为公一人。当前大计只须先生一言而决。今日停止内战，明日红军与先生之西北"剿共"大军，皆可立即从自相残杀之内战战场，开赴抗日阵线，绥远之国防力量，骤增数十倍。是则先生一念之转，一心之发，而国仇可报，国土可保，失地可复，先生变得为光荣之抗日英雄，图诸凌烟，馨香百世，先生果何故而不出此耶？

经过反复陈诉，结语短促有力："寇深祸亟，言重心危，立马陈词，伫候明教。"信末开列一长串名单，接以"率中国人民红军同上"数字。工农红军改名"人民红军"，一词之易，彰显的是抗日统一战线的全民性、正当性与正义性。①

西安，奥国（一说德国）冯海伯开办的牙医诊所。

丁玲，1933 年 5 月在上海被捕、羁押南京多年，最终逃出魔窟，辗转来到西安的左翼作家，就潜藏在那里，充作牙医的女仆。

那天，牙医吩咐丁玲：杀几只鸡，有客人来。杀鸡，拔毛，丁玲用心地烹饪着鸡肉。客人来了，到客厅一看，有一位身材不高但外形强壮的外国女人，竟是在上海结识的第一个外国朋友——美国女作家、记者艾格尼丝·史沫特莱。你没死呀？！史沫特莱脱口而出，接着，一下子把丁玲抱住了。丁玲被捕后郁积数年的眼泪在此一刻倾泻而出。

埃德加·斯诺，是那天晚会当然的主角。他刚从陕北红军那里待了 4 个月归来。斯诺介绍着他在红军那里的见闻，把他拍摄的红军、红小鬼的许多照片，给大家看。同时，斯诺还给他们讲了自己离开苏区回西安途中的一个惊险故事：我坐着张学良将军部下安排的军用卡车来到西安，到鼓楼时我从司机旁边的座位上跳下车，让同行护送我的一名穿着东北军制服的红军战士把我的提包扔给我。

---

① 中共中央文献研究室编：《毛泽东书信选集》，人民出版社 1983 年版，第 87—89 页。

然而，找了半天就是没有找到。显然，我的包不在车上，那里面有我十几本日记和笔记、30 卷胶卷（这是第一次拍到的中国红军的照片和影片），还有好几磅重的共产党杂志、报纸和文件。必须找到它！我们在鼓楼那里激动地寻找，以至不远处交通警都好奇地看着我们。经过轻声的商量，终于弄清楚，这辆卡车运送的是用麻袋装的东北军要修理的枪械，为了躲避路上的搜查，那个包也塞在一个麻袋里面。车到咸阳卸下枪械，那个装包的麻袋也被扔了下去。天已经黑了，要返回 20 英里，司机不由得骂娘，表示明天早晨再回去找。我坚持马上回去，终于说服了司机。卡车掉头而回，我在西安的一个朋友家里整夜没有合眼，担心那个提包在咸阳被人打开后，不仅我的宝贝永远丢失了，而且那辆东北军卡车和车上的乘客也全完了，咸阳可是驻有南京政府的宪兵。幸运的是，正像大家所看到的那样，那只提包找回来了。我的坚持是正确的，第二天一早，路上一切交通断绝，城门要道遍布宪兵和岗哨，原来是蒋介石大驾光临西安，……①

"他从保安出来，我到保安去。"丁玲在心里默念着。②

深夜里，牙医诊所回响着三种语言合唱的《国际歌》。史沫特莱、斯诺用英语，丁玲用中文，牙医则用德文。③

---

① [美] 埃德加·斯诺：《红星照耀中国》，董乐山译，新华出版社 1984 年版，第 368—369 页。
② 丁玲：《崇敬与怀念》，张炯主编，蒋祖林、王中忱副主编：《丁玲全集》第 6 集，河北人民出版社 2001 年版，第 290 页。
③ 丁玲：《崇敬与怀念》，张炯主编，蒋祖林、王中忱副主编：《丁玲全集》第 6 集，河北人民出版社 2001 年版，第 290 页。

两广事变平息后，国民党各地方派系一时雌伏，蒋介石对国内外形势的认识有了新的变化，信心膨胀起来。于是，国共谈判变成了对共产党、红军的"招安"，既然谈不拢就对陕北的中共军事主力实施摧毁性打击，蒋介石一心憧憬着"只需最后五分钟就可实现最后胜利"。12月4日，蒋介石抵达西安，意欲胁迫张、杨部进攻红军，否则将张、杨部队分别调至福建和安徽。西北局势陡转急下。

12月5日，毛泽东一日三书，分别致信冯玉祥、孙科、杨虎城，①继续呼吁，不放弃争取最后一丝希望。在写给冯玉祥的信中，毛泽东指责蒋介石"至今犹孤行己意，对日无抗战决心，对内则动员三百个团大举'剿共'。"寄希望于冯玉祥："诚得先生登高一呼，众山齐应，今日停战，明日红军与西北'剿共'各军立可开进于绥远战场。"书信申明："泽东与先生处虽异地，心实无间，倘得不吝教诲，锡以圭针，敢不拜赐。"信末还不忘提及冯玉祥的袍泽："先生老部下董振堂诸君，大有进步，堪以告慰。"②

12月10日，毛泽东同周恩来致电张学良，通报中共与蒋介石谈判情况："陈立夫第三次找潘汉年谈，红军留三万，服从南京，要我方让步。我们复称根本不同意蒋氏对外妥协、对内苛求之政策，更根本拒绝其侮辱红军之态度。红军仅可在抗日救亡之前提下承认改换抗日番号，划定抗日防地，服从抗日指挥，不能减少一兵一卒，并须扩充之。……"③同日，毛泽东同朱德等以中革军委主席团的名义致电

---

① 中共中央文献研究室编：《毛泽东年谱》上卷，中央文献出版社2013年版，第672页。

② 中共中央文献研究室编：《毛泽东书信选集》，人民出版社1983年版，第91—92页。

③ 中共中央文献研究室编：《毛泽东年谱》上卷，中央文献出版社2013年版，第674页。

徐向前、陈昌浩、董振堂、黄超及红五军团全体指战员，为纪念宁都暴动 5 周年，"特对五军团全体英勇的指战员致以无限的敬意，更望在董军团长领导下继续宁暴伟大的精神，坚决配合一、二、四三个方面军主力，粉碎敌人新的进攻，为创河西抗日根据地而奋斗"。①

在昏暗的灯光下，毛泽东继续写着《中国革命战争的战略问题》这篇大文章。这是毛泽东 10 月至 12 月间在红军大学多次演讲的整理。

"第一章 如何研究战争"，"第一节 战争规律是发展的"。"战争的规律——这是任何指导战争的人不能不研究和不能不解决的问题。""革命战争的规律——这是任何指导革命战争的人不能不研究和不能不解决的问题。""中国革命战争的规律——这是任何指导中国革命战争的人不能不研究和不能不解决的问题。"毛泽东层层深化他的论述，脑海里回放着他在红军大学循循善诱的演讲情景："我们现在是从事战争，我们的战争是革命战争，我们的革命战争是在中国这个半殖民地的半封建的国度里进行的。因此，我们不但要研究一般战争的规律，还要研究特殊的革命战争的规律，还要研究更加特殊的中国革命战争的规律。"

"又有一种人的意见也是不对的，我们也早已批驳了这种意见了；他们说：只要研究俄国革命战争的经验就得了，具体地说，只要照着苏联内战的指导规律和苏联军事机关颁布的军事条令去做就得了。他们不知道：苏联的规律和条令，包含着苏联内战和苏联红军的特殊

---

① 中共中央文献研究室编：《毛泽东年谱》上卷，中央文献出版社 2013 年版，第674—675 页。

性，如果我们一模一样地抄了来用，不允许任何的变更，也同样是削足适履，要打败仗。这些人的理由是：苏联的战争是革命的战争，我们的战争也是革命的战争，而且苏联是胜利了，为什么还有取舍的余地？他们不知道：我们固然应该特别尊重苏联的战争经验，因为它是最近代的革命战争的经验，是在列宁、斯大林指导之下获得的；但是我们还应该尊重中国革命战争的经验，因为中国革命和中国红军又有许多特殊的情况。"

"由此看来，战争情况的不同，决定着不同的战争指导规律，有时间、地域和性质的差别。""我们研究在各个不同历史阶段、各个不同性质、不同地域和民族的战争的指导规律，应该着眼其特点和着眼其发展，反对战争问题上的机械论。""一切战争指导规律，依照历史的发展而发展，依照战争的发展而发展；一成不变的东西是没有的。"

毛式草体迅速地在纸上成字，"第二节　战争的目的在于消灭战争"。毛泽东富有自信地写道："人类的战争生活时代将要由我们之手而结束，我们所进行的战争，毫无疑义地是属于最后战争的一部分。""人类正义战争的旗帜是拯救人类的旗帜，中国正义战争的旗帜是拯救中国的旗帜。"

"第三节　战略问题是研究战争全局的规律的东西"。"研究带全局性的战争指导规律，是战略学的任务。""学习战争全局的指导规律，是要用心去想一想才行的。""战略问题，如所谓照顾敌我之间的关系，照顾各个战役之间或各个作战阶段之间的关系，……照顾消耗和补充，作战和休息，集中和分散，攻击和防御，前进和后退，荫蔽和暴露，主攻方面和助攻方面，突击方面和钳制方面，集中指挥和分散指挥，持久战和速决战，阵地战和运动战，……这一历史阶段和那一历史阶段，等等问题的区别和联系，都是眼睛看不见的东西，但若用心去想一想。"

在一长串枚举后，看着眼前听得有些发蒙的红军指战员，毛泽东转而讲下面一个重要问题："第四节　重要的问题在善于学习"。"学习不是容易的事情，使用更加不容易。""要达到智勇双全这一点，有一种方法是要学的"，"什么方法呢？那就是熟识敌我双方各方面的情况，找出其行动的规律，并且应用这些规律于自己的行动。""指挥员的正确的部署来源于正确的决心，正确的决心来源于正确的判断，正确的判断来源于周到的和必要的侦察，和对于各种侦察材料的联贯起来的思索。"红军指战员听出些门道来，面部表情明显开朗起来。

"读书是学习，使用也是学习，而且是更重要的学习。从战争学习战争——这是我们的主要方法。"听到这里，红军指战员露出充满信心的微笑。"我们必须提倡每个红军指挥员变为勇敢而明智的英雄，不但有压倒一切的勇气，而且有驾驭整个战争变化发展的能力。指挥员在战争的大海中游泳，他们不使自己沉没，而要使自己决定地有步骤地达到彼岸。指导战争的规律，就是战争的游泳术。以上是我们的方法。"毛泽东就这样结束那次的演讲。

毛泽东一有空就坐下来整理思路，此后他又续写了"第二章　中国共产党和中国革命战争"，"第三章　中国革命战争的特点"，"第四章　'围剿'和反'围剿'——中国内战的主要形式"。各章不时总结近十年来的历史经验教训特别是两次"左"的教训。

静夜。因为局势紧张，毛泽东住处加强了警卫，从外面时时传来"口令"之声。

"第五章　战略防御"，这又一个重要题目，"我想说明下列各问题：（一）积极防御和消极防御；（二）反'围剿'的准备；（三）战略退却；（四）战略反攻；（五）反攻开始问题；（六）集中兵力问题；（七）运动战；（八）速决战；（九）歼灭战。"毛泽东言文一致，秉笔直书，往事经验教训扑面而来："积极防御，又叫攻势防御，又叫决战防御。消极防御，又叫专守防御，又叫单纯防御。""我们的战争是从一九二七年秋天开始的，当时根本没有经验。南昌起义、广州起义是失败了，秋收起义在湘鄂赣边界地区的部队，也打了几个败仗，转移到湘赣边界的井冈山地区。第二年四月，南昌起义失败后保存的部队，经过湘南也转到了井冈山。然而从一九二八年五月开始，适应当时情况的带着朴素性质的游击战争基本原则，已经产生出来了，那就是所谓'敌进我退，敌驻我扰，敌疲我打，敌退我追'的十六字诀。""十六字诀包举了反'围剿'的基本原则，包举了战略防御和战略进攻的两个阶段，在防御时又包举了战略退却和战略反攻的两个阶段。后来的东西只是它的发展罢了。"

"然而从一九三二年一月开始，在党的'三次"围剿"被粉碎后争取一省数省首先胜利'那个包含着严重原则错误的决议发布之后，'左'倾机会主义者就向着正确的原则作斗争，最后是撤消了一套正确原则，成立了另一整套和这相反的所谓'新原则'，或'正规原则'。""新的原则是'完全马克思主义'的，……敌人进攻时，对付的办法是'御敌于国门之外'，'先发制人'，'不打烂坛坛罐罐'，'不丧失寸土'，'六路分兵'；是'革命道路和殖民地道路的决战'；是短促突击，是堡垒战，是消耗战，……"

毛泽东详细分析 5 次反"围剿"的敌我态势、作战经验，总结道："必须打胜；必须照顾全战役计划；必须照顾下一战略阶段：这是反攻开始，即打第一仗时，不可忘记的三个原则。""集中兵力之所以必要，是为了改变敌我的形势。第一，是为了改变进退的形势。""第二，是为了改变攻守的形势。""第三，是为了改变内外线的形势。……但我们可以而且完全应该在战役或战斗上，把它改变过来。将敌军对我军的一个大'围剿'，改为我军对敌军的许多个别的小围剿。……这即是所谓内线作战中的外线作战，'围剿'中的围剿，封锁中的封锁，防御中的进攻，劣势中的优势，弱者中的强者，不利中的有利，被动中的主动。从战略防御中争取胜利，基本上靠了集中兵力的一着。""人民的游击战争，从整个革命战争的观点看来，和主力红军是互为左右手。"

"运动战，还是阵地战？我们的答复是：运动战。""'打得赢就打，打不赢就走'，这就是今天我们的运动战的通俗的解释。""基本的是运动战，并不是拒绝必要的和可能的阵地战。"

"战略的持久战，战役和战斗的速决战，这是一件事的两方面，这是国内战争的两个同时并重的原则，也可以适用于反对帝国主义的战争。""因为反动势力的雄厚，革命势力是逐渐地生长的，这就规定了战争的持久性。在这上面性急是要吃亏的，在这上面提倡'速决'是不正确的。……因为中国的反动势力，是许多帝国主义支持的，国内革命势力没有聚积到足以突破内外敌人的主要阵地以前，国际革命势力没有打破和钳制大部分国际反动势力以前，我们的革命战争依然是持久的。从这一点出发，规定我们长期作战的战略方针，是战略指导的重要方针之一。"

"战役和战斗的原则与此相反，不是持久而是速决。在战役和战斗上面争取速决，古今中外都是相同的。在战争问题上，古今中外也都无不要求速决，旷日持久总是认为不利。惟独中国的战争不能不以最大的忍耐性对待之，不能不以持久战对待之。""打破一次'围剿'属于一个大战役，依然适用速决原则，而不是持久原则。因为根据地的人力、财力、军力等项条件都不许可持久。"他不无遗憾地写道："第五次反'围剿'进行两个月之后，当福建事变出现之时，红军主力无疑地应该突进到以浙江为中心的苏浙皖赣地区去，纵横驰骋于杭州、苏州、南京、芜湖、南昌、福州之间，将战略防御转变为战略进攻，威胁敌之根本重地，向广大无堡垒地带寻求作战。用这种方法，就能迫使进攻江西南部福建西部地区之敌回援其根本重地，粉碎其向江西根据地的进攻，并援助福建人民政府，——这种方法是必能确定地援助它的。此计不用，第五次'围剿'就不能打破，福建人民政府也只好倒台。到打了一年之久的时候，虽已不利于出浙江，但还可以向另一方向改取战略进攻，即以主力向湖南前进，不是经湖南向贵州，而是向湖南中部前进，调动江西敌人至湖南而消灭之。此计又不用，打破第五次'围剿'的希望就最后断绝，剩下长征一条路了。"

"'拼消耗'的主张，对于中国红军来说是不适时宜的。'比宝'不是龙王向龙王比，而是乞丐向龙王比，未免滑稽。对于几乎一切都取给予敌方的红军，基本的方针是歼灭战。只有歼灭敌人的有生力量才能打破'围剿'和发展革命根据地。""对于人，伤其十指不如断其一指；对于敌，击溃其十个师不如歼灭其一个师。""我们建立军事工业，须使之不助长依赖性。我们的基本方针是依赖帝国主义和国内敌人的军事工业。伦敦和汉阳的兵工厂，我们是有权利的，并且经过敌人的运输队送来。这是真理，并不是笑话。"[①]

战略进攻、政治工作及其他问题，毛泽东还打算再写它 3 章。然

① 《毛泽东选集》第 1 卷，人民出版社 1991 年第 2 版，2007 年第 2 次印，第 170—244 页。

而，夜既深，天将晓，暂且搁笔休息吧。

研究中国革命战争的特殊规律，持久战战略，改变内外线形势，人民战争，运动战，游击战，因敌为资，毛泽东重新梳理着自己的观点，不知不觉睡去。

6

想尽一切方法，至少支持三十天，就有办法

西安事变发生，张闻天等确立不采取与南京对立方针 /

王明鼓动杀蒋，斯大林责问季米特洛夫 /

周恩来冒雪赶赴延安飞西安 /

经历永昌消耗战，西路军在西安事变和平解决后继续西进 /

死守高台城，董振堂壮烈牺牲 /

史沫特莱到延安，访谈朱德 /

西路军在倪家营子死战 /

中共中央致电国民党五届三中全会 /

中共中央组建援西军 /

西路军兵败祁连山

12月12日凌晨5点，一封电报从西安到陕北保安的空中传递。在向蒋介石痛陈停止"剿共"一致抗日的主张，遭到蒋蛮横拒绝后，张学良迫不得已联手杨虎城发动兵变。负责蒋介石在临潼华清池驻地外围守卫的东北军，在第一营卫队上校营长王玉瓒的带领下，先将附近宪兵缴械，凌晨4点许，向二道门发起猛烈攻击。电报征求张闻天、毛泽东、周恩来等中共中央领导人"兄等有何高见"。①

毛泽东的窑洞，电报在中共中央核心人物间传阅，"蒋介石也有今日！"昏暗的窑洞里响起的这一句话，说出了大家共同的心声。

张国焘难抑心中的激动，一连举出几十条杀蒋的理由，②但转念又说："莫斯科对这件事会怎样看。我们不妨先推测下。"

经此提醒，有过留苏经历的张闻天、博古等也表示应向莫斯科请示。于是，大家一面议定草拟致莫斯科的电报，一面商议复电张学良电报的内容。③

中共中央议定，接受张学良的邀请，派周恩来赴西安协商。随后，电告张学良，把蒋介石扣押在"自己的卫队营里，且须严防其收买属员，尤不可交其部队。紧急时诛之为上"。对于有着血海深仇的蒋介石，中共领导人绝无好感，况且经过前一番谈判，对于能与蒋合作抗日信心大失。同时，电文还提出应倾全力团结好东北军与西北军；立即将东北军主力调集西安、平凉一线，将西北军主力调集西

① 程中原：《中共高层与西安事变》，中国民主法制出版社2017年版，第219页。

② 刘统：《北上：党中央与张国焘斗争纪实》，广西人民出版社2004年版，第383页。

③ 张国焘：《我的回忆》下册，东方出版社2004年版，第329—330页。

安、潼关一线。红军立即南下，向东北军与西北军靠拢，以应付各种事变。

中午时分，中共中央将西安事变情况电告共产国际。[1]

当天半夜，张国焘来敲毛泽东的门：老毛，我们多少革命同志倒在蒋介石的屠刀之下，我坚决主张对他处以极刑……张国焘说着，用手在脖子上比划着一割。[2]

12月13日，张闻天的窑洞，召开中共中央政治局常委扩大会议。张闻天主持会议，首先由分管军事和统战的毛泽东作报告。经过一天一夜的情绪宣泄，政治理性开始回复。毛泽东指出："其实，蒋介石最近的立场严格说来还是中间性的，并非投降的或亲日的，可惜的是，他在'剿共'一点上还是站在日本方面的。这一立场与他的部下是有很多矛盾的，所以他是被这样的矛盾葬送了。"周恩来认为，在军事上应该准备迎击南京方面对西安的夹击；在政治上不采取与南京对立，应努力争取蒋介石之大部，如林森、孙科、宋子文、孔祥熙等都应争取，对冯玉祥更应争取，孤立何应钦。张国焘附和毛泽东提出的以西安为主建立抗日中心的观点，主张具体细化："打倒南京政府，建立抗日政府，应该讨论怎样来实现。"

张闻天静静地听着，随后作长篇讲话。"张学良这次行动是开始揭破民族妥协派的行动，向着全国性的抗日方向发展。""我们党要转到合法的登上政治舞台。"不仅讲总的策略、方针，张闻天还提出具体的做法：

第一，是巩固我们的力量，尽量争取时间，巩固自己部队，把西

---

① 程中原：《中共高层与西安事变》，中国民主法制出版社2017年版，第219—220页。

② 苏若群、姚金果：《张国焘传》，天地出版社2018年版，第556—557页。

安、兰州完全控制在自己手里，与苏联打通。

第二，对妥协派应尽量争取，与分化、孤立。我们不采取与南京对立方针。不组织与南京对立方式（实际是政权形式）。把西安抓得很紧，发动群众威逼南京。改组南京政府口号并不坏。尽量争取南京政府正统，联合非蒋系队伍。在军事上采取防御，政治上采取进攻。

第三，组织群众，进行群众运动。武装群众，到处开始组织，大批的武装群众。……

第四，党的工作首先注意西安工作，继续不断的派人出去，同时应利用外面干部。当然，困难问题还是很多的。现在有的新的困难、新的矛盾，需要我们慎重考虑。这依靠我们党的策略正确。我们应领导走到顺利的方向。不要急躁，自己造成自己的困难。我们的方针：把局部的抗日统一战线，转到全国性的抗日统一战线。

张闻天的讲话深深影响了与会者，有人如博古在再次发言中修正自己的观点。博古强调："我们对西安事件，应看成是抗日的旗帜而不是抗日反蒋的旗帜"，但他仍认为"应将一切罪恶放在蒋介石个人身上"，但不应"与南京对立起来"。

最后，由毛泽东作总结讲话。我们现在处在一个历史事变的新阶段，毛泽东说道，在这个阶段，前途上摆着许多通道，同时也有很多困难。敌人要争取很多人到他们方面去，我们也要争取很多人到我们方面来。"我们不是正面反蒋，而是具体指出蒋个人的错误。我们对这一事变又要领导，又要反蒋又不反蒋，不把反蒋与抗日并列。""在政府问题上，又要政府又不要政府。实际上是政府的性质。"①

---

① 程中原：《中共高层与西安事变》，中国民主法制出版社 2017 年版，第 130—134 页。

12月14日午夜12点，莫斯科。

一阵急促的电话铃声惊扰了沉寂的夜，季米特洛夫拿起话筒。

传来的是斯大林威严带怒的声音："王明在你们那里做什么事？他是个挑衅者吗？"

季米特洛夫一时还不明就里，就听话筒那边继续说道："他想发电报让他们枪毙蒋介石。"季米特洛夫立即回答："我不知道有这种事！"

斯大林不免有些怒不可遏：反映这情况的电报现在就放在我的手边！①

"西安事变，惊传蒋氏被幽，事出意外。然此实蒋氏对外退让，对内用兵，对民压迫三大错误政策之结果。张杨均贵党中央委员，且属剿共军领袖，然亦坚请停止剿共，一致抗日；观其宣布之八项主张，实为全国人民之所言，厉行不暇，何可厚非。今日之西安事变，不过继福建事变两广事变之后，鼎足而三耳。……"12月15日，毛泽东、朱德、周恩来、张国焘、林祖涵（林伯渠）、彭德怀等15人联名发表《红军将领关于西安事变致国民党国民政府电》，徐向前、陈昌浩也在名列。②而周恩来在当日清晨离开保安，带领罗瑞卿、杜理卿（许建国）、张子华、童小鹏等一行9人，大雪纷飞中，策马奔赴延安。

---

① ［保］季米特洛夫：《季米特洛夫日记选编》，马细谱等译，广西师范大学出版社2002年版，第523页。

② 中央档案馆编：《中共中央文件选集》第11册，中共中央党校出版社1991年版，第124—125页。

在安塞住了一夜，继起赶路。待周恩来一行赶到延安北门外，已是 12 月 16 日傍晚。城内还驻有民团，当地游击队报告说：下午听到飞机的声音，但飞机转了两圈就飞走了。因为是 13 日中午电告张学良派飞机来的，周恩来估计因为恶劣天气行期延长，错失了飞机。

第二天清晨，周恩来等绕过延安城西，准备到甘泉的张学良防地去，在那里坐汽车前往西安。突然，空中传来飞机的引擎声。① 渐飞渐低，地面上的人似乎都能看到机身上的"博鹰"号字样，那正是张学良的私人飞机。周恩来迅速拨转马头：来了来了！

在中国共产党积极参与斡旋下，西安事变得以和平解决。12 月 25 日下午，蒋介石、宋美龄等在张学良的陪同下乘机飞离西安。

12 月 27 日，中共中央召开政治局会议，讨论西安事变和平解决后的工作。毛泽东作报告，张闻天在发言中指出："上次中央讨论关于西安事变，认为有两个前途：一是内战的扩大，一是和平解决"，"现在一般的说，结束内战的前途占了优势，目前正在向着抗日战争的方向走，但是我们应估计到这中间一些可能发生的障碍。我们应争取把中派的动摇最后结束，用一切力量争取抗日前途的实现。"

对于当前工作，张闻天说："要把我们的力量扩大"，"把西北地区真正成为抗日中心。"他谈道："随着全国群众运动的开展，我们活动的范围应更大"，为此建议"应办几个大的学校"。张闻天的发言得到毛泽东总结讲话的积极呼应，他进一步提出"办高级学校"，并提议校名就叫"抗日军事政治大学"。② 翌年 1 月 21 日，中国抗日红军

① 程中原：《中共高层与西安事变》，中国民主法制出版社 2017 年版，第 137—138 页。
② 中共中央党史研究室张闻天选集传记组编：《张闻天年谱（修订本）》上卷，中共党史出版社 2010 年版，第 280 页。

大学改为中国人民抗日军事政治大学，举行开学典礼。①

在形势开始好转的情况下，西路军的命运却日见迫蹙。

1936 年 10 月 27 日至 11 月 4 日，红 9 军、红 30 军在一条山附近将马步青军队打得落花流水，击毙敌副总指挥马廷祥。结果，招来 7 万马家军的围追堵截。从 11 月下旬至 12 月上旬，西路军在河西走廊进行了一系列的消耗战。11 月 16 日至 18 日，红 9 军死守古浪城最终撤出，以致元气大伤，特别是参谋谍报人员死伤甚多，侦察电台和其他通讯器材散失殆尽，更是影响了三军与总部的联络。

西安事变的消息传来，西路军正在永昌与马家军鏖战。"你们的主子蒋介石被我们捉住了，不要打了，我们停止内战，团结抗日！"红军战士向马家军阵地喊话，对面偶尔射来冷枪，不再发动进攻。中共中央此时试图利用西安事变时机，以政治斡旋化解西路军的军事危局。12 月 21 日，毛泽东、朱德、彭德怀致电东北军军长王以哲转马鸿宾："承王军长介绍贵师与敝方结成抗日友军，曷胜欢迎。从此化敌为友，谊同一家，为抗日而誓师，为救亡而奋斗，相亲相爱，互助互援，谨电申意。"②

1 月 12 日，高台县城被马家军 2 万余众团团围住。外围两个碉堡很快被攻破，随后敌军向县城不时发起进攻，曾四五次夜登城墙，终被红军击退。红军战士找来城内一切可以找到的箱子，装满泥土、棉被等杂物，浇水冰冻，用以加高加固不过两丈高的土筑城墙。弹药

---

① 中共中央文献研究室编：《朱德年谱（新编本）》上卷，中央文献出版社 2016 年版，第 627 页。

② 中共中央文献研究室编：《朱德年谱（新编本）》上卷，中央文献出版社 2016 年版，第 622 页。

奇缺，大刀、枪刺、铁叉、铁矛，以及铁锹、铁镐、木棒、砖瓦石块堆满城头。为防止连续作战的战士在夜晚战斗间隙中睡去，董振堂让大家依次传递一根小木棍，以保持警醒状态。

1月20日，农历腊八。拂晓，炮火猛烈，城墙四处崩塌，马家军的总攻开始了。攻城者头顶铁锅，架起数十架云梯，在密集火力的掩护下开始登城。董振堂命四面各以一连把守，挥舞大刀在城上指挥作战。关键时刻，收编的原高台民团与新兵倒戈，敌人源源不断地从其守卫的城西南爬上来，沿西城向南乃至东城推进，红5军全体死战。下午3点后，枪声、喊杀声渐渐停息下来。

马家军打扫战场，三千红军将士绝大多数英勇战死，敌我的尸体相互枕藉。听说在城东北方向新开渠和定宁渠之间折损了好几十号人，敌军官马彪气鼓鼓地来了，但见一具红军尸体，身上的毛衣破破烂烂，满是血污，于是骂道："你们怎么不趁他换子弹时把他打死?!"手下人回答："他是双枪手，一手打枪一手就能换上子弹。剩下最后一颗子弹，他打进了自己的胸膛，死了。"果然，那人双手还各紧握着一把短枪，那么，他是谁？马家军谁都不认识，就押来几个被俘的红军战士，红军战俘一见就哭了起来：军长……

董振堂军长战死了，军政治部主任杨克明、13师师长叶崇本等也都战死了。马家军野蛮地砍下董、杨的头颅，在拍了照后，浸泡在白酒里送往西宁马步芳处请功。红军被俘人员遭到残酷的报复以至虐杀。①

西路军总指挥部截获马家军电报，得知高台危急已是1月23

---

① 张掖红西路军精神研究会、中共高台县委：《董振堂传》，甘肃人民出版社2013年版，第248—257页。

日。徐向前急派骑兵师星夜前往增援，师长董俊彦曾跟随董振堂参加宁都起义，一心要救自己的战友，不幸途中遭遇马家军骑兵优势兵力的围攻，大部伤亡。董师长、政委秦道贤身负重伤，不愿被俘，饮弹自尽。

西路军红 5 军就只剩下政委黄超率领驻守临泽县城（抚彝城）的两个团与直属机关。如果不是 9 军一个团赶来接应断后，5 军余部在突围中也会被马家军吃掉，以致全军覆灭。

1 月 25 日，在昨日张闻天、毛泽东、朱德、张国焘致电周恩来、博古，试图动员国民党甘肃省政府主席于学忠传话马步芳，如不停止进攻，红军主力即将攻击青海的威胁无果后，中革军委主席团又致电徐、陈，指示西路军："集结全军，切忌分散，用坚决的战斗来完成东进，在兰州附近渡河。"①

1 月 28 日，延安各界纪念一·二八抗战大会，毛泽东、朱德出席大会并讲话。当晚，朱德会见当天到达延安的美国女作家史沫特莱。

史沫特莱亲历了西安事变，旋即为张学良作每晚 40 分钟的英语广播，影响之大以致她一度被外媒称为"有可能变为高居于亿万黄皮肤人之上的实际上的'白色女皇'"。此外，她还花大量时间为西安的政治犯主要是被俘的红军战士疗伤。终于获得延安方面的许可，穿一条厚厚的马裤，身着一件红色的运动衫，史沫特莱躲进红军护送人员提供的卡车后车厢里，通过了国民党封锁线，到潼里就见先行到延

---

① 中共中央文献研究室编：《朱德年谱（新编本）》上卷，中央文献出版社 2016 年版，第 628 页。

安的丁玲前来迎接，经过 3 个星期的周折，来到了延安。①

见到朱德，史沫特莱迫不及待地表示要为对方写本传记，请朱德把他的全部经历讲给她听。吴光伟，史沫特莱称她为莉莉·吴，担任谈话的翻译。朱德请史沫特莱到根据地各处走走后，再作决定。当天午夜，史沫特莱还去见了毛泽东，"欢迎，欢迎"，毛泽东伸出修长的手，热情一握。②

也正是同一天夜晚，临泽县南部的倪家营子，西路军全部军力集结于此，清点人数，只剩下一万多人，战斗员不及一半。倪家营子由 43 个屯庄构成，红军分兵把守数十个土围子，愈显势单力孤，且弹药奇缺。

1 月 31 日，马家军开始攻击，先以数门大炮将土围墙打出缺口，随后大量步兵蜂拥冲来。红军屯自为战，人自为战，无论男女、轻伤重伤，不分战斗人员和勤杂人员，有枪的拿枪，没枪的拿手榴弹，手执大刀、长矛、木棍，直等敌人靠近村围子 50 米处，这才奋起反击。由于是近战，步枪作用不大，红军索性取下刺刀，把长枪靠在一起，但见白刃格斗，棍棒、长矛翻飞，双方互掷手榴弹，通常一个土围子要反复争夺、昼夜接战，战况异常惨烈……

于学忠委派的代表，竟遭马步芳、马步青杀害，二马甚至威胁甘肃后方。希望就只能放在同南京政府的斡旋上。

① [美] 麦金农（Mackinnon，J.）、麦金农（Mackinnon，S.R.）:《史沫特莱传》，江枫等译，辽宁人民出版社 1991 年版，第 239 页。
② 史沫特莱:《中国的战歌》，转引自黄允升、张鹏主编:《毛泽东人际关系》下册，中央民族大学出版社 2004 年版，第 817 页。

2月10日，中共中央致电国民党即将召开的五届三中全会。这也是贯彻共产国际来电的意图，将王明提出的要求国民党让步的三个条件一并提出。[1] 当然，为了促成国共合作，共产党作的让步更大。电文深望国民党三中全会，本着和平统一团结御侮的方针，将下列各项定为国策：

（一）停止一切内战，集中国力，一致对外；（二）保障言论、集会、结社之自由，释放一切政治犯；（三）召集各党各派各界各军的代表会议，集中全国人材，共同救国；（四）迅速完成对日抗战之一切准备工作；（五）改善人民的生活。

如国民党三中全会果能确定此国策，则中国共产党为表示团结御侮的诚意，愿给国民党三中全会以如下的保证：

（一）在全国范围内停止推翻国民政府之武装暴动方针；（二）苏维埃政府改名为中华民国特区政府，红军改名为国民革命军，直接受南京中央政府与军事委员会之指导；（三）在特区政府区域内，实行普选的彻底民主制度；（四）停止没收地主土地之政策，坚决执行抗日民族统一战线之共同纲领。[2]

然而，所有政治上的努力都未能缓解西路军的危局。西路军自力解困终无可能，2月下旬，中共中央实施出兵援助西路军行动。

2月22日，毛泽东写信给彭德怀、任弼时、周恩来，总共五项内容：

彭、任、周并告伯承：

---

[1] 郭德宏：《王明年谱》，社会科学文献出版社2014年版，第334页。

[2] 中共中央文献研究室编：《毛泽东年谱（修订本）》上卷，中央文献出版社2013年版，第709页。

甲、增援西路军尚未作最后决定，但已局势严重，考虑时机，因西路军已至极危险时候，其原因正如彭、任所述，如该军失败，则影响甚大。

乙、增援军拟以十五军团、三十一军（或四军）、二十八军、三十二军及骑兵第一团组成之，以伯承任指挥，张浩同去。

拟派援西军的兵力构成除了西路军多次提到的 31 军、4 军，红 32 军原本也属于红四方面军建制，只是 1936 年 7 月转隶红二方面军。

两天后（2 月 24 日）的午夜，西路军发来电报，向军委报告 21 日移驻威敌堡（威狄堡），但因"地形堡寨太多，敌易封锁，又于当晚仍回集倪家营。天明敌骑又接近，接连三次敌猛力炮击进犯，夜在野外四面伏击，不便出击"。电报声称："欲战胜此敌，只要八个足团，一两千骑兵，带足较强火力及山炮、迫击炮一部即可。最好能速抽出这样兵力过河，以归还建制名义向凉州进攻。"这里，西路军以"归还建制"作为西出援兵的对外借口，不无一定合理性。该电报第一次报告了西路军所处的险恶情境："敌骑日夜接近，步、骑、炮集中日夜交战，西路军不战胜此敌，必有极大牺牲。西进不可能，东进亦不可能。我们虽拼战到一人一弹为止，但此前途危险极大，恐全军牺牲，不但毫无代价，且壮大敌之人马，敌重振威风，影响中国红军前途，造成将来再来此地困难。"文末求援绝望之词令人读之动容："不然我们只有抱全部牺牲决心，在此战至最后一滴血而已。"①

2 月 26 日，军委主席团一封电报发往西路军徐、陈及军政委。

① 郝成铭、朱永光主编，麻琨副主编：《中国工农红军西路军（文献卷）》上册，甘肃人民出版社 2004 年版，第 582—583 页。

电文只有简短的两句：

甲、固守五十天。

乙、我们正用各种有效方法援助你们。①

"各种有效方法"包括两天前毛泽东向周恩来建议的"听说马步芳很爱钱，请你考虑是否有办法送一笔钱给马，要他容许西路军回到黄河以东"。② 然而，最有把握的还是发兵援西。当夜 23 时，毛泽东致电前敌总部彭、任、周、刘："增援军决以四军、三十一军、二十八军、三十二军及骑一团充之。"要求"立即准备完毕。"③ 27 日，军委主席团下达组成增援军的命令，以刘伯承为司令员、张浩为政委。④

援西军急待过河，以日造一船的速度抓紧赶制渡河工具。等不到大军开拔，西路军 2 月 27 日撤出倪家营，移至威敌堡南的东西柳沟。⑤ 3 月 3 日，中央确定援西军 5 日出动。⑥

3 月 4 日，处于绝境中的徐向前、陈昌浩、李特向中央军委发报求援："西路军弹药将尽，最近战斗主要靠白刃格斗，但刀矛又

---

① 郝成铭、朱永光主编，麻琨副主编：《中国工农红军西路军（文献卷）》上册，甘肃人民出版社 2004 年版，第 584 页。

② 郝成铭、朱永光主编，麻琨副主编：《中国工农红军西路军（文献卷）》上册，甘肃人民出版社 2004 年版，第 581—582 页。

③ 郝成铭、朱永光主编，麻琨副主编：《中国工农红军西路军（文献卷）》上册，甘肃人民出版社 2004 年版，第 584—585 页。

④ 郝成铭、朱永光主编，麻琨副主编：《中国工农红军西路军（文献卷）》上册，甘肃人民出版社 2004 年版，第 585 页。

⑤ 郝成铭、朱永光主编，麻琨副主编：《中国工农红军西路军（文献卷）》上册，甘肃人民出版社 2004 年版，第 591 页。

⑥ 郝成铭、朱永光主编，麻琨副主编：《中国工农红军西路军（文献卷）》上册，甘肃人民出版社 2004 年版，第 591 页。

少，体力亦不强，不及敌兵强悍。敌四周封锁，日夜被迫与敌血战，每次伤亡多则数百，少亦数十。卫生材料早已用完，彩病号安插后均被敌屠杀。现敌洞悉我军弹药无法接济，彩病号无处安插，及粮、水之困难，正加紧封锁并企图乘虚短期歼灭我军。""我们坚信胜利前途，并号召全军斗争到底，现虽日食一餐，眼前无水，而绝不灰心，准备战到最后一滴血；同时恳望援军星夜奔来，或以更迅速而有效的办法灭马敌，保全西路军之精神，取得甘北，奠定大计，策之上也。"[1]

中共中央援救西路军的行动一直在紧锣密鼓地进行。毛泽东、朱德、张国焘3月5日致电徐、陈，要求"想尽一切方法，至少支持三十天，就有办法。"并通报顾祝同或可答应派飞机送钱款给西路军。[2] 这对3月4日求援电算是一种宽慰的答复。

只是西路军已到了山穷水尽的地步。在"西柳沟激战四五日夜"后，3月12日"早移梨园堡"，"敌三个骑旅及步兵两三团随至猛攻"；"九军子弹每人只有几发，损失两个多团"，红9军政委陈海松牺牲，红5军军长孙玉清、红30军副军长兼第88师师长熊厚发受伤，"行百里到番地康龙寺"，"敌骑在白天扑灭我二六四团全部共三四百人，现全军不足五团，在野外老林中食骡马，续死战。"[3]13日晨，西路军余部"被敌猛迫进到西洞堡西边九十里祁连山腹地"，

① 郝成铭、朱永光主编，麻琨副主编：《中国工农红军西路军（文献卷）》上册，甘肃人民出版社2004年版，第599—600页。

② 郝成铭、朱永光主编，麻琨副主编：《中国工农红军西路军（文献卷）》上册，甘肃人民出版社2004年版，第602—603页。

③ 郝成铭、朱永光主编，麻琨副主编：《中国工农红军西路军（文献卷）》上册，甘肃人民出版社2004年版，第609页。

不足 3 个团，电报"时迫词切，望即复示"。[①] 中央主席团当天复电，给出两项方案：一是"率现存之三团人员向外蒙冲去"，另一是"率现存之三团人员打游击战争。"[②]

西路军终归失败，陈昌浩、徐向前移交指挥权，离开了残余的部队。援西军为此停止西进。[③]

---

① 郝成铭、朱永光主编，麻琨副主编：《中国工农红军西路军（文献卷）》上册，甘肃人民出版社 2004 年版，第 610 页。

② 郝成铭、朱永光主编，麻琨副主编：《中国工农红军西路军（文献卷）》上册，甘肃人民出版社 2004 年版，第 611 页。

③ 郝成铭、朱永光主编，麻琨副主编：《中国工农红军西路军（文献卷）》上册，甘肃人民出版社 2004 年版，第 612 页。

7

国焘同志是老同志，创立党的同志，虽有错误，还有功绩

张国焘自我检讨《从现在来看过去》/

何凯丰《党中央与国焘路线分歧在哪里》/

毛泽东对史沫特莱说，中国共产党人是国际主义者，同时又是保卫祖国的爱国主义者 /

中共中央政治局扩大会议，批判张国焘路线 /

张闻天主张暂不作组织结论，强调张国焘是创立党的同志 /

张国焘追忆自己主持中共一大开幕，宣告中国共产党正式成立

　　1937 年 1 月 13 日中共中央进驻延安，随即展开对张国焘错误的批判。

　　张国焘被迫于 2 月 6 日向中共中央作出检讨，题为《从现在来看过去》。开篇是一个超长的句子："我觉得我现在与党中央完全一致，原则上没有丝毫分歧，我是中国共产党的一个党员、也是中央执行委员会的一个委员和党的路线的一个坚决的执行者，我是中国苏维埃运动中和整个红军中一个战士，从鄂豫皖赤区到川陕赤区，我执行着四中全会的路线，从 1935 年 12 月决议以后，我执行着 12 月决议的路线。"①

　　在申辩"我不是中国党中央的反对派，也不是有特殊政治见解的人物。我不是代表苏维埃运动中一种特殊形式，也不是代表红军中的某一系统，更不是所谓实力派"后，在强调"我是一个布尔什维克的党员"后，张国焘也轻描淡写地承认："1935 年一、四方面军在川西北地区会合时，我与当时的党中央有过分歧"，转又接以"但书"："但在 12 月决议后，我和党中央在政治上很自然的归于一致。在这政治上一致的基础上，又在西康地区自动的取消自称中央的错误行为，成立西南局"。

　　张国焘是在作检讨，但却谨慎地采用"在主要问题上加以说明"的措辞："一则我自己应当开展自我批评，检查我自己过去的错误；二则为了纠正同志中过去分歧可能发生的错误观点"。张国焘将自己

―――――――――――

① 盛仁学编：《张国焘问题研究资料》，四川人民出版社 1982 年版，第 605 页。

的错误归因于红一、四方面军会合时，"因为当时目击一方面军减员和疲劳现状"，就"怀疑到五次'围剿'中党中央的路线是否正确？"顺此理路，张国焘有限地批评自己的错误想法，诸如"没有充分估计到五次'围剿'中客观情况"，"敌人追击的严重性，远过于红四方面军西征时敌人所给予的压迫"，由此对中央北上方针产生怀疑云云，"对于中央苏区对党、苏维埃和红军各方建设工作所获得的成绩估计不够"，对于南下问题作如此轻描淡写的解释："在左路军北上受着阻碍的条件下，以为北上既然会成为大规模运动战，倒不如乘虚南下"，进而"发展到对中央路线不正确的了解和组织上的对立。"

张国焘似乎幡然醒悟："中央苏区和中央红军在党中央直接领导之下"，"都是执行着四中全会和五中全会一贯的正确路线"，"不能拿策略上的部分错误曲解成为路线上的错误。"他开始不吝赞词："五次'围剿'中的艰苦卓绝的奋斗，应当永为中共的光荣。""万里长征中英勇坚决的抗战，是中共布尔什维克最堪夸耀的一页，虽然红军受着一部分损失，但万里长征中表现了布尔什维克坚强和北上战略方针的实现，这是胜利的。"不过，他还是曲意维护南下行动："南下虽然是发扬了艰苦卓绝的奋斗精神，获得了创造川西赤区、红军扩大和迎接二方面军北上的胜利，但在与北上对立和形成党和红军不经常的关系上说来，是错误的，假若南下没有发生党和红军组织上的对立，那么南下和北上不过是军事策略上的争论，如果认为南下是失败的，那是不应当的……"

张国焘继续认错："那时党中央直接领导一、三军团北上，的确是贯彻北上方针的正确行动，指斥为逃跑路线，就是绝对错误，就是红军分开行动也不应由北上主张者负责，而应当由南下主持者负责。"这算是承担了错误的主责。

接下来终于写到了核心问题，张国焘不由得一阵心悸："最严重的错误是组织上的对立。否认四中全会以来的中央而自称中央，这是政治上错误的结果和组织原则上错误的表现，布尔什维克的中国共产党所不应当有的。"他艰难地写道："从一、四方面军会合时起到十二月决议时止，在这一段时间中我自己的确犯了反党反中央的错误。"

最后，他查找了"这一错误的根源"："我认为领导四方面军的党的组织和自己，在基本上是执行着一贯的为苏维埃中国奋斗的基本路线，一贯的忠实于共产国际和中国共产党，进行着反帝国主义和土地革命，这也是后来转变到党中央领导下来的基础，对于五次'围剿'中，和中央红军万里长征中所受损失的过右估计，和夸大领导的错误，对于五次'围剿'后，正是民族危机严重关头，应当采取统一战线策略来领导民族革命战争的不了解，从单纯军事观点出发去估计当时的军事方针，发生了军事策略上的彷徨。对于四方面军工作中的错误和缺点估计不够。对组织原则不够布尔什维克的了解，军阀主义倾向得着发展，这些就是错误的根源。因此在过去一个时间中认为中央路线不正确和组织上的对立，这在政治上是原则性的错误，组织上是组织路线的错误。"

在检讨书结尾，张国焘表态："虽然我现在在政治上和组织上完全与中央一致，我应该申明坚决脱离过去有过的错误，而且反对过去的错误，并且劝告过去与我有过同样观点的同志们，应当坚决反对和脱离过去的错误。""反对一切派别观点，小团体观点，门户之见，地方观点，部落观点等等"，"在党中央的领导之下，团结得像一个人一样，为党当前的历史伟大任务而勇往直前的奋斗。"写到这里，不禁又有了领导向广大指战员讲话的感觉。张国焘如此结束全篇："因为党的毫无缺陷的布尔什维克的团结和一致，是中国革命胜利的最重要保障。"①

对这份没有触及灵魂深处的检讨，中共中央显然并不满意。中央宣传部新任部长凯丰（何克全）奋笔疾书批判张国焘错误的长文，2月27日完稿掷笔，长舒一口气。

这篇题为《党中央与国焘路线分歧在哪里》的长文多达数万字，文章主体部分"先从一、四方面军会合时的争论说起"，前后剖析了13个问题，依次为："对当时政治形势的估计"，"军事战略问题"，"南下北上的问题"，"红军和苏维埃建设问题"，"根据地问题"，"肃反政策问题"，"党的建设问题"，"民族问题"，"民族统一战线问题"，"民族革命与土地革命的关系问题"，"与苏联的关系问题"，"党的统一问题"，最后是"我们的结论"。凯丰揭露张国焘《从现在来看过去》一文"虽已说到他过去的错误，并没有将过去他所犯的错误深刻去检查"，运用红四方面军的大量内部文件，包括卓木碉会议记录，张国焘在红四方面军干部会议上的多次讲话，以及《干部必读》上发表的文章，有论据有分析，对张国焘错误展开全面系统深度的批判。

凯丰指出，张国焘与党中央"分歧的基本点是在对当时政治形势的估计。""国焘同志的战略计划，就是在他的'我们都是在退却'的观念之下，退到更'安全的地方'"，批判文章严正指出："南下不但完全失败，而且是南下路线破产崩溃的开始！"批评："国焘身为政委应当坚决执行党中央的命令，可是国焘却能用私人的意志去改变这一战略方针"，"以这样一个糊涂的政治委员怎样还能去加强党在红军的绝对领导，因为国焘自己对党与红军的关系都是这样糊涂，所以他

---

① 盛仁学编：《张国焘问题研究资料》，四川人民出版社1982年版，第605－610页。

下面的干部不能不叫出'武力解决中央'的话来。在国焘给徐、陈的密令，要彻底对中央开展斗争。"

凯丰还顺带批评红四军的肉刑制度，"对居民的纪律不是建立在与居民的亲密联系上"，对红军干部实行"愚民政策"，"培植传令兵系统"；批评张国焘的根据地计划"是为着躲避革命，找寻'安全的地区'。"指出张国焘的肃反政策"没有党的绝对领导，因此滥施权力"，特别还提到留在四方面军工作的一方面军干部，被随意加上"日本侦探""蒋介石的侦探"或"准备投敌"的罪名而遭摧残。

凯丰揭露张国焘假借列宁的话，说什么"党的纪念要建筑在党内路线的正确，倘若多数的中央继续执行不正确的路线，结果有可能使革命受到大损失的时候，我们就应该起而反对"，以此为由来反对民主集中制。张国焘"把思想斗争与肃反相同一"，"使党的干部不敢发表意见，使党内发生恐怖的现象"。"采取'吃知识分子'的政策，把许多优秀知识分子党员排斥。"提拔工农干部，以符合他的愚民政策。他推行家长制，"从来不发展自我批评"，以致发展到"每一个干部讲话都要学他'江西老表'的声气"。张大造中央的谣言，"说中央'退却逃跑'，说中央'腐化'，说中央'怕飞机'"，闹分裂后"更公开地在会议上说中央是'牛皮家'，说中央是'大炮客'，说中央是'书生'，说中央'有篮球打，有馆子进，有香烟抽才来革命'"。

凯丰还揭露张国焘未经中央决定将红四方面军撤出鄂豫皖，后又擅自撤离通南巴，还凭空捏造说是中央命令其退出通南巴。张还推行"由上而下的强制联邦政府"，凯丰又揭露：当中共中央 12 月决议传至红四方面军，张惊奇地说："这一决议显然是对阶级敌人的投降，放弃自己的主张。"后经朱德劝解，这才意识到这"大概是国际的指示"，方予接受，进而"责备中央隐瞒国际指示不寄给他。其实当时中央并没有接到国际的指示"。张还责备中央不应提出"国防政府"，自作主张提出"抗日救国政府"。"国焘除了把抗日民族统一战线还原为下层统一战线，把下层统一战线与上层统一战线对立，而反对上层统一战线外，他又发明所谓中层统一战线。"他还"把以抗日为中心的政策，散布为反对一切帝国主义的政策"。张患有"恐日病"，曾言："如果以我们现在的武器和胜利，就是十倍于我们现在的力量，我们也不见得一定能打赢日本帝国主义。"当听说红一方面军东征，张一连几个电报反对过山西，"劝"即回陕北。

张国焘曾言："如果土地革命离开了反帝国主义，就会是较长期的停留在乡村的革命战争，如果反帝国主义没有土地革命做内容，就根本不会是个革命的反帝国主义。"针对如此机械"公式主义"，凯丰批判道："一方面是得不出今天党的行动方针，另一方面必然走到或者土地革命，或者是民族革命。因此他不能不认为土地革命是乡村的，而反帝革命则是城市的。"凯丰还指责"国焘对于中国革命与苏联的关系，是不了解苏联胜利对于世界革命的国际意义"，污蔑中央北上计划是"一直逃到苏联去"，"当中央提出与苏联靠近，在西北建立根据地时，国焘说这是给日本帝国主义进攻苏联以口实"。

凯丰不同意张国焘检讨所说的"在十二月决议后，我和党中央在政治上很自然的归于一致"的说法，认为"这与事实不完全相符"。凯丰披露历史真相："在十二月决议后，党中央为着暂时求得党内的一致，以便对外，当时朱德同志也有同样的提议，如是决定他们取消自称'中央'，改用西南局名义，中央用西北局名义。在那时并不是党内真正统一，而只是形式上的统一，以便一致对外。在那时国焘并没有放弃反对中央，西南局并没有服从中国领导，与中央只是承认横的关系，而直属国际代表团。""当时国焘是保留他反对党中央的意见留交国际或党七次大会解决的","总括的来说，当时国焘认为中央'承认'了错误，放弃了'逃跑路线'，回到国际路线下来，所以能够一致。当时国焘并没有承认中央，而是双方取消中央"。更具杀伤力的是，凯丰揭露张国焘成立第二中央，"他在成立新中央的那天却宣布开除泽东、洛甫、恩来、博古的中央委员。"这正是张国焘最为讳莫如深的秘密。

经过13方面的批判，凯丰在结论部分还说明以上不过是"党中央与国焘同志分歧的主要问题"，次要的枝节的问题不能一一详述。"总结起来，过去的争论是政治上、原则上、路线上的争论。""争论的主要问题是由于对当时政治形势的估计与当时党的任务出发。""国焘同志所代表的这种政治路线，是苏维埃运动中所产生的形式，右倾机会主义、军阀主义的路线，他的客观根源则由于中国军阀制度和农民狭隘落后意识，流氓破坏意识的反映，他的主观原因是由于国焘同志过去错误的根源，在四中全会时，国焘曾反对这种错误，但他没彻底肃清他的错误，他与中央隔离，在没有中央的领导之下又发展起来，而成为在苏维埃运动中的右倾机会主义退却逃跑路线和军阀、土匪主义的路线。"文章肯定张国焘在鄂豫皖工作时基本上执行了正确的路线，认为那是由于"鄂豫皖是老苏区""有中央分局的集体领导""那时与中央有直接的关系"这3个条件，但在最后一个时期仍犯有肃反问题、四次反"围剿"没有积极的准备与群众的动员，以及轻易放弃苏区的问题。"因为这些错误没有及时的纠正"，发展起来，"到与一方面军会合时就发展到顶点"。

凯丰进而将张国焘的错误上升到路线错误："国焘路线的社会基础是：1.农民狭隘意识与流氓的破坏性的反映；2.中国军阀土匪主义的反映。""国焘路线的历史根源是：1.与国焘过去一贯的错误相联系; 2. 与他的思想方法论相联系, 即他的狭隘经验论机械唯物论相联系; 3. 与他的高慢的宗派主义与派别成见相联系。""国焘路线的性质是苏维埃运动中一种特殊形式的右倾机会主义和军阀、土匪主义。"① 总算是写完。

凯丰的文章有鞭辟入里的一面, 但也存在着将红四方面军贬低得一无是处的问题。凯丰的相关做法使其成为批判张国焘路线扩大化倾向的始作俑者, 引起红四方面军指战员的强烈不满。为此, 毛泽东严厉批评了凯丰, 并及时纠正了这方面的错误。

3月1日, 毛泽东接受美国作家、记者艾格丽丝·史沫特莱的访谈。

"共产党现在执行的统一战线政策, 与你去年秋季跟斯诺记者所谈的, 基本上有无改变?""为了完成抗日民族统一战线, 你们准备牺牲到什么程度?""你们现在在这里和在别的区域, 将如何实行你们的统一战线的原则, 例如对于商人、知识分子、地主、农民、工人、军队等方面的办法?"连珠炮似的一通发问, 且问题越来越犀利, 毛泽东不啻面临一场大考。

史沫特莱追问: "新的统一战线政策, 是否即谓中国共产党人为建立民族阵线, 放弃阶级斗争, 而变成了民族主义者?"

"如前所述,"毛泽东不紧不慢,"共产党决定实行的各种具体政策, 其目的完全在为着要真正抵抗日本保卫中国, 因此必须实现国内和平, 取消两个政权的对立状态, 否则对日抗战是不可能的。这叫做将部分利益服从于全体利益, 将阶级利益服从于民族利益。国内任何

① 盛仁学编:《张国焘年谱及言论》, 解放军出版社 1985 年版, 第 23—72 页。

政党与个人，都应明此大义。共产党人决不将自己观点束缚于一阶级与一时的利益上面，而是十分热忱地关心全国全民族的利害，并且关心其永久的利害。"不过，对于地主资本家、对于工农贫苦群众，中国共产党自有新的政策主张，"我们已经代表全国工农向国民党提出"，"当此亡国灭种关头"，不得"还向工农尽力地压迫剥削"，"共产党主张改善人民生活，而停止没收土地"。毛泽东强调指出："中国共产党现在提出的这些政策，没有问题的是带着爱国主义性质的。有人说：共产党是国际主义者，他们是不顾民族利益的，他们不要保卫祖国。这是极糊涂的话。中国共产党人是国际主义者，他们主张世界大同运动；但同时又是保卫祖国的爱国主义者，为了保卫祖国，愿意抵抗日本到最后一滴血。……"

毛泽东透彻的解答，引得史沫特莱抛出更多的问题。"在联合阵线政府成立之后，中国能够立即对日作战吗？或者还需相当的准备时期？"毛泽东回答："这要看日本的情形。在日本进攻中国时，不管在什么时候进攻，中国都应该立起抗战。"

"如果没有国际帮助，中国人民现有的资源、财力，是否已足以发动一个胜利的抗日战争？中国能否支持战争的财政经济负担？""没有友军，中国也是必须抗战的，"毛泽东毫不犹豫地回答，"而且以中国的资源与自然条件，是能够支持长期作战的。红军的十年作战史，就是活的证据。但是我们正在找寻友军，这是因为日本已加入了它的强盗同盟，中国决不能自处孤立。所以我们主张中、英、美、法、苏五国建立太平洋联合阵线。……"

"外面传说共产党现在的政策是向国民党屈服、投降和悔过。于此，你有何意见？"毛泽东颇为雄辩地回答："我知道外面正有人这样说。可是值得注意的，是日本人却不愿意这样说，日本人只愿意国共相打，决不赞成这种'屈服、投降和悔过'的政策，因为日本军阀深知共产党采取与国民党协调的政策，尽管有人说它是'屈服、投降和悔过'，可是实际是给日本侵略政策以严重打击的。"接着，他说明共产党"这种让步是建立在一个更大更重要的原则上面，这就是抗日救亡的必要性与紧急性。这叫做双方让步，互相团结，一致抗日"。毛泽东指出："国民党中所有明知的领袖与党员，都是明白这种意义的。"随即话锋一转："但国内有一部分带着阿Q精神的人，却洋洋得意地把我们的这种让步叫做'屈服、投降和悔过'。大家知道，死去不久的鲁迅，在他的一篇小说上，描写了一个叫做阿Q的人，这个阿Q，在任何时候他都是胜利的，别人则都是失败的。让他们去说吧，横直世界上是不少阿Q这类人物的。此外还有一部分患有'左'倾幼稚病的人士，……"①

3月中旬，援西军政委张浩宣布西路军失败的消息。

中共中央正在延安召开政治局扩大会议，3月23日至26日议题是国民党五届三中全会后中共的任务。一个月前召开的国民党五届三中全会通过"根绝赤祸案"，虽仍坚持反共立场，但将武装"剿共"方针改为"和平统一"，国共第二次合作即将开启。张闻天指出，今后斗争中"一个重要的问题就是争取领导权的问题"，并预计"日本冒险发动战争也是可能的"。② 从3月27日起，会议以批判张国焘路

---

① 《中日问题与西安事变——毛泽东和史沫特莱的谈话》（1937年3月1日），中共中央文献研究室、中央档案馆编：《建党以来重要文献选编（1921—1949）》第14册，中央文献出版社2011年版，第57—67页。

② 中共中央党史研究室张闻天选集传记组编：《张闻天年谱（修订本）》上卷，中共党史出版社2010年版，第305—306页。

线为中心议题，连开了 5 天。与会者除了中共中央政治局委员毛泽东、张闻天、朱德、博古、张国焘，候补委员凯丰，还有红一、红二、红四方面军负责干部，以及原红四方面军川陕省委干部、原陕北红军负责人、红军女干部代表等，总共 56 人，董必武也在场。而张浩因被派往外地搞职工运动，没能出席。

3 月 27 日会议，对于张国焘才是真正灵魂煎熬的开始。不能再在纸上闪烁其词，他的检讨必须与众人见面。张国焘迫不得已，承认自己"是路线的错误，是退却逃跑错误，是反党反中央错误"。张国焘回顾了在过去工作所犯的错误，他承认这都是自己对民族革命运动、中央红军的胜利和人民群众的力量估计不足，对敌人的力量估计过高，因而悲观失望，退却逃跑。但在一些具体错误事实上，又进行了辩解，拒不认错。[①] 最后，张表示要与自己的错误作坚决斗争，还没有认识的问题，也要很好地检查一下。[②]

接下来，朱德、任弼时、彭德怀、林彪、贺龙、康克清、王维舟、罗世文等纷纷发言，批判张国焘分裂党和红军，迫害红一方面军留在红四方面军干部，及其在四方面军实行军阀统治等罪行，还有何畏等检讨各自追随张国焘所犯的错误。批判接连就是 4 天，贺龙快人快语、话糙理不糙："张国焘！你是知识分子出身，又是共产党创始人之一，也可以说是共产党出身。而我呢，则是土匪出身，又当过军阀，也可以说是军阀出身，我现在由土匪、军阀变成了共产党，而你则由知识分子、共产党变成了土匪、军阀。张国焘，现在请你和我比一比，你现在成了什么样的屁人物？"[③]

---

① 盛仁学编：《张国焘年谱及言论》，解放军出版社 1985 年版，第 86 页。
② 平卓：《长征中的张国焘》，湖北人民出版社 1986 年版，第 205 页。
③ 苏若群、姚金果：《张国焘传》，天地出版社 2018 年版，第 518 页。

张国焘对曾深受自己迫害的朱德特别感佩。朱老总说话有理有节、语重心长，真是耐心地在帮助同志认识错误、改正错误："国焘同志是老党员，但是他的思想是机械唯物论，只看形式不看内容。我希望国焘同志承认错误，应该以列宁主义为中心，以党放在前面，不要忘记了党。……"①

毛泽东3月30日作长篇发言：张国焘路线毫无疑义是全部错误的。我们欢迎他的转变，这是中央的干部政策。张国焘的哲学，一言以蔽之是混乱，其中主要的东西是机械论和经验论。毛泽东从思想哲学分析入手，进而谈到了长征中的斗争，以见证者的身份披露了密电内容，解释了中央反对张国焘另立中央的策略。最后，毛泽东说道：张国焘入党以来，还曾有若干阶段是在党的路线下工作的，但是他的机会主义史的问题是必须要指出来的。我们应该用诚恳的态度要求张国焘转变，抛弃他的错误，今后应从头干起。②

3月31日，张闻天在会上作总结讲话。针对许多同志在发言中提出要给张国焘作组织结论，撤销其中央委员、政治局委员、红军总政委、军委副主席等职务，并开除其党籍的呼声，张闻天特别强调了处理张国焘错误应注意的几个问题："一、要无情揭发国焘主义来教育全党，教育同志。""二、要把国焘主义和四方面军干部分开。""三、对犯错误的同志不应采取报复主义。""四、对犯错误的人也不要轻易相信。要看实际，要看具体表现，只有实际行动表现出来的，才能相信。""五、要澈底肃清国焘主义，就要加强党内教育。……"

---

① 中共中央文献研究室编：《朱德年谱（新编本）》中卷，中央文献出版社2016年版，第163页。

② 中共中央文献研究室编：《毛泽东年谱（修订本）》上卷，中央文献出版社2013年版，第665页。

"六、最后对国焘同志本人怎么办?"张闻天环顾与会者,"许多同志提出了组织上做结论的要求,要开除其中委、总政委、政治局委员、副主席、党籍等。我以为继续在红军中做工作是不行。因此再当总政委、副主席是不行的了。至于组织方面结论,我看现在还是不做结论为好。"

会场爆发出一阵失望的哄闹声,张闻天扶正了一下自己的眼镜,并不提高声音,但坚定地说道:"这里应估计到几个问题:(一)"他顿了一下,"国焘同志是老同志,创立党的同志,虽有错误,还有功绩;……"[1]

张国焘在一旁神情沮丧,听到张闻天的话,他不禁低下头,泪水直在眼眶中打转。

闪回——1921年7月23日夜,上海法租界望志路106号,李公馆。13位中共一大代表团团围坐在一张长条桌四边,还有两位共产国际代表:荷兰人马林,来自苏俄的尼克尔斯基。北京大学学生张国焘意气风发,用英语与马林交谈着,他刚被与会代表推选为大会主席。与共产国际代表作简短交流后,张国焘做了一个请大家安静的手势,大会主席要履职了。但见他站起身来,充满自信地说道:中国共产党全国代表大会开幕,现在我宣布——中国共产党,正式成立。[2]马林用英文发表热情洋溢的讲话,宣称"中国共产党——第三国际东方支部,正式宣告成立了",并"希望中国共产党的同志们努力革命

---

[1] 张闻天:《处理张国焘错误应注意的几个问题》,中央党史研究室张闻天选集传记组编:《张闻天文集》第2卷,中共党史出版社2012年版,第157页。

[2] 张国焘:《我的回忆》上册,东方出版社2004年版,第130页。

工作，接受第三国际的指导"。①

闪回——1929 年的一天，张国焘在莫斯科中山大学为中国学员讲党史，这已是第二次讲课了：

1921 年七月间，计算六个小组共有 57 同志，有劳动刊物，共产党出版物，有各处的劳动运动。当时到上海开会的有 11 代表。上海是李汉俊、李达，北京是张国焘、刘仁静，武汉是董必武、陈潭秋，湖南是毛泽东，广东是陈公博，包惠僧，山东是王尽美、邓恩铭，日本是周佛海。（似乎止 11 个表决权）主席是张国焘，秘书长是毛泽东。……②

---

① 李达：《七一回忆》，《七一》1958 年第 1 期，1958 年 7 月 1 日。

② ［俄］K·B·舍维廖夫提供：《张国焘关于中共成立前后情况的讲稿》，《百年潮》2002 年第 2 期，第 55 页。

东等不才，剑屦俱奋

"维中华民国二十六年四月五日"，清明节正是炎黄子孙敬祖扫墓、慎终追远的日子，国民政府将此定为民族扫墓节。

黄帝陵，位于延安南部的桥山，距离宝塔山 120 多公里之遥，古柏青苍。相关团体、学校师生及部队来此参加民族扫墓典礼的约在千人以上；外围还有周边各乡区赶来观礼的妇孺，拥挤张望。

西安事变后国共两党的谈判尚未取得最终结果，但在此由民国中央政府与边区政府合祭共同举行黄陵祭礼，已显示两党合作的美好前景。不过，国民党与共产党的政治地位并不对等，这从祭祀者角色设定上即可见出：国民党中央代表张继、南京国民政府代表孙蔚如任主祭，共产党代表仅为陪祭者。[1]

全体肃立，主祭者张继、孙蔚如就位，再就是陪祭者就位。上香、献爵、献花后，便是恭读祭文环节。[2] 孙蔚如朗读两篇祭文，一为《中央祭黄陵文》，"追怀先民功烈，欲使来者知所绍述"，主旨还是太过隐晦；另一为《国府祭黄陵文》，"默启其人，同心一德，化灾祲为祥和"云云，[3] 明显是缺少了些刚健之气。

中共代表林伯渠不卑不亢，继续朗声诵读毛泽东撰写的《祭黄帝陵文》："苏维埃政府主席毛泽东、人民抗日红军总司令朱德敬派代

---

① 《恭祭黄陵及周茂陵》，《西京日报》1937 年 4 月 6 日。参见李俊领：《仪式政治——陕甘宁边区政府对黄帝与成吉思汗的祭祀典礼》，杨凤城主编：《中共历史与理论研究》第 2 辑，社会科学文献出版社 2015 年版，第 80 页。

② 《张继顾祝同等定今日恭祭黄陵》，《中央日报》1937 年 4 月 3 日，第 2 张第 2 版。

③ 《民族扫墓节中枢代表祭黄陵》，《民报》1937 年 4 月 5 日，第 1 张第 3 版。

表林祖涵以鲜花时果之仪致祭于我中华民族始祖轩辕黄帝之陵。而致词曰：

赫赫始祖，吾华肇造，胄衍祀绵，岳峨河浩。

聪明睿知，光被遐荒，建此伟业，雄立东方。

世变沧桑，中更蹉跌，越数千年，强邻蔑德。

琼台不守，三韩为墟，辽海燕冀，汉奸何多！

以地事敌，敌欲岂足，人执笞绳，我为奴辱。

懿维我祖，命世之英，涿鹿奋战，区宇以宁。

岂其苗裔，不武如斯，泱泱大国，让其沦胥。"

林伯渠稍事停顿，国势陁危，词情由扬转抑，令人郁闷填塞于胸。他用余光快速扫了一下两边，鸦雀无声，于是继续读道：

"东等不才，剑屦俱奋，万里崎岖，为国效命。

频年苦斗，备历险夷，匈奴未灭，何以家为。

各党各界，团结坚固，不论军民，不分贫富。

民族阵线，救国良方，四万万众，坚决抵抗。

民主共和，改革内政，亿兆一心，战则必胜。

还我河山，卫我国权，此物此志，永矢勿谖。

经武整军，昭告列祖，实鉴临之，皇天后土。"

林伯渠语速由慢而快，至末四句方始重又舒缓，最后以洪亮的"尚飨"二字收住。①

"西安事变和平解决与国民党的三中全会，结束了从一九三五年

① 毛泽东手迹见高增安、祁恒文、张天海：《毛泽东、朱德祭黄帝文》，《文博》1985 年第 2 期，第 91 页。

底所开始的中国革命新时期的第一阶段。"4月11日，张闻天在他的窑洞里平心静气，撰写《迎接对日直接抗战伟大时期的到来》。"……现在内战是停止了，在全中国民族前面展开了一个新的阶段，这即是巩固国内和平、争取民主权利、实现对日抗战的阶段。"张闻天眉头微蹙，他继续写道："许多人似乎还不敢赞同本党对于目前时局的这种估计。有的对于共产党的是否有'诚意'还不大相信，有的对于国民党的政策是否真的开始了转变也表示怀疑。对于这两种倾向，我们认为有加以解释的必要。"这是为党立言，结合当时舆情作政治立场与政策主张方面的阐发与回应。

"首先讲共产党方面。共产党自一九三一年九一八后即提出了'全中国人民自动武装起来，开展民族革命战争，驱逐日本帝国主义出中国'的口号，并为反对日寇占领东三省进行了广大群众的抗日救国运动。一九三二年'一·二八'上海战争之后，苏维埃中央政府于同年四月即发表了对日宣战的通电与紧急动员令。一九三三年正月，苏维埃中央政府与红军革命军事委员会即发表通电，愿意在三个条件之下（即一、停止进攻苏区与红军；二、保障民主权利；三、武装民众、创立抗日义勇军）同任何国民党军队停止内战，一致抗日。当华北危急，中国共产党与苏维埃政府发表了一九三五年的《八一宣言》号召全中国人民不分阶级，不分党派，创立抗日的民族统一战线，反对日本帝国主义侵略中国，收复东北失地。同年中国共产党中央十二月决议，更加详尽地规定了党的民族统一战线的新政策。一九三六年八月，中国共产党又发表了《致国民党书》，要求在抗日救国的总目标下实行'国共合作'，并于九月提出为统一的民主共和国而奋斗的任务。"

一长串历史依据的枚举，使下面观点推出真实可信："可见中国共产党从九一八事变起，特别是一九三五年华北事件之后，早已把日本帝国主义当做了中国民族的最大敌人，把日本帝国主义驱逐出中国，收复东北失地，当做了我们最中心的任务。"

事理分明，史论结合，张闻天笔下愈发畅达起来："所以现在还有人对于中国共产党的有否'诚意'表示怀疑，显然是没有任何根据的。中国共产党的一切主张与行动证明：中国共产党确是把争取中华民族的澈底解放当做了他目前的唯一任务。中华民族的解放，是每一个黄帝子孙，每一个中华儿女的责任，也是中国无产阶级政党的责任。澈底解放中华民族，就是中国无产阶级当前的最高利益。"

张闻天并不讳言："我们承认：我们在《给国民党三中全会电》上的四项保证，在某种意义上说来，是我们一种让步，但是这些让步不但不放弃我们的新政策，而正是为着实现与贯彻我们的新政策，因此这些让步是必要的。为了中华民族的澈底解放，全国各党各派间的互相让步、互相妥协，正是本党历来的主张，也是全国人民所拥护与赞助的主张。这是一。第二，我们的这些让步和妥协，决不等于取消共产党组织的独立性与批评的自由，或［置］久在本党领导下的有组织的有高度觉悟的民众力量于不顾。""同时，"张闻天思维缜密，"也决不能因为中国共产党今天的让步而认为过去十年来他为苏维埃政权而斗争的牺牲与努力是错误的。"

"其次，关于国民党方面。"张闻天头脑清醒地指出，"但是我们对于国民党发展趋势的估计，决不能从过去的仇恨出发，而应该从今天的现实出发。一年来日本帝国主义的积极进攻，全国人民抗日救亡运动的发展，中国共产党、苏维埃红军为民族统一战线的建立而奋斗的艰巨工作，资产阶级的转向抗日，国际和平阵线与侵掠阵线的尖锐的对立，不能不给国民党以极大的影响，使国民党政策从动摇到开始转变。"

张闻天暂时搁笔，侧头望着窑洞外的一片光明，内心的话涌动而出："西安事变的和平解决，国民党三中全会及其最后的行动"，"国民党政策的这种转变的开始，对于中国共产党完全不是突然的。"他理顺着文章思路："对于国民党政策的这种开始的转变，我们不应该取旁观的态度甚至攻击的态度。""然而我们对于国民党的这种转变决不能有过份的估计。""不要因为国民党政策还是转变的开始而唉声叹气，而悲观消极。"

张闻天奋笔疾书，精到的观点、精彩的词句跃然纸上："我们的前途是光明的，然而这必然是一个持久的战争。抗日战争不是靠少数人的冒险冲锋就能够得到胜利的。这里需要全民族的总动员，需要千百万大军的准备。""为了无限制的扩大抗日救亡运动，为了健全的解决中国内部的矛盾，我们认为开放党禁，发展民主运动，实现民主制度，是完全必要的。""但是我们也不能同情那些把争取民主权利与发展抗日救国运动分离开来看的倾向。脱离抗日救国的中心任务，民主运动在中国是不能成功的。"

"现在国民大会开幕期快要到来了。"张闻天身在陕北一隅，对全国动态了如指掌。接下来，他为民众写下了种种主张："我们认为国民大会之选举法及宪法草案，现在必须有澈底之修改。""我们认为在这一时期内经济建设首先应该是国防的建设"；"此外，我认为经济建设［应该］同改善民生联系起来。""首先在今天，必须收回东北四省，取消冀东察北的伪政府，与冀察的特殊化，取消一切日本帝国主义在中国的特权，停止无耻的走私等。"

张闻天颇有预见性地写道："好战的日本法西斯军人，是准备以冒险的战争来解决'中日问题的僵局'。战争突然爆发的可能性是存在着的。而且我们也不能长久的让东北四省的同胞长久的为敌人所蹂躏与屠杀，我们也不能忍受冀察特殊化的局面长此下去。走私、特务机关、浪人'皇军'、凶手等必须迅速根绝。因此我们现在应该利用每一短促的时间，加紧我们准备工作。要有在任何时候发动直接抗战的决心。""我们要随时准备抗战。我们相信在抗战过程中，我们还能发动更广大的群众，还能实现更澈底的民主制度，还能更好的团结内部，使中华民族能够在空前伟大的与神圣的民族革命战争中最后击破东方凶恶的野蛮的日本帝国主义，取得自己的独立解放与自由。这必然使中华民族成为世界和平阵营中的伟大因素！"

一篇长文终于完成，张闻天立即交付警卫员。4 月 24 日，该文在中共中央机关刊物《解放》周刊创刊号发表，结末是 3 个感叹句："用我们一切的努力迎接对日直接抗战伟大时期的到来吧！我们能够战胜日本帝国主义！我们一定要战胜日本帝国主义！"①

4 月 15 日，《中国共产党中央执行委员会告全党同志书》发布。该文件还有一个副标题："为巩固国内和平，争取民主权利实现对日抗战而斗争"。这是大革命失败后中共中央发布的第二份告全党同志书，前一份是传达中共六大精神。该文件饱蘸浓情地开笔：

亲爱的同志们！

自西安事变和平解决与国民党三中全会之后，中国革命的形势已经进了一个新的阶段。这个阶段的任务，即是要巩固已经取得的国内和平，争取民主权利与实现对日抗战。这些任务的完成，需要全民族

① 中央党史研究室张闻天选集传记组编：《张闻天文集》第 2 卷，中共党史出版社 2012 年版，第 163—171 页。

的总动员，需要我党全体同志为这些任务而斗争的最大的牺牲与坚强意志。

文件回顾了从1935年8月与12月提出抗日民族统一战线新政策历史，强调指出："本党所要建立的不是法国式的或西班牙式的人民阵线，而是中国式的民族阵线，一切说本党企图分裂中国，使中国成为第二西班牙的议论，其造谣中伤的作用，实是非常显然的。"

接着，文件又追溯到1936年8月发表的《致国民党书》，主张"联蒋抗日"与"国共合作"。正"由于国内外形势的变动，由于本党新政策的初步胜利，全国人民与中国共产党'停止内战'的目的，已经实现了。"随即解释"今年二月十日本党给国民党三中全会的电报即是为着执行这些任务而表现的明确的方针。这一宣言证明，中国共产党确是把争取中华民族的澈底解放，当做了他在目前的唯一任务。这一宣言证明，中国共产党确是把争取中华民族的澈底解放，当做了他在目前的唯一任务。中华民族的澈底解放，是每一个中国人的责任，也是中国无产阶级及其政党的责任，共产党从他诞生之日起，就是把澈底解放中华民族当做了中国无产阶级在民主资产阶级革命阶段中的最主要的任务，并且从没有放弃在这一民族解放运动中力争自己政治领导的责任。因为半殖民地中国的资产阶级存在着严重的软弱性与不澈底性，民族解放运动只有得着无产阶级的政治领导才有澈底胜利的可能。"以下便是解释"本党给国民党三中全会的四项保证，决不能解释为所谓'共产党的投降'。这些保证，在某种意义上说来是一种让步，但这种是必要的与许可的。首先因为这是为实现抗日民族统一战线新政策的必要步骤。"同时指出："同时本党也决不因为今天的让步，而承认过去十年来为苏维埃政权而斗争的努力是白费了的或错误的。"在明确共产党反抗国民党屠杀政策后，文件随后指出："然则本党决不自骄自傲。在目前新形势下，国内阶级力量的重新结合，使联合全民族的力量成为可能时，使国共两党的合作成为必要时，本党毫不迟疑的向着我们十年的对手，伸出友谊的手，这只是证明了中国共产党不是追逐于眼前的局部的利益，乃至怀念于过去仇报的报复，而不顾大局的大团体，而是处处以国家民族的整个利益为前提的伟大的无产阶级政党。"

文件还讲到西安事变后国民党方面"有了一些善意的愿意"，"一切这些，证明中国国民党的政策已经有了开始的转变。""我们对于国民党的这种开始的转变，是表示欢迎的。""然而应当着重的指出，国民党现时的这种转变，还是非常不够的，非常迟缓与非常含糊的，还不过是在转变的开始。"并着重指出："国民党现时的这种转变，还是非常不够的"，"目前的时局，要求本党全体同志的最大的坚持性，与忍耐性，只有本党全体同志坚持的工作发动最广大的群众到抗日救亡运动中来，才能争取与推动国民党南京政府与蒋介石走上最后决心抗战的道路"。"为完成目前阶段上巩固和平，争取民主权利，实现对日抗战的任务，我们要求全党同志在任何曲折变化的形势下，紧紧抓住中日两国间的基本矛盾，作为自己一切行动的基点，认定中华民族的最大敌人是日本帝国主义，并坚信这个敌人我们是能够战胜的。"

同时，文件承认"除了中日两国主要矛盾之外，中国内部的矛盾依然存在着。阶级间的矛盾，党派间的矛盾，中央政府与地方政府间的矛盾，依然存在着。""我们的任务，是在使这些矛盾能够得到适当的解决，而使这种解决不但不削弱抗日民族统一战线，并须使之增加抗日民族统一战线的力量，这就是我们解决国内矛盾的尺度。"以下实为中共中央的要求："中央认为国民党开放全国党禁，发展民主运动，在扩大抗日救亡运动上说，在适当解决中国内部矛盾上说，都是必要的方法，因为只有民主运动的发展，抗日救亡运动才能成为广大群众的运动，民众〔气〕乃能发扬，敌人才能战胜。""应该指出，中国的和平统一，也只有御侮救亡的大前提下才能可能。"文件进一步号召："国内外形势紧急到了极点。中央号召全党同志发扬过去十五年来英勇无比与艰苦卓绝的斗争精神，去迎接将要到来的民族抗战。""为了唤醒全国人民参加抗战，中国共产党必须依照目前的情况，提出能够代表各阶级各阶层切身的经济政治利益的纲领。并为这些纲领的具体实施而奋斗。"文件提醒道："新的形势要求全党以最大的政治警觉性，严密的去注意全世界与全中国的政治问题，从狭窄的局部的观点与事务主义中间解放出来。""新的形势更要求我党同志迅速的澈底的转变我们过去的斗争方式与工作方法，学习与创造新的斗争方式与工作力〔方〕式，以适合于目前的新环境。""共产党的内部生活，亦应依照各地的不同环境，采取具体方法合之活跃起来。"

"只有这样，中国共产党才能成为民族革命的领导者。中央号召全党同志在党中央领导之下，以艰苦的工作与模范的行为，去取得中国共产党在民族革命中的领导地位。中华民族的最后解放依靠于我们——中国共产党！"文件如此结束。①

5月1日，延安各界在东门外飞机场举行五一国际劳动节纪念大会暨五一运动会。②

第二天（5月2日）下午，苏区党代表会议在延安城内大东门南

---

① 中央档案馆编：《中共中央文件选集》第 11 册，中共中央党校出版社 1991 年版，第 193—204 页。

② 中共中央文献研究室编：《朱德年谱（新编本）》上卷，中央文献出版社 2016 年版，第 636 页。

侧的由原基督教堂改成的中央大礼堂开幕。

张闻天一人站在主席台的讲台后，台子正面正中有一颗醒目的五角星，台子背后的幕布上挂着镰刀锤头的党徽，台前上方的横幅是一长串的方正白字大标题：只有马克思列宁斯大林主义的理论才是指导中国革命走向胜利的南针。台下，坐满了戴军帽的各方代表。①

张闻天宣布开会，并致开幕词，长达约两个小时。前三点内容其实在《迎接对日直接抗战伟大时期的到来》已经论述。"一、西安事变和平解决与国民党三中全会后内战的停止，结束了从华北事变开始的中国革命新时期的第一阶段。""二、二月十日中央给国民党三中全会的电报，决不能解释为'共产党的投降'。""三、决不能因为今天的改变，而认为过去十年来本党为苏维埃而斗争的政治路线是错误的。相反的，就是这一路线的坚决执行使我们：（一）继承了并发扬了过去民族革命的光荣的传统；（二）继续发动了广大的群众，推动了革命运动的前进；（三）创造了苏维埃与红军—中国革命的核心；（四）保存了与锻炼了领导的干部与领导的机关。"

"这是十年来的伟大收获与成绩。"张闻天继续说道，"这些收获与成绩，首先是我党同志的努力奋斗、自我牺牲的精神所造成的。纪念在各条战线上英勇牺牲了的战士、我们的最忠实的同志、中华民族的最优秀的儿女李大钊、陈延年、陈乔年、许白昊、赵世炎、罗亦农、王一飞、郭亮、夏明翰、彭湃、杨殷、颜昌颐、张太雷、苏兆征、王荷波、蔡和森、瞿秋白、恽代英、邓中夏、向警予、刘华、汪寿华、方志敏、沈泽民、何叔衡、赵博生、董振堂、黄公略……"

---

① 刘益涛：《十年纪事：1937—1947年毛泽东在延安》，中共党史出版社2007年版，第11页。

闪回——1927年4月28日下午2时，北京西交民巷京师看守所，20位革命者已被押至刑场。新式的绞首机早就矗立在刑场的中央，绞首机前放一长案，两把座椅坐的是指挥行刑官与书记官，四周则是司法职员与军警林立。简单询问以验明正身，一身朴素衣袍的李大钊被行刑人蜂拥至前，但见他意气轩昂，胸襟爽朗，神采风度何尝像是铁窗中人。当被问及"此案经特刑庭判决，你等均处死刑，当已收到判处书？"时，李大钊回答："收到，已准备上诉。"行刑官进一步告知："此案系按特殊程序处理，并无上诉办法。现奉上官命令，今日执行。你等对于家属如何处分事件，可缮函代为转交。"李大钊回答："我是崇信共产主义者，知有主义不知有家，为主义而死分也，何函为？！"索要纸笔，将写遗嘱，遭到拒绝，也就没再要求什么，于是，被行刑人首先拥登绞首台左绞绳下的铁盖上，另一革命者被拥登右绞绳下的铁盖上，二人面南左右并肩而立。一名行刑人将受刑人反接两手，缠缚全身至两足踝，最后是折绳结环。李大钊自始至终颜色不变，神情自若，他高喊了两次"为主义而牺牲"，毅然延颈就环。行刑人拨动机关，铁盖瞬间倾斜……[1]

张闻天宣读了整整60位烈士的姓名，接着，又说道："纪念在国民党区域内，在苏维埃革命战争中，在满洲抗日战争中，在'一·二八'上海战争中一切牺牲了的我们的最亲爱的同志们！"[2]

全场起立，静默3分钟。

---

[1] 何隽：《李大钊殉难目睹记》，中共福建省委党史资料征集编写委员会《革命人物》编辑部编：《革命人物（1985—1986）》1986年12月，第43—45页。董宝瑞：《李大钊评传》，燕山大学出版社2017年版，第501—509页。

[2] 张闻天：《中国共产党苏区代表会议的任务》，中共中央党史研究室张闻天选集传记组编：《张闻天文集》第2卷，中共党史出版社2012年版，第177—178页。

谢觉哉觉得耳鼓嗡嗡作响，他再也听不清主席台上的讲话。

耳边回响的是"何叔衡"这三个字，他震惊于叔衡同志的死已经证实，眼前浮现的是老友熟悉的脸庞，还幻生出叔衡同志临死时的声音与容貌的倔强样子。

闪回——1934 年 9 月，谢觉哉将随军远征，而何叔衡被留在当地打游击。机关里举行结束宴会，一间破旧的瓦房子里摆了几桌子，桌上自养的猪肉鸡肉和自种的菜蔬，还有不知从哪里弄来的鱼。整顿饭，何叔衡、谢觉哉二人一直保持着严肃与沉默。饭后，何叔衡用马送谢觉哉回住处，并赠他一把心爱的小钢刀。[①]

1921 年 6 月某晚毛泽东同志和叔衡同志从长沙去上海，谢觉哉内心独白，我知道，但不知道他俩是去开党的第一次代表会。

大会间歇，他匆匆回到住处，翻看自己的日记。找到了，1921 年 6 月 29 日，那是一个阴天，有这么一行字："午后六时叔衡往上海，偕行者润之。赴全国○○○○○之招。"[②] 五个○指代的"共产主义者"，当时这样写是为了防止泄密。

闪回——1935 年 2 月底，邓子恢奉命随瞿秋白、何叔衡等同志回闽西，由福建省委派一个排武装护送。护送队长丁头牌并非当地人，不熟地形。那天，经过一夜的行军，天将晓时进入一个村庄休息，后来知道那是长汀濯田的梅径村。[③] 正煮着饭，被敌人发现，敌

---

① 谢觉哉：《忆叔衡同志》，谢觉哉：《不惑集》，作家出版社 1962 年版，第 300 页。
② 《谢觉哉日记（一九二一）》，青岛出版社 2011 年版，第 85 页。
③ 何安庆：《以瞿秋白被捕地点的匡正》，中国人民政治协商会议、福建省武平县委员会文史与学习宣传委员会编：《武平文史资料》第 22 辑，2012 年出版发行，第 251 页。

军 4 个连三路包围过来。①丁头牌早逃得不见踪影，邓子恢自知不能力敌，只有指挥队伍上山转移。瞿秋白因病原本就是坐担架行军的，还有几个女同志也跑不动，特别是张亮还怀有身孕，只能把他们藏在树林里。

何叔衡须发微白，尚且身健，一手提着"美最时"牌马灯，一手扶着拐杖，挣扎着跟着护送队跑，山路荆棘扎得他双脚是血，后来实在是走不动了。他面色煞白，剧烈的咳嗽使其呼吸更加困难，好不容易气喘匀了，说道："子恢！枪杀我吧！我不能走了，我为苏维埃流最后一滴血。"

没时间争论，邓子恢命令特务员架着何叔衡走，自己带领队伍一面反击，一面飞奔上山。

下山后，不到两里地，过一小河。邓子恢等立即收拢队伍，凭河组织阻击追敌。敌人被打退了。邓子恢左看右看，不见何叔衡，就问那个特务员。特务员报告：他，跳崖自尽了。

邓子恢惊诧而责怪的目光。

特务员不免有些委屈：我们走到悬崖地地方，他突然来抢我的枪要自杀。我只顾护枪，就松开了拉着他的手，没想到他趁势向崖下一跃……②

闪回——国民党军大肆搜山，搜捕了咯血的病人，还有几个女人。后因中共福建省委书记万永诚的妻子在归龙山被俘叛变，供出瞿秋白等人在濯田地区被捕的情报，国民党军在被俘人员中反复讯问，在苏区教育部做过收发工作的郑大鹏叛变指认下，那个病人终于承

---

① 邓子恢：《我的自传》，蒋伯英主编：《邓子恢闽西文稿（1916—1956）》，中共党史出版社 2016 年版，第 11 页。

② 谢觉哉：《关于何叔衡殉难情况》，陈铁健：《关于何叔衡的牺牲》，李龙如主编：《为苏维埃流尽最后一滴血：忆何叔衡》，岳麓书社 2000 年版，第 311、314 页。

认：我就是瞿秋白。①

闪回——敌特务连代理连长曾起，带领一两个兵搜索到绝壁下的水稻田附近，发现一具尸体。曾起大大咧咧地搜身，没有枪，仅有一把刀，却意外地从其米袋中找出一大叠港币。没想到"死尸"突然活了，一下子抱住曾起的脚。那人还活着！只见他颈部中弹，虽血流满身，但还能说话，竟要求再补一枪。身旁的号兵熊辉见其倔强的样子，乘势就朝那老红军开了一枪。②血溅在曾起的身上，他挣脱出来，也愤愤地补了一枪，嘴里还骂骂咧咧："妈的，原还想把他抬回去请功呢。"港币有 500 元之多，是何叔衡等 5 人从江西出发时组织给每人发 100 元港币备用，5 个人的经费统交何叔衡保管，这显然激起了敌兵贪财杀俘之心。③何叔衡，为中华苏维埃流尽了最后一滴血。

5 月 15 日，毛泽东与美国记者尼姆·韦尔斯（即尼姆·威尔斯，本书采用现行通用译法）晤谈。

尼姆·韦尔斯向毛泽东送上一张棕褐色的照片，毛泽东接过在手一看，正是埃德加·斯诺不久前为他拍摄的戴八角军帽的那张肖相照，不觉会心一笑：我以前看到过这照片，谢谢！④顺手将它像书签

① 何安庆：《以瞿秋白被捕地点的匡正》，中国人民政治协商会议、福建省武平县委员会文史与学习宣传委员会编：《武平文史资料》第 22 辑，2012 年出版发行，第 251 页。
② 杨青：《何叔衡》，河北人民出版社 1997 年版，第 203 页。陈君邦：《有关何叔衡牺牲的一些史实》，《党史研究资料》1991 年第 4 期。
③ 陈铁健：《关于何叔衡的牺牲》，李龙如主编：《为苏维埃流尽最后一滴血：忆何叔衡》，岳麓书社 2000 年版，第 315 页。
④ 《海伦回忆〈外国记者西北印象记〉出版前后——1979 年海伦·斯诺给王福时的一封信》，[美] 斯诺等：《前西行漫记》，王福时等译，解放军文艺出版社 2006 年版，第 297 页。

一样夹入《辩证唯物论与历史唯物论》的书中。尼姆·韦尔斯，正是斯诺的夫人海伦·斯诺，尼姆·韦尔斯这一化名是斯诺给取的。Nym（尼姆）是希腊文，意为"名字"，Wales（韦尔斯）是纪念海伦的祖先 1635 年来自英国威尔士。①

与韦尔斯一起 4 月下旬逃离西安来到延安的黄敬（俞启威）是一二·九运动的学生领导人，还有王福时，是美国记者的随行翻译。王福时向毛泽东递上了他参与翻译的新书《外国记者西北印象记》，里面收录埃德加·斯诺的《毛施（斯）会见记》《红党与西北》《红旗下的中国》，以及韩蔚尔、史沫特莱撰写的文章，并附录《随军西行见闻录》（署名廉臣，实为陈云），还配发照片（包括毛泽东戴八角帽的照片）、歌曲及长征路线图。② 黄敬说，那时他们本来也想出一本类似的书。③

正是韦尔斯口中的大卫·俞促使她迅速整装，设法摆脱西安军警对她的严看死守，前往延安。因为黄敬获悉："共产党将于五月在延安召开一个会议，这将是中共领导人的空前盛会。如果你能及时到达，赶上这个机会，就会见到所有的领导人。除此机会而外，他们平时总是被敌人的封锁线所隔离，相距数百或数千英里。"④

抵达延安后，韦尔斯抓住共产党各路精英汇聚于此的大好时机，

---

① ［美］尼姆·威尔斯：《续西行漫记》，陶宜、徐复译，解放军文艺出版社 2002 年版，第 371 页。

② 魏龙泉：《〈外国记者西北印象记〉出版的真相》，［美］斯诺等：《前西行漫记》，王福时等译，解放军文艺出版社 2006 年版，第 318 页。

③ 王福时：《我陪海伦·斯诺访问红色延安》，［美］斯诺等：《前西行漫记》，王福时等译，解放军文艺出版社 2006 年版，第 286、292 页。

④ ［美］海伦·斯诺：《七十年代西行漫记》，安剑华译，陕西人民出版社 1981 年版，第 131 页。

以西方女性特有的敏锐感觉迅速展开采访活动。

深感革命青年在中国的强大力量，韦尔斯采访了共青团第 11 届书记冯文彬，年仅 26 岁。"据冯文彬说，"她有闻必录地记道，"1920 年 5 月，即中国共产党成立前一年，共产主义青年团的领导人就召开了会议，决定加入共产国际。1920 年共产国际中国支部的创始人有张太雷、施存统、恽代英、肖楚女，以及另外四个人。"根据冯文彬的叙述，韦尔斯还记下了共青团数任领导人的简况："第一届书记施存统，背弃了共产主义运动，加入了国民党"。[①]

快进——施存统，因为撰写《非孝》惊世骇俗被浙江两级师范学堂开除出校，为此也就被震出了生活的常轨，随后之北京之上海，有幸结识陈独秀，成为中国共产党发起组五成员之一，同时是上海社会主义青年团发起人之一；随后，留学东京，成为旅日华人早期共产党组织负责人；1921 年遭日警拘捕、后被驱逐回国，负责中国社会主义青年团工作；1922 年 5 月，在中国社会主义青年团第一次全国代表大会上当选为团中央书记，7 月出席中共二大；上海大学教授，《民国日报》副刊《觉悟》编务，广东中山大学教授，黄埔军官学校教官，国民革命军教导师政治部主任；1927 年宁汉合流、大革命失败，施存统发表《悲痛的自白》，宣布脱离中国共产党；回上海，任大陆大学教授，一度参加国民党改组派；1928 年，与许德珩、陈公博等组织"本社"，相约不骂共产党以表不失本心，随后因为陈公博攻击共产党而退社，同年任广西大学教授。改造国民党以恢复孙中山"三大政策"的理想最终幻灭，施存统淡出政坛，重回书斋，钻研马克思主

---

① ［美］尼姆·威尔斯：《续西行漫记》，陶宜、徐复译，解放军文艺出版社 2002 年版，第 91、92 页。

义，一气出版《资本论大纲》《经济科学大纲》《社会意识学大纲》《唯物史观经济史》《现代唯物论》《社会进化论》《苏俄政治制度》等 20 余种译著。1937 年，他当时正在上海，[①] 依然是书生教员的模样。

面对毛泽东，韦尔斯别有一种熟悉感——通过埃德加·斯诺，她感觉除了丈夫自己比谁都更了解这位中国共产党领导人。

"我丈夫一回到北京，我就尽快地把你的传记打出来了。"韦尔斯对毛泽东说道，"这是一部杰作，会给每一个读者以深刻的影响。于是我决定不惜任何代价访问你们的地区，我丈夫希望我从你这儿得到最后一章的材料。"

毛泽东报以毛式的微笑，亲切地点了点头。[②]

那天，毛泽东回答了韦尔斯有关国共合作、阶级斗争、争取民主、准备抗战等问题。[③]

韦尔斯意犹未尽，开列了一份长长的问题单子。见到韦尔斯要求解释一些看似矛盾的问题，毛泽东呵呵地笑起来："你知道，中国有些事是很奇怪的。"毛泽东在椅子上转过身来问她，"你的意见呢?"二人后来又谈过两次。[④]

关于毛泽东参与党的创建活动、参加中共一大的经历，韦尔斯也有所追问，尽管埃德加·斯诺在上回的采访中写了不少，但并非一切

① 刘绍唐主编:《民国人物小传》第 6 册，上海三联书店 2015 年版，第 157—158 页。

② [美] 海伦·斯诺:《旅华岁月:海伦·斯诺回忆录》，华谊译，世界知识出版社 1985 年版，第 256—257 页。

③ 中共中央文献研究室编:《毛泽东年谱》上卷，中央文献出版社 2013 年版，第 735 页。

④ [美] 海伦·斯诺:《旅华岁月:海伦·斯诺回忆录》，华谊译，世界知识出版社 1985 年版，第 257 页。

都搞清楚了。韦尔斯在其写作的《续西行漫记》中如此记道："这位中国的列宁有作为革命领袖的长期革命经验。他具有丰富的经验和卓越的天赋，能胜任目前的职务。早年他是湖南长沙一所师范学校的学生领导人，后来长沙成为激进的小资产阶级学生和工农运动的中心。毛泽东帮助组织了 1920 年去法国的勤工俭学小组，该小组是共产主义运动第二个最重要的核心组织。他在国立北京大学时，于 1921 年 5 月和李大钊、陈独秀一起创立了中国共产党。……"①

显然，毛泽东有关中共一大召开的时间记忆发生了扭曲。韦尔斯在为《革命人物传》(*Lives of Revolution*) 一书所作的副本《西行访问记》中如此记道：

这个党是在 1921 年七月里，由 12 个人——全是学生或教授——在上海组织成功的，在我所遇到的人里，没有一个人能够告诉我，正确的日期是哪一天。②

瞿秋白瘦癯苍白的面容，浮现在张闻天的眼前。

闪回——在中央红军即将出发长征的前夕，瞿秋白来找张闻天，要求随部队同走。李德、博古、周恩来组成的"三人团"规定了中华苏维埃临时中央政府要携带出征的中级干部数字，张闻天已按要求提交了名单报批。时为中央执行委员、教育人民委员，并兼任国立苏维埃大学校长的瞿秋白，当然不在中级干部名列，张闻天当时就表示理解与同情，特别向博古提出，结果遭到当时这位党内一把手的

---

① ［美］尼姆·威尔斯：《续西行漫记》，陶宜、徐复译，解放军文艺出版社 2002 年版，第 288 页。
② ［美］威尔斯：《西行访问记：红都延安秘录》，华侃译，中国青年出版社 1994 年版，第 27 页。

反对。①

被留在苏区的瞿秋白最终慷慨就义，成为国民党"剿共"政策的又一牺牲者。西安事变和平解决后，国共合作的前景虽然看好，但是，国民党方面为增强自身统治的正当性，曲解共产党为促成抗日民族统一战线的形成而作出的努力，借上海四一二反革命政变、广州四一五大屠杀、武汉七一五反革命政变等 10 周年到来之机，鼓动国民党党徒纪念所谓"清党"10 周年，反共言论甚嚣尘上，一时左右了社会舆论。6 月 20 日，当时在中共中央负总责的张闻天凝思命笔，开始撰写题为《关于十年来的中国共产党》的长文。

"自前年中国共产党发表《八一宣言》《十月决议》以来，经过西安事变的和平解决与和平统一局面的开始实现，中国共产党的政治影响是空前的提高了。中国共产党成了民族统一战线的发动者、组织者，成了民族统一战线的团结的坚强的核心。"张闻天如此起笔。

另起一节，他继续写道："中国共产党这种影响的提高，引起了各方面的攻击与叫骂。一切反对民族统一战线的力量，首先就要从反对中国共产党开始。因为他们懂得，要打击民族统一战线，必须首先打击它的灵魂——中国共产党。"

"日本帝国主义、汉奸、亲日派、托洛茨基派，是中国共产党最公开的最露骨的敌人。"张闻天接下来揭露敌对者的各类言行，进而聚焦《国闻周报》编辑王芸生发表在该刊上的《三寄北方青年》的论点，驳斥其所宣扬的"共产党却在过去犯了一贯的盲动主义的错误。因此，共产党现在的'新政策'，是共产党投降了国民党的表示"的

---

① 张闻天：《从福建事变到遵义会议》，中共中央党史研究室编：《红军长征纪实丛书（红一方面军卷）》第 1 册，中共党史出版社 2016 年版，第 131 页。

观点，强调指出："中国共产党向来是以国家民族的利益为前提，宽大为怀的。"进而指出："今年的'四一二'，是国民党'清党'的十周年纪念。某些党国要人们，还在那一天兴高采烈的庆祝他们清党的胜利。然而稍有良心的人，'四一二'的十周年纪念，应该不是庆祝的纪念，而是悲痛的纪念！"他顺此回顾中国共产党近十年的奋斗，申明如果中国共产党不奋起武装暴动，不建立苏维埃，不进行土地革命，那就只有"投降帝国主义与封建军阀"，"投降叛变革命的民族资产阶级及其代理人"，"如果中国共产党这样做，那共产党就不成其为共产党，中国人民不但不会拥护共产党，而且要唾弃共产党，像唾弃那些叛变革命的政党一样。"文章充分肯定中共六大提出的十大政纲及其指导下在苏区与国统区的 9 年斗争实践，特别是肯定"中国共产党在九一八后"所采取的抗日基本方针，"直到一九三五年华北事变之后，基本上也是正确的。"进而述及《八一宣言》的发表，西安事变的和平解决。

"中国共产党十六年来，没有一天违反过为中华民族与中国人民的最后解放而奋斗的目标。"写到这里，张闻天内心涌起无限的豪迈。既而，他又针对社会负面舆论作如下总结陈词："总结起来，我们应该说中国共产党十年来的奋斗，是获得了伟大成绩的。"① 以下便是他所作的五项成绩归纳：

（甲）在发动组织与领导全中国人民反日反帝的民族解放斗争中，唤起了全中国人民的民族觉醒；

（乙）在发动组织与领导工农小资产阶级的一切政治经济的斗争中，提高了他们觉悟的程度与斗争的力量；

---

① 中央党史研究室张闻天选集传记组编：《张闻天文集》第 2 卷，中共党史出版社 2012 年版，第 205—213 页。

（丙）创造了工农自己的苏维埃政权与红军——推动中国革命前进的伟大因素；

（丁）首先提出了抗日民族统一战线的新政策，并为了促成抗日民族统一战线的建立，奋斗至今，为中华民族开始放下了和平统一团结御侮的基础；

（戊）锻炼了中国共产党，使它成为同中国人民有密切联系的坚强的战斗的党。①

延安城门左右墙壁，各书"和平统一""团结御侮"的大字，城门上悬挂"欢迎为国共合作而努力的中央考察团"红布白字的横幅标语。②

来了来了，国民政府军事委员会委员长西安行营考察团乘坐的两辆大客车从西安出发，经过 4 天的行程，在考察泾阳县云阳镇红军总指挥部、富平县庄里镇及附近红军部队，祭扫黄帝陵后，③5 月 29 日抵达延安。中央考察团团长涂思宗，头戴白色巴拿马草帽，在中共中央代表博古、陕甘宁边区政府主席林伯渠一右一左的陪同下，走在前列，身旁、后面的 16 名随行团员也是一律的巴拿马盔式礼帽，行进在延安南大街，受到延安军民的夹道欢迎。④国共合作在即，蒋介石

---

① 中央党史研究室张闻天选集传记组编：《张闻天文集》第 2 卷，中共党史出版社 2012 年版，第 213 页。

② 童小鹏摄，童丹宁、郑冀洪文：《延安欢迎国民党中央考察团》，郑鲁南主编：《军中老照片：老照片背后的故事》第 3 册，解放军文艺出版社 2016 年版，第 24 页。

③ 童小鹏：《风雨四十年》第 1 部，中央文献出版社 1994 年版，第 108 页。

④ 郑鲁南主编：《军中老照片：老照片背后的故事》第 3 册，解放军文艺出版社 2016 年版，第 23 页。

为探知陕北共产党的真正实力，掌握陕北边区党政军各机构情况，授意国民党西安行营主任顾祝同，联同张冲，向中共方面提出，拟派蒋的亲信康泽带队到陕甘宁视察。周恩来报经中央同意，向张冲郑重提出：此团应称考察团，不能让康泽等国民党特工人员和中共叛徒参加。尽管如此，考察团还是混入了来自军统系统的杨蔚。团长人选经反复斟酌，最终选定时任国民革命军第 4 军副军长涂思宗。涂副军长在大革命时期与周恩来、叶剑英等在广东有共事之谊。

当晚，边区政府在延安大礼堂举行欢迎晚宴，但见大礼堂大门上方交叉挂着青天白日满地红和红星镰刀斧头旗。[1] 简朴的菜肴，诚挚的氛围。接着，又举行欢迎晚会，毛泽东到会并致欢迎词。他指出：完成民族解放并驱逐日本帝国主义是"写一篇文章"，这篇文章一个人是写不成的。"民族独立是一篇大文章，由封建专制转到民权自由更是一篇长文章，民生幸福的一篇自然是更大更长的文章。"[2] 毛泽东指出，欢迎大会具有伟大的历史意义。第一次大革命时代是由国共两党合作干起来的，现在与那时不同，民族危机比那时严重，因此，今天国共合作比以前合作的意义与作用是更大的。过去 10 年国共两党没有团结，现在民族危机严重，如果国共两党再不团结，国家就要灭亡。考察团此来，使国共两党团结进入新的阶段，其意义是很大的。同时，他还批评了两种错误观点：一是怀疑国共两党合作是否有诚意；一是怀疑国共两党合作只是临时的策略。毛泽东说道：考察团的到来，中国共产党召开欢迎会，就是国共合作的表现。"我们是希望

---

① 童小鹏：《风雨四十年》第 1 部，中央文献出版社 1994 年版，第 109 页。
② 中共陕西省委党史研究室：《中共中央在延安十三年史》上册，中央文献出版社 2016 年版，第 13—14 页。

两党长期地合作下去，并且努力朝着这个目标做。"①

5 月 30 日下午，延安南门外大操场，各机关、群众团体和部队五六千人盛大集会，纪念五卅并欢迎中央考察团。② 大会主席团由冯文彬、刘长胜、林彪等组成，毛泽东、朱德与林伯渠出席并谈话。

考察团分 4 个组，在延安忙碌起来。第一组考察共产党近期活动如中共全国党代表会议等，旨在调察中共对合作抗日有无诚意；第二组重点考察红军的人枪数目、官长姓名、驻扎地点、教育情形和物质生活，以及红军有无改编的实际准备；第三组重点考察红军大学及教育机关情形，以及有无违反三民主义之处；第四组重点考察苏区的地方行政机关和群众，以及有无取消苏维埃的准备等。③

在林彪陪同下考察抗日军政大学，考察团检阅千余人组成的师生队伍，与康克清等七八名师生进行会谈。此外，还考察了中共中央党校、步兵学校及陕甘宁部队等。涂思宗率随从专门拜访了毛泽东。因为熬夜工作，毛泽东在白天非到下午一两点不能见客。毛泽东住处是连着窑洞的一幢草房，会客室分明是寝室，木床上铺着毛毡，帐内薄被约有五六床，同时兼作办公室。毛泽东一身灰毛衣布棉军服，与士兵穿着无异，只是领扣没有按军纪扣上而已。毛泽东待人接物，礼貌甚周，但会谈中时露锋芒：国共既然合作抗日，国民党为什么又公然宣布根绝"赤祸"的决议案呢？涂思宗回答：希望共产党人今后

---

① 中共陕西省委党史研究室：《中共中央在延安十三年史》上册，中央文献出版社 2016 年版，第 311—313 页。

② 中共中央文献研究室编：《朱德年谱（新编本）》上卷，中央文献出版社 2016 年版，第 646 页。

③ 中共陕西省委党史研究室：《中共中央在延安十三年史》上册，中央文献出版社 2016 年版，第 311—312 页。

能在国家民族利益大前提下，真诚合作。二人转入了另一话题。一会儿后，毛泽东小结道：目前国民党的措施，对我们党还是有很多误会。①

中央考察团对此行考察早就表示满意，认为共产党合作具有诚意，"红军坚固团结，抗日情绪很高，教育紧张，但政治教育远胜军事教育"，"战术教育尚差"，"生活过于艰苦"，"苏区群众与红军有密切联络"，最为关键的是，一切红色人员均有艰苦卓绝精神。5月31日，涂思宗一行离开延安，临行前，表示要将苏区各界对国共两党合作的愿望和诚意转达南京政府，以迅速促进对日抗战的实现，并邀请中共也派代表团到京、沪一带考察南京政府准备抗日的情况，毛泽东欣然表示接受。②

在叶剑英、陈赓等陪同下，中央考察团到洛川，6月1日到云阳。在驻扎那里的红二方面军司令部，会见了穿着寒酸的贺龙司令员，但见他上身是褪了色的灰制服，下身是黑色裤子，从膝盖到脚踝按人字交叉裹紧的绑腿却是绿色鲜亮，脚上穿的竟是中国式布鞋。③司令的伙食与士兵完全相同：一盘辣椒萝卜干、一盘黄豆、一桶稀饭。这顿简朴早餐，贺司令却是甘之若饴。考察团成员对此感佩不已。这没什么，贺龙笑着说，这比征时要好得多，接着他饶有兴味地说起红军过松潘草地时"六七天未举过火""夜夜露营"的艰苦生

---

① 涂思宗：《延安点验共军记》，参见中共陕西省委党史研究室：《中共中央在延安十三年史》上册，中央文献出版社 2016 年版，第 311—312，314—315 页。

② 中共陕西省委党史研究室：《中共中央在延安十三年史》上册，中央文献出版社 2016 年版，第 315 页。

③ [美] 麦金农（Mackinnon, J.）、麦金农（Mackinnon, S. R.）：《史沫特莱传》，江枫等译，辽宁人民出版社 1991 年版，第 239 页。

活。①6月4日，考察团前往庆阳去了。②

"以前死的同志都白死了？"有同志声泪俱下。③国民党官员在延安各处考察，不免给人以蒋介石即将完成统一中国的强烈感觉。前些天开幕的党的白区工作会议上的主报告引发的争议，烦闷的情绪在党内持续发酵。

继党的全国代表会议结束之后，中国共产党白区工作会议5月17日仍在中央大礼堂召开，北方局及其所属的北平、天津、河北、山西、河南、山东、绥远等地党组织负责人参加，张闻天、刘少奇主持会议。刘少奇在会前的半月内给张闻天连写4信，请求中央对新形势下党在国统区的工作作出指示，并就公开与秘密工作问题、群众斗争的策略问题、关于宣传鼓动工作问题，以及党内斗争问题等提出一系列尖锐的意见，引起张闻天的高度关注。党的全国代表会议特别印发了刘少奇两篇文章《肃清关门主义与冒险主义》《关于白区工作给中央的一封信》，还安排他在会上发言。刘少奇强调要争取全国民主统一与党在统一战线中的领导权是国共合作新阶段中的中心问题，④这引起与会代表的广泛注意。此次大会，又安排刘少奇在开幕会上所作《关于白区的党和群众工作》的报告。刘少奇不提"左"倾路线的

① 中共陕西省委党史研究室：《中共中央在延安十三年史》上册，中央文献出版社2016年版，第314页。
② 张树军主编：《图文中国共产党抗战纪事》上册，河北人民出版社2015年版，第249页。
③ 中共陕西省委党史研究室：《中共中央在延安十三年史》上册，中央文献出版社2016年版，第308页。
④ 张树军主编：《图文中国共产党抗战纪事》上册，河北人民出版社2015年版，第246页。

反"左"言论，如同投掷一颗炸弹，震撼了整个会场。

"同志们！我们党与群众的全般工作在今后是要执行一个彻底的转变。"刘少奇开宗明义，向大家发出号召。"为什么要转变呢？"他自问自答："一方面是由于日本帝国主义灭亡中国的大陆政策，与我党抗日民族统一战线政策的坚决执行，已经引起了全国政治情况与社会关系的重大转动。""毛泽东同志在他的政治提纲中指出：目前阶段，是中国革命新时期的第二阶段，在目前阶段中'停止内战，一致抗日'的口号，已经过去了。在今后我们主要的口号，应该是'巩固国内和平，争取民主权利，与实现对日抗战'。""另一方面，"刘少奇环顾会场，不由得加重了语气，"在我们党内，在各种群众工作中还存在着严重的关门主义、高慢的宗派主义与冒险主义的历史传统。这种恶劣的传统，从'八七'会议以后的盲动主义就开始了，直至四中全会以后很长的时期内，还并没有肃清。因此，它深入在许多同志的思想中及一切党与群众的日常工作方式中，以至成为恶劣的传统习惯。然而这种传统至今还没有在全党同志中彻底揭发，并给以应有的致命的打击与肃清，这在目前就特别妨碍民族统一战线的建立与争取群众的多数。为了肃清这一传统于每一具体任务的工作中，就需要新的工作方式、组织方式、斗争方式的创造，需要党的组织工作的全般转变。"刘少奇语言犀利，不留情面："一般说来，党的政治口号与政治宣传在各地大体上已经转变了的。""然而组织工作的转变，则极不令人满意。""在平津及华北其他几个城市固然已经开始从一切具体工作中去进行为转变，并且已经在党与群众工作中获得了相当的成绩"，"但在其他地方，或者还只是部分的开始转变，或者还完全没有转变，过去的一套，还是系统的无数次的被采用着重复着。因此使得这些地方党与群众工作至今没有什么进展，或者使已经发动起来组织起来的群众，重复又弄到解体坍台，或者变成极狭小的秘密组织。"

"党与群众工作为什么至今没有全般的决定的转变？"刘少奇刨根究底："（一）我们和许多同志在过去没有了解这个转变是两重性的，是一个极深入极艰苦的转变。过去我们只在党内提出，形势变更了，策略也须要变更，这是一个比较易为的任务；而没有提出转变十年来为全党所坚决执行并坚信为正确的关门主义冒险主义的历史传统，这是一个最困难的任务。因此，就没有使党内觉得有进行一个彻底与全般转变的必要，使许多同志感觉他们过去在党与群众工作中所熟习的那一套，是错误的，是需要改变的，因此他们在工作中还是自信的重复那一套。（二）我们没有尽量的彻底的具体的揭发与批评过去的恶劣传统，否定过去的原则，并且提出新的原则去代替，因此使得过去错误的原则，还是指导着我们同志的日常工作。此外，中央与各地党部的关系的不密切，也是转变迟缓的次要原因。"

这其实原不是该报告的第一部分，在前天召开的中共中央政治局会议上，张闻天特别指示刘少奇暂不报告第一部分"关于过去白区工作的一般估计"，并将立三路线字样改为盲动主义、冒险主义。尽管如此，还从没有人如此尖锐地批评过十年来党的"左"倾路线，特别是将六届四中全会以来的政策路线也连锅端了。刘少奇，好大胆。

"二 今后工作的目标与方针"，"三 关于抗日民族统一战线的工作"，"四 党与群众的关系"，"五 公开工作与秘密工作的联系"，刘少奇继续他的报告，台下与会者听得汗涔涔。

刘少奇报告后，会议分学生运动、农村、职工运动3个组进行专题讨论。

5月20日至26日，进行大会发言。大家对刘少奇的报告意见纷纭，主要集中于三方面。一是关于对过去白区工作的估计问题，二是关于白区工作转变的两重性质及对"左"的历史传统的认识问题，三是关于白区工作的策略方针问题。过去白区工作的指导方针是否犯了"左"的错误，是争论的中心。①

"我同意少奇同志的意见。我以为'左'的危险大，右的危险小。""我对少奇同志的报告，除几点小的地方外，大的都同意。少奇同志的报告，中心反对'左'倾传统与宗派主义，争论很多，我们在群众工作的经验，觉得占主要的是'左'倾盲动、官僚主义、宗派主义的存在，这是自八七会议以来错误的传统。我非常同意少奇同志的意见。"刘少奇欣慰地听到观点相近的意见，有些代表还作了补充，如白区工作中冒险主义的 8 点表现、关门主义的 5 点表现等。

"关于少奇同志的报告，有个别同志不同意，甚至有根本否定，这是不妥当的。我觉得少奇同志的报告：一、对过去错误揭发了；二、党与群众工作、秘密工作与公开工作提出了。但是，他的报告，我有些不同意的。"这位同志不根本否定刘少奇的报告，但又提出了许多原则性的不同意见：一是"对于过去成绩，发扬不够"；二是"着重反'左'，没有顾到反右"；三是"对于客观形势的变动，工作方式的不同，以前是对的，现在便不对，应分两个阶段来说"；四是"我不同意说'左'倾冒险是历史的传统，而是由于客观的条件，克服了又产生，而且克服'左'倾盲动是长期的斗争。""关于清算过去的错误，不应该抹煞一切，不应该从现在看过去，不应把个别错误与总的路线混淆不清，少奇同志的报告就犯了这些毛病。"有同志指出，"他认为'左'倾盲动主义是党的一贯的历史传统，这种了解是不正

---

① 中国延安干部学院编：《延安时期大事记述》，中央文献出版社 2010 年版，第77—78 页。

确的。""四中全会后在实际工作中是有了彻底的转变的，在苏区的成绩，在白区还是有许多的成绩，所以少奇同志的意见是错误的。"

更有同志对刘少奇报告表示强烈的不满。"在几天的讨论中，觉得少奇同志的报告，偏向反盲动而是不动，由非法转向合法，由斗争转向要求，这是只反'左'不反右的逻辑而形成批准了右倾。"有的说得更为直白："在少奇同志报告中有句话我不懂，就是说旧的方法不能用了，不能靠旧的方法吃饭。就是说，这些老干部，老而不死。我觉得不是这样的。我想旧的方法也不能没有毛病。旧路线里面还有很多成绩。有些错误也是个别同志的错误。"最让刘少奇感到意外的是，长期坚持白区工作并作出重要贡献，当时负责北方局工作的河北省委书记高文华，在讨论最后作较为系统的发言，也说了几句分量较重的话："对于过去工作"，刘少奇"没有详细研究"，"只是说过去错了，是'左'倾盲动。对于过去有没有对的，没有谈过。所以，省委几个同志都很难过。"[1] 这让刘少奇心里最不是滋味，自己明明在报告第一部分就充分肯定："在平津及华北其他几个城市固然已经开始从一切具体工作中去进行转变，并且已经在党与群众工作中获得了相当的成绩：华北党扩大了，群众运动与群众组织也一直是发展的扩大的，没有将我们的工作基础与工作条件弄得更坏，相反，开辟了今后工作比较顺利的基础与条件。"批评的是其他地方嘛。

代表在会场外宣泄的情绪更为激烈，"我们艰苦奋斗，不怕牺牲，辛辛苦苦在下面工作，怎么都错了？"想起以往牺牲的同志，有的代表嚎啕大哭。有人写了意见书呈送党中央，有16名同意签名。[2] 鉴

---

[1] 金冲及：《刘少奇与白区工作会议》，《党的文献》1999 年第 2 期，第 32—33 页。

[2] 金冲及：《刘少奇与白区工作会议》，《党的文献》1999 年第 2 期，第 33 页。

于争议较大，会议开至 26 日只能暂时休会。

6 月 1 日，中央政治局召开会议，连开了 4 天。对以往北方工作评价的分歧，还只是局部性的问题，对六届四中全会以来的总的路线是否正确才是争论的焦点。张闻天就认为"四中全会后，犯了一些错误，然而总的路线是正确的，并不是立三路线的继续，而且对于这些部分的错误，都经过了自己的力量而克服与纠正了。"刘少奇在会上作了批评与自我批评，结果招致更多的批评。凯丰说："少奇同志有许多地方说的过火，是由于对历史条件的忽略。"博古说："少奇同志的提法是：六次大会的任务没有完成，原因是一贯的'左'倾机会主义。我想，问题这样的提法根本不对。""但不能说是一贯的'左'倾盲动关门主义的传统。如果这样说，那便认为我们是勃朗基主义的党。"

毛泽东静静地听着，两天半没有发言。他从心底里赞同刘少奇的主张，但现在还不是解决党内长期存在的"左"的错误的时候。深思熟虑后，毛泽东 6 月 3 日发表长篇发言。"少奇的报告是基本上正确的，错的只在报告中个别问题上。少奇对这问题有丰富的经验，他一生在实际工作中领导群众斗争和党内关系，都是基本上正确的，在华北的领导也是一样。他一生很少失败。今天党内干部中像他这样有经验的人是不多的。他懂得实际工作的辩证法。"毛泽东盛赞刘少奇提出的问题"基本上是对的，是勃勃有生气的。他系统的指出党在过去时间这个问题上所害过的病症，他是一针见血的医生"。在充分肯定的前提下，毛泽东批评了刘少奇报告中存在的问题：一是把问题扩大化一般化了；二是非辩证的发展观，似乎一无变化只是直线发展的观点是不对的；三是过于强调了主观能动性，而主观指导也受着客观可能性的限制；四是有时忽视了"左"倾错误的社会根源。接着，毛泽东充分肯定"党在十五年中英勇坚决地领导了中国的革命，有了它的伟大的成绩"。同时，又指出"党曾经犯过右的与'左'的总路线上的错误"。不过，毛泽东强调"党员群众与广大干部始终没有犯过总路线上的错误"，"总路线错误只在最高领导机关中发生与推行出去"。此外，党"还在差不多一切时期中犯了若干个别问题的'左'右倾原则上的错误，这在斗争策略问题、宣传教育问题、党内关系问题上都有过，有些并在现在还存在着，在将来也会不能免。"

对于政治局会议争论的"是否有某种错误的传统"的焦点问题，毛泽东明确表态：对此有"两种答案：（甲）没有（只是'表面上看来好像有'）；（乙）有"，"我是同意后者的。"他具体谈了理由："党在十五年中造成与造成着革命的与布尔什维克的传统，这是我们党的正统，包括政治上、组织上的、工作作风上的一切好的东西，这是不能否认的。""但是还有若干不良的习惯。这表现在群众斗争战术上的'左'的关门主义与冒险主义、高慢的宗派主义；也还表现在宣传教育上的高傲态度、不深刻与普遍地联结于实际、党八股等等的作风上；再则还表现在党内关系上，也存在着高傲态度、里手主义、风头主义、派别观点、命令主义与惩办主义的作风。在这些问题上，我们党内确实存在着许多不良习惯，这是千真万确的事实。否认这种事实是不妥当的，说党毫无不良习惯是不应该的，也不可能的，事实依旧是事实。这就是所谓'某种错误的传统'。在这一点，我是同少奇、凯丰、罗迈、伯渠同志的意见大体相同的。"

"为什么只是'左'的传统？"毛泽东环顾各位，扳起了手指头："这是由于几种原因：（一）民族与社会的双重压迫，造成群众生活与党的环境的极端困难，这些困难压迫着我们（这是'左'比右总要好些的观点的来源）。（二）党内小资产阶级与幼年无产阶级成分的存在且占大的数目。（三）党还只有十五年历史，马克思主义的理论与实际的传统还不十分深厚，解决问题还不能样样带马克思主义原则性，还没有很早及人人都学好唯物辩论证法。（四）在克服错误路线时（主要在克服立三路线时），在斗争策略、宣传教育、党内关系这三个问题上的错误，没有得到彻底的克服，有些一时是进步，过后又发作起来。"毛泽东呼应张闻天指出的党在六届四中全会后犯了六个个别原则问题上的错误："（一）没有估计部分资产阶级的变动；（二）对革命持久性、复杂性、不平衡性估计不充分；（三）战争中'左'的及右的错误；（四）群众斗争中的关门主义、宗派主义的错误，及对此错误斗争的不够；（五）不会利用敌人的间隙；（六）思想斗争与干部政策上的严重错误。这些错误在全党内，就在今天说还是没有全部彻底去掉的。""这是由于唯物辩证法思想在党内还没有普及与深入的缘故。"他深吸一口烟，"试问有了这些错误的存在，怎能不形成'左'倾习惯？又怎能彻底的克服'左'倾习惯？"

最后，毛泽东作出结论："我们党中存在着某种错误传统，这就是群众工作问题上、宣传教育问题上、党内关系问题上的'左'的关门主义、宗派主义、冒险主义、公式主义、命令主义、惩办主义的方式方法与不良习惯的存在，这在全党内还没有克服得干净，有些还正在开始系统地提出来解决。新的环境与任务迫切要求对这个问题来一个彻底的转变。我们也正在转变它。"①

毛泽东的话初步统一了思想，6月6日至10日继续举行白区工作会议。先由张闻天作报告，总体上肯定了刘少奇的报告："这个报告是很重要的。他是一个做实际工作多年的同志，他有丰富的群众工

---

① 毛泽东：《关于十五年来党的路线和传统问题》，中共中央文献研究室、中央档案馆编：《建党以来重要文献选编（1921—1949）》第 14 册，中央文献出版社 2011 年版，第 267—272 页。

作的经验，他在实际工作中懂得辩证法。他过去与中央有过争论，很多地方是对的。中央解决他的问题，过去有些是不对的。他的报告基本上是正确的。其中有些不圆满的地方，我的发言要加以说明。"对此张闻天报告，又组织与会代表进行讨论。6月9日，张闻天对关门主义问题作补充说明："关门主义的实质是以领导党的方式领导群众。""关门主义是倾向，不是传统。"

6月9日、10日会议，由刘少奇分别作总结发言。他说：这次会议讨论了很久，每个同志都充分发言，表示了对革命极端负责的精神、可歌可泣的精神。会议采取了民主精神，开展了自下而上的批评，提供了很多好的意见和经验。所以，这次会议是圆满地成功了，是今后工作的武器。刘少奇自我批评道：我的报告着重地批评了过去关门主义的传统，但只批评这一方面，没有说到其他方面，好像我否认了过去一切，并且对各个时期的历史没有分析，有些地方说过火了。刘少奇解释道：我的目标是利用华北经验说全国，可是华北同志反而不满，这是我没有估计到这次会议到会的主要是华北同志。但是，对于不正确的批评，刘少奇也予以澄清："有同志批评（我）是站在右批评'左'，否认过去成绩，说我是右倾机会主义，这样批评是不妥当的。"

6月10日是大会闭幕日，张闻天提议："基本上赞成我的报告与少奇同志的结论，付表决。"全体同志齐刷刷地举手。①

曾在上海从事过党的地下工作，前阶段还担任援西军政治部主任的刘晓，也在党的白区工作会议的会场。

① 金冲及：《刘少奇与白区工作会议》，《党的文献》1999年第2期，第33—37页。

白区工作会议为什么要自己参加，刘晓多少有些预感。果然，会后党中央派他回上海负责地下党的工作。

张闻天召刘晓谈话，当时刘就住在张闻天家的隔壁。张闻天嘱咐：要学会做群众工作，群众工作要群众化，要使群众运动自然而然地形成。你到上海后，要担起重建上海党组织的重任，要警惕以前"左"倾路线的残余，不要去搞什么关门主义。上海救国会是一面抗战的旗帜，但因为搞示威游行太多了，参加的群众愈来愈少，后来连领袖人物也被捕了。我们一直在为七君子事件呼吁，但是国民党当局就是不放人，要吸取这方面的经验教训。

刘晓点头。

国共第二次合作，迟早都会达成，张闻天向刘晓强调指出，但是，我们搞统一战线不能做尾巴，要加强领导。

刘少奇也找刘晓谈了一次话。经过白区工作会议，刘少奇政治上显得更为成熟，他主要是根据那次会议精神，关照刘晓要吸取北方局地下工作的经验教训。

在离开延安前，刘晓专门去向毛泽东辞行。毛泽东热情地留他一起吃了顿饭。在饭前，毛泽东向刘晓指出：中国革命是长期的，地下工作也要有长期打算，不在一时一事和敌人计较短长。地下工作要善于积蓄力量，不能浪费力量。要不浪费力量，就要学会做群众工作，和群众运动密切结合，还要注意秘密工作。群众运动要有真正的群众参加，不能光是只有左派参加。而秘密工作呢，又不是关在房子里，关在机关里，机关要隐蔽在群众里面。

刘晓细心体会着毛泽东指示的深意。毛泽东继续指出，上海的群众运动波动很大，有时群众队伍很庞大，但形势一变化，一下子又缩小了，那不好；开展工作，不在乎追求参加的群众的数量多，而要稳扎稳打，逐步提高。

至于具体工作怎么做，毛泽东强调，一定要由你们根据具体情况作出决定。

刘晓心中默记毛泽东谈话的精神：既要开展群众工作，又要注意隐蔽精干，积蓄力量，长期打算，注意具体情况具体分析。①

"周将军！"韦尔斯在红军总部见到周恩来，他 6 月 18 日刚从庐山与蒋介石谈判归来。

由于埃德加·斯诺与周恩来的友谊，韦尔斯与周恩来的心理距离一下子拉得很近。她首先关切地问起周恩来 4 月 25 日在甘泉县距劳山镇湫沿山附近遇险的经历，那时周正乘车欲经西安前往南京谈判。有人告诉韦尔斯："在你到达的前一周，周恩来和毛泽东的参谋长遭到枪击，有十个红军战士当场牺牲，几个受伤者后来也牺牲了，出事地点距离延安只有 15 公里，周、参谋长和一个新闻记者还有另一个人奇迹般地脱险了，他们跑着躲开了。只有四个人安然无恙。"巧的是，那辆汽车，正是一星期前韦尔斯从西安到延安想要乘坐而又因故没能赶上的那辆。②

周恩来沉静地听着，告诉对方：那是当地土匪头子李钦武和民团头子姬延寿设的埋伏；③ 如果不是军委参谋陈友才有意吸引火力，土

---

① 刘晓：《上海地下党恢复和重建前后》，沈忆琴整理，刘晓纪念文集编辑组编：《肃霜天晓：刘晓纪念文集》，中共党史出版社 2008 年版，第 249 页。

② ［美］海伦·斯诺：《旅华岁月：海伦·斯诺回忆录》，华谊译，世界知识出版社 1985 年版，第 260 页。

③ 《周恩来遇险处——湫沿山》，政协延安市委员会文史资料委员会编：《延安文史资料》第 7 辑"延安革命遗址"，2004 年印，第 32 页。

匪将其误认作是周某人，恐怕自己是在劫难逃。陈友才同志相貌有些像我，他中弹牺牲后，土匪从他身上刚好搜出"周恩来"字样的名片……①

韦尔斯大叹惊险，随后转入时政问题："你对谈判的进展是否满意？"

"我不想用'满意'两个字作为答复。"周恩来机敏地回答。

闪回——蒋介石对周恩来提出："请朱、毛先生出洋"。

周恩来继续对韦尔斯说道："这是个辩证的问题，既肯定，又否定。基本原则已经达成协议，但是具体的细节还有待商讨……"②

6月28日出版的《解放》第1卷第8期，刊载"洛甫"的这篇署名文章《关于十年来的中国共产党》。

周恩来目光炯炯，轻声地念着自己最为感佩的一段：

"最后，对于那些想用造谣污蔑的方法来在政治上打击中国共产党的人，我们有以下的忠告：

（一）一个政党在人民中的信仰，并不是动员自己的宣传机关吹吹牛就能够达到的。……

（二）国民党现在要建立自己的威信，并不需要用这种攻击共产党的方式来达到的，这种方法并不能建立国民党的威信。……

（三）既然大家认为国共两党有合作的必要，那就应该根据事实，来互相批评，这种不应该是恶意的，而应该是善意的，这种批评应该以国家民族的利益为第一要义，而不应该是违反国家民族的利

① 余方德：《他们在历史长河中》，沈阳出版社2007年版，第34页。
② ［美］尼姆·威尔斯：《续西行漫记》，陶宜、徐复译，解放军文艺出版社2002年版，第280页。

益的。……

至于对于中国共产党的一切善意的批评,我们是十分欢迎的。我们希望国民党及社会上的正人君子给我们这类严正的批评。"①

读罢,周恩来若有所思:我们不仅要宣扬 10 年来的奋斗,还要大力宣传我们党自成立以来 16 年的奋斗成绩。

就在第二天,中共中央收到南京政府电:红军改编后只能设政训处。中共中央召开政治局常委会议,讨论闽西南、鄂豫皖及同国民党谈判的原则等问题。周恩来介绍了谈判的情况,指出目前主要问题是军队问题,如果只能设政训处,建议在谈判中要把政训处的权力确定下来。党中央决定:可以用政治机关名义指挥部队,但必须有等于指挥机关的组织和职能;并准备万一争不到朱德为政治机关的主任,即自行改编。②

"中国共产党产生十六周年,他曾经领导过一九二五——二七年的中国大革命,"周恩来 7 月 1 日在中共中央召开的党的活动分子会上作题为《十六周年的中国共产党》的报告,"他创造了中国的苏维埃革命,并为他苦斗十年,现在他又在领导全中国的反日民族统一战线。"

"这样一个年轻的幼稚的党,从包含几十个人的第一次代表大会,"周恩来继续说道,"发展到包含十几万党员的第六次代表大会,又一直发展到现在,他没有像欧美那样社会主义工人运动的传统,他

---

① 中央党史研究室张闻天选集传记组编:《张闻天文集》第 2 卷,中共党史出版社 2012 年版,第 213—214 页。

② 中共中央文献研究室编:《周恩来年谱(1898—1949)》上卷,中央文献出版社 1998 年版,第 376 页。

可承袭了中国历史上农民革命与民族民主革命的传统，接受了欧战后俄国革命及世界革命运动的影响，站在新兴的中国无产阶级和广大的农民基础上，他已经不愧为世界共产主义运动中之一员，他已经锻炼成共产国际最好的支部之一了。"[1]

周恩来思维缜密，言论晓畅。最后，他如此结束自己的报告：

党从小团体发展到现在，从几十个人、几百个人、几万人直到十几万人的今天，经过这样多的血的教训，我相信我们党员不会辜负这个光荣传统，不会不去学习这些宝贵教训的。

眼看着全国，眼看着无产阶级，眼看着全中国人民，眼看着日本——主要的敌人，我们就必须散布到全中国去，领导起全中国抗日战争的彻底胜利！

想到世界，想到将来，想到我们党创造的艰难，想到我们为共产主义理想而奋斗的目标，我们还要领导中国走入社会主义的胜利！[2]

怀着一片救国救民的热忱，周恩来起草《中共中央为公布国共合作宣言》。

亲爱的同胞们：

中国共产党中央委员会谨以极大的热忱向我全国父老兄弟诸姑姊妹宣言，当此国难极端严重民族生命存亡绝续之时，我们为着挽救祖国的危亡，在和平统一团结御侮的基础上，已经与中国国民党获得了

---

[1] 中共中央文献研究室、中央档案馆编：《建党以来重要文献选编（1921—1949）》第 14 册，中央文献出版社 2011 年版，第 345、346 页。

[2] 中共中央文献研究室、中央档案馆编：《建党以来重要文献选编（1921—1949）》第 14 册，中央文献出版社 2011 年版，第 352—353 页。

谅解，而共赴国难了。这对于我们伟大的中华民族前途有着怎样重大的意义啊！①

抑制不住内心的激动，周恩来站起身来，回来走动，随后又坐下继续写道：

……为着取消敌人的阴谋之借口，为着解除一切善意的怀疑者之误会，中国共产党中央委员会有披沥自己对于民族解放事业的赤诚之必要。因此，中共中央再郑重向全国宣言：

一、孙中山先生的三民主义为中国今日之必需，本党原为其彻底的实现而奋斗。

二、取消一切推翻国民党政权的暴动政策及赤化运动，停止以暴力没收地主土地的政策。

三、取消现在的苏维埃政府，实行民权政治，以期全国政权之统一。

四、取消红军名义及番号，改编为国民革命军，受国民政府军事委员会之统辖，并待命出动，担任抗日前线之职责。

……②

周恩来奋笔疾书："寇深矣！祸亟矣！同胞们，起来，一致地团结啊！我们伟大的悠久的中华民族是不可屈服的。起来，为巩固民族的团结而奋斗！为推翻日本帝国主义的压迫而奋斗！胜利是属于中华民族的！"接下来以两句口号作结：

抗日战争胜利万岁！

① 中共中央文献研究室、中央档案馆编：《建党以来重要文献选编（1921—1949）》第14册，中央文献出版社2011年版，第369页。

② 中共中央文献研究室、中央档案馆编：《建党以来重要文献选编（1921—1949）》第14册，中央文献出版社2011年版，第370页。

独立自由幸福的新中国万岁！[①]

怀揣着这份滚烫的宣言，周恩来和博古、林伯渠7月4日从延安前往西安，7月7日飞抵上海，继续与国民党当局的和谈之行。

就在同一天，红军前敌总指挥彭德怀、政委任弼时和副政委杨尚昆联名通知第一、第十五军团，二方面军和援西军有关首长，18日到云阳镇报到，出席红军高级干部会议，"检阅过去三个月工作及改编事宜"。

---

① 中共中央文献研究室、中央档案馆编：《建党以来重要文献选编（1921—1949）》第14册，中央文献出版社2011年版，第371页。

这将是持久的、艰苦的抗战

七七卢沟桥事变爆发，毛泽东、朱德军书旁午／

张闻天接受韦尔斯采访，谈到 1921 年 7 月召开中共一大／

朱德撰文号召《实行对日抗战》，这将是持久的、艰苦的抗战／

蒋介石发表庐山谈话，周恩来撰写《对日作战刍议》／

毛泽东提出实现坚决抗战的「八大纲领」／

延安举行八一抗战动员运动大会，确定对日抗战原则方针，发挥红军运动战、游击战、持久战的特长／

韦尔斯访谈徐向前／

朱德在南京宣扬持久抗战／

毛泽东接受韦尔斯第三次访谈，实现十大纲领抗日必胜／

八一三淞沪抗战，叶挺惦念周恩来改编红军南方八省游击健儿的嘱托

　　7月7日当晚，史沫特莱继续从4月份起对朱德的经常访谈活动。二人混用着中文、德文和英文交谈着，实在难以沟通时则求助于吴光伟、马海德和黄华。① 那夜，朱德对史沫特莱讲述自己的生平经历已谈到了1934年。②

　　深夜，《新中华报》（与新华社同一机构）编辑左漠野等人抄收到国民党中央社有关日本军队向北平西南郊的卢沟桥发动进攻，中国军队奋起抵抗的消息。中共中央党报委员会秘书长廖承志敏锐地感到事态的严重，当即派《新中华报》主编向仲华和左漠野向毛泽东汇报。

　　已是深夜11点，然而，毛泽东住处灯火通明，他又开始夜间的工作，身边工作人员也都已上岗。

　　听了向仲华的简要报告，毛泽东迅速地浏览电讯稿。随后，让秘书拿来一张地图，铺在桌子上。

　　就着昏暗的油灯，毛泽东借助一个放大镜，低头找到了卢沟桥。突然，窑洞里传出一句湘音："卢沟晓月"，毛泽东自言自语地说道。

　　"你们今晚要继续抄收这方面的消息，不要遗漏，有什么消息，随时送来给我看。"毛泽东吩咐向仲华，"你们回去以后，告诉博古和

① ［美］麦金农（Mackinnon，J.）、麦金农（Mackinnon，S. R.）：《史沫特莱传》，江枫等译，辽宁人民出版社1991年版，第250页。

② ［美］史沫特莱：《史沫特莱文集》第1册《中国的战歌》，袁文译，新华出版社1985年版，第153—164页。

廖承志，请他们考虑一下，我们对这个事件如何表态。"① 博古时任中共中央党报委员会主席。②

第二天，中共中央发出《中国共产党为日军进攻卢沟桥通电》：

全国各报馆，各团体，各军队，中国国民党、国民政府，军事委员会，暨全国同胞们！

本月七日夜十时，日本在芦［卢］沟桥，向中国驻军冯治安部队进攻，要求冯部退至长辛店，因冯部不允，发生冲突，现双方尚在对战中。

不管日寇在芦［卢］沟桥这一挑战行动的结果，即将扩大成为大规模的侵略战争，或者造成外交压迫的条件，以期导入于将来的侵略战争，平津与华北被日寇武装侵略的危险，是极端严重了。这一危险形势告诉我们，过去日本帝国主义对华"新认识"，"新政策"的空谈，不过是准备对于中国新进攻的烟幕。中国共产党早已向全国同胞指明了这一点，现在烟幕揭开了。日本帝国主义武力侵占平津与华北的危险，已经放在每一个中国人的面前。

全中国的同胞们！平津危急！华北危急！中华民族危急！只有全民族实行抗战，才是我们的出路！我们要求立刻给进攻的日军以坚决的反攻，并立刻准备应付新的大事变。全国上下应该立刻放弃任何与

① 张亚、杨青芝、王燕群：《扬威平型关：平型关抗战影像全纪录》，长城出版社 2015 年版，第 32 页。《向仲华》编辑委员会编：《向仲华年谱（1911—1981）》，《向仲华》编辑委员会编：《向仲华》，军事科学出版社 2002 年版，第 241 页。

② 刘益涛：《十年纪事：1937—1947 年毛泽东在延安》，中共党史出版社 2007 年版，第 17 页。

日寇和平苟安的希望与估计。

……

结句与篇末口号同样激动人心:

……我们要求全国人民,用全力援助神圣的抗日自卫战争!我们的口号是:

武装保卫平津,保卫华北!

不让日本帝国主义占领中国寸土!

为保卫国土流最后一滴血!

全中国同胞,政府,与军队,团结起来,筑成民族统一战线的坚固长城,抵抗日寇的侵掠!

国共两党亲密合作抵抗日寇的新进攻!

驱逐日寇出中国![1]

这一天,毛泽东与朱德、彭德怀、贺龙、林彪、刘伯承、徐向前发表《红军将领为日寇进攻华北致蒋委员长电》。[2] 同日,毛泽东、朱德等还致电国民党军北平第 29 军军长宋哲元、天津第 38 师师长张自忠、张家口第 143 师师长刘汝明、保定第 37 师师长冯治安,请他们"策励全军,为保卫平津而战,为保卫华北而战",并表示:"红军将士,义愤填胸,准备随时调动,追随贵军,与日寇决一死战。"[3]

7 月 9 日,红军前敌总指挥彭德怀与贺龙、刘伯承等"率人民抗

① 中国抗日战争军事史料丛书编审委员会编:《华南人民抗日游击队(文献)》第 1 辑,解放军出版社 2015 年版,第 1—2 页。

② 中央档案馆编:《中共中央文件选集》第 11 册,中共中央党校出版社 1991 年版,第 273 页。

③ 中共中央文献研究室编:《朱德年谱(新编本)》中卷,中央文献出版社 2016 年版,第 647 页。

日红军全体指战员"发表通电，表示："红军愿即改名为国民革命军，并请受命为抗日前驱，与日寇决一死战。"[1] 7月11日，毛泽东、朱德致电彭德怀、任弼时、邓小平："已向蒋介石交涉，红军调赴河北应战，第一步拟将27军、28军、32军各改为团，加上骑兵团编成一个小师先行派云，主力编成后去。"[2]

仅过3天，中共中央致电彭德怀、任弼时、贺龙、关向应、刘伯承、聂荣臻、徐向前等，立即以军为单位，在10天内将红军改编为国民革命军完毕，待命开赴抗日前线。同日，致电在西安的叶剑英，要其通过西安行营将此意转达蒋介石。也正是在这一天，朱德为红军开赴抗日前线题词：

日本强盗夺我东三省，复图占外蒙，又侵我华北，非灭亡我全国不止。我辈皆黄帝子孙，华族胄裔，生当其时，身负干戈，不能驱逐日本（寇）出中国，何以为人！我们誓率全体红军，联合友军，即日开赴前线，与日寇决一死战！复我河山，保我民族，保卫国家，是我天职！[3]

那天韦尔斯分明记得正是攻克巴士底狱纪念日（7月14日），她专程去采访张闻天。

因为卢沟桥事变的爆发，朱德中断了同史沫特莱的连续访谈。毛

---

[1] 《人民抗日红军要求改编为国民革命军并请授命为抗日前驱的通电》（1937年7月9日），中共中央文献研究室、中央档案馆编：《建党以来重要文献选编（1921—1949）》第14册，中央文献出版社2011年版，第361—362页。

[2] 刘益涛：《十年纪事：1937—1947年毛泽东在延安》，中共党史出版社2007年版，第19页。

[3] 中共中央文献研究室编：《朱德年谱（新编本）》中卷，中央文献出版社2006年版，第648页。

泽东在 7 月 4 日接受韦尔斯再次采访后一时也没有时间继续会谈，于是介绍她来会晤张闻天及其助手吴亮平，① 专门"谈谈中国革命的各历史阶段"。

在这位美国女记者的眼中，张闻天"有一种与众不同的知识分子气质，硕大的头颅显得才华横溢"，他"戴着一副度数很深的近视眼镜，与深思熟虑的脸型很不匀称"。找张闻天谈中国革命史，无疑是再合适不过了。不仅因为张闻天是当时中国共产党的重要领导人，更由于他专门研究过此问题，听说还写过一本中国革命史，中共各党校和学院以此为教科书。那应该就是 1934 年 1 月马克思共产主义学校出版、苏区中央局发行的《中国革命基本问题》。

张闻天操着流利的英语，向韦尔斯娓娓道来："新兴的无产阶级在五四运动期间成长壮大，1921 年工人阶级的政党共产党诞生了。7 月召开第一次全国党代表大会。……"②

张闻天将中国共产党成立前后称之为"中国革命的第一阶段"，随后谈到了大革命失败后展开的"苏维埃革命时期"的四个阶段。经过长篇的历史回顾，他最后谈到了红军三大主力会师后推行抗日统一战线的新情况："西安事变后，中国革命进入新阶段。苏维埃发展时期宣告结束，开始了新的统一战线时期。在抗日战争中，将继续实行统一战线。……"③

---

① ［美］尼姆·威尔斯：《续西行漫记》，陶宜、徐复译，解放军文艺出版社 2002 年版，第 290 页。

② ［美］尼姆·威尔斯：《续西行漫记》，陶宜、徐复译，解放军文艺出版社 2002 年版，第 296、298 页。

③ ［美］尼姆·威尔斯：《续西行漫记》，陶宜、徐复译，解放军文艺出版社 2002 年版，第 297—305 页。

张闻天一时信心满满。

7月15日，朱德伏案挥笔，撰写《实行对日抗战》的文章。

朱德在第一个标题"第二个'九一八'的号炮又响了"后写道："七月七号在卢沟桥又燃起了第二个'九一八'的号炮。和平已到了绝望的时期，国难已到了最后的关头！现在，摆在我们每个中华儿女黄帝子孙面前的问题，只有是对日本强盗实行抗战，从华北的局部抗战走向全国的抗战，……"

揭露日本进攻卢沟桥是有计划性、有步骤的，更要鼓舞全国人民的抗战勇气。朱德写下"二、日本并不是那么可怕的魔鬼"的标题，进而以理性之笔化解一些人的"恐日病"。"日本虽然也挤上了帝国主义的地位，而且又加上法西斯蒂的头衔，但它的经济基础却是那么脆弱"；"日本的农业经济更是日本整个经济生活中最弱的一环。"朱德指出："日本近些年来比较发展的只有军事工业。这种发展虽然给日本经济生活打了一针吗啡针，但不但不能持久下去，甚而这种大量消耗而与国民福利无关的军事工业的发展破坏了国民经济。""日本一旦挑起了大规模的战争，那末，为了支持这个战争，据日本军事家横山的估计，一年需要发行一百亿日元的公债，他同时承认发行这样极大数量的公债是极端困难的，甚至是不可能的。"

"再看日本的军事状况。"谈到军事问题，朱德愈显眼光犀利，"日本军阀对于他们的军队，时时引以自豪。我们也承认它在组织上、武器上都是有着相当的强点。但是，根据一家德国报纸的估计，日本现役的军队，连满洲的与驻在中国边界的共有一百二十万的数目。也许这个数目是夸大了一些。即使这个数目是准确的，拿这些军队一方面对付苏联，一方面又在漫长的战线上进攻，这显然是不够的。""日本军队的战斗力也还有问题。日本近三十年来没经过什么战争，中日战争与日俄战争早已是历史上的陈迹。趾高气扬的日本军官多是些纸上谈兵的‘英雄们’，运用到实际的战争里不免便有些问题。淞沪‘一二八’的战争以及日军在东三省‘剿击’义勇军常常败北的事实，便是活的例子，不要再狂妄吧！”“有人说，日本的兵士有很大的耐苦的作战能力。这且让日本军阀来自供。前陆相寺内说：‘一九三五年每一千人中有四百个人因为体质不佳的原故而被免除兵役。’”朱德揭露日本财阀、军阀及地主、贵族在大肆攫取战争利益的同时，工农大众的贫困丝毫没有得到解决，“阶级意识的觉醒”“将更会动摇日本军队的军心”，“淞沪战争中一部分日军的兵变可为明证”。“上述的这些情形已引起日本社会的极度不安。社会大众党在这次选举中的胜利便是表现着人民厌弃战争，企图以另一方法找求出路。”

不但揭露日寇的虚弱，还要论证抗战的必要性。朱德写下“三、抗战是唯一的出路”这一标题，文字在笔下汩汩而出：“过去的错误政策我们不必再批评，而且单是批评过去的错误也是不中用的。现在怎样来抗战是我们全国同胞唯一的急务！”“现在国际形势与国内形势都是有利于对日抗战的。”朱德进而倡导：“时间再不等待我们了，中央政府与我们全国同胞应该在这短促而紧张的时间里，勇敢而更勇敢地执行抗日的民族统一战线的新政策”，随后介绍九一八以来红军的抗日主张，特别是卢沟桥事变后“红军已作了随时出发的准备”，“向着我们的万恶敌人——日本帝国主义冲去！”

内心涌动着对胜利的渴望，朱德写下最后一节“四、最后的胜利是我们中国的”。朱德痛恨“当前线的士兵正在以生命与头颅来与日寇搏战的时候，日寇正在源源不绝向平津等处输运大军的时候，全国人民正在蓬蓬勃勃奔向抗战的时候，从平津透露出来与日寇交涉‘和平解决'的噩耗。"朱德禁不住内心里大声疾呼："摆在我们面前的唯一问题是抗战，抗战到最后的胜利！"朱德指出："但是抗战不是那么容易的事情，也许有着超出我们想象之外的困难，它将是一个持久的、艰苦的抗战。""持久"二字，准确醒目。为此，他提出："这需要我们动员与集中全国一切人力、智力、财力与物力以赴之！我们应该把握住抗战的胜利条件。"

"现在南京政府为了应付紧急的国难，已由庐山搬回南京办公。蒋介石先生亦飞返南京。蒋先生并于十七日发表了一篇重要谈话，我们极端同意蒋先生的卢沟桥事件系最后关头，倘若北平成为沈阳第二，那么南京亦可成为北平第二的意见。……"①

7月17日上午，庐山图书馆，蒋介石一身戎装，胸前挂满勋章，召开有各方面军队要员参加的庐山谈话会。

蒋介石发表谈话："如果战端一开，就是地无分南北，年无分老幼，无论何人，皆有守土抗战之责任，皆应抱定牺牲一切之决心。"但又说："在和平根本绝望之前一秒钟，我们还是希望和平的，希望由和平的外交方法，求得卢事的解决。"周恩来等虽已赶到庐山，蒋介石却不允许他们参加会议，仍是不同意中共公开活动。

翌日，周恩来通过宋美龄转交所拟应许各报刊载《中共中央为公布国共合作宣言》等有关谈判的12条意见。共产党方面表示："可承认平时指挥人事等之政治处制度，请求设正副主任，朱正彭副。但战时不能不设指挥部，以资统率。"但是，蒋介石仍不允，他坚持

① 中共中央文献研究室、中央档案馆编：《建党以来重要文献选编（1921—1949）》第 14 册，中央文献出版社 2011 年版，第 374—382 页。

"三个师的管理直属行营，三个师的参谋长由南京派遣，政治主任只能转达人事指挥"，甚至提出以周恩来为主任，毛泽东为副主任。①谈判再度陷入僵局，周恩来等毅然离开庐山，赴上海。②

7月20日，毛泽东与张闻天联名致电周恩来转林伯渠，审时度势，对国共和谈作出三点指示。认定"日军进攻之形势已成，抗战有实现之可能。""我们决采取蒋不让步，不再与谈之方针。"请周恩来等"回来面商之"。③

在此期间，周恩来利用间隙时间撰写《对日作战刍议》。"一、对日抗战是持久性的战争。因之，必须由现时中央政府所发动领导的全国军队的抗战，发展到全民族全面的抗战，才能争取民族革命战争的最后胜利。"周恩来起笔写道，"全民族抗战必须在全民族中进行战争动员，不单是军队动员，而且要进行政治上、经济上、军事上各方面的动员；不单是前线动员，而且要进行后方动员。战争愈持久，后方的作用愈增加其比重。"

"二、政治动员要在政治民主化的原则下进行。""三、经济动员要在经济国防化的原则下进行。它不仅要支持长期的对日抗战，并且要由此达到中华民族的复兴。抗战的发动和持久，尤其日寇的封锁，将改变着中华民族的整个经济生活。""四、军事动员要在军事普遍化的原则下进行。"写到"军事动员"这一节，周恩来再没有时间安坐

---

① 郝雪廷：《八路军改编纪实》，浙江人民出版社2005年版，第251页。

② 中共中央文献研究室编：《周恩来年谱（1898—1949）》上卷，中央文献出版社1998年版，第380页。

③ 张闻天、毛泽东：《蒋介石如不让步，不再与谈》（1937年7月20日），郝成铭、朱永光主编，麻琨副主编：《中国工农红军西路军（文献卷）》上册，甘肃人民出版社2004年版，第628页。

为文，这篇文章就这样未能终篇而止。①

7月21日，中共中央书记处发出《关于目前形势的指示》，主张实行全国军队的总动员，全国人民的总动员，实现国共合作，建立抗日民族统一战线，使政府机构民主化，肃清一切亲日派汉奸分子，进行统一的、积极的、全面的抵抗。指示还明确红军立即改名，准备立即向华北出动，对日直接作战。

7月23日，朱德抵达设在陕西省泾阳县云阳镇的抗日红军前敌总指挥部，召开红军高级干部会议，讨论红军改编和开赴抗日前线等问题。同日，中共中央用"万万火急"通电发表《为日本帝国主义进攻华北第二次宣言》，系统地提出实行坚决抗战的"八项办法"。这一天，毛泽东奋笔疾书，撰写《反对日本进攻的方针、办法和前途》的长文，发表于三天后出版的《解放》第1卷第12期。文章详引卢沟桥事变第二天中共中央向全国发布的号召抗战的宣言，以及蒋介石7月17日庐山谈话，指出"这两个宣言的共同点是：主张坚决抗战，反对妥协退让。""这是对付日本进攻的第一种方针，正确的方针。"继而又举平津之间的汉奸和亲日派分子的妥协退让方针，希望蒋介石和全体爱国的国民党员们，"坚持自己的方针，实践自己的诺言，反对妥协退让，实行坚决抗战，以事实回答敌人的侮辱。"接着，毛泽东提出实现坚决抗战的办法即"八大纲领"：（一）全国军队的总动员；（二）全国人民的总动员；（三）改革政治机构；（四）抗日的外交；（五）宣布改良人民生活的纲领，并立即开始实行；（六）国防教

① 中共中央文献研究室、中央档案馆编：《建党以来重要文献选编（1921—1949）》第14册，中央文献出版社2011年版，第491—493页。

育;（七）抗日的财政经济政策;（八）全中国人民、政府和军队团结起来，筑成民族统一战线的坚固的长城。另一套办法则是反其道而行之。由此带来中国命运的"两个前途"，其结论不言而喻，毛泽东有意采用铺排对比修辞以强化语义表达:

一定要实行第一种方针，采取第一套办法，争取第一个前途。

一定要反对第二种方针，反对第二套办法，避免第二个前途。

一切爱国的国民党员和共产党员团结起来，坚决地实行第一种方针，采取第一套办法，争取第一个前途;坚决地反对第二种方针，反对第二套办法，避免第二个前途。

全国的爱国同胞，爱国军队，爱国党派，一致团结起来，坚决地实行第一种方针，采取第一套办法，争取第一个前途;坚决地反对第二种方针，反对第二套办法，避免第二个前途。

民族革命战争万岁!

中华民族解放万岁! ①

7 月 29 日，北平失守。

7 月 30 日，天津失守。

就这样，日子逼近了 8 月 1 日。

八一，早于 1933 年中华苏维埃共和国临时中央政府就将其确立为中国工农红军成立纪念日。纪念活动准备工作早就酝酿进行，5 月 10 日毛泽东、朱德以中共军委主席、总司令的名义联名发表《军委关于征集红军历史材料的通知》，指出:"今年'八一'是中国红军诞

---

① 中共中央文献研究室、中央档案馆编:《建党以来重要文献选编（1921—1949）》第 14 册，中央文献出版社 2011 年版，第 393—399 页。

生的十周年","为着纪念这个有特殊意义的红军诞辰,特决定大规模的编辑十年来全国的红军战史"。[1] 随着国共合作即将达成,单纯地纪念红军八一建军,显然已不合适。八一纪念讨论大纲彰显的是反帝与抗日的内涵(八一,同时也是共产国际确立的反帝战争日),发掘倡导建立抗日民族统一战线的《八一宣言》历史,强调世界反法西斯战争的当前形势,指明坚持抗日战争、保卫世界和平的任务。[2] 按照往年八一的庆祝常规,是要举行八一运动会的。一天,军委参谋长萧劲光到毛泽东那里汇报工作,提出运动大会是不是如期举行,是不是借此机会进行抗战动员。毛泽东略一思忖,说道:很好,大会如期举行,就叫抗战动员运动大会。[3]

8月1日,八一抗战动员运动大会在延安举行开幕典礼。该大会由5月10日成立的苏区体育运动委员会主办,[4] 名誉会长朱德,副名誉会长林伯渠、徐特立,会长冯文彬等到会。毛泽东、张闻天也来了。举行升旗仪式,镰刀斧头的红旗和青天白日旗第一次同时升起。[5] 毛泽东即席发表深关时局变化的讲话:

同志们,日本帝国主义打到华北来了,平津失守了,如果我们还不动员起来抗战,那日本帝国主义就要打到我们这里来了。现在全国

---

[1] 中央档案馆编:《中共文书档案工作文件选编(1923—1949)》,档案出版社1991年版,第60页。

[2] 《八一纪念讨论大纲》,《新中华报》1938年7月25日。

[3] 萧劲光:《参加洛川会议》,政协陕西省委员会文史和学习委员会编:《陕西抗战史料选编》,三秦出版社2015年版,第86页。

[4] 《苏区体育运动委员会》,袁明仁等主编:《三秦历史文化辞典》,陕西人民教育出版社1992年版,第985页。

[5] 萧劲光:《参加洛川会议》,政协陕西省委员会文史和学习委员会编:《陕西抗战史料选编》,三秦出版社2015年版,第86页。

无论何处，都应紧急动员起来。很久以前，我们就两次三番地对他们说过，希望他们坚决抗战，他们不听，始终动摇不定。此次平津失守，正是由于动摇不定，没有抗战决心所致。我希望全国守土抗战的将士们，对这个悲痛的教训有所警惕！我们现在只有一个方针，就是立即动员全国民众，一致联合起来，与日本帝国主义作殊死的斗争。我们今天举行这个抗战动员运动大会，就是向着这个方针迈进。我们这个运动会，不仅是运动竞赛，而且要为抗战而动员起来。同志们，准备出发到河北去，准备到抗日的最前线去！①

这天，中共中央收到张冲发来的急电：蒋介石密邀毛泽东、朱德、周恩来速至南京共商国防问题。毛泽东联名张闻天，致电数日前返回延安、旋即前往云阳的周恩来，以及朱德，并转彭德怀、任弼时，确立红军作战的两原则：

（甲）在整个战略方针下执行独立自主的分散作战的游击战争，而不是阵地战，也不是集中作战，因此不能在战役战术上受束缚。只有如此，才能发挥红军特长，给日寇以相当打击。

（乙）依上述原则，在开始阶段，红军以出三分之一的兵力为适宜，兵力过大，不能发挥游击战，而易受敌人的集中打击，其余兵力依战争发展，逐渐使用之。②

根据此电文精神，周恩来、朱德、博古、林伯渠、彭德怀、任弼时等 8 月 4 日在云阳总部讨论全国抗战及红军参战的方针问题，形

---

① 载《新中华报》1937 年 8 月 2 日，转引自萧少秋：《延安时期毛泽东著述提要（1935—1948）》，陕西人民教育出版社 1993 年版，第 121 页。

② 《关于红军作战原则的指示》(1937 年 8 月 1 日洛甫、毛泽东致周恩来、博古、林伯渠)，中央档案馆编：《中共中央文件选集》第 11 册，中共中央党校出版社 1991 年版，第 299 页。

成了《关于全国对日抗战及红军参战问题的意见》和《关于红军主力出去抗战的意见》。相关文件认为对日抗战应持以下三方针：（一）要求南京要有发动全国抗战的决心和布置；（二）争取我们在抗战中参加和领导；（三）不反对在推动全国抗战中，须要积极的准备。"为实现第一项方针，我们要反对妥协谈判、增援不力、划地自守与观望或再退的事。作战方针要以分区集团的防御钳制敌人，而反对单守不攻与退却逃跑"。"为实现第二方针我们应对参战不迟疑，但要求独立自主担任一方面作战任务，发挥红军运动战、游击战、持久战的特长"；"不拒绝红军主力出动，但要求足够补充与使用兵力自由"等。为实现第三个方针，应要求"立开国防会议""实行全国动员"等。关于红军出动问题，主张"仍以红军主力出去"，"同时估计到持久战的需耗"，"可节约兵力，谨慎使用"，"多行侧面的运动战与游击战"，"不拖延改编"，等等。[1]

在决策由朱德、周恩来、叶剑英赴南京出席国防会议的同时，[2]毛泽东还牵挂着八一抗战动员运动大会。8月6日，毛泽东又参加了该运动大会的闭幕式，他说道："运动大会精神很好，此为边区第一次，我们应该把这一运动大会精神发扬到全苏区去，发扬到每个人民中去。因为我们的体育运动应该是大家的，现在日本帝国主义打起来了，我们要唤起民众坚决打日本。坚决抗战是要每个人民参加的，正好像体育运动也要大家参加一样，大家努力学习军事体育来武装我们的手足，同时更要学习政治来武装我们的头脑。希望大家把这一大会

---

[1] 中共中央文献研究室编：《朱德年谱（新编本）》中卷，中央文献出版社 2006 年版，第 654 页。

[2] 中共中央党史资料征集委员会编：《第二次国共合作的形成》，中共党史资料出版社 1989 年版，第 242 页。

的精神带到各地方各部队中去。"①

原只想在延安采访一月，结果，韦尔斯整整待了 4 个多月。

欧文·拉铁摩尔，比森和贾菲夫妇等几位外国作家 6 月 22 日匆匆赶到延安，埃德加·斯诺没有如约同来，好失望啊！为赶乘上海的飞机，欧文·拉铁摩尔等一行两天后就走。由于担心西安警方的盘查，他们拒绝了韦尔斯搭车的请求，小雨中，那辆私人小汽车只捎走韦尔斯托付的笔记本和所拍摄的照片，一溜烟地跑了。

以后，韦尔斯每周都准备启程，但是终未能成行。卢沟桥的战事愈演愈烈，看来这回中日战争要全面爆发了。

延安进入了雨季。

韦尔斯每天下午还坚持在延安采访，她至少采访了 70 名中共高层领导人，从北平带来的 14 本笔记早就写满了，又写了 13 本新的笔记，上面全是韦尔斯和延安各方人物的谈话、讨论。

韦尔斯甚至采访到了西路军失败后换装潜行回到延安的徐向前，这是红军大会师前离开陕北红区的斯诺根本不可能遇见的。当徐向前出现在韦尔斯的面前，却并非她原想象的雄赳赳的军人体格，"徐向前一点也不像个军官，更不像个煽动叛乱的人。他属于知识分子类型，手和脸都很秀气"，脚上穿着一双外国皮鞋，也是韦尔斯在红军司令员中仅此一见的，而且他懂得一点英语。徐向前是忧郁的、内向的、含蓄的，脸色苍白。韦尔斯可能还不知道这位采访对象是从生死线上挣扎着回来的。医生命令他必须休息，每天只允许徐向前与韦尔

---

① 萧少秋：《延安时期毛泽东著述提要（1935—1948）》，陕西人民教育出版社 1993 年版，第 123 页。

斯谈话一小时左右。徐向前从自己出生一直讲到会宁会师，只是不提此后西路军的惨败。① "中华民族之和平统一，不久就可实现了，我们准备在任何时候上前线去，联合一切的友军，和他们合作，把日本帝国主义驱逐出中国。……"在访谈即将结束之际，徐向前如此说道。②

朱德等赶赴南京的军事会议，这消息早在延安传开，韦尔斯也和许多共产党人和当地群众一样屏息静候着下文。

朱德8月6日与周恩来、叶剑英自云阳赶到西安。翌日，得知一千多名红军西路军被俘人员从兰州到达西安，被关押在西安行营监守所，立即交涉营救。两天后（8月9日），周恩来、朱德等乘飞机抵达南京。③

8月11日，国民政府军事委员会军政部谈话会上，朱德侃侃而谈，国民党方面仔细聆听这位中共军事领导人有何高见。朱德说：抗日战争在战略上是持久的防御战，在战术上则应采取攻势。在正面集中兵力太多，必然要受损失，必须到敌人的侧翼活动。敌人作战离不开交通线，我们则应离开交通线，进行运动战，在运动中杀伤敌人。敌人占领我大片领土后，我们要深入敌后作战。目前用兵方向主要是华北，但从目前情况判断，敌人必然会进攻上海，以吸引我国兵力。

① ［美］尼姆·威尔斯：《续西行漫记》，陶宜、徐复译，解放军文艺出版社2002年版，第121页。
② ［美］威尔斯：《西行访问记：红都延安秘录》，华侃译，中国青年出版社1994年版，第81页。
③ 中共中央文献研究室编：《周恩来年谱（1898—1949）》上卷，中央文献出版社1998年版，第375页。

听到这里，在座掌握内情的国民党将领迅速相互交换了一下眼神。这回，在张治中的力主下，南京政府决定对驻沪的日本海军陆战队实施先发制人的打击。

在抗战中应该加强政治工作，发动民众甚为重要，在战区应由下而上及由上而下把民众组织起来。朱德继续说道：游击战是抗战中的重要因素，游击队在敌后积极活动，敌人就不得不派兵守卫其后方，这就钳制了它的大量兵力。朱德还强调抗战开始以后，应当根绝各种和平妥协言行，坚持持久抗战。他还建议开办游击训练班，使国民党军队也能逐步学会游击战争，等等。①

会后，朱德和周恩来同国民党谈判代表张冲等据理力争，与刘湘、白崇禧、龙云等国民党地方实力派积极斡旋，争取最大的共识。

8月13日（韦尔斯记得的是 8 月 11 日）晚 9 时，韦尔斯第三次访谈毛泽东。

毛泽东安然地坐在庭园里的一张外国式样的帆布躺椅上，吸着香烟，神态怡然。贺子珍端来了可可茶和糕点，然后安静地坐在堆放着一排排哲学、政治学书籍的炕上。

"有什么消息吗？"韦尔斯问道，翻译几乎同声传译着。

"红军在一两天以前接到南京的命令，要红军归南京政府节制，上前线打日本。但蒋介石不准我们公布两党合作的政治纲领，要到对日开战后才能发表。

"尽管共产党已取得合法地位，朱德出席了南京国防会议，南京

---

① 中共中央文献研究室编：《朱德年谱（新编本）》中卷，中央文献出版社 2006 年版，第 656—657 页。

方面还没有下令释放政治犯，共产党还不能在白区公开活动。你说中国的有些事情是不是非常奇怪？"

毛泽东谈锋甚健："红军还没有改编，蒋介石有意拖延，也不任命总司令。我们还沿用旧称'红军'。现在我们只好先派红军去前线，再在那里更改番号。苏维埃政府还没有改名，这也是南京政府耽搁下来的。"

韦尔斯问道："为什么那么拖拉呢？"

"我想是因为南京害怕日本帝国主义。如果公布了统一战线宣言，日本方面会有强烈反应的，只好等对日开战后再公布。我们要求尽早公布，但是南京不同意。"

韦尔斯接着问道："国共两党之间还存在没有解决的问题吗？"这一问切中关键。

"许多问题有待解决。南京要委派他们的人担任红军总司令和政治部主任，我们不同意。我们向南京提出十大纲领，但是南京还没有接受。"说着，毛泽东递给韦尔斯一份中共中央提出的抗日救国十大纲领草案。

"你怎样看待抗日战争的前途？"韦尔斯问。

"非胜即败，只有这两种可能。"毛泽东快人快语，随后自问自答："怎样才能胜利呢？我们必须鼓足勇气，继续战斗，保持士气。如果有国民党政府的合作，这个十大纲领就能实现，我们就能打倒日本帝国主义，[①] 我们就一定会胜利，不然就要亡国。"

韦尔斯又问道："红军什么时候开到前线去？"

---

① 中共中央文献研究室编：《毛泽东年谱（修订本）》中卷，中央文献出版社 2013 年版，第 14 页。

"还没有定下来。"①

回去收听新闻广播，韦尔斯这才发现上海也不能幸免于战火。8月14日，上海租界有2000多人在轰炸中丧生。国民政府发表《自卫抗战声明书："中国决不放弃领土之任何部分，遇有侵略，惟有实行天赋之自卫权以应之。"两天后，美籍妇孺奉命撤退。

叶挺，站在上海寓所的屋顶上，观看发生在祖国蓝天的史无前例的大空战。

国民政府这回总算肯花血本了。打东洋，护中华，这原本就是政府、国防军该尽的本份。

日机就像红头苍蝇一样翁翁地飞过，不仅轰炸浦东，而且敢于深入闸北市区狂轰滥炸。中国空军英勇拦截，但是势单力孤，还有技不如人。战况不利，让这位北伐名将、铁军统帅眉头紧锁。

耳畔响起8月间在上海与周恩来会面时对方的殷殷嘱托。黄埔好友整整十年未见得以重逢，互诉衷肠之余，周恩来简短地告诉叶挺：我正和蒋谈判陕北红军部队的改编问题，待这一任务解决后，改编南方八省红军游击队的问题将会提上议程。我希望你能够参加这支部队的改编工作。

叶挺不禁喃喃：广州起义失败后，我受不了党内种种不实的指责，早不在组织内了。

你的情况我是知道的，周恩来安慰道，放长眼光，要经受得住历史的考验。

---

① ［美］尼姆·威尔斯：《续西行漫记》，陶宜、徐复译，解放军文艺出版社 2002 年版，第 315—316 页。

我不是为自己叫屈，我关心的是共产党的军队能让我这么一个党外人士来指挥吗？叶挺辩解道。

希夷兄啊，把共产党的南方游击队伍交给你最合适了，周恩来说道，国民政府千方百计压缩红军的数量，这也是我这半年参与国共谈判久谈不定的症结所在。现在抗战终于打起来了，估计会很快谈定对陕北红军的改编。红军南方八省游击健儿由你来统领，会减少蒋的很多顾虑，对改编十分有利。

叶挺激动地与周恩来紧紧握手。

稍事片刻，周恩来说：那请你在适当的时候，向陈诚、张发奎等提出，表示你愿意领导这支部队，借助他们的同情和支持，并通过他们争取蒋的同意。①

---

① 中共中央文献研究室编：《周恩来年谱（1898—1949）》上卷，中央文献出版社1998年版，第386页。

10

我宁愿炸死狱中，实无过可悔

七七事变后，陈独秀在狱中撰写《实庵自传》/

八一三淞沪抗战爆发，陈独秀撰文呼吁《武装保卫上海！发动全面抗战！》/

保释出狱要出具「悔过书」，陈独秀断然拒绝 /

在法庭上，陈独秀陈诉反对国民党政府的三点理由 /

陈独秀出狱后住傅斯年家，仍对世界充满信心，不震惊于有强权无公理的武装力量 /

周佛海来见陈独秀，早撇清与共产党的关系 /

陈独秀、包惠僧谈及中国托派开除刘仁静等事，包、陈在中共一大前夕往来密切

7月16日，南京第一监狱，俗称"老虎桥监狱"，陈独秀坐在书案前，手执一笔，在稿纸上率性落下："实庵自传"。"实庵"，正是陈独秀的号。

没有开篇引语，陈独秀看似随意地在稿纸上写上"第一章 没有父亲的孩子"的章名。随后，他似乎不假思索地命笔：

休谟的自传开口便说："一个人写自己的生平时，如果说得太多了，总是免不了虚荣的，所以我的自传要力求简短，人们或者认为我自己之擅写自己的生平，那正是一种虚荣；不过这篇叙述文字所包含的东西，除了关于我自己著作的记载而外，很少别的，我的一生也差不多是消耗在文字生涯事，至于我大部分著作之初次成功，也并不足为虚荣的对象。"几年以来，许多朋友极力劝我写自传，……[1]

闪回——1932年10月15日，陈独秀在岳州路永兴里11号遭国民党当局逮捕，[2] 这是其生平第5次被捕，同案被捕的有10人之多。经高二分院审讯后，陈独秀等人在上海市公安局拘押，10月20日押解南京。在江宁地方法院看守所拘押候审期间，"托派"青年纷纷希望陈独秀效仿托洛茨基写《我的生平》《俄国革命史》，写写自己、写写中国大革命的历史。当年胡适鼓动蔡元培、陈独秀等人写作自传的往事一时涌上心头，但担心在狱中不能公开出版，一时提不起兴致，他在写给高语罕的信中如此剖白："若写好不出版，置之以待将来，

---

[1] 陈木辛编：《陈独秀印象》，学林出版社1997年版，第96页。
[2] 记者：《陈独秀案开审记》，强重华编：《陈独秀被捕资料汇编》，河南人民出版社1982年版，第161页。

则我一个字也写不出来。"（1932 年 12 月 22 日）当年与陈独秀合作发行《新青年》的群益图书公司，专门派曹聚仁赴宁探望商谈，许以每千字 20 元的高额稿酬，每月可付 200 元。1933 年 2 月 7 日，陈独秀著述之心被鼓荡起来，他致信高语罕提到"自传稍迟即可动手"。但是，陈独秀没有轻易答应群益图书公司，想着老友汪孟邹如果有意，还是要照顾亚东图书馆的生意。然而，4 月 14 日起，陈独秀等所谓危害民国案开庭，由此进入辩驳、审判，上诉、抗辩、改判，收监入狱的旋涡。那年 6 月 27 日，胡适为其《四十自述》写作序言。半年多前，陈独秀被捕后朋友曾向胡适求援，陈独秀也曾与胡适通信致意，表示自己"如果能得着纸笔，或者会做点东西"，并请寄些非文学类书籍（陈独秀《致胡适》，1932 年 12 月 1 日），① 因此胡适乘势旧事重提："我这几十年中，因为深深地感觉中国最缺乏传记文学，所以到处劝我的老辈朋友写他们的自传"，"给史家做资料，给文学开生路"，"我盼望他们都不要叫我失望"。陈独秀看到了胡适序文。然而，10 月 13 日，国民党江苏最高法院最终宣判陈独秀获刑 8 年，陈独秀觉得当时牢狱环境"令我只能读书，不能写文章，特别不能写带文学性的文章，生活中太没有文学趣味了！"为此，写自传的打算一时搁置。是在其系狱期间还一直照顾陈家子女的老友汪孟邹，受《宇宙风》杂志主编陶亢德之托，写信给陈独秀约写自传，陈独秀这才重新真正积极起来，他 7 月 8 日复信陶亢德应承此事，那正是卢沟桥事变爆发的第二天。②

陈独秀接下去写道：

---

① 陈木辛编：《陈独秀印象》，学林出版社 1997 年版，第 229—230 页。

② 丁晓平：《多余的话》，丁晓平编注：《陈独秀自述》，中共党史出版社 2016 年版，第 3 页。

我迟迟不写者，并不是因为避免什么虚荣；现在开始写一点，也不是因为什么虚荣；休谟的一生差不多是消耗在文字生涯中，我的一生差不多是消耗在政治生涯中，至于我大部分政治生涯之失败，也并不足为虚荣的对象。我现在写这本自传，关于我个人的事，打算照休谟的话"力求简促"，主要的是把我一生所见所闻的政治及社会思想之变动，尽我所忆的描写出来，作为现代青年一种活的经验，不力求简短，也不滥抄不大有生气的政治经济材料，以夸张篇幅。

写自传的人，照例都从幼年时代说起，可是我幼年时代的事，几乎完全记忆不清了。……只略略写出在幼年时代印象较深的几件事而已。

第一件事：我自幼便是一个没有父亲的孩子。

民国十年（一九二一）我在广东时，有一次宴会席上，陈炯明正正经经的问我："外间说你组织什么'讨父团'，真有此事吗？"我也正正经经的回答道："我的儿子有资格组织这一团体，我连参加的资格也没有，因为我自幼便是一个没有父亲的孩子。"当时在座的人们，有的听了我的话，呵呵大笑，有的瞪大眼睛看着我，仿佛不明白我说些什么，或者因为言语不通，或者以为答非所问。

我出世几个月，我的父亲便死了，真的，我自幼便是一个没有父亲的孩子。我记得我幼时家住在安徽省怀宁县城里，我记得家中有一个严厉的祖父，一个能干而慈爱的母亲，一个阿弥陀佛的大哥。

……①

仅用 5 天时间，至 7 月 20 日，陈独秀就一气写成了两章。第一章记述教自己发蒙的祖父，沽名钓誉的户尊（族长），装神弄鬼的户

---

① 陈木辛编：《陈独秀印象》，学林出版社 1997 年版，第 96—97 页。

差，性格刚烈的母亲，以及自己17岁考取秀才等轶事。第二章文如其题《江南乡试》，单写光绪二十三年（1897年）七月，自己到南京乡试所见科场丑恶不堪的怪现象。第二章篇幅较第一章明显缩短，陈独秀原拟第二章是写"由选学妖孽到康梁派"。① 然而，中日战争愈演愈烈，潜心写作虽可破愁，但毕竟不是陈独秀的性格。

中日在上海也开战了！

陈独秀奋笔疾书，8月15日以"中国共产主义同盟——布尔什维克列宁派"的名义写成《武装保卫上海！发动全面抗战！》。

文章向"工人们、兵士们及一切劳苦民众们"指出："日本帝国主义强盗又来蹂躏上海了，这次战争比'一·二八'，无比地严重，日本帝国主义强盗的铁蹄已经踏遍了我国华北，它企图一举而攻下上海以威胁国民党并保障它在华北的胜利。如果我们让这次战争失败，则今后整个中华民族必将长期处在日本帝国主义的统治下难以翻身。因此这次上海战争的胜败不仅关系上海一隅，而是关系全局，关系中国整个民族的存亡！"文章指责"日本帝国主义已经极野蛮在中国各地进攻了，而国民党不立即对日本帝国主义断绝一切关系，不立即宣战，甚至还企图一面抵抗，一面谈判，这显然是准备着中途妥协和投降！"为此，他呼吁"工人们及一切劳苦群众们""起来，用我们的力量保卫上海！用我们的力量促成全面的战争！用我们的力量扫荡日本帝国主义强盗！"进而提出"武装保卫上海"，要求国民党立即对日

---

① 7月30日，陈独秀婉转告知陶亢德："自传打算从头写起，先写中间某一段不大方便。第一章拟为'没有父亲的孩子'，第二章拟为'由选学妖孽到康梁派'。"（《陈独秀致陶亢德（2）》，1937年7月30日）奚金芳、伍玲玲主编：《陈独秀南京狱中资料汇编》上册，上海人民出版社2016年版，第559页。

绝交、宣战，武装群众各种抗战团，释放一切政治犯等八项主张。①

再无心思伏案写作，匆匆收笔的两章自传寄往上海《宇宙风》，陶亢德立即在报刊上刊登广告，宣称即将刊发"传记文学之瑰宝"。作品还未发表，日本军机就开始轰炸南京。

在日机日夜轰炸间，"老虎桥监狱"挨了8枚炸弹。那天，陈独秀正与其昔日学生、时任金陵大学文学系主任的陈钟凡（后改名陈中凡）谈兴正浓，不料监牢震塌。二人赶紧躲在桌下，倒塌的砖瓦倾泻而下。②

陈钟凡四处奔走，联络胡适、张伯苓等，商量联名保释陈独秀。8月4日，汪精卫致函胡适，请翌日下午4时由陶希圣约同胡适来谈。③8月19日，汪精卫复函胡适："手书奉悉，已商蒋先生转司法院设法开释陈独秀先生矣。"④然而，国民党政府表示，除了有人担保之外，还须陈独秀本人出具"悔过书"，才能释放。⑤陈独秀断然拒绝："我宁愿炸死狱中，实无过可悔。"⑥

---

① 奚金芳、伍玲玲主编：《陈独秀南京狱中资料汇编》上册，上海人民出版社 2016 年版，第 705—706 页。

② 陈钟凡：《陈独秀先生印象记》，原载《大学月刊》第 9 期，1942 年 9 月，转引自丁晓平编注：《陈独秀自述》，中共党史出版社 2016 年版，第 441 页。

③ 《汪精卫致胡适》（1937 年 8 月 4 日），中国社会科学院近代史研究所中华民国史组编：《胡适来往书信选》中册，中华书局 1979 年版，第 364 页。

④ 奚金芳、伍玲玲主编：《陈独秀南京狱中资料汇编》上册，上海人民出版社 2016 年版，第 559 页。

⑤ 《陈独秀在南京狱中大事记》，奚金芳、伍玲玲主编：《陈独秀南京狱中资料汇编》下册，上海人民出版社 2016 年版，第 802 页。

⑥ 陈钟凡：《陈独秀先生印象记》，原载《大学月刊》第 9 期，1942 年 9 月，转引自丁晓平编注：《陈独秀自述》，中共党史出版社 2016 年版，第 441 页。

闪回——1932 年 10 月 25 日下午，南京，国民党军政部会，军政部部长何应钦专意面询陈独秀。军政部一些青年军人久慕陈独秀大名，纷纷前来观看。有一人拿出小纸条，向陈索取墨宝，以作纪念。结果，引来其他青年的效仿，霎时间把陈围在中间。陈独秀并不推辞，他稍一沉思，挥毫直书："三军可夺帅，匹夫不可夺志也"；又书一纸："先天下之忧而忧，后天下之乐而乐"；还有："莫等闲，白了少年头"；再有："梦中夺得松亭关"；复次："双鬓向人无再青"，……。但见陈独秀态度从容，书写洒脱，三个"夺"字，恰当地表达了失去人身自由的他无怨无悔、气势如虹。①

闪回——1933 年 4 月 14 日，国民党江苏高等法院假江宁地方法院刑二庭，对所谓陈独秀等危害民国案进行公开审判。上午 9 时 30 分，审判长胡善偁，推事张秉慈、林哲民，检察官朱隽，书记官沈育仁等到位入座。被告辩护律师章士钊、吴之屏、彭望邺、蒋豪士、刘祖望 5 人也进入律师辩护区。各界人士旁听者约有百余人，其中就有美国记者斯诺。②

9 时 35 分，书记官宣告开庭，两鬓已斑、须长寸许的陈独秀，还有彭述之、濮一凡、王武、何阿芳、王兆群、王子平、郭竞豪（即彭道之）、梁有光、王鉴堂等 10 人，由法警签提进庭。审判长逐一讯问各人年龄、籍贯、住处、职业等情况，检察官宣告拘捕陈彭等人经过。随后，检察官首传陈独秀审讯，待传讯宋逢春完毕，已是下午 1

---

① 奚金芳、伍玲玲主编：《陈独秀南京狱中资料汇编》下册，上海人民出版社 2016 年版，第 814 页。《陈独秀军政部挥毫》，1932 年 11 月 9 日《晶报》（汉口），奚金芳、伍玲玲主编：《陈独秀南京狱中资料汇编》上册，上海人民出版社 2016 年版，第 225 页。

② 《美国作家斯诺旁听陈、彭案审判过程》，奚金芳、伍玲玲主编：《陈独秀南京狱中资料汇编》上册，上海人民出版社 2016 年版，第 434—435 页。

时 30 分。于是，法官宣布明日上午继续开庭。

4 月 15 日二次开审，听众明显增多，以学生为多，挤满了旁听席，没有座位就在后排空地伫立。仍是首先传讯陈独秀，这回是由书记官宣读昨天审讯笔录，以供修改补充。待四人完毕，转而讯问王子平等涉案者。然后，再传陈独秀、彭述之等 4 人到庭。

"托洛茨基派之最终目的如何？"审判长问陈独秀，"是否为推翻国民党，无产阶级专政？"

"是。"陈独秀毫不含糊。

接着，问彭述之："托洛茨基派最终目的如何？"

彭答："世界无产阶级革命。"

又问："是否为推翻国民党，无产阶级专政？"

彭答："是。"

又接近下午 1 时，因为第二天（16 日）是星期日，审判长定于 18 日上午开审，旋因各律师共同要求再展期两日，于是，决定 20 日上午 10 时继续审讯。

4 月 20 日第三次开审，进入公开辩论环节。9 时许，旁听者就陆续到法院，请求签发旁听证，其中有从镇江、无锡、上海等地专程赶来的，因为法庭不能容纳这么多人，后到者不免报怨。到 10 时许，旁听席座无虚席，找不到座的就只有站在座位两旁，也有站在记者席后面的，还有站在法庭室外的，总共有 200 余人。经核对笔录，作最后的讯问，陈独秀仍是首当其冲。就这样到了 10 点 20 分，检查官朱隽起立提起论告，对被告十人之"犯罪证据"加以说明：

陈独秀，民国九年加入共产党，十一年任秘书长职，十六年清共，共党失败，因他工作无成绩，致被开除总秘书长职，十八年因倾向托洛茨基派，被开除党籍。彭述之、王子平、何阿芳等，倾向托派，亦均被开除，因此共同组织中国共产党左派反对派。查被告之被开除，是被史丹林派开除，并非完全脱离共产党。史托两派不同的地方，是史派说暴动时期已到，托派说还没有到。在策略上，托派主张红军应以农工为基础，史派则连土匪盗贼都参加在内。在手段上，史派主张国民党分子，亦可加入，托派主张国共应分开。凡此种种，都是内部问题，在法律点上，他们主张打倒国民政府，和无产阶级专政，是一样的目的，都是共产，都是危害民国。……

待检察官将十人提论结束，已是下午 1 时 45 分。法庭传讯陈独秀，问是否尚有抗辩。陈独秀回答："当然要抗辩。"为了应对国民党的审讯污蔑，陈独秀写了辩诉状，一交国民党的法院，一交友人在社会上广为传播。该辩诉状大义凛然地宣称：

予行年五十有五矣，弱冠以来，反抗帝制，反抗北洋军阀，反抗封建思想，反抗帝国主义，奔走呼号，以谋改造中国者，于今三十余年。前半期，即"五四"以前的运动，专在知识分子方面；后半期，乃转向工、农劳苦人民方面。盖以大战后，世界革命大势及国内状况所昭示，使予不得不有此转变也。

在文书中，他还宣扬："共产党之终极目的，自然是实现无剥削、无阶级，人人'各尽所能，各取所需'的自由社会。"进而通过中俄对比，明确中国共产党目前的任务："一曰：反抗帝国主义以完成中国独立。""一曰：反抗军阀官僚以实现国家统一。""一曰：改善工、农生活。""一曰：实现彻底民主的国民立宪会议。"抨击国民党当局之种种不是。①

———————————

① 沈寂：《关于陈独秀自撰〈辩诉状〉》，强重华编：《陈独秀被捕资料汇编》，河南人民出版社 1982 年版，第 212—216 页。

法庭上，但见陈独秀脱稿陈述抗辩理由：

检察官论告，谓我危害民国，因为我要推翻国民党和国民政府，但是我只承认反对国民党和国民政府，却不承认危害民国。因为政府并非国家，反对政府，并非危害国家。例如满清政府，曾自认朝廷即是国家，北洋政府亦自认代表国家，但是孙中山黄兴等，曾推倒满清，推倒北洋政府，如谓推倒政府，就是危害国家，那末国民党岂非已叛国两次。……

听众一片哗然。陈独秀继续陈词：

我反对国民党与国民政府理由有三点：（一）人民不自由；（二）贪官污吏横行；（三）政府不能彻底抗日。我主张无产阶级专政，组织苏维埃政府，并不危害民国。此可以苏俄为事实之证明，苏俄政府殊为强国，即美国德国，亦不如之。国人对苏维埃三字，现视为洪水猛兽，此与同治光绪年间，视铁路为洪水猛兽者，情形相同，我们现在宣传组织苏维埃政府，或者许多人反对，且亦不为法律所赞同，但不能不赞同，即说是叛国云云。故法庭如对人民之政治思想，加以判断，即非人民之法庭，而成为宗教式之法庭，所以检察官之控告，根本不能成立，应请庭上宣判无罪。①

法庭旁听者喧哗大起，夹杂着鼓掌声。

8月21日，经国民党司法院院长居正呈文国民政府主席林森，提议将陈独秀原处8年有期徒刑减为3年。当日，国民政府即向司法院下达有关"指令"，司法院据此同日向司法行政部下达陈独秀有

---

① 《国闻周报》记者：《陈独秀案开审记》，强重华编：《陈独秀被捕资料汇编》，河南人民出版社1982年版，第160—176页。

期徒刑减为 3 年，及因时局紧迫，可将陈独秀先行开释的"训令"。

8 月 23 日上午，陈独秀办妥出狱手续。下午，走出南京模范监狱，患难之妻潘兰珍、三子陈松年，还有友人陈钟凡迎接。[1] 5 年多的牢狱之灾，虽然形容不免有些憔悴，然而，精神依然焕发。[2] 当时在国民党调查统计局任处长的丁默邨要接他去国民党中央党部招待所，对于这个中共叛徒，陈独秀不愿多搭理，便去原北大学生傅斯年的家中暂住。

傅斯年，字孟真，时任国民党中央研究院总干事、语言研究所所长、中央大学教授。在陈独秀被捕后，他曾发表《陈独秀案》一文，向社会大声疾呼：

考虑陈独秀与中国改造运动的关系，与国民革命之关系，与中国二十年来革命历史的关系，我希望政府处置此事，能够（一）最合法，（二）最近情，（三）看得到中国二十年来革命历史的意义，（四）及国民党自身的革命立场。我希望政府将此事付法院，公开审判，我并不要求政府非法宽纵。我希社会上非守旧的人士对此君加以充分之考量，在法庭中判决有罪时，不妨依据法律进行特赦运动。政府以其担负执法及维护社会秩序之责任，决无随便放人之理，同时国民党决无在今日一切反动势力大膨胀中杀这个中国革命史上光焰万丈的大彗星之理！[3]

为老师评功摆好、论说是非，一片赤诚可见。

---

[1] 《陈独秀在南京狱中大事记》，奚金芳、伍玲玲主编：《陈独秀南京狱中资料汇编》下册，上海人民出版社 2016 年版，第 803 页。

[2] 奚金芳、伍玲玲主编：《陈独秀南京狱中资料汇编》上册，上海人民出版社 2016 年版，第 556 页。

[3] 林文光选编：《傅斯年文选》，四川文艺出版社 2010 年版，第 170 页。

这回师生重逢，感慨万千。这位当年五四运动的学生健将傅斯年却突然感伤起来："我对于人类前途很悲观，十月革命本是人类命运一大转机，可是现在法西斯的黑暗势力将要布满全世界，而所谓红色势力变成了比黑色势力还要黑，造谣中伤，倾陷、惨杀、阴贼险狠、专横武断，一切不择手段的阴谋暴行，都肆无忌惮的做了出来，我们人类恐怕到了最后的运命！"

"不然，"陈独秀并不认同，"从历史上看来，人类究竟是有理性的高等动物，到了绝望时，每每自己会找到自救的道路，'山重水复疑无路，柳暗花明又一村'，此时各色黑暗的现象，只是人类进化大流中一个短时间的逆流，光明就在我们的前面，丝毫用不着悲观。"

傅斯年很严肃地看着自己这位前辈老师："全人类已临到了窒息的时候，还能够自救吗？"

"不然，"陈独秀再次断然地说道，"即使全世界都陷入了黑暗，只要我们几个人不向黑暗附和、屈服、投降，便能够自信有拨云雾而见青天的力量。譬如日本的黑暗势力，横行中国，压迫蹂躏得我们几乎窒息了，只要我们几个人有自信力，不但可救中国人，日本人将来也要靠我们得救，不要震惊于他们那种有强权无公理的武装力量！"

傅斯年一时为老师雄辩的口才与乐观精神所折服。[1]

新朋旧友纷至沓来，就在陈独秀出狱后的第 7 天（8 月 29 日）下午，时任蒋介石侍从室副主任的周佛海猝然造访，后面还跟着包惠僧：仲甫先生，阔别十五年了。

---

[1]　陈独秀：《我们断然有救》，张永通、刘传学编：《后期的陈独秀及其文章选编》，四川人民出版社 1980 年版，第 129—130 页。

陈、周、包三人相见唏嘘，周佛海不由得哽咽：仲甫先生，你老了，你为共产主义运动付出太多了……

陈独秀豁达一笑：人各有志，记得你早就脱离共产党了。好像是民国十三年受戴季陶之邀，由日本回广州即赴任国民党宣传部秘书，对吧？

包惠僧听此，不由得瞟了周佛海一眼，对于周之退党他算是知情者。

闪回——民国十三年冬，有一天，包惠僧去找周佛海，周对包说他要退党。一是因为国共两党主义不同，殊为矛盾，现在国共合作，要共产党加入国民党，哼哼，要不就做踏实的共产主义的信徒，要不就做三民主义的信徒；其二，党内普遍存在着鄙视以研究为主的"知识分子"的倾向，我就是知识分子，我浑身不自在。

闪回——周佛海写了退党说明信，那天午夜 1 点，时为中共广东执委的周恩来突然来访，惊起了已经睡下的周佛海、包惠僧。见递上来的退党信，周恩来只看了一眼就撕了个粉碎，劝周佛海不要再提。然而，周佛海一意孤行，到底还是重写了退党信，给了中共广州区执行委员会。戴季陶每月两百大洋之聘，邹鲁又拉周兼任广东大学教授，月薪是 240 元，比其他教授还要多 20 元，既革命又富足，何乐不为？[①]

周佛海不无感愧：不管怎么说，我在先生的指引下，参加了中共的创建。那时年轻，听到社会革命为期不远，真是热血沸腾。

闪回——1927 年 5 月 18 日，大革命功败垂成之际，周佛海匆匆

---

① 周佛海：《我逃出了赤都武汉》，陈公博、周佛海：《陈公博·周佛海回忆录》，（台北）跃升文化事业有限公司 1988 年版，第 142—143 页。

逃离武汉。翌日，船过九江，"危险"算是过去了，周佛海就在船上开始写《逃出了赤都武汉》长文。船到上海还没写完，他却因为共党嫌疑遭到逮捕。周佛海为中共早期党员，这近乎人所尽知，前此在武汉期间他一度又想恢复共产党党籍。最后，人总算是放出来，万字半成稿存在总司令部驻沪军法处是带不出来了，索性重写。正是在这种情境下，周佛海重新写这篇文章，有意撇清自己与中国共产党的关系，第一节标题就是"民十三年九月脱离共党"。其间回顾中共创建的经过，带有交待既往的极强意图：

共产党怎样成立的？这大概除非和共产党有过关系的人不能知道，俄国革命以后，社会主义的思潮，澎湃全世界，当时在上海介绍社会主义的出版物，有《新青年》《星期评论》，和《解放与改造》。当时我在日本鹿儿岛第一高等学校读书，常在《解放与改造》上面介绍社会思想，因此文字上，和当时主办该志的张东荪发生关系。民国九年暑假回国，在西湖住了两月。九月初到上海，张东荪说：陈独秀约我们谈话。当时同他到环龙路海洋里（当为渔阳里，引者注）二号晤陈，这就是我会着陈独秀的第一次。当时谈话的人，除我及张陈二人外；有沈雁冰，和第三国际代表吴庭斯基及其翻译杨明斋。谈话时，吴庭斯基，主张中国须即刻组织共产党，张东荪不赞成。我和沈未发言，后来陈又约我谈话，说上海方面有邵力子、沈玄庐、陈望道、李汉俊等人，均主张即刻组织，请我加入，我便答应了。我为甚么加入共产党，当时的思想，真是幼稚，但亦事实使然。因为当时我不过是个高等学校（等于中国大学预科）的一年级生，年龄不过二十二岁，学力经验，都是起码程度。当时还以为现在的制度不好，要好努力打破，而共产党却是打破现存制度的组织，换句话说：就是我们要革命，共产党是最革命的团体。所以我们要革命必须加入共产党。……

周佛海交待得颇为详细：

……加入组织共产党以后，不久就到日本去了。以后共产党便在北京、上海、广州、武汉、长沙、济南各地组织起来。并在上海出一机关刊，名为《共产党》。我这一年的工作，就是在《共产党》上做了三四篇文章。不久陈独秀应陈炯明之召，赴粤充教育委员会委员长。上海的事，托李汉俊招呼。当时在上海组织"社会主义青年团"，并向各工厂活动。不过这时我在日本，详细的情形，不甚知道。次年，民国十年暑假得到上海通知，定于七月开各地共产党代表大会，讨论党纲，并组织中央干部。我便以留日代表的资格，回国参预。其实当时留日的共产党党员，除我外，只有施存统一人在东京。当时出席的人，广东代表陈公博、包惠僧；上海代表李汉俊、李达；北京代表张国焘、刘仁静；武汉代表董必武、陈潭秋；长沙代表毛泽东、何叔衡；济南代表是两个学生，以后不甚闻名，忘其姓字。日本代表是我。第三国际代表是马林及尼柯尔斯基。我们便在贝勒路李汉俊家开起会来。当时内中就分了两派，张国焘、刘仁静等，自命为真正的共产党，而攻击李汉俊和我是灰色的。一连开了六晚，报告各地状况，讨论通过党纲，最后就要决定目前政策。决定中央组织和人选。谁知到了第六晚，为法界包探侦知，正在开会讨论的时候，忽来一形迹可疑之人，闯入屋内，一望而去。我们知道事发，随即散会。半点钟后，法捕华捕十余人，包围汉俊住处，捉拿过激派。当时只乘下陈公博和李汉俊二人，陈公博说的北京话，与日本人说北京话一般无二。巡捕硬说他是日本的过激派。亏得李汉俊应付得好，当时幸得无事。但是陈公博却吓得魂不附体，次晨便一溜烟逃往杭州去了。当晚十二时，我们又在陈独秀家开会，决定第二天赴嘉兴南湖开会，第二天到了南湖,租了一只大船,荡在湖中开会。真是人不知鬼不觉。当日讨论最烈,因为张国焘等主张南北是一丘之貉,对于南北政府,应一律攻击。我和包惠僧主张应与广东政府合作。结果,他们的主张通过,当时的幼稚就可想而知了。不过当日第三国际代表没有与会,以后他们便把张等的主张打消,主张仍应与南方政府合作。第三国际代表个人的意见,可以打消在会的决案;他们的权力,也就可想而知了。当日又选举重要职员,选陈独秀为委员长。张国焘等运动举李大钊为副委员长,选举的结果,副委员长却是我。宣传部长李达,组织部长张国焘,当时陈独秀在粤,我便代行委员长职权,开始活动。……①

有飞黄腾达的周佛海在,包惠僧多少有些拘束。他话不多,近乎成为周、陈交谈的旁听者。

快进——1925年2月,包惠僧一身戎装,新任黄埔军校政治部代理主任;1927年初,任独立第14师党代表兼政治部主任,因未能说服该师师长夏斗寅停止叛乱,受到共产党内留党察看两年的处分;南昌起义,包惠僧正卧病南昌,后化装潜回湖北黄冈的老家,风声鹤唳中转至江苏高邮,再后就是逃到上海,悲观失望消沉之下于1927年秋脱离中共;重操旧业,卖文为生,曾主编《现代中国》;② 1931年,通过黄埔军校的旧关系,出任国民政府陆海空军总司令部参议、军事委员会秘书,兼任中央军校政治教官,中将军阶;1936年起任国民政府行政院内政部参事。③

---

① 周佛海:《逃出了赤都武汉——共产党及本党叛徒破坏国民革命之实地写真》,《黄埔周刊》第8期,第51页。

② 中共嘉兴市委宣传部、嘉兴市社会科学界联合会、嘉兴学院红船精神研究中心编:《中国共产党早期组织及其成员研究》,中共党史出版社2013年版,第295—296页。

③ 蔡德金编注:《周佛海日记全编》,中国文联出版社2003年版,第2页,注2。

陈独秀、周佛海、包惠僧三人谈了两小时，周、包告辞而出。[①]

陈独秀与周佛海颇有交情。陈独秀在中共一大后由粤返沪，在老渔阳里遭到逮捕，周佛海参与营救。杨淑慧因与周交往而遭到杨父软禁，逃出家门后一度为陈独秀收留……

9 月 2 日，陈独秀回访了周佛海。二人谈到了中国前途问题。周佛海在当天日记中写道：陈独秀"主张如无自力更生之望，则须依赖一国，经济上附庸，政治上独立；俄国时机已失，当于英、日两国中择之。"[②] 陈独秀确实主张对外有所倚靠，但绝不会在中日交战之际倾倒于日本。10 月 9 日，接受《抗战》周刊记者采访，陈独秀就强调了英国的作用，认为"在远东会议中，最大多数国家还是惟英国马首是瞻"，"他的态度能够有利于中国至何种程度，中国抗战的胜负有很大影响的"。[③]

几乎天天都有防空袭的警报，战事是越来越紧迫了。这一天，包惠僧又来了。

包惠僧结识陈独秀早于 1920 年 2 月陈先生赴武汉讲学之际。那时，包惠僧是记者，专门采访过陈独秀。此后，因为参与中共创建活动，二人交往更多，谈及往事不胜感慨。

闪回——1921 年春夏之交，中国共产党发起组经费困难，新渔

---

① 周佛海 1937 年 8 月 29 日日记，蔡德金编注：《周佛海日记全编》上编，中国文联出版社 2003 年版，第 64—65 页。

② 周佛海 1937 年 9 月 2 日日记，蔡德金编注：《周佛海日记全编》上编，中国文联出版社 2003 年版，第 66 页。

③ 陈独秀：《抗战中的种种问题》，任建树主编：《陈独秀著作选编》第 5 卷，上海人民出版社 2009 年版，第 191 页。

阳里 6 号因作为发动五一纪念活动的联络点而遭到法租界巡捕的搜查，时为代理书记的李汉俊觉得上海工作难以支撑，就向由汉来沪、一度准备留学苏联的包惠僧交待任务，请其赴广州向陈独秀汇报工作："要么请陈独秀回来，要么把党的机构搬到广州去"。① 当时，李汉俊正因党章起草引发的中央集权与地方分权问题与陈独秀闹别扭。

闪回——包惠僧到广州第二天就见到了陈独秀："李汉俊让你回上海，或者把党的机关搬到广州来。"陈独秀说："这里到处是无政府主义，对我们造谣诬蔑，怎么能搬到这里来？广州在地理位置上不适中，环境也不好，上海居中。你既然来了，就多住些日子，……"包惠僧除了做剪报以谋生，没事就到陈独秀处去谈天，"几乎天天见面"，"无话不谈"。关于上海党的工作，陈独秀就说过："国际代表走了，上海难道就没有事情可做了？李汉俊急什么，中国的无产阶级革命还早得很，可能要一百年上下，中国实现共产主义遥远得很。李汉俊可以先在他哥哥家里住住，我们现在组织了党，不要急，我们要学习，要进步，不能一步登天，要尊重客观事实。"②

那个刘仁静，真是越活越糊涂，陈独秀对老友无话不谈，说到刘仁静他还余怒未消。

包惠僧内心不解：刘参加中共一大时最为年轻，他后来不是跟先生共同追随托洛茨基吗？

托洛茨基，我不否认他是苏俄赤色革命的杰出英豪，他曾是苏俄红军的总司令，极具政治远见，早就要求共产党退出国民党，对中国大革命失败的剖析鞭辟入里，完全不同于共产国际将罪责一股脑推给

① 安徽省中共党史学习研究会编：《包惠僧回忆录》，1979 年印，第 366 页。
② 包惠僧：《我所知道的陈独秀》，王树棣、强重华、杨淑娟等编：《陈独秀评论选编》下册，河南人民出版社 1982 年版，第 296—297 页。

中共、推给我了事。这个刘仁静，1929 年从苏联归国途中，有意取道欧洲途经德国，到土耳其去见托洛茨基，二人竟然谈了十几天，最后带着《中国现状和中国反对派（列宁主义布尔什维克）的任务》纲领回国。

我记得他当年不安心在青年团中央工作，还是你照顾他，送到苏联去深造的。包惠僧插了一句。

陈独秀微微晗首：本意是要他以俄为师，取得苏俄革命的真经，没想到带回的是联共（布）反对派的意见。不过，托洛茨基的见解确实极具说服力与鼓动性，我那时刚读过他有关中国革命成败的论述，颇为信服，觉得他说出了自己的心里话。刘仁静私自去见托派领袖的事情不久败露，中共中央在《红旗》上发表《给刘仁静的一封公开信》，限其三日内将此事向党中央报告清楚，刘置之不理，终被开除出党。①

后来，先生不是跟刘联手成立了"中国共产党左派反对派"吗？包惠僧追问。

我的"无产者社"，与"我们的话派"，和刘仁静等人的"十月社"，以及赵济等人的"战斗社"，1931 年 5 月开了四派统一大会，我还当选为总书记。不过，刘仁静没有参加那次大会。以后，他跟我在反对派的策略上有争议，关系很不好……②

后来，刘仁静就被抓了？包惠僧接上话头。

我被捕后，刘仁静等人就跳出来夺权。但是不久，记得是 1933

---

① 刘仁静：《会见托洛茨基的经过》，曹仲彬整理，高永中主编：《中国共产党口述史料丛书》第 1 卷，中共党史出版社 2011 年版，第 9—15 页。

② 刘仁静：《会见托洛茨基的经过》，曹仲彬整理，高永中主编：《中国共产党口述史料丛书》第 1 卷，中共党史出版社 2011 年版，第 15 页。

年夏他也在北京被捕了，是因为由中国托派临委改组的中国共产主义同盟混入了国民党特务。陈独秀记忆超强，他披露道：其实，在我与彭述之等人案件后，国民党已内定对托派不判决死刑，问题是刘仁静被捕后情绪低落，很快就表示了政治上的动摇，不能保持革命者应有的坚决态度。他仅轻判了两年半徒刑，而且是送到苏州反省院执行。我当时还不信，不信这个年轻的以理论见长、号称坚守信仰的"小马克思"，会背弃自己的理想。待看到江苏反省院出版的半月刊上有刘仁静的《节制资本刍议》《读西洋史论》等文，这才相信"弱骨病"的叛变会给真理带来多大的噪音：什么"就中国现状看来，在中国想实现社会主义或非资本主义，乃是一种人道主义者的幻想"，什么"节制私人资本，即是创造国家资本"，说什么"现在民族复兴的途径只有靠阶级调和，一致对外"，极端的反动与叛变。这与中国共产主义同盟素来主张的"中国民族之解放必须彻底打倒帝国主义的势力，而欲打倒帝国主义的势力，则全靠中国无产阶级领导贫农及一切被压迫群众起来，进行不可调和的阶级斗争"截然相反。我们认为"首先铲除帝国主义的代理人——资产阶级、地主、军阀及其政治的工具——国民党，我们认为在殖民地国家宣传阶级调和，与在帝国主义国家中进行此种宣传同样反动，其结果只能帮助资产阶级，也就是间接帮助了帝国主义。"鉴于刘仁静"完全自觉地为反革命的国民党服务，与本同盟的根本立场完全相反"，为此，中国共产主义同盟"正式宣布刘仁静为共产主义的叛徒，开除其党籍。"这个开除通告，还是我起草的呢。[①]

---

① 《中国共产主义同盟为开除刘仁静党籍通告》，《陈独秀南京狱中资料汇编》，第671—672页。

阶级调和，一致对外，^① 在当前好像不无一定道理。包惠僧忍不住发表异议。

现在他怎么样？陈独秀并不反驳，转而抛出这么一问。

好像是在译书为生吧。

陈独秀哦了一声，仅此一字还是流露出他对刘仁静的关切。

见陈独秀沉吟一时，包惠僧赶紧将话题切换到那几天的报纸时闻。

已写信给《申报》编辑部，戳穿政府趁释放我所宣扬的所谓陈某"爱国情殷，深自悔悟"的谎言。陈独秀声明道。^②

包惠僧问：听周佛海说，胡适曾讲过有家美国图书公司想请先生去美国写自传，先生为何不去？

我生活很简单，不用去美国。陈独秀回答，再说，我也厌烦见生人。

胡适、张伯苓、周佛海等想拉先生进国防参议会，……

这个，我更不会去。陈独秀截住包惠僧的话，这个周佛海，拉我参加什么"低调座谈会"，什么梅思平、胡适，等等，我只是冷言旁观、一言不发……

先生不是跟国民党"休战"了吗？^③ 包惠僧求解的神情。

是的，因为这一点，我与中国托派同志产生了重大分歧，郑超麟跟我发生争执。我在狱中就抗战起草的七条根本意见，上海的托派朋

---

① 刘威立：《刘仁静》，河北人民出版社 1997 年版，第 355 页。

② 《陈独秀给申报馆编辑部的信》（1937 年 8 月 25 日），强重华编：《陈独秀被捕资料汇编》，河南人民出版社 1982 年版，第 231 页。

③ 郑超麟：《陈独秀与托派》，转引自邓学稼：《陈独秀传》下册，（台北）时报文化出版企业有限公司 1989 年版，第 995 页。

友也没有全部同意，^① 我不会去上海了。他们只会背老托的文章，托派的宗派做法是没有出路的，坐在租界亭子间里喊抗战，没有在实际行动上跨前一步……

听说先生为郑超麟出狱还特意写信给蔡元培。

不说这个，陈独秀对前一个话题还意犹未尽，蒋介石杀了我许多同志，还杀了我两个儿子，我和他不共戴天。现在大敌当前，国共二次合作，既是国家民族需要他合作抗日，我不反对就是了。黑暗中，看不清陈独秀的表情。

国民党中央秘书长、教育部长朱家骅，也是荒唐，竟拉拢我，要我组织一个"新共党"，陈独秀幽幽地像在独白，许我以十万元经费和国民参政会 5 个名额，甚至还要请我出任劳动部长，哼……还不是蒋介石在背后出主意！我怎么会跟刽子手合作。^②

那么，请先生有空时赐字一幅留念吧。^③

闪回——有一天，陈独秀在谭植棠家里开会，说接到上海李汉俊的来信，"信上说第三国际和赤色职工国际派了两个代表到上海，要召开中国共产党的发起会"，要陈独秀回上海，请广州支部派两个人出席会议，还寄来了两百元路费。陈独秀说："第一，我不能去，至少现在不能去，因为我兼着大学预科校长，正在争取一笔款子修建校舍，我一走款子就不好办了。第二，可以派陈公博和包惠僧两个人去

① 王凡西：《抗战初期的陈独秀》，王凡西：《双山回忆录》，东方出版社 2004 年版，第 213 页。

② 《陈独秀在南京狱中大事记》，奚金芳、伍玲玲主编：《陈独秀南京狱中资料汇编》下册，上海人民出版社 2016 年版，第 804 页。

③ 包惠僧：《我所知道的陈独秀》，《党史研究资料》第一集，转引自邓学稼：《陈独秀传》下册，台北时报文化出版企业有限公司 1989 年版，第 993—994 页。

出席会议，陈公博是办报的，又是宣传员养成所所长，知道的事情多，报纸编辑工作可由谭植棠代理。包惠僧是湖北党组织的人，开完会后正好回湖北工作。其他几个人都忙，离不开。"①

"惠僧老兄："数天后，陈独秀濡墨染翰，力透纸背，摘录了一段岳飞的《满江红》，"三十功名尘与土，八千里路云和月，莫等闲、白了少年头，空悲切。"②

①　包惠僧：《我所知道的陈独秀》，王树棣、强重华、杨淑娟等编：《陈独秀评论选编》下册，河南人民出版社 1982 年版，第 296—297 页。
②　包惠僧：《我所知道的陈独秀》，王树棣、强重华、杨淑娟等编：《陈独秀评论选编》下册，河南人民出版社 1982 年版，第 298 页。

11

我们改名为国民革命军，上前线去杀敌

他妈的，我们同国民党军队打了十年仗，现在倒变成了国民党！——抗日打鬼子，广大红军指战员求战心切、情绪高涨。但是，对于改编成为国民革命军，特别是要穿上国民党军服装，还要戴上配有青天白日帽徽的军帽，一些红军指战员抵触情绪极大。几年斗争结果只换得一顶国民党的帽子！宁愿回家当农民，也不穿国民党的军装，不戴青天白日帽徽。牢骚怪话满天飞，有骂娘的，有摔帽子的，也有恸哭流泪的，还有的要求离队。①

为了尽快适应新的形势任务，红军的思想政治工作及早有针对性地展开。1936 年 12 月 7 日，红军总政治部《在党的新任务面前红军政治工作的任务（草案）》明确指出：为了坚决执行党的抗日民族统一战线政策，今后红军政治工作的中心任务，就是要有计划地"加强对于整个红军部队与干部的基本政治教育和党的新政策的教育"，保证红军思想上、组织上的纯洁性，有计划、有步骤地进行军事、政治、文化的教育与训练。12 月 14 日，军委又作出《对西安事变后斗争形势的估计》，要求加强对部队进行抗日民族统一战线新政策的教育。12 月 28 日，红军总政治部专门发文解释为什么释放蒋介石。1937 年 1 月 7 日，中共中央又发出关于西安事变宣传方针的指示。

"习文练武"热潮在全军轰轰烈烈地展开起来，思政教育活动尤为形式多样。以瓦窑堡会议作出的《中央关于目前政治形势与党的任务决议》为中心材料，组织团以上干部小组讨论会，建立宣传鼓动

---

① 李云恭：《中国工农红军主力在云阳改编》，中国近现代史史料学学会编：《抗日战争史及史料研究》第 1 辑，南开大学出版社 1996 年版，第 97—98 页。

棚、书写标语、表演活报戏，有的还编了"抗日顺天游""红军快板"等，在行军中还组织开展识字、唱歌、猜谜子、讲故事、五分钟汇报等方式的宣传教育活动，并组织开展了以演讲"目前政治形势和我们任务"及测验政治课为内容的政治比赛。1937年2月15日，中共中央发布关于西安事变和平解决的意义及中央致国民党三中全会电宣传解释大纲。①

2月19日，聂荣臻、邓小平、左权、陈光联名发表《红军在新阶段中的新问题与新工作》。意见书开宗明义，明确："中国红军已经进入一个新的阶段"，指出："党的新政策的实施，使红军在今后努力的方向以及所处的环境，都有了显然的不同，过去十年的艰苦奋斗，都是以土地革命为中心，现在是以民族革命为中心了。""所处的环境是更加复杂，所担负的任务也是更加艰巨了，他不但要成为全国人民团结的中心，不但要成为抗日战争的主力军和模范的军队，而且他的任务还要在争取民主共和国的现阶段的斗争中，保证自己成为将来转变到社会主义前途的敢死队。""其次说明红军进到新的阶段的是部队质量的变动，部队非土地革命成份逐渐增多，这也是应该引起我们部队工作方法等问题的重新考虑。"接着，意见书列表分析红军的构成，指出"部队质量的变动是非常之大的"，"假如说西征开始时我们党的骨干还是土地革命出身的成份占最高的比例，那现在却显然的不同了。"尽管"党员质量的变动，因为数量的增加，特别是战斗班排党员数目增加"，"以及支部工作党的教育的提高，不但未削弱而且加强了党的领导"，然而，仍"应从我们更努力更艰苦的去加强党的工作"。

---

① 肖裕声：《中国共产党军事史论》，中央文献出版社2007年版，第254—255页。

意见书直面部队存在的不良现象，共有 5 个方面。"首先看到的是我们西征以来逃亡数目的严重"，9 个月内逃亡的多达 1091 人，内有党团员 191 名。保卫局在 4 师 8 个月就破获了 102 个案子，其中除了企图逃亡的以外，竟还有企图拖枪投敌的、组织逃亡的、做反宣传的、故意破坏武器的。"第二，我们说到由于这种巨大的变动所引起对于战斗力的影响的问题。""更重要的还在于认识到今天红军所执行的是以民族革命战争为中心的新的任务。"

"第三，党的策略的巨大变动，特别是苏维埃与没收地主阶级土地的路线的放弃，这必然要引起部队中特别是干部中精神上的变化，最近党中央向国民党三中全会的宣言，更给他们以直接的敏锐的感觉，因为苏维埃红军都可以改名称，这是何等惊人的转变啊！"意见书枚举了红军指战员对党的政策不理解的若干例子："这次西安事件和平解决我们回军向北时，有个别干部说：'这次为什么不打呢，和平是靠不住的东西，国民党能和平！？'""当着一个团一级的青年干事看见抗日联军作战时用的臂章的时候便怀疑说：'我们红军要改编了吗？'""听说十五军团还有这样的材料，是他们开赴蓝田前线时，全部改换东北军式的帽子，因为解释不及时的关系，引起战士的不满说：'几年斗争结果只换得一顶国民党的帽子！'甚至有个总支书也因此怀疑而逃跑了。"意见书颇具忧患意识："过去我们的干部是在长期单纯的斗争环境生活的，他们没有更加的政治生活的锻炼，加之过去我们基本教育的薄弱，对于他们不能回答的问题是很多的，有的已经表现出来，有的还埋藏在他们的脑海中。党对国民党三中全会的宣言，对于我们的红色指战员，对于每一个党的干部将起着更剧烈的震动，这是可以预料着的。"

"第四，新的阶段，使红军开始接触了新的环境。"在肯定"群众热烈的拥护，抗日团体的慰劳，与友军的团结，都表现出我们党在党的统一战线的胜利之下已经脱离了过去长期处在的比较'孤立'的环境，这对于部队的情绪是提高了"的同时，又提出"同样坏的影响也逐渐的增加起来。"联保保甲和地主阶级的坏分子"乘机勾引我们的战士逃亡与拖枪逃跑"，"使部队中个别不坚定的分子，更加动摇起来（如找土豪的地方作通讯处，拖枪逃跑隐藏于联保，等等）。""友军的生活比较我们更好些（我们因为不打土豪和经济仍然困难的关系，最近的生活比从前是要差些），也引起一些战士（主要的是俘虏来的，其次是山西来的）不满，有的说：'东北军穿的这样好，我们就穿得这样烂，民团保甲比我们都穿得漂亮些'，有些说：'我们生活苦，到友军那里好，友军是抗日，到友军那边还不是一样'，有的说：'红军不给一个钱饷，当白军每月弄几块钱用'，有的说：'张副司令发了三个月饷给我们，未见发一个下来，恐是上级吃了我们的冤枉'，或者说：'恐怕是留着这些款准备将来更困难的时期再用的。'"此外，还防微杜渐地提到地主通过男女关系进行引诱、一些干部大讲其漂亮的忘本行为。

随后，提出第五条"在新的环境与新的任务下，保持红军的传统是一个非常重要的问题。"并提出应从三方面来努力："（1）加强传统的教育；（2）保持部队各种传统的制度；（3）发扬红色指战员友爱的关系。"指出红军教育的中心内容"应该是把阶级的与民族的利益密切的联系起来，应该从阶级的立场上来说明红军努力于民族革命的事业。"并指出现有的红军读物有关"阶级传统教育的内容的枯燥缺乏"。强调"在红军的制度上和红军的生活上必须保持我们过去的本来面目"。"在生活上，我们必须保持指战员相当的一致"，不应采用薪饷制度。

最后，意见书确立工作方针。"甲、百倍的巩固共产党在红军中的领导，为创造模范的党军而斗争。"为此，提出"加紧干部的教育""加强党员特别是干部的布尔什维克思想的锻炼""加强支部的生活，提高党员的水平"三大举措。"乙、向着正规红军的目标前进。"其下又有 7 项工作："（1）提高军事技术，提高指挥员的指军的能力，使之适合于对日作战的需要；（2）培养中上级干部到战略的阶段；（3）严格部队的正规的生活，建立部队必须的军容姿态；（4）检查各军的军事教材，统一全军的战术的与技术的动作；（5）提高与严肃军事纪律；（6）汇集红军过去斗争中之优良战斗作风，并有系统的作为教育材料而发扬之；（7）制定红军初步的典范令。""丙"是"提高战士军事政治教育的程度"。"丁"是"改善部队的生活。我们的经费主要应用在战士的身上。""戊"是"我们的工作方式亦应适合于新的环境而有所考虑，在军事、政治机关各部门的工作的分配上都须按照新的工作条件与工作的内容，而有重新的明确的规定"。①

鉴于一些同志对中共中央致国民党三中全会电产生种种疑惑，党中央宣传部和红军总政治部 1937 年 3 月 6 日专门印发了宣传教育材料。该宣教材料以问答形式，有针对性地为广大红军指战员释疑解惑：革命根据地拟改为中华民国特区，实行普选的民主制度，但特区的整个领导还在共产党的手里，决不会落到豪绅地主的手里去；红军拟改称为国民革命军，服装改了，但本质不会改变，它仍然是在共产党绝对领导之下的为人民谋利益的军队，这不但不是解除武装，而且可以取得更多更好的发展我们武装力量的机会；停止没收地主的土

---

① 总政办公厅编：《中国人民解放军政治工作历史资料选编（土地革命战争时期）》第 3 辑，解放军出版社 2002 年版，第 710—719 页。

地，但革命根据地内已经分过的土地并不收回给地主，同时在其他地区，我们要积极领导群众没收汉奸分子的土地，对非汉奸的地主则实行减租减息，从各个方面为改善人民生活而斗争。[1] 特别是解释了中国共产党给国民党五届三中全会电的"四项保证"，指出这绝不是所谓的"共产党投降"，而是为了抗日，以此换取国民党接受"五项条件"，从此党和红军的困难会大大减少，革命形势会大大发展，人民将会得到实际利益。[2] 同时，加强红军改编后的党和政治机关的建设。8月1日，红军总政治部发布《关于新阶段的部队政治工作的决定》，中央组织部颁布《关于改编后党及政治机关的组织的决定》。

尽管如此，当红军面临换装之际，一些指战员的抵触情绪还是从心底里迸发出来。各级军政首长深入部队，在干部大会上讲，在小会上讲，下到连队主动找战士谈心，进行说服解释。谈到换军帽这一最为痛苦的心结问题，罗荣桓坦诚地说："你们想的这些问题，我也想过。开始我也搞不通呢！"将心比心，战士竖起了耳朵，罗荣桓现身说法："我去找过毛主席，毛主席说服了我。……"一番深入浅出的说理，说得大家思想豁然开朗。左权到随营学校各团，耐心地给干部战士讲"取红星"的道理，[3] 帮助思想过不去的指战员认清形势，顾全抗日大局。"只要我们的心不变，永远是红的，我们就永远是党和人民的军队。"[4]

---

[1] 肖裕声：《中国共产党军事史论》，中央文献出版社 2007 年版，第 255 页。

[2] 王树荫：《中国共产党思想政治教育史纲（1919—1949）》，党建读物出版社 2002 年版，第 180—181 页。

[3] 王树荫：《中国共产党思想政治教育史纲（1919—1949）》，党建读物出版社 2002 年版，第 182—183 页。

[4] 李云恭：《中国工农红军主力在云阳改编》，中国近现代史史料学学会编：《抗日战争史及史料研究》第 1 辑，南开大学出版社 1996 年版，第 97—98 页。

8 月 22 日，115 师改编出征誓师动员大会在陕西三原云阳举行。

师参谋长周昆、政训处主任罗荣桓、副主任萧华，以及来自总部的叶剑英等出席大会。因为林彪、聂荣臻在洛川开会，由政训处主任罗荣桓宣读改编命令，随后带领全师指战员进行庄严宣誓：

日本帝国主义，是中华民族的死敌。它要亡我国家，灭我种族。为了民族，为了国家，为了同胞，为了子孙，我们要坚决抗战到底！

为了抗日救国，我们已经奋斗了 6 年。现在民族统一战线已经成功。我们改名为国民革命军，上前线去杀敌。我们要严守纪律，勇敢作战，不把日本强盗赶出中国，不把汉奸完全肃清，誓不回家！

我们是工农的子弟，不侵犯群众的一针一线，替民众谋利益，对革命要忠实。如果违反民族利益，愿受革命纪律的制裁和同志的指责。①

宣誓完毕，罗荣桓即率部作为八路军抗日先遣队先行出发，东渡黄河，开赴华北抗战前线。

洛川县城，北距延安 120 公里，南距黄帝陵 50 公里。

选择在此开会，为的是方便移师西安附近的红军将领赴会。为安全起见，有意在洛川以北 10 公里的冯家村安排会场。冯家村小学（一说私塾），院子西边的那孔窑洞，几张八仙桌并在一起，周围放置学生用的各式凳子。中央政治局委员及候补委员张闻天、毛泽东、朱德、周恩来、任弼时、凯丰、博古、张国焘，军队及各方面负责同志彭德怀、关向应、林伯渠、张浩、张文彬、林彪、罗瑞卿、贺龙、刘

---

① 胡玥：《朱德与抗日战争》，中央文献出版社 2005 年版，第 16 页。

伯承、徐向前、萧劲光、周建屏、傅钟、周昆等，23 位党中央和红军领袖，围桌而坐，8 月 22 日至 25 日，由张闻天主持，在此召开中共中央政治局扩大会议，史称洛川会议。

毛泽东作军事问题和国共两党关系问题的报告。毛泽东指出，抗日战争是一场艰苦的持久战。红军的基本任务是创造根据地，牵制消灭敌人，配合友军作战（主要是战略配合），保存与扩大红军，争取共产党对民族革命战争的领导权。为此，毛泽东明确，红军的作战方针是"独立自主的山地游击战"，包括在有利条件下集中兵力消灭敌人兵团，以及向平原发展游击战争。所谓独立自主，是在整个战略部署下，我军有依照情况使用兵力的自由，执行统一战略意图的灵活机动权；有发动群众创建根据地，组织义勇军的自由。所谓山地，不只是就地形而言，而是指首先在山区创建根据地，依照山地开展游击战争，发动群众，尔后向平原发展。所谓游击战争，是指分散以发动群众，集中以消灭敌人；通过广泛的游击战争，达到开辟敌后战场，支援正面战场，战胜日本帝国主义的目的。[1] 关于国共两党关系，毛泽东强调要坚持统一战线，巩固统一战线，同时要保持共产党在政治上、组织上的独立性，坚持统一战线中的无产阶级领导权。[2]

与会者就战略任务、方针、作战原则，以及战略部署等重大问题，展开热烈细致的讨论，呼应毛泽东的主张。彭德怀指出，红军主力出动是对的，留下若干兵力在陕北是必要的，这是我们的战略预备

---

① 李文恭：《中国工农红军主力在云阳改编》，中国近现代史史料学学会编：《抗日战争史及史料研究》第 1 辑，南开大学出版社 1996 年版，第 93—94 页。

② 程中原：《张闻天传（修订本）》，当代中国出版社 2006 年版，第 247—248 页。

队；红军出动基本的是要打胜仗，树立声威，发展统一战线，只有这样，才能提高我党我军的地位。①

张闻天8月22日在讨论时作了长篇发言，8月24日又作补充报告，经过讨论后又作结论。在8月22日的发言中，张闻天强调："我们要很好地使用我们自己的力量，要认清红军是党军，要使用得最有效。抗日是持久战，即使部分妥协发生也仍是持久战，所以要尽量扩大我们的力量"；"总之，正确的领导，模范的工作，谦逊的态度，艰苦的作风，是我们在准备持久战争中争取领导的要领！"②在8月24日的报告中，张闻天深入分析了抗战形势，指出日本进攻中国的原因，揭穿其以"和平协议""地方解决"作为"它进攻的烟幕弹"。"日本的进攻使得南京内部起了变化。""这就完全证实了我们党的'逼蒋抗日'的方针是对的。"但"正因为是被逼的，所以抗日就表现为'消极抵抗'，政府包办，缺乏积极性，没有坚持动员的方针，一切显得很紊乱；另一方面则是害怕群众，不发动群众"。张闻天揭发道："至于以汪精卫为代表的右派，今天在抗战空气压倒一切的形势下，已不敢公开反对抗日，但是它暗中还在活动，企图与日本勾结，促使南京妥协，竭力把中派拉向右的一边。如熊式辉向蒋提出对日妥协的方针，蒋回答说：'战则败，和则乱'，这与他们公开散布民族失败主义的思想是有关的，要看到这一派目前在南京还有相当的地位。"

---

① 李文恭：《中国工农红军主力在云阳改编》，中国近现代史史料学学会编：《抗日战争史及史料研究》第1辑，南开大学出版社1996年版，第94页。

② 张闻天：《在洛川会议上的发言》(1937年8月22日)，中共中央党史研究室张闻天选集传记组编：《张闻天文集》第2卷，中共党史出版社2012年版，第229—230页。

接着，张闻天纵论方针问题，"危险性主要表现在不愿意发动全国人民来抗战。目前这种抗战可能取得局部胜利（如上海、南口），但不能取得澈底的最后的胜利，相反的存在严重失败的可能！因为日本不是一个纸老虎，我们打了一些胜仗，日本帝国主义就更要用全力来拼命，如果不看清这点，那就把战争看得过分简单了。因此只有转变为全面的、全民族的抗战，才能取得最后胜利！要强调持久战的问题，也不因失败而丧气。须知，持久战包含进攻、防御与退守，全面的、全民族的抗战是一个艰苦斗争的过程。""正因为目前抗战还存在着弱点，所以就有可能发生挫折、失败、妥协、叛变的事件。""坚持争取全面、全民族抗战的方针，坚持抗日十大纲领的实现，反对民族失败主义，这三点要向全国人民进行解释。"张闻天最后强调："要使大家了解抗战是一个持久的战争，中共应起决定的作用。只有中共在抗战中取得领导权时，抗战胜利才能得到保障，才能使抗战胜利后完成民主共和国的任务！"①

8 月 24 日张闻天作报告后，会议就张闻天提出的"要强调持久战的问题"进行热烈讨论，毛泽东、朱德、周恩来均相继发表自己的意见。毛泽东分析中日两国各方面的情况，借此说明我们的战略方针是持久战而不是速决战。其结果是中国胜利。毛泽东从战略高度对讨论进行概括："用持久战，打倒日本帝国主义，建立民主共和国。"朱德听了张、毛的发言后继续阐发持久战的问题，强调指出："持久战单凭消耗是不可能的。但我们不能速决。持久战，主要是发动广大群众，军事上是发动广大游击战争。"要在"国民党军队还能抵抗时，

---

① 张闻天：《在洛川会议上的报告》(1937 年 8 月 24 日)，中共中央党史研究室张闻天选集传记组编：《张闻天文集》第 2 卷，中共党史出版社 2012 年版，第 231—235 页。

及早布置工作"，但"即使友军都退下来，我们也能在华北坚持"。"日军武器比较好，但战斗经验缺乏，有可能打垮一些，捉一些。并且在群众方面、地利方面，白军作战都要失掉一些作用［红军则可以充分利用这些有利条件］。华北方面地势上也有可能发展游击战争。"因此，"争取群众工作，首先争取［华北］这一万万人"；"我们重心争取在太行山及其以东"。"应估计到我们能牵制敌人，起伟大作用"。①周恩来同意朱德的意见：首先在华北坚持持久战。② 任弼时也认为，抗战是长期的战争，红军要发挥自己进行山地战、运动战、游击战的特长，在有利条件下集中力量消灭敌人；这些都关系到增强我们的力量、领导和部队的扩大。③

8 月 25 日，洛川会议通过了毛泽东起草的《关于目前形势与党的任务的决定》。"决定"指出："七月七日卢沟桥的抗战已成为中国全国性抗战的起点"，"应该看到这一抗战是艰苦的持久战"，"共产党员及其所领导的民众和武装力量，应该最积极的站在斗争的最前线，应该使自己成为全国抗战的核心，应该用极大力量发展抗日的群众运动"，"只要真能组织千百万群众进入抗日民族统一战线，抗日战争的胜利是无疑义的。"④

---

① 《朱德在中共中央政治局会议上的发言记录》(1937 年 8 月 24 日)，中共中央文献研究室编：《朱德传》，中央文献出版社 2006 年版，第 478—479 页。

② 程中原：《张闻天传（修订本）》，当代中国出版社 2006 年版，第 249 页。

③ 李文恭：《中国工农红军主力在云阳改编》，中国抗日战争军事史料丛书编审委员会编：《华南人民抗日游击队（文献）》第 1 辑，解放军出版社2015 年版，第 94—95 页。

④ 中共山东省委党史研究室、山东省中共党史学会编：《山东党史资料文库》第 14 卷，山东人民出版社 2015 年版，第 1—2 页。

　　洛川会议还通过了毛泽东为中共中央宣传部起草的《为动员一切力量争取抗战胜利而斗争》的宣传鼓动提纲，也就是著名的《抗日救国十大纲领》。纲领先是甲、乙、丙三点提示：

　　（甲）七月七日卢沟桥事变，是日本帝国主义大举进攻中国本部的开始。卢沟桥中国军队的抗战，是中国全国性抗战的开始。"随后文件粗线条地概括了从九一八事变后，在中国共产党抗日民族统一政策的努力倡导下，从一二·九运动到西安事变，直到蒋介石先生7月17日庐山讲话，"表示了中华民族的英雄气概。中国共产党谨以无上的热忱，向所有全国的爱国军队爱国同胞致民族革命的敬礼。

　　（乙）但在另一方面，在七月七日卢沟桥事变以后，国民党当局又依然继续其九一八以来所实行的错误政策，进行了妥协和让步，压制了爱国军队的积极性，压制了爱国人民的救国运动。"为此，文件指出："然而要实现全面的民族抗战，必须国民党政策有全部的和彻底的转变，必须全国上下共同实行一个彻底抗日的纲领，这就是根据第一次国共合作时孙中山先生所手订的革命的三民主义和三大政策的精神而提出的救国纲领。

　　（丙）中国共产党以满腔的热忱向中国国民党、全国人民、全国各党各派各界各军提出彻底战胜日寇的十大救国纲领。中国共产党坚决相信，只有完全地、诚意地坚决地执行这个纲领才能达保卫祖国战胜日寇之目的。否则，因循坐误，责有攸归；全国丧亡，嗟悔无及。十大救国纲领如下：

　　一、打倒日本帝国主义：

　　对日绝交，驱逐日本官吏，逮捕日本侦探，没收日本在华财产，否认对日债务，废除与日本签订的条约，收回一切日本租界。

　　为保卫华北和沿海各地面血战到底。

为收复平津和东北而血战到底。

驱逐日本帝国主义出中国。

反对任何的动摇妥协。

二、全国军事的总动员：

动员全国陆海空军，实行全国抗战。

反对单纯防御的消极的作战方针，采取独立自主的积极的作战方针。

设立经常的国防会议，讨论和决定国防计划和作战计划。

武装人民，发展抗日的游击战争，配合主力军作战。

改革军队的政治工作，使指挥员和战斗员团结一致。

军队和人民团结一致，发扬军队的积极性。

援助东北抗日联军，破坏敌人的后方。

实现一切抗战军队的平等待遇。

建立全国各地军区，动员全民族参加，以便逐步从雇佣兵役制转变为义务兵役制。

三、全国人民的总动员：

全国人民除汉奸外，都有抗日救国的言论、出版、集会、结社和武装抗战的自由。

废除一切束缚人民爱国运动的旧法令，颁布革命的新法令。

释放一切爱国的革命的政治犯，开放党禁。

全中国人民动员起来，武装起来，参加抗战，实行有力出力，有钱出钱，有枪出枪，有知识出知识。

动员蒙民、回民及其他少数民族，在民族自决和自治的原则下，共同抗日。

四、改革政治机构：

召集真正人民代表的国民大会，通过真正的民主宪法，决定抗日救国方针，选举国防政府。

国防政府必须吸收各党各派和人民团体中的革命分子，驱逐亲日分子。

国防政府采取成主集中制，它是民主的，又是集中的。

国防政府执行抗日救国的革命政策。

实行地方自治，铲除贪官污吏，建立廉洁政府。

五、抗日的外交政策：

在不丧失领土主权的范围内，和一切反对日本侵略主义的国家订立反侵略的同盟及抗日的军事互助协定。

拥护国际和平阵线，反对德日意侵略阵线。

联合朝鲜和日本国内的工农人民反对日本帝国主义。

六、战时的财政经济政策：

财政政策以有钱出钱和没收汉奸财产作抗日经费为原则，经济政策是：整顿和扩大国防生产，发展农村经济，保证战时生产品的自给。提倡国货，改良土产。禁绝日货，取缔奸商，反对投机操纵。

七、改良人民生活：

改良工人、职员、教员和抗日军人的待遇。

优待抗日军人的家属。

废除苛捐杂税。

减租减息。

救济失业。

调节粮食。

赈济灾荒。

八、抗日的教育政策：

改变教育的旧制度、旧课程，实行以抗日救国为目标的新制度、新课程。

九、肃清汉奸卖国贼亲日派，巩固后方：

十、抗日的民族团结：

在国共两党合作的基础上，建立全国各党各派各界各军的抗日民族统一战线，领导抗日战争，精诚团结，共赴国难。

在 10 项纲领后，又紧接（丁）条："必须抛弃单纯政府抗战的方针，实现全面的民族抗战的方针。"此亦至为关键。纲领督促"政府必须和人民团结起来，恢复孙中山先生的全部革命精神，实行上述的十大纲领，争取抗日战争的彻底胜利"，同时承诺："中国共产党及其所领导的民众和武装力量，决本上述纲领，站在抗日的最前线，为保卫祖国流最后一滴血，中国共产党在自己一贯的方针下愿意和中国国民党及全国其他党派，站在一条战线上，手携手地团结起来，组成民族统一战线的坚固长城，战胜万恶的日寇，为独立自由幸福的新中国而斗争。为了达到这一目的，应该坚决反对这种投降妥协的汉奸理论，同时也应该坚决反对这种以为无法战胜日寇的民族失败主义。中国共产党坚决相信，在实现上述十大纲领的条件下，战胜日寇的目的是一定能达到的。只要四亿五千万同胞一齐努力，最后的胜利是属于中华民族的！"

文件结束是 3 句情感炽烈的口号：

打倒日本帝国主义！

民族革命战争万岁！

独立自由幸福的新中国万岁！ [1]

---

[1] 毛泽东：《为动员一切力量争取抗战胜利而斗争》(1937 年 8 月 25 日)，中共中央文献研究室、中央档案馆编：《建党以来重要文献选编（1921—1949）》第 14 册，中央文献出版社 2011 年版，第 478—483 页。

　　洛川会议选出了以毛泽东为主席，周恩来、朱德为副主席的中央革命军事委员会，中央军委由 11 人组成。

　　会议期间，收到蒋介石 8 月 22 日签发的国民党中央军事委员会委员长令。其中"中央本着既往不咎之态度，兹命朱德出面，将陕北流窜之土匪残部收编为国民革命军第八路军"等措辞刺目，[①] 虽招致与会者的不满，但为民族大义计，中共中央决定不与计较，尽快完成红军改编、开赴抗日前线。8 月 23 日，中央常委会决定成立长江沿岸委员会，周恩来、博古、叶剑英、董必武、林伯渠为委员，周恩来为书记。[②] 8 月 25 日，中革军委会主席、副主席联名发布命令：

　　南京已经开始对日抗战，国共两党合作初步成功。为着实现共产党中央给国民党三中全会红军改名之保证，使红军成为抗日民族战争的模范，推动这一抗战，成为全民族的抗日革命战争，以争取最后的彻底胜利。特依据与国民党及南京政府谈判结果，宣布红军改名为国民革命军第八路军，[③] 着将：

　　前总指挥部改为第八路军总指挥部，以朱德为总指挥，彭德怀为副总指挥，叶剑英为参谋长，左权任副参谋长。

　　红军总政治部改为第八路军政治部，以任弼时为主任，邓小平为副主任。

---

① 郝雪廷：《八路军改编纪实》，浙江人民出版社 2005 年版，第 254—255 页。

② 中共中央文献研究室编：《周恩来年谱（1898—1949）》上卷，中央文献出版社 1998 年版，第 386 页。

③ 1937 年 9 月 12 日，国民政府军事委员会将第八路军番号改为第十八集团军。随之，总指挥部改称总司令部，总指挥、副总指挥改称总司令、副总司令。为照顾习惯称谓起见，下文仍称八路军。

第一军团、十五军团及七十四师合编为陆军第一百一十五师，以林彪为该师师长，聂荣臻为副师长，周昆为参谋长，罗荣桓为该师政训处主任，萧华为副主任。

二方面军、二十七军、二十八军、独立第一、第二两师及赤水警卫营、前总直之一部等部合编为陆军第一百二十师，以贺龙为该师师长，萧克为副师长，周士第为参谋长，关向应为政训处主任，甘泗淇为副主任。

四方面军、二十九军、三十军、陕甘宁独立第一、二、三、四团等部合编为陆军第一百二十九师，以刘伯承为师长，徐向前为副师长，倪志亮为参谋长，张浩为政训处主任，宋任穷为副主任。

以上各部改编后人员委任照前总命令行之，各师改编为国民革命军后，必须加强党的领导，保持和发挥十年斗争的光荣传统，坚决执行党中央与军委会的命令，保证红军在改编后成为共产党的党军，为党的路线及政策而斗争，完成中国革命之伟大使命。[1]

115师下辖2个旅、一个独立团和5个直属营（队），全师1.5万人；120师下辖2个旅、1个教导团、6个直属营，1.4万人；129师下辖2个旅、1个教导团和3个直属营，1.3万人。精锐3个师全部开赴前线作战，总共4.2万人。保卫陕甘宁边区和党中央的警备旅和一个团，仅4千人，留作总预备队。

8月29日，韦尔斯坐在窑洞里记笔记，偶尔从纸窗的一个小孔向外观望院里的动静。但见保卫局派来的警卫员正小心翼翼地拨弄着他那顶新军帽——那顶国民党军帽，帽檐上方正中是珐琅质的蓝白色

---

[1] 郝雪廷：《八路军改编纪实》，浙江人民出版社2005年版，第256—257页。

帽徽，他着意地擦拭着。^① 延安的红军已经全部换装，原在军帽正中的那颗布红星消隐了，红军与国民党军在外观上已没什么区别。

韦尔斯走出窑洞，想了解人们的看法。英勇的红军战士就这样平静地接受了共产党的命令，毫不反抗地换上了曾与自己有着血海深仇的白军的军服？

大院里，组织部的人打着赤膊、只穿一条短衬裤，正在挖掘防空洞，前几天，有两架日本飞机飞来侦察，后来又飞来了五架。三个红"小鬼"坐在高高的土堆上，像喜鹊般叽叽喳喳地闲聊着他们在长征途中遭遇空袭的惊险经历。

院墙外，一群从北平各大学逃难出来的学生，坐在院子里的一间房间前面开会。他们脚上还穿着经过长途跋涉的网球鞋，正阅读着刚由《红色中华》改名不久的《新中华报》，关注着华北和上海的战况，一会儿唱起《保卫马德里》歌曲。

从岩石起伏的小山谷那里，传来时断时续的步枪声，战士正为上抗日前线，加紧练习射击。

韦尔斯索性直接问警卫员，对苏维埃的改革有什么想法。"在危亡之际，为了卓有成效地进行抗日战争，我们必须维护中国的统一。"警卫员受过专门的政治训练，说得很正确，"在这样的时刻，不能有两个代表不同阶级的政府，因此我们必须抛弃苏维埃政权的各种形式。日本的侵略迫使国民党再次倾向革命，所以我们现在可以和他合作了。"

如果没有共产党在人民群众中的至高无上的权威，如果没有这两

---

① [美] 尼姆·威尔斯：《续西行漫记》，陶宜、徐复译，解放军文艺出版社 2002 年版，第 282 页。

年对中国革命的性质所进行的深刻教育，红军怎么可能这么平静地被改编为国民革命军。毛泽东在 5 月召开的中国共产党全国代表会议的讲话，一时在耳畔回响："我们是革命转变论者，主张民主革命转变到社会主义方向去。民主革命中将有几个发展阶段，都在民主共和国口号下面，而不是在苏维埃共和国口号下面……我们是革命转变论者，不是托洛茨基主义的'不断革命'论者。我们主张经过民主共和国的一切必要阶段，到达于社会主义。"[①]

9 月 2 日，陕西富平庄里镇，红旗招展，八路军 120 师举行抗日誓师大会。

主席台上，朱德、任弼时、贺龙、关向应、萧克、周士第等就座。贺龙主持会议，朱德发表讲话：同志们，"现在国共合作了，我们工农红军改编成国民革命军第八路军。为了消除各阶层的疑虑，我们可以穿统一的服装，戴青天白日帽徽，同志们思想不通，甚至有的高级干部思想也不通，这个心情我们理解。毛主席说了，红军改编，统一番号，是可以的，但是有一条不能变，就是一定要在共产党的绝对领导之下"。[②] 他号召全体指战员到敌人后方去，把华北广大人民组织起来，武装起来，开展游击战争，坚持持久战；同志们，英勇作战，严守纪律，誓把日本强盗赶出中国！

贺龙激昂地说：现在国难当头，为了国家与民族的生存，共同抗击日本帝国主义，红军和国民党部队统一番号，但红军心却是红的，

---

① ［美］尼姆·威尔斯：《续西行漫记》，陶宜、徐复译，解放军文艺出版社 2002 年版，第 283 页。

② 中共中央文献研究室编：《朱德年谱（新编本）》中卷，中央文献出版社 2006 年版，第 664 页。

永远是红的。

誓师大会后第二天，部队即行开拔。①

八部军总部即将由云阳东进。9月5日，朱德以化名"刘钟"给四川的前妻写去10年来的第一封信：

玉珍：

别久念甚。我以革命工作累及家属，本属常事，但不知你们究受到何等程度，望你接信后将十年情况告我是荷。

眼前浮动着大哥、二哥以及自己的儿子尚书、理书、宝书的样子，还有生母、养母的形象，还不知他们生活得可好？朱德继续写道：

理书、尚书、宝书等在何处？我两母亲是否在人间？你的母亲及家属如何？统望告。近来，国已亡三分之一，全国抗战已打了月余，我们的队伍已到前线，我已动身在途中。对日战争，我们有信心并有把握打胜日本。如理书等可到前线上来看我，也可以送他们读书。我从没有过一文钱，来时需带一些钱来我用。自别后了你，我的行动谅是你们知道的，不再说。此问近好。

刘　钟

九月五号②

9月6日，八路军总部在泾阳县云阳大操场举行出师抗日誓师动员大会。会场悬挂"拥护军委命令""为保卫祖国流尽最后一滴血"等大幅横标。部队从四面八方浩浩荡荡开进会场，当地师生和群众也

① 胡玥：《朱德与抗日战争》，中央文献出版社2005年版，第16页。
② 朱德：《一九三七年给陈玉珍的信之一》，中共中央文献研究室第二编研部编：《朱德自述》，解放军文艺出版社2003年版，第199页。

参加大会。

八路军东出抗日必须首先进入山西，彭德怀陪同周恩来先行赴晋，安排八路军开赴前线事宜。大会由邓小平主持，朱德传达洛川会议精神，并对红军改编和开赴华北抗日前线作动员讲话，随后就在主席台上带领全体指战员高声宣读《八路军出师抗日誓词》：

日本帝国主义是中华民族的死敌，它要亡我国家，灭我种族，杀害我们父母兄弟，奸淫我们母妻姊妹，烧我们的庄稼房屋，毁我们的耕具牲口。为了民族，为了国家，为了同胞，为了子孙，我们只有抗战到底。

我们是工农出身，不侵犯群众一针一线，替民众谋福利，对友军要友爱，对革命要忠实。如果违反民族利益，愿受革命纪律的制裁，同志的指责。谨此宣誓。①

细雨蒙蒙，压住了道上的征尘。

同日，陕西泾阳县石桥镇，129 师冒雨举行抗日誓师大会。

师长刘伯承宣读对 129 师各旅干部的任命书。举行授旗仪式后，张浩主任代表党中央和中央军委，颁发"红军十年艰苦奋斗"奖章。②

刘伯承充分理解大家心情，他真诚地解释道："同志们，换帽子算不了什么，那是形式。我们人民军队的本质不会变，红军的优良传统不会变，解放全中国的意志也不会动摇！帽徽是白的，可我们的心永远是红的！"他顿了顿，压抑了内心强烈的情绪："同志们，为了

---

① 傅钟：《敌后抗战的开端》，中国抗日战争军事史料丛书编审委员会编：《八路军回忆史料》第 1 辑，解放军出版社 1988 年版，第 63 页。
② 胡玥：《朱德与抗日战争》，中央文献出版社 2005 年版，第 16 页。

救中国，暂时和红军帽告别吧！"接着，他拿出一顶灰色军帽率先戴在自己的头上，戴正，随即发出命令："现在换帽子！"全体将士齐刷刷地换上了新军帽。[①]

随后，刘伯承带领全体指战员庄严宣誓……

---

① 王树荫：《中国共产党思想政治教育史纲（1919—1949）》，党建读物出版社 2002 年版，第 183 页。

12

论抗日民族革命战争的持久性

受丁玲的感召，韦尔斯准备奔赴山西前线 /

艰难跋涉赶往西安，韦尔斯追及董必武 /

董必武追述中共一大 1921 年在上海召开前后情况 /

罗汉赴西安为陈独秀斡旋，铩羽而归 /

张闻天撰写《论抗日民族革命战争的持久性》 /

平型关大捷，朱德家书涉笔近日胜利 /

罗汉到武汉，陈独秀宣讲怎样得到胜利

丁玲，一身戎装，真是"昨天文小姐，今日武将军"。她担任前线服务团团长，正意气风发地要率领文艺骨干，奔赴山西抗战前线，准备以演剧、歌咏、演讲，以及散发传单、标语等方式开展宣传工作，并由该团战地通讯组采写发布新闻。

"我们的工作是帮助前线战士，鼓励他们发扬不怕牺牲的精神，坚定他们的民族自信心。"丁玲对韦尔斯说，"我们也要对日本战俘做工作，提高他们的阶级觉悟。我们和部队一起行军，发动群众，组织志愿运输队和开展其他支前活动来援助抗日战士。"

于是，韦尔斯也想到去山西前线去，做战地记者。为此，她来同毛泽东商议。毛泽东疑惑地打量着她，劝说了一番，最终同意，签发了一张给政治部的正式证件。

保卫局新派了一个健壮的警卫员郭慎华，替下染上肺病因而经常脸颊一片红晕的邓米儿。参谋长萧劲光仪表堂堂，正为被关押了4年的妻子从上海获释来延安团聚而喜气洋洋，他很慷慨地给韦尔斯等配发了一把新的毛瑟枪，两匹骡子、一头小马。

"红军和日本人作战时，"韦尔斯不失时机地问毛泽东，"是否在打着国旗之外同时打着红旗？""不，"毛泽东明确答道，"我们既然换了军服，当然也必然更换旗帜。"①

---

① [美] 尼姆·威尔斯：《续西行漫记》，陶宜、徐复译，解放军文艺出版社 2002 年版，第 314—330 页。

9月6日早晨8点，韦尔斯突然收到埃德加·斯诺从天津发来的电报："归程尚可取道青岛，欲行务速，否则年内难返。"走，去西安，如果届时青岛不通车，还可从那里去山西前线采访。

雨停了。

随同一批红军远征出发，一切顺利，只是在骑马过河时被马摔到了河里。警卫员和一个马夫赶来扶起韦尔斯涉水过河。这时，一匹骡子又挣脱缰绳，甩掉驮载，掉头往延安奔去……经此折腾，四人掉队了。

待天黑，才赶上队伍的尾巴，六七个护送他们的红军专等在那里，责怪韦尔斯等人掉了队。

在黄土峭壁中开出来的大路黏黏糊糊，因为两个月的雨天，成了大泥潭，深处有1到2米。一阵子蹚泥涉水之后，郭慎华带韦尔斯离开大路，沿山坡急跑，从高处越过泥塘，脚下山泥哗哗哗地一阵阵倾泻。没有时间停下吃饭，只是狼吞虎咽地啃着随身带的几个馒头，途中见到一匹陷进泥潭惨遭没顶的死马。

这样急行军数小时后，韦尔斯终于追上了正要去西安办事处工作的董必武。51岁的董必武，是参加过辛亥革命武昌起义的传奇人物，又是在延安的三个中共一大代表之一，自然早在韦尔斯的采访之列。

闪回——董必武在延安对韦尔斯娓娓道来：

到这时为止，中国只有几个马克思主义团体。其后在1920年，李汉俊打算在上海协助创立共产党，到武汉来跟我商量此事。我决定参加，并负责湖北党支部的建立工作，湖北支部在1921年九月成立。

中国共产党第一次（全国代表）大会1921年七月在上海举行。（建立了支部的）每一省派两名代表参加，日本留学生派一名代表——周佛海，他后来叛党，加入国民党。湖北省派陈潭秋和我。湖南派何叔衡（后来他在红军中工作时牺牲，时间约为 1935 年）和毛泽东，北京派张国焘和刘仁静，刘现在是托派。上海派李汉俊和李达，李汉俊 1927 年在汉口被敌人杀害，李达现在当了大学教授。广东派陈公博和包惠僧，陈公博后来叛党，成了南京政府的工业部长，包惠僧也成了国民党官员——在内政部任职。山东派邓恩铭和王烬美——他们两人后来都被敌人杀害。共产国际的两位代表，也出席了这次大会。一位是荷兰人——我们叫他马赫（当为马林，引者注），那是他的中文名。另一位是俄国人，他的名字我已经忘记了。

这第一次大会的全部历史资料，都已失去了。我们决定了一个反对帝国主义、反对军阀的宣言，可是现在我们连党的这个最重要文件的抄本也没有。

那时候，武汉中学是湖北省的共产主义中心。我们五个人成立了党支部，不久，在我的最进步的学生中，有十人组织了社会主义青年团支部。在党支部的五位发起人中，有三人后来脱离了党。一个成了自由主义者，一个现在在南京，还有一个在汉口当律师。只有陈潭秋和我保持着信仰。我不晓得陈潭秋现在下落如何，但我相信他仍在人世。①

9 月 10 日，张闻天同毛泽东致电林伯渠，答复罗汉 9 月 9 日致中共中央电。来电确定对待托派分子的原则，明示："在陈独秀等托

① ［美］威尔斯：《西行访问记：红都延安秘录》，华侃译，中国青年出版社 1994 年版，第 209—210 页。据 Nym Wales：RED DUST：Autobiographies of Chinese Communists，Stanford，California：Stanford University Press，1952，第 39 页，武汉共产党早期组织成立时间为"1921 年"9 月，发起筹备成立中国共产党的时间为"1921 年"5 月，中共一大的召开时间为 1921 年"7 月"。

派分子能够实现下列三条件时，我们亦愿与之联合抗日"："（一）公开放弃并坚决反对托派全部理论与行动，并公开声明同托派组织脱离关系，承认自己过去加入托派的错误。（二）公开表示拥护抗日民族统一战线政策。（三）在实际行动中表示这种拥护的诚意。"①

罗汉，原是托派"十月派"成员，托派统一时为中央委员，因见刘仁静未入选还一度逊让。他 9 月 3 日来到西安七贤庄，见到了时任中共驻西安办事处主任的林伯渠，二人早就相识，受到招待。罗汉声称近年长久没与托派发生组织联系，八一三淞沪抗战爆发后，他赶到南京营救狱中的托派朋友，承蒙叶剑英、李克农的帮助，感动之下提出合作抗战的建议，此来西安正是得到八路军驻南京办事处的支持，想去延安找中共中央一谈。②

中共中央同意罗汉来延安，却因连日大雨导致山洪毁路不能成行。在林伯渠的建议下，9 月 9 日致电中共中央，提出罗汉的五点建议和要求，其中提到请中央劝 1929 年被开除党籍的陈独秀、彭述之、郑超麟回党工作。③ 重回共产党，未必就是陈独秀出狱后联共的本意，但是，罗汉将曾是中国托派领袖的陈独秀，与现仍进行托派活动的彭述之、郑超麟同列，并提出要"回党工作"，结果引出了中共中央对托派合作"三条件"的原则规定。

9 月 10 日，林伯渠约罗汉到七贤庄，当面出示中共中央来电。

---

① 中共中央文献研究室编：《毛泽东年谱》中卷，中央文献出版社 2013 年版，第 22 页。

② 王凡西：《抗战初期的陈独秀》，王凡西：《双山回忆录》，东方出版社 2004 年版，第 213 页。

③ 中共中央文献研究室编：《毛泽东年谱》中卷，中央文献出版社 2013 年版，第 22 页。

罗汉连看数遍，心情沉重："延安的发电，乃涉及组织问题，好像首先不接受组织问题的解决，即不能谈团结抗日问题似的。"林伯渠劝慰道：见到独秀先生时，请善为说辞。林还说：陈在文化史上有不可磨灭的功绩，在党的历史上，有比别人不同的地位。倘能放弃某些成见回到一条战线上来工作，于民族于社会都是极需要的。①

当晚，王若飞到旅舍来找罗汉，说刚从太原回陕西，因为延安有事甚忙，否则就可以随同南下专晤独秀一次。王若飞喃喃而语，我与独秀先生共事较久，深知其倔强个性，但中央看重组织问题，亦系党内自来之原则。第三国际的支部，决不允许第四国际或与第四国际有关系的分子搀入，这乃是自然的事实。因此，他看着罗汉的眼睛说道，极端希望独秀等几位老朋友，完全以革命家的气魄，站在大时代的前面，过去一切的是是非非，都无需再赘笔墨唇舌去争辩。罗汉颓然南归。②

9 月 18 日，张闻天撰写《论抗日民族革命战争的持久性》，时距九一八事变正好 6 年整。

"全国性的抗战已经开始了。中华民族的新时代开始到来了。"张闻天开篇即如此宣告。他回顾"近百年来被侵掠，被压迫，被蹂躏，被侮辱，被屠杀"的苦难，中华民族"最后觉醒到非实行全国性的抗战不足以图存了。东方的睡狮，最后怒吼起来了。"文章指出，中华民族进行的是"进步的与革命的神圣的民族战争"，这是"中日两国内的决死战"。

---

① 罗汉：《致周恩来等一封公开的信》，沈寂主编：《陈独秀研究》第 4 辑，黄山书社 2013 年版，第 254—255 页。

② 罗汉：《致周恩来等一封公开的信》，沈寂主编：《陈独秀研究》第 4 辑，黄山书社 2013 年版，第 256 页。

在作出这方面的论断后，张闻天进而指出"战争的持久性"，并明确："日本帝国主义从速战速决转变到持久战将是不得已的与被逼的。而中国，则必须用持久战以战胜日本。因为这种持久战对于日本非常不利，而对于中国却是有利的。中日战争愈持久，则日本国内的矛盾愈益尖锐化，日本方面的困难愈益增加。这就是造成了中国战胜日本的有利条件。""如果中国方面，把今天的抗战发展为全面的全民族的抗战，则中国将战胜日本。""所以今天中国抗日民族革命战争胜利的关键，是动员全中国人民参加全面的抗战。"而"单面的政府抗战，是十分危险的。"

为此，张闻天呼吁："政府与人民结合起来"，呼吁"军队与人民结合起来"，"同民族失败主义做斗争"。最后，他倡导："把中国共产党的十大纲领变成全民族的行动纲领"，"只有共产党今天所提出的十大纲领成为全民族的行动纲领时，中国的抗战才能取得最后的胜利。"并憧憬"统一的独立、自由、幸福的中华民主共和国出现于东亚！"最后是一句情感炽烈的口号："中华民族最后解放万岁！"①

9月22日，国民党中央通讯社终于发表被延搁两个多月的《中共中央为公布国共合作宣言》。

次日，蒋介石在庐山发表谈话，承认中国共产党的合法地位。恰好在同一天，朱德、彭德怀指令八路军115师侧击向平型关进攻之敌。

9月24日午夜12时，八路军115师风雨进发，翌日拂晓前进

① 中共中央文献研究室、中央档案馆编：《建党以来重要文献选编（1921—1949）》第14册，中央文献出版社2011年版，第510—520页。一星期后发表于9月25日出版的《解放》第1卷第17期。

入预伏阵地。

9月25日清晨7时，主战场战斗打响。当日115师浴血奋战，取得平型关大捷，歼灭日寇千余人。这是八路军出师以来打的第一个大胜仗，击破了日本"皇军"不可战胜的神话，大增中国军民的抗日意志与抗战必胜的信心。

9月26日，朱德赶赴115师驻地，与指战员一起总结平型关战斗的经验教训。事先曾很好地侦察阵地，选择了良好的出击时机及突出点；突击开始后，我军上下一致，猛勇动作，配合行动，积极地同时向敌进攻；我们完全占到主动地位，以短少时间即将敌压迫在深沟不利的地点，使敌之优越的技术、兵器不及发扬，而我们可利用火力与白刃杀伤敌人（手榴弹、机关枪等），并能迅速扩大战果，压倒和消灭各个主要阵地上的敌人。因此，取得了这一胜利。朱德总结道："我们以劣势武器要战胜现代化的强敌，要在战术上就必须善于灵巧机动地使用自己的兵力和兵器，发挥自己旺盛的攻击精神，选择有利阵地与时机，抓住敌人弱点，集中最优势的兵力与兵器，采用秘密、迅速的动作，出敌不意，突然袭击，进行肉搏，坚决消灭之，否则，即难于成功。"[1]

9月27日，朱德回复家书，涉笔近日获得的胜利：

玉珍：

九月十二日的信于九月二十七号在前线作战区收到，知道你十年的苦况，如同一目。家中支持多赖你奋斗，我对革命尽责，对家族感情较薄亦是常情，望你谅之。我的母亲仍在南溪或回川北去了，川北

---

[1] 中共中央文献研究室编：《朱德年谱（新编本）》中卷，中央文献出版社2006年版，第677页。

的母亲现在还在否，川北家中情况如何？望调查告知。庄弟及理书、尚书、宝书、许明扬等（引者注，许明扬为朱德大姐之子），现在还生存否，做什么事，在何处？统望调查告知。以好设法培养他们上革命战线，决不要误此光阴。至于那些望升官发财之人决不宜来我处，如欲爱国牺牲一切能吃劳苦之人无妨多来。我们的军队是一律平等待遇，我与战士同甘苦已十几年，快愉非常。因此，无论什么事都可办好。昨二十四五两日，我们的八路军参加上打了几个小胜仗，夺得大炮一门，弹两千多发，战车七十四辆，打死敌人千多个，俘二百多，得军用品很多，全线士气为之一壮。如各军都同我们一样，那就不难打退敌人和消灭敌人。……①

10月的一天，罗汉带着陶器学校的一大群逃难学生、男女老少，舍弃木筏登上江岸，出现在武汉街头。

东打听西询问，罗汉终于找到汉口太和街26号，见到了好友叶挺。一见面，罗汉就叫学生献上两支步枪：我听说你新任新四军军长，恭喜呀！确实，9月28日，国民政府军事委员会铨叙厅发出通报，宣布"委员长核定"，"任命叶挺为新四军军长"；改编的部队称新四军，这还是叶挺的提议，旨在继承北伐战争"老四军"的优良传统，并纪念国共两党的再次合作。那叶军长一定是需要枪的，你就买了吧，给个好价，我好用来这些沦为难民的学生。我不能收购枪械，你也不能个人持有枪械，我帮你收了吧，代为呈缴到相关机构，叶挺对这位老友很是无奈，不能不给这个好心的老师弄钱，以安置那些孩

---

① 朱德：《一九三七年给陈玉珍的信之二》，中共中央文献研究室第二编研部编：《朱德自述》，解放军文艺出版社2003年版，第199—200页。

子们。①

　　筹得些钱，吃了顿饱饭，安顿孩子们等住下，逛逛夜市，偶过青年会，无意间听到有人正在慷慨激昂地演讲。"我说这一次抗日不是感情的，复仇的，而是求中国在国际上、经济上脱离半独立的地位，得到完全独立的地位。不然，则我们是奴隶的生存。我们必须经济能自由发展，不受外国任何势力的宰制。这才是我们战争的意义，才是我们战争的目的。""我们要达到这个目的，必需能够支持长时期的抗战。现在有一班中国必胜论者，很轻率的说日本已经陷入了经济崩溃的境地，这一句话显然是毫无根据的乐观，是自己欺骗自己，在事实上，一个短时期内即一年半甚至二年，无论在经济在军事上，我们是摧毁不了她的，我们须要能够持久的和她抗争，至少是二年。甚至是十年，二十年，三十年都可以。这样的长期战争，在现代当然不可能，但我们要想得到最后的胜利，必需有虽三十年也不愿意做奴隶而要做主人的决心，纵使中国经过惨败甚至一时的屈服。"

　　这不是仲甫陈先生吗？"我们在客观情形明瞭以后，应该断然抛弃对国联对九国公约国任何集体制裁的幻想，并且应该抛弃什么和平阵线侵略阵线这一虚构的公式，努力在外交上尽可能的向各别国家获得军火的接济，如苏联、美国、德国和捷克。所谓外国军火之接济，决不仅仅是寻常小量的补充，而是大量的接济，要看做我们得到胜利的因素之一。"

　　罗汉随便找了一个空位坐下来聆听。"日本比起我们来，已经是工业国家，军火尚须不断的从外国补充，战时更不用说，中国是农业

---

① 王凡西：《抗战时期的陈独秀》，王凡西：《双山回忆录》，东方出版社 2004 年版，第 223 页。

商业国家，军火几乎全部依赖外国"。"如果我们有了军火，那就可以拿兵数众多和作战勇敢来决定胜负了。日本对中国作战，只能出兵四十万，我们的军队以训练上的缺点，应该用一百二十万兵来对付"。钱呢？"如果人民能够拿出二三十万万现金充战费，这才真是财力的全国动员，这件事不仅仅是物质上的，也是精神上的，因为这一消息传出后，日本绝不好再好，对日抗战的是中国政府而不是中国人民。"兵呢？"中国习惯怕当兵，强迫征兵，还会偾事，必须要使民众了解民族解放战争的意义，自动的起来参加战争才行。民众如果蜂涌起来，武装起来，自愿的参加战争，那么，不但正规军之补充不成问题，并且还有大量的游击队，辅助正规军作战，这才真是人力的全国动员。"

这时，陈独秀看到了罗汉，他加快了他的语速："政府应该立即决心发动民众，使民众蜂拥起来，疯狂起来，热心抗战，要做到政府征兵一万，报名的有二万，公债发行五万人，人民拿出十万万，真正做到有力者出力，有钱者出钱并出力，则抗战的胜利才会有把握。所以我认为胜利的因素是"，他总结了以下三点：

第一，从国外得到大量军火之接济。

第二，全国民众蜂拥起来，做到全国财力人力之动员。

再加上政府军队的力量，这才能够保证最后的胜利属于我们，这三样好比一张桌子的三支脚，缺少了一支，甚至两支，慢说胜利，就是曲线的失败，也是很难想象的事。此次中日战争，不是两个国家军备约略相等的战争，而是军备贫弱的中国民族，反抗军备强大的日本帝国主义战争，只有依赖外国大量军火及国内广大民众的力量，才不会使政府军队因孤立而失败，这两种力量，又恰好是敌人所得不着的。

　　我们要得到胜利，必须在具体办法上指出怎样才能得到胜利；倘空口高喊"最后的胜利必属于我们"，便等于一种咒语，这种咒语，打毁不倒敌人，帮助不了自己！①

　　第二天，罗汉到陈独秀寓所拜望。这是一所颇具庭园风味的旧式平屋，屋主是一个桂系军人，陈独秀只付点象征性的房租。屋前有荒芜的园子，陈独秀晨起就在那里散步，这在战乱年代是难得的惬意。②罗汉将自己从南京到西安的一切情形告诉了他，并愿意再为奔走。10月间，以中共中央代表身份由延赴汉的董必武在改编南方游击队的紧张当口，也来看望陈独秀，然而，双方终未谈拢。③

---

①　陈独秀：《我们要得到怎样的胜利及怎样得到胜利》，张永通、刘传学编：《后期的陈独秀及其文章选编》，四川人民出版社 1980 年版，第 51—58 页。

②　王凡西：《抗战时期的陈独秀》，王凡西：《双山回忆录》，东方出版社 2004 年版，第 214 页。

③　《董必武年谱》编纂组：《董必武年谱》，中央文献出版社 2007 年版，第 122 页。

13

抗日游击战争中的若干基本问题

刘少奇发表《抗日游击战争中的若干基本问题》，指出游击战争将成为华北抗日的主要斗争方式 /

欢迎叶挺将军来延安 /

朱德一月内 29 日行军作战 /

上海华界沦陷前的最后战斗，斯诺建议卡尔逊考察中共敌后抗日根据地 /

《上海太原失陷以后抗日战争的形势和任务》，毛泽东指出目前处在片面抗战到全面抗战的过渡期 /

汪精卫演讲《怎样才能持久》/

蒋介石宣布迁都重庆，周佛海含泪上船

10月12日，国民政府军事委员会宣布南方的红军和游击队改编为国民革命军陆军新编第四军，简称新四军。4天后，刘少奇于10月16日发表题为《抗日游击战争中的若干基本问题》的小册子，署名"陶尚行"。

受中共中央的指派，刘少奇两月半前来到太原，组建北方局新的领导机关，出任书记。[①] 贯彻党中央有关开展抗日游击战的指示精神，刘少奇结合近期工作的实践，又有新的阐发。小册子开篇第一节标题就开宗明义："游击战争是今后华北人民抗日的主要斗争方式。"刘少奇归纳了武装斗争的三种主要方式：正规战争、游击战争、武装暴动。进而指出由于华北抗日的正规战争受挫，"游击战争将成为华北人民反对日本帝国主义的主要斗争方式。"在全面展望游击战争的重大意义后，刘少奇不回避人们心中的普遍疑惑：

有许多人对华北发展广大游击战争的政治军事意义，是估计不足的，对游击战争的前途是怀疑的。他们以为，数十万久经训练的、超过日军数倍的正规军，都不能支持华北的战局，在极短的时间内被日军连续击破，难道在这数十万大军失败后，由人民组织起来的新的零散的游击军，能长期与更多的日军作战，并取得胜利吗？这些人的思想是错误的。他们不了解华北正规战争的失败，是不能由这数十万军队与人民来负责的。不是由于数十万军队与华北人民的力量不能战胜

---

① 中共中央文献研究室编：《刘少奇年谱（1898—1969）》上卷，中央文献出版社1996年版，第186页。

日寇，而是由于没有发挥这数十万军队与华北人民的伟大力量，并错误地使用了军队与人民的力量。这是应由政府当局负责的。这种错误与缺点在今后在人民游击战争中，必能迅速地纠正与克服，也必须迅速地纠正与克服。所以，今后华北的游击战争，是有胜利前途的。

接下来，刘少奇罗陈敌军与我们的军队、游击队的优点、弱点，强调指出："如果在华北能广大地发展游击战争，能执行正确的战略战术与正确的政策，那末敌人愈深入中国内地，他的后方联络就愈困难，绵延数千里的铁路、公路交通，到处都有游击队去破坏和截断。这就逼使敌人用极大的兵力来保护交通联络线，我们就可以围困深入内地的敌人，便于主力部队去消灭这部分敌人，收复被敌人占驻的一些地区。游击队能够对付超过自己数倍的优势敌人，并能打胜仗。"

"但是游击队要战胜敌人，"刘少奇又作补充，"除采取正确的战略战术外，还必须：（一）取得人民充分的有组织的帮助，隐蔽自己的行动，了解敌情，并从人民中取得给养与补充，否则游击队不独不能胜利，而且也不能存在；（二）在各方面都要有正确的政策，代表人民的利益与意志，取得人民充分的有组织的帮助；（三）有很好的政治纪律和军事纪律，并实现官长与士兵的平等，保证各种政策的正确执行。"

既而，刘少奇还写到了"抗日武装部队的组织与改造"，宣扬"共产党即为集中、合并与团结各种零散的部队成为正规军而努力。但必须以自愿为原则，反对强制的兼并或改编。"

刘少奇开诚布公地写道："许多参加抗日的部队是需要彻底改造的"，并提出以下四条举措：

第一，必须加强对部队的政治教育，在政治上巩固部队，加强纪律，并提高对日作战的勇气与牺牲精神。

第二，必须改善对士兵的待遇，禁止打骂虐待士兵，废除肉刑，实现长官与士兵平等。……

第三，必须实行部队的经济公开，并由士兵举人管理监督经济。……

第四，必须淘汰对抗战动摇与不坚定的分子，才能使这个部队长期坚持抗日，并取得胜利。①

10 月 19 日，八路军 129 师先头部队第 769 团夜袭滹沱河北岸阳明堡机场，歼敌 100 余人，毁伤敌机 24 架。

7 天后（10 月 26 日），娘子关失守。随着抗战正面战场的节节失利，南京政府对持久抗战发生动摇，国内妥协和平空气逐渐抬头。周恩来积极奔走，同阎锡山、傅作义、黄绍竑共商作战部署、太原居民撤退计划，以及山西的持久抗战问题。②

在华北烽烟中，延安宝塔巍然屹立，远处传来抗战的歌声。

毛泽东与叶挺在延河滩边缓步行走着，叶挺回顾着自己在大革命失败后所走过的曲折道路，作了深刻的自我解剖。"我拥护中国共产党的政治军事战略，接受中国共产党的直接领导。"叶挺站住脚，面对毛泽东真诚地说。

毛泽东拍了拍叶挺的肩膀，二人继续向前走。这回是毛泽东向叶挺交待任务："经过中共中央的郑重考虑，认为可争取将新四军的编制定为 2 师 4 旅 8 团。"他还具体说了相关军、师首长的人选。

---

① 中共中央文献研究室、中央档案馆编：《建党以来重要文献选编（1921—1949）》第 14 册，中央文献出版社 2011 年版，第 572—579 页。

② 中共中央文献研究室编：《周恩来年谱（1898—1949）》上卷，中央文献出版社 1998 年版，第 396 页。

叶挺极表赞成："请党中央多派一些得力的干部，加强新四军的工作。"

"希望你回去后以我党的这个设想，向蒋介石本人和国民党军委员会方面多做争取工作。"毛泽东托付道，随后说："走，我们去开会。"

抗大礼堂专门举行了一次欢迎叶挺的干部大会。看到"欢迎叶挺军长"的大字标语，叶挺内心有些不是滋味：如果把"军长"换成"同志"，那才好呢！他早就想恢复共产党党籍，但是，无论是在上海与周恩来交谈还是这回来延安见到毛泽东，他都张不开口谈这件事。党中央认为你现在还是暂时不在组织上加入共产党，对于中国人民的抗战事业更加有利，不知这是谁的关照还是他的心语，化入一阵热烈的鼓掌声中。

毛泽东致词："我们今天为什么欢迎叶挺将军呢？因为他是大革命时代的北伐名将，因为他愿意担任我们的新四军军长，因为他赞成我党的抗日民族统一战线的政策，所以，我们欢迎他。"

又是一阵热烈的掌声，叶挺应邀讲话，他激动地说：同志们欢迎我，实在不敢当。革命好比爬山，许多同志不怕山高，不怕路难，一直向上走，我有一段是爬到半山腰又折回去了，现在跟了上来。今后一定要遵照党所指示的道路走，在党和毛泽东的正确领导下，[1] 坚决抗战到底。[2]

11 月 6 日，毛泽东致电博古：叶挺已到延安，项英明日可到。新四军拟以项英为副军长，陈毅为政治部主任，周子昆为参谋长。[3]

---

[1] 《叶挺生平大事年表》，陈勇：《旷代名将：叶挺将军传奇纪实》，成都出版社 1995 年版，第 391 页。

[2] 卢权、禤倩红：《叶挺传》，河南人民出版社 1993 年版，第 273—274 页。

[3] 中共中央文献研究室编：《毛泽东年谱》中卷，中央文献出版社 2013 年版，第 36 页。

深入敌后，不遑宁处。就在 11 月 6 日这一天，朱德复信陈玉珍，除了关照对方变卖藏书、产业以接济两母之外，对前妻却是无法给予丝毫照顾：

至于你的生活，望你独立自主地过活，切不可依赖我。我担负革命工作昼夜奔忙，十年来艰苦生活，无一文薪水，与士卒同甘共苦，决非虚语。现时虽编为国民革命军，仍是无薪水，一切工作照旧，也只有这样才能将革命做得成功。近来转战华北，常处在敌人后方，一月之内二十九日行军作战，即将来亦无宁日。我这种生活非你们可能处也。我决不能再顾家庭，家庭也不能再累我革命。我虽老已五十二岁，身体尚健，为国为民族求生存，决心抛弃一切，一心杀敌。……①

11 月 8 日，太原失守。

11 月 9 日，国民党军队在上海开始总退却。上海闸北高空，飞起一只系留气球，这是日军作战获胜的惯例标志。②

然而，抵抗还在进行。上海华界战火纷飞，租界区好比是一个安全岛，一北一南都成为观战的最佳看台。

苏州河北的四行仓库，国民党守军坚持阻敌抗击，大长上海民众的抗战志气。众多中外人士拥挤在苏州河南岸，向北引颈观战。

南市守军也在苦苦坚持。宽不 50 英尺的徐家汇河，是法租界与华界的分界，成为观战者的自然屏障。临河的一幢中国公寓，阳台已

---

① 中共中央文献研究室编：《朱德年谱（新编本）》中卷，中央文献出版社 2006 年版，第 709 页。

② ［美］埃德加·斯诺：《为亚洲而战》，新华出版社 1984 年版，第 39 页。

是摇摇欲坠，那里聚集了半打的摄影员，正作着战况实录。在河的右侧，日军步兵逡巡在坦克后面，坦克推进不过几尺就被迫停了下来，断续的炮火震天动地。徐家汇河的支渠沿线埋伏着中国士兵，机枪从堡垒中喷射怒火，后方还有炮火支援。日机出现了，猛烈轰炸，在烟雾弹的掩护下，日军开始爬过浮桥。

埃德加·斯诺和美国海军陆战队情报官员埃文斯·福代斯·卡尔逊，躲在法租界的一堵砖墙后观战。不是没有一点风险，流弹和弹片纷纷落在他们的周围。

胶片用完了，他俩抓紧回了一趟市区。待返回，战况更为激烈。经过徐家汇一带的制高点水塔，突然发现脚底下是一大片的红色。

"看！"斯诺叫起来，"这是血呢还是油漆呢？我不记得几分钟前这里有任何油漆。"

这时，听到墙外一片叫喊声，但见中国军队拥过徐家汇法租界的铁丝网。中国军队已是退无可退，再退便要进入由南市的黄浦江岸的日军射程。来复枪、刺刀、手枪、手榴弹、子弹、防毒面具、钢盔扔得到处都是，堆积在街道上。扔掉武装的中国军人，瘦弱得像是童子军。法租界守军司令前来安抚，一面称许他们作战勇敢，一面保证不把他们引渡向日本人。那正是 11 月 11 日，上海沦陷的最后一刻。

卡尔逊不见了，原来他爬上水塔。斯诺拍了几张照片，也爬上水塔。结果，遇到了惊慌失措的法国人把中弹者抬下来。一个受伤者浑身血污，一瘸一拐了下来，卡尔逊跟在后面，还有另外几个人，拖着一个人的身体，那不是《每日电讯》的彭布罗克·斯蒂芬斯？！衣服纽扣的纽孔中还别着一朵红罂粟花，那是第一次世界大战停战的纪念标志。

"我看见一只脚从塔顶垂下来，"卡尔逊对斯诺说，"于是跑上去看。当我走到那里时，斯蒂芬斯躺在一洼血中，另外有两个受伤的人，还有几个别的外国人，惊得伏在一起不能动。"

斯蒂芬斯被击头部与腹股沟，当场死亡。[①]

斯诺拿出宋庆龄一星期前派人送来的拿破仑牌白兰地，记得孙夫人还附了一张条子，上写："这是我父亲酒窖里仅存的一瓶了，一滴酒也不能留给日军。"现在，是时候用上这瓶酒了，斯诺斟了一杯祭奠斯蒂芬斯："一个勇敢的人。"

"这不仅是斯蒂芬斯生命的结束，也是上海战争的结束，也可能是整个战争的结束。"卡尔逊若有所思地说。

"那么说，你认为日本已经胜利了？"

"中国现在已经丧失了她的所有工业基地，没有工业，要同日本的那种现代化军队作战是不可能的。但是，是不是说日本就已经胜利了呢？我知道你心里是怎么想的，你可能是想对了。你知道你会说毛泽东已作了回答，那就是游击战争。"

"你不相信游击战争吗？"

"在尼加拉瓜，我到处追击桑地诺[②]领导的游击队，花了两年的时间，因此，我并不低估在中国这样一个幅员辽阔的国土上打游击战的可能性。但是关键要有好领导，要有好领导和有士气。我本人到目前为止还没有见过像你谈到的朱德、彭德怀和林彪等将领那样的中国人。他们可能是不同的。如果他们真正是士气高昂和纪律严明，如果他们的领导人像你所说的那样足智多谋，如果……如果……那么就会

---

① 埃德加·斯诺：《为亚洲而战》，新华出版社 1984 年版，第 39—42 页。

② 桑地诺，尼加拉瓜民族英雄，曾领导反战领军的游击战争。

相信未来可能是属于他们的。"

"你为什么不亲自看看呢?"

斯诺自告奋勇,帮助卡尔逊联络去敌后抗日根据地考察。通过中共中共派到上海的负责人刘晓向毛泽东发出请示电报,很快得到毛泽东的复电:欢迎卡尔逊去延安。①

11月12日,上海华界沦陷。

公共租界的西面,苏州河的南面,田野里遍布炮弹炸出的弹坑,没有爆炸的手榴弹、枪弹、炮弹所在皆是。勤劳的农民开始清理田地,野狗到处肆意乱窜,钢盔不要贸然去捡拾,说不定里面还扣着被炸断的头颅。到处是断肢残躯,手臂、腿,更多的是紧握的拳头、紧握不屈的拳头。然而,在凄冷的秋雨中,士兵的尸体开始腐烂······②

就在当天,毛泽东在延安中国共产党的活动分子会议上作题为《上海太原失陷以后抗日战争的形势和任务》的报告。他具有远见卓识地指出:"目前形势是处在片面抗战到全面抗战的过渡期中"。

在肯定国民党"片面的抗战""比不抵抗主义进一步,因为它是带着革命性的,因为它也是在为着保卫祖国而战"后,毛泽东又提出批评:"但是我们早就指出",他扳起了指头,"今年四月延安党的活动分子会议,五月党的全国代表会议,八月中央政治局的决议",随后他将手一挥,"不要人民群众参加的单纯政府的片面抗战,是一定要失败的。因为它不是完全的民族革命战争,因为它不是群众

① [美]埃德加·斯诺:《复始之旅》,宋久、柯楠、克雄译,新华出版社1984年版,第234—237页。

② [美]埃德加·斯诺:《为亚洲而战》,新华出版社1984年版,第56—57页。

战争。"

毛泽东继续表明自己的观点："我们主张全国人民总动员的完全的民族革命战争，或者叫作全面抗战。因为只有这种抗战，才是群众，才能达到保卫祖国的目的。"

有主张也有分析，"上海太原失陷后的形势是这样的"，毛泽东站了起来，慢慢地踱步，"1. 在华北，以国民党为主体的正规战争已经结束，以共产党为主体的游击战争进入主要地位。在江浙，国民党的战线已被击破，日寇正向南京和长江流域进攻。国民党的片面抗战已表现不能持久……"

在缕述一系列消极情况后，转又讲积极方面："1. 共产党和八路军的政治影响极大地极快地扩大，'民族救星'的声浪在全国传布着。共产党和八路军决心坚持华北的游击战争，用以捍卫全国，钳制日寇向中原和西北的进攻。……"

"因此，目前是处在从片面抗战到全国抗战的过渡期中。"在对形势作多方面梳理后，毛泽东小结道："片面抗战已经无力持久，全面抗战还没有来到。这是一个青黄不接的危机严重的过渡期。""在此期间，中国的片面抗战可能向三个方向发展"："第一个方向，结束片面抗战，代以全面抗战。""第二个方向，结束抗战，代以投降。""第三个方向，抗战和投降并存于中国。"

"从片面抗战转变到全面抗战的前途是存在的。争取这个前途，是一切中国共产党员、一切中国国民党的进步分子和一切中国人民的共同的迫切的任务。"为此，毛泽东倡导改造国民党、改造政府、改造军队。"八路军应在这一改造过程中起模范作用。八路军本身应该扩大。"他进而提出"在党内在全国均须反对投降主义"的主张："一九二七年陈独秀的投降主义，引导了那时的革命归于失败。每个共产党员都不应忘记这个历史上的血的教训。"①

日军在金山卫登陆，致使淞沪战场的中国军队腹背受敌，战线开始崩溃。司令找不到军长、军长找不到师长，从前线撤下来的部队建制混乱，军无斗志，不能利用宁沪沿线的军事工程，形成有效阻击。淞沪抗战失败后，日军很快就追击到苏、常一带。

南京风雨飘摇，岌岌可危。

11月18日晚，金陵广播电台，汪精卫西装革履，正作题为《怎样才能持久》的演讲。虽然脊骨还留着数年前遇刺时所中的枪弹，汪精卫仍然保持良好的身姿，一口标准的老南京官话：

此次抗战，我们必须牢牢记着，能牺牲才能持久，能持久，才能得最后之胜利。淞沪抗战亘三月之久，以无数精兵良将之血肉，筑成壕堑，来抵御敌人海陆空联合之轰击，未奉命令，有死无退，这种牺牲在战史中实为空前壮烈，有了这样牺牲精神来做抗战的基础，可以进而研究怎样才能持久了。②

……

11月19日，南京召开国防最高会议。

蒋介石一脸铁青，发表长篇讲话："抗战开始至今已3个月以上，赖中枢各同志同心一德，艰苦维持，使前方部队勇气日增，全国同胞感动奋发。暴日到了今天，应已知道中国的力量不可侮了。关于军事情形，刚才副参谋总长已有说明，外交财政亦均有各别报告，不待赘

① 中共中央文献研究室、中央档案馆编：《建党以来重要文献选编（1921—1949）》第14册，中央文献出版社2011年版，第660—663页。
② 包清岑编：《抗战文选》第1辑，拔提书店1938年版，第59—62页。

说，目前淞沪外围以至苏常一带的战事，日益紧张，暴敌陆续增援，似乎我们的军事应付处于更艰难的地位。北战场自敌人占领太原后，亦形不利。但就全局来观，我们并未失败，要知道此等情形，原来并非意外，而是为我方开战时所预期的。"

说到这里，蒋介石不免有些冒汗。道理似乎有些说不通，但不管这么多了，自顾顺着思路说下去罢："今天我们主动而退，将来即可以主动而进，大体上说来，是不足虑的，……"还是侧重打个人情感牌："自从九一八经过'一·二八'以至于长城战役，中正苦心焦虑，都不能定出一个妥当的方案来执行抗日之战。关于如何使国家转败为胜转危为安，我个人总想不出一个比较可行的办法，只有忍辱待时，巩固后方，埋头苦干。但后来终于定下了抗日战争的根本计划。这个根本计划，到什么时候才定了下来呢？我今天明白告诉各位，……"

见大家作聆听状，蒋介石揭示了谜底："就是决定于二十四年入川'剿匪'之时。到川以后，我才觉得我们抗日之战，一定有办法。因为对外作战，首先要有后方根据地。如果没有像四川那样地大物博人力众庶的区域作基础，那我们对抗暴日，只能如'一·二八'时候将中枢退至洛阳为止，而政府所在地，仍不能算作安全。……"

会场气氛异常的萧索，还是要鼓劲打气。"这几年来，我们埋头苦干，积极准备，同心一德，完成统一，到这次卢沟桥事变发生为止，我们的国内形势和军事准备，比之以前，当然有更多的把握。可以说较之民国二十四年已增加了一倍，而较之'一·二八'与九一八当时，增加了二三倍还不止。我们国防上已经有初步的准备，如果尚有和平可能，当然要迟延二三年，再过三年，我们的国防力量，当然格外不同。但敌人不能等待，时机不能许可，情势已至最后关头，自然要和他抵抗。不过我们今天并不是无计划，也更不是冒险，可以说，敌人在事实上已立于失败地位，而我们是有一定的目标的。"

3天前（11月16日）朱德与彭德怀的来电浮上心头：唯有本着持久抵抗方针，更能获得世界人士精神与物质之赞助，则最后胜利必属我中华民族。① 共产党人的这份乐观精神，真是值得钦佩。为了振奋精神，蒋介石提高声调，说出他抗战必胜的根据：

这一次战斗，决不是半载一年可了，一经开战，一定要分个最后的胜败。现在如果就军队力量比较，当然我们不及敌人，就拿军事以外两国实际国力来较量，也殊少胜利把握。但为什么我们这次毅然决然与之正式作战，而毫不犹豫呢！这并非如一般所想，日本经济力不能维持长久，或是说我们的兵力和自然条件可以维持到多少久，我们的着想点，并不在此，我们决心抗战，且有最后胜利的自信，是由于下面三个根据。

第一，自从二十四年开始将四川建设成后方根据地以后，就预先想定以四川作为国民政府的基础。日本如要以兵力进入四川来消灭国民政府，至少也要三年的时间，以如此久长的时间来用兵，这在敌人的内部是事实上所不许，他一定要失败的。……

第二，只要我们国民政府不被消灭，我们在国际上一定站得住。而敌人骄横暴戾，到处树敌，他在二三年以内，一定站不住，决不能持久下去的。所以我们决不怕消灭，一时一地的得失，无害于我们的根本，我们的唯一方针，就是要"持久"。

---

① 中共中央文献研究室编：《朱德年谱（新编本）》中卷，中央文献出版社 2006 年版，第 714 页。

第三，鉴于阿比西尼亚的事例，有若干人不免对国际正义失望。阿比西尼亚（即埃塞俄比亚，引者注）为国联会员国，最后国家灭亡了，而国际无法援助，这固然是一个很大的教训，但我们中国决不做阿比西尼亚。要知道阿比西尼亚在地理上和军事上的条件，与我们中国有很大的不同，我们不独幅员广大，而且有极坚强的抗敌意识，越到内地，这种意识越普遍，所以日本决不能亡我，就是再多几个日本，亦不能亡我，日本如果以意大利来比拟自己，他就一定要失败。

因此我可以断言，我们的国家决没有灭亡的危险。……

与会者相互交头接耳，声浪甚至有些盖过主讲者，蒋介石兀自继续讲下去："……越抵抗就越有精神，所以此刻决不能因军事失利而希望停战和妥协。这是万万要不得的，日本的心理，最好就是趁华北在手上海得利的时候，与我言和。但是如此妥协，不知道要多少年以后才能翻身，或许是永远不能翻身。所以我们今天决不能与之言和。……"

会场更加喧哗。"我要郑重告诉各位同志，抗战开始以来的战局，其失利的程度，并不曾超过我们预想以外，我们早就依预想失利的形势而定下了一贯的计划。"蒋介石有些声嘶力竭，"3 个月的抗战，30 万将士的死伤，已经造成了国际新形势。……如果我们继续努力抗战下去，一定可以达到各国在远东敌视日本，包围日本的目的，一定使日本陷于绝对的孤立。"

"单从军事来说，敌人的危险比我们更大。"蒋委员长总算讲到军事了，大家洗耳恭听。"日本国内矛盾太多了，老少不一致，海陆不一致，财阀不一致，军阀本身也不一致，至于一般人民，对于侵略战事，更是莫名其故。他侵略中国，已将六年，东三省的治安，至今尚且维持不了，如果他深入华北和内蒙，占地愈大，派兵愈多，旷日持久，师老民怨，断不是他先天不足的国力所能应付的。而且中国抗战一天不停，他就欲罢不能，而要跟着作被动的冒险。现在他要侵入长江以南，这种计划，决不是他事前所想到的。他现在如冒险前进，想要进攻南京，那就是他失败的开始，不必到四川，他就一定要失败。……"

会场又是"哄"的一声，蒋介石自觉也是多说无益，就尽快结束他的讲话。最后，抛出重要决议："现在中央已经决议，将国民政府迁移到重庆了。国府迁渝并非此时才决定的，而是 3 年以前奠定四川根据地时所早已预定的，不过今天实现而已。今天主席以次均将陆续出发，……"①

会场大哗。七七事变后国民政府就有迁都之议，当时还以稳定军心民心为由暂留驻守，后又听说蒋对迁川的建议表示嘉许，这回算是见了分晓。

南京政府各部官员为林森主席举行宴会饯行。林森一一向各位同仁辞别，宴席氛围异常沉闷。

有人说：重庆乃重生之意，迁都重庆乃重生之兆，最后胜利可操在券。

与会者听此精神为之一振，宴会的空气顿时活跃起来。

当晚，周佛海接到南京政府命令，翌日随迁都人马去往武汉。这天上午，他为夫人杨淑慧料理行装，已感觉社会氛围"大有八国联军

---

① 蒋介石：《国府迁渝与抗战前途》(1937 年 11 月 19 日)，中华民国陪都史课题组编：《中国战时首都档案文献：迁都·定都·还都》，重庆出版社 2014 年版，第 1—5 页。

入京，满朝文武逃奔之惨象"。晚饭后围炉夜话，10时半正拟就寝，突然熊式辉派人前来报信，谓其夫人已上船，尚有铺位，于是在"风雨甚厉"中送别杨淑慧。

11月20日上午，码头上往来人员行色匆匆。先是搬运重要档案印信上"龙兴"客轮，文官处印铸局带了一部分印铸技工和必需的机件，之后才是官员人等陆续登船。官员是允许携带家属，只是随身行李有限制，特别是明确不得携带家具。但见船上还有两三百人的直属侍卫队，以及百余人的军乐队，随行还有医生，携带必备的医疗器材和药物。总共1000多人，连同物资、器皿，"龙兴"号挤得满满登登。①

周佛海一早在凄风苦雨、愁云惨雾中，驱车先到中山陵园，向陵墓遥拜告辞，再绕市街一周，与这京华默默作别。随后，拜访新任湖南省主席张治中，访高宗武，约下午登船。"盘桓各室，苦不忍离"，在此已经居住4年，"一旦离去，不知重来何日，且园中一草一木，房屋一瓦一石，均系余与淑慧心血结晶，数载经营，弃于一旦，伤心曷极！惟念及国家前途，又觉此事小耳。"中午痛饮一番，后用"西流湾八号"的信封写了最后两封信。下午3时25分离开西流湾，心中默念："别矣，西流湾！后会恐无期也。"到得码头，周佛海含泪上船，正好与张治中同一舱室。②

午夜12时15分起锚，看着滔滔东去的江水，望着夜色中渐渐消隐的金陵余辉，周佛海满怀愁绪。

四十年来家国，三千里地山河。最是仓皇辞庙日，……好了，心

---

① 斯夫、王磊、王雨霖：《南京政府大撤退（1937—1938）》，团结出版社1998年版，第81、82—83、87页。

② 周佛海1937年11月20日日记，蔡德金编注：《周佛海日记全编》上编，中国文联出版社2003年版，第95页。

头怎么老是萦绕着这几句陈词滥调。自己正好年过四十，古词好似谶语，没想到自己会遇到山河之变的悲惨情景，也算是千载一时的遭逢了。

"龙兴"轮溯江而上，11 月 22 日夜抵汉口。以上江面渐窄，必须换船，"龙兴"在汉口停泊一天。周佛海没有随大队人马分乘民生实业公司的"民贵""民政"两轮前往重庆。既到武汉，离自己的湖南老家不远了，周佛海找到杨淑慧，一起回长沙探亲。见到父老乡亲，无不愁眉苦脸，争相诉苦："伤兵遍地，无恶不作，将来日本军队还没有来，我们恐怕在伤兵溃勇散匪的蹂躏之下，早已死无噍类了。"① 说这话时，谁能想到一年后的文夕大火？

① 周佛海：《回忆与前瞻》，蔡德金编注：《周佛海日记全编》下编，中国文联出版社 2003 年版，第 1215 页。

14

争取持久抗战胜利的几个先决问题

八路军东进永不过黄河，彭德怀演讲《争取持久抗战胜利的几个先决问题》/

王明到延安，作《如何继续全国抗战和争取抗战胜利呢？》报告，强调一切经过抗日民族统一战线/

在选定中央政治局委员和候补委员后，王明翩然飞往武汉/

彭德怀演讲《目前抗战形势与今后任务》/

王明撰写《中国共产党对时局的宣言》，宣扬「统一指挥、统一纪律」/

新四军军部成立，军政首长联欢

"第八路军决定永远不过黄河！"太原失守后国民党各军争路西退南逃，而彭德怀在晋东南前线沁县开村八路军总部驻地却坚毅地向周立波等几名热血青年这样承诺。他还说了如此令人血脉偾张的话："我们决定在任何困难情况下，都要留在山西、河北和整个华北，一直到把日本帝国主义赶出华北、赶出满洲的时候为止。我们愿意和华北人民共生死，和他们亲密合作，来与侵略者周旋。"[1]与彭德怀的一番畅谈燃烧激情，青年们踏上归途虽已是满天星斗的寒夜，却真心地感觉光明就在面前。于是，周立波携笔从戎。[2]

彭副总回来了！彭副总回来了！

11 月 26 日，彭德怀为参加中央政治局扩大会议回到延安。彭副总从华北抗战前线归来的消息，立时传遍延安。延安记者笔带感情地写道："八路军副总司令彭德怀从前方回来了，这消息迅速地雷鸣似的传遍了延安城，使大家兴奋而愉快，忙着慰劳、欢迎。那位跟普通士兵形式上并无特异之处的彭德怀将军，也相当地忙于接待客人。"[3]

就在抵达延安的第二天，彭德怀在抗日军政大学登台演讲，题名为《争取持久抗战胜利的几个先决问题》。话题紧扣抗战的紧迫问题，引来众多军民前来听讲。

"神圣的抗日民族革命战争，已经进行三个月了。谁都应该认识，

① 《彭德怀传》编写组：《彭德怀传》，当代中国出版社 2015 年版，第 103 页。

② 张福兴、王绍军：《八路军总部》，解放军出版社 2005 年版，第 47 页。

③ 《彭德怀谈前方游击战争》，原载《前线巡礼》1937 年 12 月 8 日，转引自赵一平：《军事家彭德怀》上册，中国青年出版社 2013 年版，第 187 页。

抗日的民族革命战争是一个神圣的伟大的事业。在我们的面前摆着强大的日本帝国主义，我们固然不应过分估计敌人的力量，而致丧失自己胜利的信心；"彭德怀微蹙眉头，直奔问题，"但亦不应轻视敌人的力量，而放松自己的动员与必需的准备。我们需要最高的抗战热情与胜利的信心，我们尤需要有冷静而客观的态度，讲求争取抗战胜利的办法。不幸得很，直到今天，在怎样争取抗战胜利的问题上，还没有举国一致的见解。"台下人群稍有骚动，彭德怀继续说道："三个月的抗战过程，给了我们不少的痛苦的教训。前线暂时局部的失利，固然不足以判断整个抗战的胜败，但是，假如我们不以最高的警觉来找出造成这一形势的原因，检讨出今后努力的方针，那也很易使抗战走入更困难的状态，使国人走到彷徨悲观、莫知所措的地步。找寻争取抗战胜利的方法，比任何时候都要更加迫切了。"彭德怀畅所欲言："前线的暂时局部的失利，不是由于最高统帅无决心，前线将士们不勇敢。"台下凝神倾听，"失利的真实的原因，都在于我们在动员工作上与军事作战的方针和指挥上，暴露了不可忽视的弱点。"彭德怀提高嗓音："我坚信着，动员全国人民参加抗日战争与建立正确的军事作战方针和指挥，是争取抗战胜利必须首先解决的前提。"

随后，彭德怀切入演讲主题的 4 个问题。第一个问题是讲"持久抗战的胜利"。"中国今天的海陆空军的力量与物质力量，都赶不上敌人力量的强盛。敌人利用过去的不平等条约及军事侵略，已在我国境内树立了许多堡垒。而我国内交通不发达，兵力调度自然缓慢；过去长期内战，以致国防不修；海岸线长，海军的力量又极微弱。在这样的条件下，要想拒止敌人于国门以外，固不可能；就是要一下子把入侵的日本强盗赶出中国，也是一个极艰苦的斗争。因此，从持久战中去取得抗战的最后胜利，已成为唯一正确的公论了。"彭德怀揭示道：

"必须清楚认识，敌我力量的对比决不是一成不变的东西，在持久抗战的过程中，是必然会变动的，我们的力量会逐渐变强，而敌人的力量则会逐渐变弱的。"彭德怀指出"历史上曾有不少弱国战胜强国的事实"，他有力地挥了一下手："伟大的中华民族，有着数千年的灿烂光辉的历史，有着高度的文化，有着不愿当亡国奴的四万万五千万同胞，有着无量的蕴藏着的资源，有着充分的条件，在持久抗战中迅速改变自己的劣势地位为优势地位，必能最后战胜日本帝国主义。"接着，他从政治、经济、军事、外交等方面阐述了中国所以能够而且只有从持久战中改变敌强我弱的形势，最终战胜日本侵略者的依据。

第二个问题是讲"战略与战术"。富有军事斗争经验的党员干部深为彭德怀有关"战略的防御与战术的进攻"的演说所折服。"因为中国并无侵略他国的能力和野心，而完全处于被日寇侵略的地位，我们是为自卫而抗战，所以在战略上是防御的。""但战术上若采取专守防御，是决不能够解决战斗的。因为我国兵器远不如人，国防设备又极微弱，如果采取单纯的防御，必然招致失败的恶果，所以我们在战术上，应尽可能是进攻的，必须时亦应采取积极的防御（即攻势防御）。""积极防御的要诀，在于乘敌在运动中或立足未稳时，集中优势兵力，以坚决、勇猛、迅速的手段歼灭敌人，减少敌人空军、炮兵及其他机械、化学兵种配合的效能。只有在运动战中解决了敌人，打击了敌人，才是达到防御目的的最好手段。防御也是为着节约兵力——用在运动战中消灭敌人的手段。"听众不觉频频点头。

彭德怀喝了口水，继续说道："中国陆军在数量上比任何国家都要多，比日本更要多好几倍。但在质的方面却远不如人，特别在技术方面相差很远。所以在战略方面，我们还是以弱抗强；然而，在战役或战术方面，我们必须求得以强攻弱，即使在战役上自己的力量小于敌人，也要求得从战术上来解决以多胜少的问题。"他假设敌我都是400人，"我以少数兵力钳制敌人的主力，以自己的主力采取迅速、坚决、勇猛的手段从敌侧后突击，首先消灭敌一部。假设首先消灭了敌之一百人，敌已由均势而变为劣势，则我集四百人再以同样手段，最后解决敌人。"

在阐述"战略上要以少胜多，战役上以多胜少"后，彭德怀又强调"持久的消耗战"的重要性。彭德怀认为："为欲达到长期地消耗敌人的力量，唯一的就是发动群众的游击战争，在敌人后方建立小块小块的根据地，分散敌人力量。此外，就是战役战术的灵活运用，以己之长，攻敌之短，以战术胜利的发展，来求得战役胜利的展开，决不是同敌人对拼消耗。"接着，他还就"争取主动""节约防御兵力"及"统一指挥与机动"问题，逐一提出自己的见解。其中蕴含着彭德怀率军驰骋山西前线的真知灼见："在华北抗战已往的三个月中，我们完全处于被动的地位。敌人展开正面进攻时，我军亦逐渐延伸抵抗，消耗于敌飞机大炮的火力下。今后应乘敌运动中，给以突然的袭击。""工事的构筑应采用圆周形或马蹄形，以班排为单位，火力能互相交叉、互相支援。""譬如山地战，大家知道山地交通不便，联络困难，要求得绝对一致动作，这是非常困难的一件事。""要想求得协同，只有每个指挥员都本着自己的任务和预定计划，以最积极的行动，向着敌人猛烈进攻。大家都积极动作，在积极动作中，求得一致，求得统一。"

于是，就讲到了第三个问题"游击战争"。"经济落后的国家和民族，要想抵抗帝国主义的军事进攻，广泛地开展游击战争，应成为整个抗战中的重要部分。""什么是游击战争？"彭德怀将手背在后面，自问自答："游击战争的定义应该是群众战争，是群众直接参加抗战的最高形式。"那么，"怎样才能发展游击战争呢？我的回答很简单，只要有群众，就能够发展游击战争"。彭德怀的声音响彻会场："只要你认识到游击战争的重要，只要你相信群众的力量，只要你相当的给以推动与帮助（如少数武器等），你便可以号召起广大的群众加入游击队，进行抗日的武装斗争。任何人、任何军队都有组织抗日游击战争的任务，而且任何军队都有这个平凡的本事。"彭德怀将双臂有力地撑在讲台上，越讲越顺畅，党内同志的革命经验涌上心头。"周恩来同志把游击队和群众的关系，比如鱼和水的关系一样，这是最恰当不过的比喻。""毛泽东同志曾经发明了一个有名的十六字的游击战术原则，即'敌进我退，敌退我追，敌驻我扰，敌疲我打'。这一原则虽是十年前的发明，在今天的民族革命战争中仍然是用得着的。"

第四个问题也是最后一个问题是有关"民众运动与全民抗战"。彭德怀从"痛苦的回忆"中去汲取"宝贵的教训"，他说道："中华民族能否从持久的抗日战争中，求得自己的独立、自由和解放，完全在于能否动员全国一切人力、物力，为争取抗战胜利而进行顽强的、不疲倦的斗争。"他抨击国民党当局实行片面抗战政策，"民众依然没有取得参加抗战的各种机会，也没有采取适当的政策去动员全民族的力量，以致蕴藏在群众中极丰富的战斗力量，依然没有大大地发挥出来，使今天的抗战，始终停止在单纯的军事防御阶段，而并未能掀起全面的与全民族的抗战。""为什么前线的炮火打的这样的激烈，并且有了部分的挫折，而竟还有人不愿去推动发挥全民族的伟大的战斗力量呢？"彭德怀随即作答："我想除了那些完全看不见群众力量的瞎子和素以摧残群众为荣耀的人们外，还有一些人存在着惧怕群众的心理。"他严正指出："真正害怕中国民众的力量的，是日本帝国主义，而不应该是中国政府与富有者，阻碍与压迫民众参战的运动，只有利于日本的侵略，而使民族的生命遭受危害。动员与发挥民众参加抗战，只会提高政府的威信，增强抗日的力量，使持久的抗战具有坚实的基础。也只有这样的全民族的抗战，才能最终战胜日本帝国主义。"随即，他阐发了"持久抗战与全民动员"的关系，而要动员发动群众参加抗战关键在于"我们能否真正实现孙总理民族独立、民权自由与民生幸福的三民主义。"最后，彭德怀强调："军队与民众打成一片，相互影响，相互合作，是保证战争胜利的重要因素。""军民关系之好坏，决定于军队本身有无严格的纪律，以及每个军人有无爱护人民的观念。假如一个军队能有严肃的纪律，每个官兵对于人民，能够做到买卖公平，态度和蔼。虽在极困难、极混乱的环境中，不乱拿民众一点东西，那这个军队必然得到广大民众的拥护，取得人民的帮助。"彭德怀特别揭露了"这一时期，特别在战地中，某些军队的纪律之恶劣，对人民利益之极端的不回顾恤"。"我不愿加丝毫的批评"，话虽如此说，华北前线的民生疾苦还是浮上心头："某军队经过某村后：'日本人来不过这样吧！'请听群众的怒声呵！"

"我们提出了在持久抗战中敌我力量对比的变动性，我们指明了抗战的胜利的前途，但这一切决不是命定的，胜利的前途也不是从天而降的，而完全依靠于我们自己的努力。"进入结束部分，彭德怀加快了语速："时机愈加紧迫了！我们已经暴露的弱点不能再存在了！建立正确的方针不能再迟缓了！……从困难中去求得民族的独立、自由和解放！"①

如潮般的掌声立时响起。

---

① 中共中央文献研究室、中央档案馆编：《建党以来重要文献选编（1921—1949）》第 14 册，中央文献出版社 2011 年版，第 692—707 页。

两天后（11 月 29 日）的下午，陕甘宁边区政府代主席张国焘办公室，周恩来正找张国焘谈话。

自林伯渠到西安八路军办事处主持工作，张国焘代理陕甘宁边府政府主席之职后，他总算从延安北山的窑洞搬下来，住进了陕甘宁边区政府院内。周、张正谈话间，突然，听到飞机轰鸣声由远而近。

日机来轰炸了？然而，没有警报发出，走出门外，但见一架飞机绕着延安城，越飞越低，在那里打圈子，显然是在找降落点。周恩来、张国焘立即往机场走去。张国焘问："是什么人物来了？"周恩来回答："到了机场就知道了。"

机场上，毛泽东、张闻天、朱德、彭德怀、博古、项英等同时到达，远远地站着。机场作了戒备，苏式重轰炸机 T. Б. 3 银色铁鸟平稳地滑落在跑道上，终于停住。毛泽东、张闻天可能知道哪个重要人物要来，只是不知哪一天来，虽有期待，但是谁也不能确认机上下来的会是什么人。①

是陈绍禹（王明），是康生，还有陈云，依次从机舱舷梯上走下。王明等是从苏联飞到新疆的迪化（今乌鲁木齐市），再由新疆经兰州飞抵延安的。中共中央政治局和书记处同志们立刻一拥向前，握手拥抱。毛泽东以《饮水思源》为题，致欢迎词："欢迎从昆仑山上下来的'神仙'，欢迎我们敬爱的国际朋友，欢迎从苏联回来的同志们，你们回到延安是一件大喜事。""今天我们迎接的是喜从天降；是抗日民族统一战线的制定人——王明同志……"当晚，在小范围内举行了

---

① 张国焘：《我的回忆》下册，东方出版社 2004 年版，第 417 页。

欢迎仪式，宴请王明、康生等人。饭桌上，毛泽东赞扬王明起草的《八一宣言》，为抗日民族统一战线打下了基础。王明强调了毛泽东在党内的领导作用，同时也指出加强包括张国焘在内的集体领导的必要性，并主张在维护中国共产党的独立和自主的情况下，在抗日民族统一战线中加强同国民党和蒋介石真诚紧密的合作。①

12 月 9 日，中共中央政治局召开扩大会议。王明作《如何继续全国抗战和争取抗战胜利呢?》报告，王明手持讲话大纲，口若悬河。"I. 决定中日战争胜利的三个主要因素"，王明主要讲了三点："（一）国共合作和全国抗战后中国形势中的三个新优点"，"（二）日本帝国主义在对华战争中的强点和弱点"，"（三）国际无产阶级和主要国家对中日战争的态度"，各点之下又有 ABC，之下分一、二、三，之下又分甲乙丙，听着像是条分缕析，但又不免有零碎琐屑的感觉。接着，他又对"II. 四个月抗战的经验与教训"进行总结："（一）四个月抗战的事实证明了日寇'以华制华，不战而胜'的政策是失败了"，"（二）四个月抗战的过程也暴露了中国的弱点"，"（三）北方及上海战线上部分军事失利和领土损失的重要原因是"，以下又是 A、B、C、D、E。

终于，讲到最为关键的"III. 怎样继续全国抗战和争取抗战胜利?"且听王明的思路："（一）巩固和扩大抗日民族统一战线是决定一切的条件。""（二）在国民政府基础上建立真正全中国统一的国防政府。""（三）在现有军队基础上建立和扩大全中国统一的国防军。""（四）动员和武装人民帮助政府和军队抗战。""（五）建立军事工业。""（六）扩大国际宣传和增强国际援助。""（七）如何使共产党

---

① 郭德宏编:《王明年谱》，社会科学文献出版社 2014 年版，第 348—349 页。

成为全中国范围内的政党?"①单是如此云云也无大碍，但里面一些具体论调让毛泽东等人颇觉不妥：

"现在不能空喊资产阶级领导无产阶级或无产阶级领导资产阶级问题，这是将来看力量的问题，没有力量，空喊无产阶级领导是不行的。空喊领导只有吓走同盟军。如西班牙现在实际上已是无产阶级领导，但没有喊无（产阶）级领导。现在欧洲资产阶级也看马列主义，资产阶级知道无产阶级领导是无产阶级专政的萌芽。因此我们不能说是谁领导谁，而是国共共同负责共同领导。""共同奋斗，互相帮助，共同发展"。

全国抗战后政治制度"已经开始民主化"，"现在国民党不能用分成左、中、右三派的分法，我们要看到国民党主要力量是黄埔系，如果这样分法会帮助蒋介石团结他们的力量，他们也知左中右提法的意义，我们应分为抗日派与降日派。"

"对于 CC 与复兴社过去是叫法西斯蒂，现在应公开纠正过来，法西斯蒂是侵略殖民地的。要说明法西斯蒂是侵略主义，复兴社是主张民族独立与社会进化，要用这种理论去对付日本。同时 CC、复兴社也不同（于）法西斯主义，对于叛徒只是一部分问题，不能因此而使许多革命青年离开我们。"

"我们对阎锡山的态度应非常慎重，要与阎锡山建立好的关系来影响全国，不要使人家感觉与共产党联合便要失败。"

"我们的斗争方式也要注意，如章乃器说多建议少号召在一定的程度上是有意义的。我们对蒋介石也要采用与他们商量的办法，不要

---

① 王明：《如何继续全国抗战和争取抗战胜利呢?》(1937 年 12 月 9 日)，中央统战部、中央档案馆编：《中共中央抗日民族统一战线文件选编》下册，档案出版社 1986 年版，第 829—839 页。

说这些纲领是共产党提出的，非要蒋介石执行不可，这样反不好。"

"今天的中心问题是一切为了抗日，一切经过抗日民族统一战线，一切服从抗日，现在我们要用这样的原则去组织群众，今天不是组织狭小的群众团体，而是利用现在合法的团体，要登记，读总理遗嘱也可以，要利用合法，取得合法，争取一切宗教的合法的团体，只有采用公开的合法的办法才能扩大统一战线，否则还是没有办法去扩大统一战线的。"

"我们对政权问题，不要提出改造政权机构，而是要统一的国防政府。我们的口号不是过早提出肃清汉奸分子，而是在政府逐渐去除汉奸分子，其次是有能力有威信的分子加入政府。"

"特区是新中国的雏形，它的政权实质是要成为抗日模范。要使人家一到特区便感觉特区是中华民国的组成部分。"

"行政制度在山西等地区不能建立与特区同样的政策，要同样用旧县政府、县长，不用抗日人民政府等。少奇同志写的小册子提得太多，提打大地主当作政策是不对的，提出单打维持会也是不对的，这样便帮助日本建立社会力量的基础。"

"我们要拥护统一指挥，八路军也要统一受蒋指挥，我们不怕统一纪律、统一作战计划、统一给养，不过注意不要受到无味［谓］的牺牲。""我们要将我们的军队扩大到 30 万，但方式上不要使人害怕。""我们八路军新四军是要向着统一的方向发展，而不是分裂军队的统一。"

"中国要争取抗战胜利，只有动员几万万人民参加抗战才能取得胜利，但国民党害怕民众起来。过去提出国民党片面抗战，是使他们害怕，要提出政府抗战很好，要动员广大人民来帮助抗战，不要提得那样尖锐，使人害怕，只好在党内提，不能在外面提出来。"

"现在中国需要统一的群众组织，不要分裂的群众组织，在抗战条件下不怕国民党限制，而是我们的方法不好，我们一定要争得合法，到国民党去立案，市党部来参加，利用合法来组织群众。"

"关于改善人民生活问题，工人简单的只提出行会的要求也是不对的，防止过左的口号。"①

毛泽东困惑的目光，洛川会议确定的独立自主政策和解决民主与民生问题的主张，遭到了冲击。会上，只有刘少奇的发言深契心灵：我们所说的独立自主，不是破坏统一战线，而是尽量争取合法地位去进行工作；发展民众运动，动员千百万群众参加抗日，是争取抗战胜利的基本条件，我们要经过统一战线去进行群众工作，直接动员群众，领导群众，扩大民族革命统一战线运动。刘少奇强调要以共产党为领导来团结一切抗日的势力和阶层，建立抗日民族统一战线的政权，坚持敌后的抗战。②王明还批评了以山地游击战为唯一方针的意见。在这一点上，彭德怀表示赞同，八路军在"战略上应该是运动游击战，在应用上要利用山地打游击战"。③在香烟缭绕中，毛泽东闭目深思。

第八条，这也是王明当天所作报告的最后一条："提高革命警觉性和加紧反奸细反托派的工作。"于是，王明大谈托派问题：我到新疆，盛世才把苏联派到新疆的25名干部的照片给我看，什么俞秀松、周达文、董亦湘，除了一位同志全是托派分子……跟托陈派的领

---

① 周国全、郭德宏：《王明传（增订本）》，郭德宏增补，人民出版社2014年版，第271—273页。

② 中共中央文献研究室编：《刘少奇年谱（1898—1969）》上卷，中央文献出版社1996年版，第200—201页。

③ 《彭德怀传》编写组：《彭德怀传》，当代中国出版社2015年版，第105页。

袖陈独秀合作，坚决不行！王明声色俱厉地反对：我们和甚么人都可以合作抗日，只有托派是例外。在国际上，我们可以和资产阶级的政客军阀甚至反共刽子手合作，但不能与托洛茨基的信徒们合作。在中国，我们可以与蒋介石及其属下的反共特务等等人合作，但不能与陈独秀合作。王明不时用"汉奸""托匪""杀人犯"等恶劣的名词来攻击托派，并诬指陈独秀是每月拿日本300元津贴的日本间谍。

陈独秀与托洛茨基究竟有所不同。不知谁咕噜了一声。

我必须提请大家注意，王明立时纠正，斯大林正在雷厉风行地反托派，而我们要联络托派，那还了得；如果斯大林知道了，后果那是不堪设想的。反对托派，不能有仁慈观念，陈独秀即使不是日本间谍也应说成是日本间谍。

大家都沉默了。

苏联肃清托派和其他反党分子是有经验教训的，王明自顾自滔滔不绝地说着。①

12月18日，王明坐在飞机上，志得意满。他环顾坐在附近，同机飞往武汉的周恩来、邓颖超、博古、孟庆树等，一丝不易察觉的微笑浮上双颊。

连续6天的中共中央政治局扩大会议于12月14日结束，王明时而作长篇大论，谈中共驻共产国际代表团工作与成绩，借势共产国际特别是斯大林威严，强大的气场笼罩了与会者。在讨论组织问题时，王明事先未经跟任何人商量，就提出一张中央政治局委员和候补委员共16人的名单，张闻天在该名单上竟被排在第7名。毛泽东当

---

① 张国焘：《我的回忆》下册，东方出版社2004年版，第422—423页。

时大感意外，表示要将王明推为中共中央领袖，王明极力表示自己决无"夺帅印"的意思。会议决定增补王明、康生、陈云为中央书记处书记，中央党委增为9人：张闻天、毛泽东、王明、康生、陈云、周恩来、张国焘、博古、项英。中央实行集体领导并作如下分工：日常来往电报"党的交洛，军队交毛，统战交王，王外出时交洛"。洛，也就是洛甫（张闻天）。会议还决定，由项英、周恩来、博古、董必武组成中共中央长江局，领导南部中国党的工作；由周恩来、王明、博古、叶剑英组成中共代表团，负责继续与国民党谈判。此外，会议还决定成立中共七大筹备委员会，以毛泽东为筹备委员会主席，王明也不能寂寞，筹备委员会为他特设书记的尊位。会间合影，王明稍事谦让后在前排居中位置一屁股坐下，毛泽东则悄无声息地站在了后排最左侧。①

直到看到坐在飞机后排角落的项英，一丝不悦之情才悄然爬上王明的心头。项英是接受中央有关改组南方游击队为新四军的命令，赴武汉从事新四军筹组工作的。但，这不是重点，问题在于中共中央对项英在政治局会议上所作《三年来坚持的游击战争》长篇汇报的高度评价，12月13日中共中央政治局作出《对于南方游击区工作的决议》："项英同志及南方各游击区的同志在主力红军离开南方后，在极艰苦的条件下，长期坚持了英勇的游击战争，基本上正确的执行了党的路线，完成了党所给予他们的任务，以致能够保存各游击区在今天成为中国人民反日抗战的主要支点，使各游击队成为今天最好的抗日军队之一部。这是中国人民极可宝贵的胜利。""项英同志及南方各

---

① 周国全、郭德宏：《王明传（增订本）》，郭德宏增补，人民出版社2014年版，第276页。

游击区主要的领导同志，以及在游击区长期艰苦斗争之各同志，他们的长期艰苦斗争精神与坚决为解放中国人民的意志，是全党的模范。政治局号召全党同志来学习这些同志的模范。"① 不就是游击战吗？

已经飞临大城市，王明从舷窗俯看跨江而立的武汉三镇雄姿，心中不由得默念：蒋公蒋委员长，被你悬赏一万大洋的陈绍禹来也！王明此次飞武汉，主要是因为蒋介石要了解共产国际对中国抗战特别是对国民党的态度，特邀其到武汉一谈。南京已于 12 月 13 日陷落，蒋介石和国民党党政军机关或暂留武汉或迁往重庆，老百姓流离失所，争相逃难，街景纷乱而又畸形繁华。

"正规战开始转变到群众的游击战为主，并在敌人的后方起了重要的作用，牵制敌人前进，保持晋南的状境，我军得以整理补充。"12 月 20 日，彭德怀在西安师范，作《目前抗战形势与今后任务》的演讲。

彭德怀先是介绍"华北抗战开始新形势"。"日寇非常残暴，烧毁沿铁路公路的民房，杀害壮丁，真是尸横遍野，惨不忍睹，青年妇女被奸污带去作公娼，小孩押解运走，大概是去进行奴化教育，日军所到之处，抢掠一空，弄得我被难同胞，啼饿号寒，妻离子散，亡国奴的味道是如此，"彭德怀字句顿挫地继续说道，"我们是黄帝子孙，有五千年的长久历史，我们能老受这样横暴凌辱吗？不，绝对不能的，我们只有从持久抵抗，不胜不已的决计中，来求得民族的生存和解放，排除一切动摇妥协的意识。"

---

① 中共江西省委党史资料征集委员会、中共江西省委党史研究室编：《江西党史资料》第 22 辑《湘赣边三年游击战争》，1991 年印，第 46 页。

在总结了"五个月来抗战的收获"和"抗战中失利的原因"后，彭德怀具体对"持久抵抗胜利的因素"展开论述："中国地大物博，人口众多，开始团结，愈持久愈能扩大与巩固。"彭德怀满怀自信地总结道："总之精诚团结，是战胜日寇基本条件。敌藉武力的优势，取得了暂时部分的军事胜利，但遇到中国继续坚决抵抗，必然引起力量变化，暴露其弱点。财政经济困难，国内矛盾也随之而增长，人民生活水准降低，……敌原料缺乏的困难，因战争持久，随而增加。国际形势亦不利于日本，德意虽帮助日本，但有矛盾，且均系外强中干，英美虽仍动摇，但反日倾向增长，苏法是援助中国反对日本的，各国工人如美国工人联合会、英国工党、法国工会等，均对于日本不利。因此持久抵抗，必然取得最后胜利……"①

12 月 23 日，中共中央代表团、中共长江中央局联席会议决定将二者合并，对外为中共代表团，对内为长江中央局，中共代表团和长江中央局由项英、博古、周恩来、叶剑英、王明、董必武、林伯渠组成，暂以王明为书记，周恩来为副书记。会议认为南方各地区的游击队应迅速集中，全部开赴抗日前线。② 这样一来，王明就成为中共方面在国统区的一把手。

翌日，中共中央长江局会议讨论通过王明起草的《中国共产党对时局的宣言》，未经报中共中央批准，即交付《新华日报》去发表。又过一日（12 月 25 日），王明会见美国合众社记者白得恩，对蒋介

---

① 政协平顶山市新华区文史资料委员会编：《新华区文史资料》第 2 辑，2002 年印，第 338—341 页。

② 中共中央文献研究室编：《周恩来年谱（1898—1949）》上卷，中央文献出版社 1998 年版，第 403 页。

石、国民党政府不吝赞辞："国民党政府军事委员长蒋先生精明坚决、雄才大略，力能胜任领导全国抗战。""抗战以来，中国在各方面已有相当进步，例如政府开始成立全中国统一的中央政府。""同时，开始建立了全中国统一的国民革命军的基础，更有重大意义。"当天更具历史意义的新闻是新四军军部在汉口的成立，军长叶挺，副军长项英，参谋长张云逸，副参谋长周子昆，政治部主任袁国平，副主任邓子恢。①

1938年1月1日，《群众》周刊刊发《中国共产党对时局的宣言》。"我国军民在国民政府军事委员会委员长蒋先生领导之下"，"开始形成了我统一的国家政权和统一的国家军队"，提出要"巩固和扩大全中国的统一的国民革命军"，做到"统一指挥、统一纪律、统一武装、统一待遇、统一作战计划"。②

汉口德租界味腴别墅，一片辞旧迎新的热闹气氛。

叶军长真是大方啊，每位骨干发8块大洋作为过年费，叶挺还在别墅里宴请新四军全体负责人。陈毅、高敬亭等悉数到场，军部两分部的干部算是聚齐了。

意犹未尽，中共中央联络局局长李克农改日也在这家饭店设宴答谢，既是犒劳来汉联络新四军改编事宜的各军政首长，同时兼有迎新与送别之意。

1月6日，新四军军部由汉口迁驻南昌。

---

① 金冲及：《生死关头：中国共产党的道路抉择》，生活·读书·新知三联书店出版社2016年版，第256页。
② 金冲及：《生死关头：中国共产党的道路抉择》，生活·读书·新知三联书店出版社2016年版，第256页。

新四军干部全体都换上了深灰色的制式军服，政治部、参谋处、副官处、军需处、医务处，军部各机关应有尽有，规模初具。①

---

① 卢权、褟倩红：《叶挺传》，河南人民出版社 1993 年版，第 280 页。

15

怎样进行持久抗战

"只有持久抗战，才能争取最后胜利，这是抗战五个月中最主要的教训！" 1 月 7 日，周恩来写毕《怎样进行持久抗战?》，小声地通读一遍。

"五个月前，抗战初起，我们即主张坚持长期抗战，决定最后胜负的方针。但当时未尝不有人设想：上海战役可以幸胜，日寇侵略可以限于局部，国际大战可以立即牵动。等到抗战经过五个月，察绥沦亡，保定、太原、上海相继失守，最后首都亦复陷落，认明抗战既不可幸胜，国际大战亦非轻易可以牵动，于是这些人便设想调解或可找到出路，屈服或可停止日寇前进，日寇汉奸又从而利用之，因此，和平妥协的主张，便一时甚嚣尘上。然而日寇的贪欲，却是无止境的。日本阁议对于中国的屈服主义者的幻想，算是给了当头一棒，……"

"贯彻持久抗战的基本方针，就必须对于怎样进行持久抗战，提出更积极更具体的任务，号召和动员全中国的同胞，为实现这些任务而奋斗。"周恩来快速浏览自己总结的全民族抗战 5 个月来的主要经验和教训：

"第一，这次对日抗战是中国海禁开后近百年来所没有的。"

"第二，这次抗战几乎可以说以无甚准备的中国，抵抗准备了四十多年的日本。……我国地大物博人多，战争的条件还没险恶到马德里被困的状态，我们的长处是可以在持久战中发扬和增加起来的。特别是民众动员，愈因战争延长会愈加深入；军队作战，愈因持久，会经验愈丰，改正愈多；军事工业和军事交通，愈因持久会成就愈大。"

"第三，这次抗战以中国军队装备技术的落后，竟能给敌以极大的损伤（敌我伤亡约一与三之比），使敌人不能依其预定计划实现。"

"第四，这次抗战，我国军队能在狭窄的上海地区，吸引敌军至十余师之众，坚持至三个月之久，引起全中国民众、全世界同情我们的人士的拥护和称赞，这是伟大的成绩。但以我军的装备和技术条件的落后，阵地战尚非我们特长，当时我军如能抽出相当数量和质量好的部队，转移北方的战场上去，则在运动战中消灭敌人的把握，当较东战场为多，……运动战是正规战的一种，并不是游击战，游击战是配合正规战的一种主要的辅助。"

"第五，这次抗战表示出我国军事指挥的开始统一和集中。……但是，现代的战争是一个有组织的科学战争，特别在中国的军队复杂、地区辽阔、交通不便、补给不济的条件下，在敌我军事力量强弱的对比下，更需要有计划地组织战争。"

"第六，这次抗战，我们应当称赞某些部队补充的迅速、新兵参加前线的勇敢与某些民众团体及个人参加战地服务的勤劳，但我们同时应当指出：过去民众运动还没有以动员参战为一切工作的中心。"

"第七，由于抗战的英勇和坚持，已经使国际同情中国的运动发展，使友邦的赞助增加，但应当指出：过去我们还没有尽量运用国际的有利条件，来增强自己抗战的力量，反而有时散布一些不应有的幻想和依赖情绪，转至丧失了中华民族自力更生的信心。"

"第八，这次抗战是进行了肃清汉奸的工作，并取得部分成绩，但严重的问题，却不在于肃清一般的小汉奸，而在于某些特殊化的思想、汉奸的理论、亲日派的活动，特别是日本侦探托洛茨基匪徒的言行，还没有得到应有的制裁。"

由此提出八项具体办法：一是巩固前线，二是建设新的军备，三是建立军事工业，四是发展游击战争，五是进行广大的征募兵役运动，七是加强国防机构，八是运用国际有利条件。且看文章是这样结束的："要能贯彻抗战到底的方针，必须首先加强和巩固中华民族能够支持长期抗战的信心和决心，反对一切动摇，反对一切妥协、屈服、投降的思想；次之，必须坚决相信进行这些持久战的具体办法，是能够渡过目前难关，准备进行决定性的战斗的。有了坚强的信心，有了实行这一切具体办法的意志，有了实行这一切具体办法的长期努力，日本帝国主义强盗的进攻必然会遭受到最后的惨败，中华民族的独立解放事业必然会达到最后的成功！"[①]

周恩来颇感满意，就此定稿，翌日发表于《群众》周刊第 1 卷第 5 期，后又发表于《解放》1938 年第 1 卷第 30 期。过了一天，周恩来意犹未尽，1 月 9 日为中共在国民党统治区的机关报《新华日报》创刊题词："坚持长期抗战，争取最后胜利"。11 日，《新华日报》在汉口创刊。

1 月中旬的一个傍晚，延安城内的一间瓦房，从武汉来延的国民政府国防最高会议参议员梁漱溟与毛泽东在此会谈。

梁漱溟与毛泽东其实同年，论起来二人早结善缘。20 年前毛泽东在北京大学图书馆当图书管理员，时而抽空旁听课程；那时梁漱溟在北大任教，与同在哲学系任教的杨昌济交好，分明记得到杨家拜访时见过毛泽东。此次来延，梁漱溟是得到蒋介石认可的，延安方面招待颇为周到。一次接风宴，后来的送别，梁漱溟在延安逗留 18

---

① 中共中央文献研究室、中央档案馆编：《建党以来重要文献选编（1921—1949）》第 15 册，中央文献出版社 2011 年版，第 6—14 页。

天间，一共与毛泽东会面有8次之多，初见即在内心惊叹对方"逸群绝伦"（这是诸葛亮称赞关羽的词句），其间正式面谈6次，这是第一次。

冬天日短，虽然只是傍晚6时，天已擦黑。长袍马褂的梁漱溟一进门，毛泽东就上前握手，嘘寒问暖。不冷不冷，这屋子尤其暖和，还闻不到煤味，梁漱溟言语质朴。毛泽东告诉他：这屋里没有炉子，为了招待贵客，在屋外地下烧了火，使地面和墙都发热，免得夜谈冻着先生。①

接着，毛泽东微笑着交还梁漱溟带来的《乡村建设理论》：大著拜读，嗬，他还让对方看了自己作的许多阅读摘录。毛泽东指着写在粗纸上的那些摘录说：这些见解不无是处，例如不搞上层表面文章"宪政运动"等，又例如改造社会从基层入手，从农村入手也是对的，等等。毛泽东说："梁先生！你是个宣传家哩。"见其迟疑未晓其义的表情，毛泽东接着解释："凡是想要以其道易天下者，便是一位宣传家。"以奉行弘扬儒学为己任的梁漱溟连忙逊让，称毛泽东才是"以道易天下者"。

既而，毛泽东提出自己的批评：只是你的主张不能解决农民问题，不彻底；走的是改良之路，而非革命之路。②

梁漱溟摆了摆手：这问题我们以后再谈，我以后还要跟你讨论中共的策略转变及对国家政权建构的态度。但是，今天，你我故人，不

---

① 梁漱溟：《我努力的是什么：抗战以来自述》，中国文化书院学术委员会编：《梁漱溟全集》第6卷，山东人民出版社2005年版，第199页。汪东林编：《我对于生活如此认真：梁漱溟问答录》，当代中国出版社2013年版，第54页。

② 梁漱溟：《再忆初访延安》，梁漱溟：《我生有涯愿无尽：梁漱溟自述文录》，中国人民大学出版社2011年版，第319页。

必瞒我哄我，我急迫地想知道，润之你对抗战前途的真实想法。

梁漱溟极为坦率，话匣子一经打开，便自顾自地说了起来：我对抗战前途很是悲观，从成都到南京到上海到山东，再由徐州到武汉到西安，一路所见，窳政依旧，抗战前线，一败如水，骄兵悍将，兵痞强盗，流民苦难，无不让我失望。润之，我实话对你说吧，我到延安哪是什么考察，是讨教来的。中国前途如何？中华民族会亡吗？

毛泽东静静地听着，抽烟，喝水，耐心地听对方说完，这才露出笑容，十分果断，斩钉截铁地说："中国的前途大可不必悲观，应该非常乐观！最终中国必胜、日本必败，只能是这个结局，别的可能没有！"他的语气是这样的肯定、神态是这样的坚决。①

毛泽东站了起来，边说边走，在屋内来回地踱着步。梁漱溟当时被深深地说服了，记住了毛泽东当时是从国际、中方、日方三个方面展开分析，向他论述了"中国的团结＋世界的援助＋日本国内的困难＝中国的胜利"的"抗战公式"。

另外，我还可以向你推荐一本好书，毛泽东说着递过去一书，今年抗敌救亡出版社刚出版的《抗敌的游击战术》，朱德与彭德怀的大作。

梁漱溟有些纳闷：润之，对战争战术，我可是一窍不通。

这书附录了几篇文章，其中《争取持久抗战胜利的先决问题》一篇很值得参考，从经济、军事、国际等方面讲到持久战，很能提振我们抗战的信心，毛泽东说着翻到了一页，出声地读了起来："从任何一方面看，我们只有而且能够从持久战中，改变强弱的现势。最终的

---

① 汪东林编：《我对于生活如此认真：梁漱溟问答录》，当代中国出版社 2013 年版，第 54 页。

战胜日本帝国主义。让那些恐日病者弱国牺牲论者去散布民族失败主义的空气罢！让那些急性病者去悲观失望吧！我们每一个不愿当亡国奴的中国人，是要坚决的从持久抗战中去取得胜利的。"①

还有，毛泽东接着说道，彭德怀的另一篇大作也值得推荐，同样有助于解答你的问题，题目就是《争取持久抗战胜利的几个问题》。

1 月 17 日，毛泽东开始静心阅读李达寄来的《社会学大纲》。手捧这部煌煌 42 万余字的巨著，老朋友真是没有虚度光阴。打开扉页，映入眼帘的是这么一行字："献给英勇的抗日战士"，让人心头不由得一热。

"本书是前著《现代社会学》绝版以后的新著，内容完全不同了。本书的原稿，是在最近三四年以内逐渐写成的。全书分为六篇，已经写成的，只有前五篇，并且第五篇分量较少，稍欠充实。第六篇未曾着手，而我的研究工作重心，已移到经济学货币学方面，因而预定的第六篇，最近实无暇编写，我无时不在惦记着。"李达在《序》文中娓娓道来。

毛泽东不由得念出声来："全书虽说尚未完成，而积存的原稿，已达四十余万字。如果照旧把它搁置箱箧中，听凭老鼠们咬了去，不免对自己也欠忠实。所以我考虑的结果，决心把它付印了。"

毛泽东微微一笑，继续看道："关于第六篇中国社会的研究大纲及材料等项，都已有了准备，只是无暇整理。但研究所得的结论，也不妨在这里略提几句。本书前五篇，是研讨世界社会的一般及特殊发展法则的。至于中国社会，却自有其特殊的形象和固有的特征，绝不

_____

① 朱德、彭德怀：《抗敌的游击战术》，长沙上海书店 1938 年版，第 89 页。

是一般原则之单纯的例证。我认为中国社会，不是资本主义社会，也不是封建社会，而是帝国主义殖民地化过程中的社会。现阶段的中国人，必先认清自己的历史使命，就是要使中国从这种过程中解放出来。为要完成这种使命，必须实现民主的统一，发展国民经济，改良农工生活。全国人民，要一致团结起来，集中一切力量，准备民族奋斗，以求得中国之自由平等。这必须是现代全中国人的第一目的。……" ①

第 1 篇"唯物辩证法"，下设 4 章："第一章 当作人类认识史的综合看的唯物辩证法"，"第二章 当作哲学的科学看的唯物辩证法"，"第三章 唯物辩证法的诸法则"，"第四章 当作认识论和论理学看的唯物辩证法"。

这第一篇长达 385 页，几占全书的一半。毛泽东边看边在书上画线、批注，对书上观点加以发挥，如同与老友隔空对话。"由于物质生产力的发达，主人与奴隶的阶级分裂，而精神劳动与肉体劳动的分工就转变为两者的对立了。从事精神劳动的人们免除了物质的生产的劳动，仰赖于肉体劳动所生产的生活资料以为生，因此，他们能有所谓'必要的闲暇'去做抽象的思索，而考察宇宙如何发生，如何构成的问题了。哲学的世界观，就是在这种前提之下形成的。"看完这一段，毛泽东信手在页边用钢笔写下自己的感悟："没有必要的闲暇是不能出现哲学的，而这种闲暇由于社会进步到奴隶制，生产力发达了，剩余产品增加了。社会分裂为奴隶主人与奴隶，前者由〔于〕剥削能够解除劳动，有了时间，从事学问的研究，哲学方能出现。这是人类认识史上一个绝大的跃进。"看到李达论述苏格拉底"把到达于

---

① 李达：《社会学大纲》，笔耕堂书店 1938 年版，第 1 页。

思维，而在思维中存在的普遍作为个别的感性现象的基础。他主张认识的目的，就是探求这个普遍。"毛泽东批注道："他只知知识给予行为的影响，而不知知识的来源在行为（实践），行为是决定知识的基础，又是检查知识的标准，所以他是观念论的。他的认识论，主张认识的目的，在于从感性的个别到达于理性的普遍，这是对的。但他认为后者是前者的基础，这就是观念论了。"边看边思考，赶着在 1 月底看完。一顿精神大餐后，1 月 31 日正是大年初一。

"二十年没有写过日记了，今天起再来开始，为了督促自己研究一点学问。"2 月 1 日，正月初二，毛泽东写下他的读书日记，"看李达的社会学大纲，1 月 17 日至昨日看完第一篇，唯物辩证法，从 1—385 页。今天开始看第二篇，当作科学看的历史唯物论。"①

这第 2 篇下设 2 章："第一章　历史唯物论序说""第二章　资产阶级社会学说及历史哲学之批判"。第 3 篇是"社会的经济构造"，下设 2 章："第一章　生产力与生产关系"，"第二章　经济构造之历史的形态"。第 4 篇"社会的政治建筑"，下设 2 章："第一章　阶级"，"第二章　国家"。第 5 篇"社会的意识形态"，下设 2 章："第一章　意识形态的一般概念"，"第二章　意识形态的发展"。② 全书毛泽东整整看 2 个来月，在书的边角留下大量直指心灵的批注："斗争就是辩证"，"西安事变时抓住两党合作，七七事变后抓住游击战争"。③ 研究确有所得，研究大有必要。此后，毛泽东又精读了克劳塞维茨《战争论》、潘梓年《逻辑与逻辑学》等。正是在毛泽东的大

① 石仲泉编著：《〈毛泽东哲学批注集〉导论》，中共中央党校出版社 1988 年版，第 44、46、47 页。
② 李达：《社会学大纲》，武汉大学出版社 2007 年版。
③ 中共中央文献研究室编：《毛泽东年谱》中卷，中央文献出版社 2013 年版，第 62 页。

力倡导下，延安抗日战争研究会在其年春成立。这是一个学术性的研究机构，开展有关抗战的研究活动和学术交流活动。

这期间，毛泽东还要抽出主要精力继续应对党内国内大事。美国合众社记者王公达 2 月来访延安，毛泽东接谈答问。

"现在有许多人对中国抗战的前途表示悲观，先生对此意见如何？"王公达一开始就提出这一世人最为关注的焦点问题。

"我对此完全是乐观的，"毛泽东侃侃而谈，成竹在胸，"因为中国抗战的过程必然是先败后胜、转弱为强，这已经成了确定的方向了。在中日战争初期，一般形势是日本强、中国弱，可是今后的形势必是日本的弱点渐渐暴露出来，中国的力量则渐渐加强起来。日本现在正借钱打仗，除过去半年已经用去二十二万万元以外，今年一年的需要据说是四十万万元，必定还不止此数，这已经消耗它大量的国力。日本的国际信用降低，公债跌落，它的'速战速决'计划已经失败，试问它哪有那许多钱无限长期地打下去？就军事方面讲，日本在中国的战线已经延长到自杭州以达包头的数千里的距离，它的兵力不够防守之用，所以它的兵力已随深入与扩大的程度渐渐薄弱。它占领了长距离的铁路，便需要军队去防守每一个车站。日本已动员三分之一的军队来侵略中国了，如果它再要占领汉口、广州等地，至少须再动员几十万军队，那时它的情况将十分困难。因为日本的敌人不止中国一个，加上日本国内国际的其他许多大矛盾，它终必走上完全崩溃之途。"

"先生说中国的力量能够渐渐加强起来吗？"王公达紧接着发问。

"根据过去七个月作战的经验，在军事上我们若能运用运动战、阵地战、游击战三种方式互相配合，必能使敌军处于极困难地位。"

毛泽东进一步解释道："我的意思，在目前除应以二三十万精兵组成数个强有力的野战军，从运动战中给敌人前进部队以歼灭的打击之外，还应抽调八九万军队组成二三十个基干的游击兵团，每个兵团三四千人，派坚决而机动的指挥员领导，加强其政治工作，配置于从杭州到包头的敌人阵线前面，从这个长阵线的二三十个空隙中间，打到敌人后方去。如能运用得宜，结合民众，繁殖无数小游击队，必能在敌后方建立抗日根据地，发动千百万民众，有力地配合野战军的运动战，而使敌军疲于奔命。至于阵地，由于我们技术不足，在目前不应看作主要方式。但我们必须建设国防工业，自制重武器与高武器，同时设法输入这些武器，以便能有力地进行防御的与攻击的阵地战，这是非常必要的。有人说，我们只主张游击战，这是乱说的，我们从来就主张运动战、阵地战、游击战三者的配合。在目前以运动战为主，以其他二者为辅，在将来要使阵地战能够有力地配合运动战。而游击战，在它对于战斗方式说来，则始终是辅助的，但游击战在半殖民地的民族战争中，特别在地域广大的国家，无疑在战略上占着重大的地位。……"

"第八路军在日军数面包围之中有被日军驱逐或歼灭的危险吗？""先生觉得此次国共合作是具有永久性的吗？"王公达的问题一个接着一个，毛泽东有问必答，有理有据。

王公达又问："东三省义勇军的抗日活动，有中国共产党前去领导吗？"

毛泽东回答："中国共产党和东三省抗日义勇军确有密切关系。例如有名的义军领袖杨靖宇、赵尚志、李红光等等，他们都是共产党员，他们的坚决抗日艰苦奋斗的战绩，是人所共知的。那里也是民族统一战线，除共产党员外，还有其他的派别及各种不同的军队与民众团体，他们已在共同的方针下团结起来了。"

"先生对于美国一般感想如何？"王公达收获满满，抛出最后一问。毛泽东依然是对答如流，以"现在，是中美两国及其他一切反对侵略威胁的国家更进一步联合对敌的时候了。"一句结束访谈活动。①

"现在谁也知道，我们要争取底最后胜利，必须支持抗战到底。"一篇题为《怎样统一抗战理论？》的文章，一时流传颇广，《抗日旬报》《政论旬刊》《激流》等刊物纷纷刊载。②

"怎样才能支持抗战到底呢？各人底答案就不能安全一样。"施复亮在简陋的书斋中写下自己的思考："因为对于这一问题的答案不同，就产生了各种不同的抗战理论，我们不必讳言，现在事实上有几种不同的抗战言论，这几种不同的抗战理论，究竟那一种是对的呢？我们应当跟着那一种理论走呢？这是需要每一个人用心答覆的。"

知情者知道，这个施复亮就是中国共产党创建时期颇为活跃的施存统。后因追求上海大学学生钟复光，改名为施复亮，以"复亮"照映"复光"。且看他怎么写：

"也有人说，我们抗战只需要实际去干，不需要什么理论。其实这种意见的本身就是一种理论，是一种不要'理论'的理论，是盲动主义或是乱干主义的理论，这种理论必然会引导我们走到'无路可走'的地步。所以理论问题还是重要的。"有意思，下面一节是：

---

① 《毛泽东同合众社记者王公达的谈话》(1938 年 2 月)，中共中央文献研究室、中央档案馆编：《建党以来重要文献选编（1921—1949）》第 15 册，中央文献出版社 2011 年版，第 134—137 页。

② 施复亮：《怎样统一抗战理论》，《抗日旬报》1938 年第 4 期，第 5—6 页。另刊载于《政论旬刊》1938 年 第 2 期、《激流》1938 年第 1 卷第 4 期。

"每个人提出自己底抗战理论时，都以为自己底理论是绝对正确或大体正确的，但是在同一的时间和同一的空间客观的真理只有一个，正确的理论只能一种，……"毛泽东不耐看空文，跳看了一段：

"第一必须大家承认促进中国之国际地位平等，政治地位平等，经济地位平等'为抗战底最高目的'，即以澈底实现革命的三民主义为抗战底最高目的。……要建立个'国际平等'，'政治平等'，'经济平等'的新中国"，有理。下一条："第二必须广泛地展开理论斗争，理论斗争是求理论底深入和正确的，既不是'文字游戏'，也不是闹意气，理论斗争是对理论本身施行批判的，并不是人身攻击，……只有用民主的方法在文字上，口头上广泛地展开理论斗争，才能逐渐把各种不同的抗战理论统一起来。这不是浪费时间，这是统一抗战理论的最好的方法。……"

毛泽东转而去看第三条观点："第三必须以抗战的实践做根据。正确的抗战理论能够指示抗战的实践，从实践中一天一天地证明它的正确性，错误的抗战的理论，一定会把抗战引导到失败的路上去，在实践中会使它自己破产。抗战理论底正确与否，抗战实践是最好的证验者，……"[①]

对，我们一定要在抗战实践中检验我们的理论。毛泽东一时有从抗战实践升华理论的冲动。

2月25日，十几架日机对山西屯留以北的故县进行狂轰滥炸。

日军攻击意图明确，他们掌握情报，昨天下午开始交火的正是朱

---

① 文末注写作时间"一月十六日"，施复亮：《怎样统一抗战理论》，《抗日旬报》1938年第4期（1938年2月24日出版），第5—6页。

德的警卫通讯部队，八路军总部就驻扎在安泽县的古县镇，如能将其消灭华北局势定能大为改观。只是日本空军驾驶员把安泽的古县和屯留以北的故县搞混。尽管如此，古县镇以东的府城镇（今山西安泽县县城）战斗形势还是异常的严峻。

朱德身边仅有 200 余名警卫和通讯人员，但是为了迟滞日军苦米地旅团的攻势，防止对方间进急趋、袭占临汾后长驱西进，威胁西安、武汉，朱德决心要拖住来敌，打上一仗再走。2 月 24 日下午 1 时战斗打响，朱德的特务团两个连散布在府城附近阻敌进攻，日寇源源不断地前来，八路军节节抵抗，伤亡颇大。左权带领骑兵班也杀上战场。

2 月 25 日的战斗更加激烈，来敌有 2000 之众。然而，朱德指挥若定，两个连与国民党军配合，侧击日军得手，缴获两门炮和几挺机枪。日军势在必得，动用空中力量。得知日机突袭八路军总部的消息，毛泽东急电询问："总部驻地之古县在何处？是否府城西之旧县镇。"①

当晚，日军占领古县镇，朱德率总部转移至刘垣村。古县镇、古罗镇之间的日军增至四五千人，八路军新扩建的总部特务团第二营赶来增援。朱德继续指挥自己的部队与国民党援军夹击日寇。身边警卫基本上都派往火线，夜深了，朱德让秘书处金石刚、林韦到一科值夜班，守听电话，特别关照："后半夜我要休息一下，如果参谋长有电话来，要马上报告我。"当时就有同志戏称朱老总这是在唱"空城计"。②

---

① 张福兴、王绍军：《八路军总部》，解放军出版社 2005 年版，第 88 页。
② 左漠野：《致敬 缅怀》，《回忆朱德》编辑组编：《回忆朱德》，中央文献出版社1992 年版，第 264 页。

2月27日晨，朱德指派二营袭击日军的后续辎重部队。八路军突然猛掷手榴弹，随后勇敢地发起集体冲锋，取得完全的胜利。日军被打死百余人，缴获战马15匹，六五弹千余发，军毡200余床，大衣、食品甚多，等等。府城、古县镇、古罗镇战役就此告一段落。

2月27日下午，朱德电告毛泽东、彭德怀等："是役前后战斗四昼夜，杀伤敌人在三四百人，缴获辎重不少。我伤通讯营长、副营长，卫队副营长各一，连排干部以下百余人。"另一电报还报告了八路军其他部队的战果：贺龙师主力在同蒲线上，自平社及关城镇战斗后，同蒲铁路已为我控制与破坏；贺龙师之一部在忻州以北，颠覆敌火车两列，毁坏敌火车头两个。刘伯承师已将白晋路相当破坏。聂荣臻部本月在平汉线，第二次行动所得结果，自望都到正定沿线之间，共破坏铁路四百余米，毁电杆二百多根，收电线数十里，破坏小铁桥一座，使敌不以通车，又烧毁火车一列，毁坏火车头一个。平汉线之各车站与各县城，自9日被我袭击后，敌异常恐慌，早间闭城不敢出门。①

从2月27日至3月1日，中共中央在延安召开政治局会议，史称"三月会议"。

王明、周恩来在3天前从武汉赶回延安，张闻天、康生、凯丰、任弼时、张国焘等悉数到场。会议主题一是讨论抗战形势和军事战略问题，二是商议召开党的第七次全国代表大会的准备工作。

王明在会上两次发言，仍是把抗战胜利的希望寄托在国民党军的

---

① 中共中央文献研究室编：《朱德年谱（新编本）》中卷，中央文献出版社2006年版，第753—758页。

正规战上，忽视共产党领导的游击战和敌后抗日民主根据地的重要作用。"国民党现在在政府和军队中均居于领导地位，为我国第一个大政党"；国民党二百万军队是抗战的主力。"必须坚决确定及广泛实行以运动战为主而辅之以游击战配合以阵地战的战略方针"，要建立有"统一指挥、统一编制、统一武装、统一纪律、统一待遇、统一作战计划、统一作战行动"的"真正统一的"军队。现在陕甘宁边区要开放党禁，允许国民党公开活动，现在特区不允许国民党活动是不好的。①

毛泽东一缕在手，一时却没有吸烟，但见会场时有人点头。

接着，谈到了 2 月 10 日《新华日报》刊载的《与延安新中华报记者其光先生的谈话》。据报载"延安新中华报编者"称："本报记者其光以近来有些报章杂志盛倡所谓'一党专政'之说，其所持理由，首先以苏联为例，其次以德意为例，因特于 2 月 2 日访毛泽东先生征询其对此问题的意见。承蒙毛先生接待并答复记者所提各问题，兹将谈话内容抄寄于后，想为全国新闻界所乐于登载。"王明解释：这是我起草的，经长江局修定。只是发表前未报中央书记处，特别是毛泽东同志的审阅。② 周恩来简要通报了 2 月初一部分国民党人宣扬取消国民党、共产党，另外成立新党的情况，2 月 10 日会见蒋介石、陈立夫时，我当面提出这一问题。蒋表示：（一）不限制各方对主义的信仰。（二）无意取消各党派或不允许其存在，惟愿溶成一体。我当时表示：党不能取消，国共两党都不可能取消，只有从联合中找出

---

① 王秀鑫：《中共中央政治局十二月会议和三月会议》，中共中央党史研究室编：《中共党史资料》第 44 辑，中共党史出版社 1992 年版，第 207 页。

② 《毛泽东先生与延安新中华报记者其光先生的谈话》（1938 年 2 月 2 日），武汉地方志编纂委员会办公室编：《武汉抗战史料》，武汉出版社 2007 年版，第 74—78 页。

路。^① 这方面情况，长江局当日就发电报给中央了。

毛泽东微微颔首。那份报纸就在手边，他拿起来，特别读了第6个问题回答的一段：

从以上所说的一切，您可以看出，在中山先生亲手著作的三民主义理论中，绝找不出三民主义与共产主义不相容的指示来。至于讲到中山先生对这个问题在行动中的表现，更是尽人皆知的事实。中国共产党正式成立于1921年，自成立以后，中山先生与共产党员便有着亲切的关系，所以到1924年中山先生决心改组国民党时，便公开与共产党合作而且合作方式是非常亲密的，即不仅建立国共两党的国民革命联盟，而且允许共产党以个人资格加入国民党组织中去，共同担任革命的工作。当时共产党在全国不过几百党员，成立历史不过几年，而且共产党并以个人资格去加入国民党，去共同为国民革命而奋斗，即在那种情形下，中山先生是否曾向共产党员提出过除三民主义外不允许同时相信共产主义的要求呢？没有！……^②

王明微露得意的表情。

鉴于日机开始轰炸武汉，为安全起见，毛泽东建议："王明同志在今天的形势下，不能再到武汉去。"但是，过半数与会同志仍同意他继续去武汉，留一个月再回来。^③

---

① 中共中央文献研究室编：《周恩来年谱（1898—1949）》上卷，中央文献出版社1998年版，第412页。又，陈绍禹、周恩来、秦邦宪、叶剑英、董必武致毛泽东、张闻天意见涉及此事，转引自金冲及：《生死关头：中国共产党的道路抉择》，生活·读书·新知三联书店出版社2016年版，第255页。
② 《与延安新中华报记者其光先生的谈话》，毛泽东、陈绍禹、洛甫：《关于团结救国问题》，解放社1938年版，第15页。
③ 戴茂林、曹仲彬：《王明传》，中共党史出版社2008年版，第221页。

　　王明回武汉后，3月11日又擅自主张，起草《三月政治局会议的总结》，副标题为"目前抗战形势与如何继续抗战和争取抗战胜利"，未经中共中央同意公诸于世。随后，又自作主张起草《中共中央对国民党临时全国代表大会的提议》，未待中央批准，就将此提议同时送交中共中央和国民党。中共中央很快反馈意见，指出此提议之不足："1.没有正确提出克服困难，坚持抗战到底，坚决反对妥协投降和悲观失望的倾向问题；2.没有明确提出武装群众的问题；3.没有明确提出改善民生的问题。"然而，王明最终以国民党临时代表大会已经开幕等理由，拒不将中共中央起草的《中共中央致国民党临时代表大会电》送交国民党方面。

16

今天是孙中山先生逝世十三周年纪念的日子，
抗日战争已经打了八个月

武汉隆重纪念总理逝世 13 周年，周恩来发表《怎样纪念孙中山先生的伟大》/

延安召开悼念孙中山和抗日阵亡将士大会，毛泽东宣讲持久战的道理 /

陈独秀为托派谣言辩诬 /

俞秀松日记涉笔中共发起组成立

……

芦〔卢〕沟桥事变忽爆发，

接着上海又起"八一三"，

我们忍无可忍，

全民族誓死抗战。

而今战事已八月，

敌人死伤二十二万。

平津沪太皆沦失，

又失京杭和济南，

几个要城虽被夺，

贼军却不敢到乡间。

全体将士都奋勇，

全国民众都赴难，

游击队到处活跃，

冲锋杀敌都争先，

敌人已经束手无策，

最后胜利即在眼前。

惟念西山衣冠冢，

更有圣地紫金山，

遥望如同刀刺心，

热泪泉涌拭不干。

……①

---

① 冯玉祥：《总理逝世十三周年纪念》，《抗到底》1938 年第 1 卷第 6 期，第 22 页。

3 月 12 日，冯玉祥吟写《总理逝世十二周年纪念》诗篇，低沉哀回。

早在 1928 年，南京政府就根据孙中山森林救国理论和政策，规定每年 3 月 12 日为植树式，并以此作为总理逝世纪念日。然而，时隔 10 年，抗日烽火燃遍了半个中国，林木不保且不说，就是南京中山陵也不幸沦入敌手，真是愧对先贤先烈。这年各地举办相关纪念活动自然地融入了鼓舞民众抗战的主题，有些地方为此特别举行纪念周活动。这一天，武汉的天阴沉沉的，武汉各机关举行总理逝世 13 周年纪念大会。下午，各市各学校、群众团体、军队、文化机关分别在 4 处群众游行活动，共计有 5 万人众参加，为武汉前所未有。五颜六色的旗帜当空飘舞，游行人群高喊"总理精神不死！""打倒日本帝国主义！""中华民族解放万岁！"等口号。①

当天发行的《新华日报》第 4 版特设《中山先生逝世十三周年纪念特刊》，其上刊载周恩来的署名文章《怎样纪念孙中山先生的伟大》。周恩来盛赞孙中山"是三民主义的创造者"，"是中国国民党的创立者"，"是中国国民革命的领导者"的崇高地位，并指出："纪念中山先生的最好的和最真诚的办法，不在隆重的仪式，不在于空洞的悲哀，不在于盲目的膜拜，不在于冲动的情感，我们纪念中山先生，要学习他百折不挠的革命精神，要学习他的再接再厉的革命行动，要学习他的吸收世界先进文明和继承中国固有文化传统的真诚态度，要学习他的天下为公大公无私的高尚道德，要学习他对国家对同胞的真诚的热爱，要学习他对社会对世界对人类热烈的同情，要学习他对于自己亲手缔造的政党的命运和前途的坚决信心和正确办法，要学习他

---

① 《纪念中山先生逝世》，《新华日报》1938 年 3 月 13 日，第 2 版。

于国共两党合作所具有的一个伟大现代政治家所应有的诚挚和亲密的态度，特别重要的，要继承和完成他毕生奋斗的使中国国际地位平等，政治地位平等和经济地位平等的未竟的伟大革命事业，而当前最首要的，就是要巩固和扩大抗日民族统一战线，以便达到驱逐日寇出境，建立独立自由幸福的新的伟大的中华民国的目的！"[1]

同日，延安各界召开纪念孙中山和追悼抗日阵亡将士大会。毛泽东送了3副挽联，其文辞其书艺在众多挽联挽幛中格外的显眼。特别是以下一副，设问作答，紧扣时局，别开生面："国共合作的基础如何？孙先生云：共产主义是三民主义的好朋友。抗日胜利的原因安在？国人皆曰：侵略阵线是和平阵线的死对头。"[2]

"今天是孙中山先生逝世十三周年纪念的日子，我们开这样一个庄严的纪念大会。同时，抗日战争已经打了八个月，许多英勇将士牺牲了，我们开这样一个沉痛的追悼大会。"毛泽东的讲话首揭大会主旨。

"孙先生的伟大在什么地方呢？在于他的三民主义的纲领，统一战线的政策，艰苦奋斗的精神。当我在广东会见孙先生的时候，正开国民党第一次全国代表大会，孙先生手订的三民主义新纲领，已被通过于大会，那就是有名的《中国国民党第一次全国代表大会宣言》。这时还开始实行了以国共合作做基础的统一战线政策，……"

抚今追昔，毛泽东从过往汲取积极启示："所以我们纪念孙先生，如果不是奉行故事的话，就一定要注意这样的三项：第一，为三民主义的彻底实现而奋斗；第二，为抗日民族统一战线的巩固与扩大而

---

① 《新华日报》1938年3月12日，第4版。

② 刘益涛：《十年纪事：1937—1947年毛泽东在延安》，中共党史出版社2007年版，第183页。

奋斗；第二，发扬艰苦奋斗、不屈不挠、再接再厉的革命精神。我以为这三项是孙先生留给我们的最中心最本质最伟大的遗产，一切国民党员，一切共产党员，一切爱国同胞，都应接受这个遗产而发扬光大之。"

"现在说到追悼抗敌阵亡将士的意义。从卢沟桥事变以来，东方历史上未曾有过的大战已经打了八个月。"毛泽东转而阐发大会的第二大主题，"敌人是倾全国的力量来打，目标是灭亡中国，战略是速战速决。我们呢？也是倾全国的力量来抵抗，目标是保卫祖国，战略是持久奋斗。八个月中，陆、空两面，都做了英勇的奋战，全国实现了伟大的团结，几百万军队与无数人民都加入了火线，其中几十万人就在执行他们的神圣任务当中光荣地壮烈地牺牲了。这些人中间，许多是国民党人，许多是共产党人，许多是其他党派及无党无派的人。我们真诚地追悼这些死者，表示永远纪念他们，……"

"判断日本法西斯是还要前进的，它还要进攻我们的西安、郑州、武汉、南昌、福州、长沙与广州，它想吞灭全中国。但是我要告诉那些发疯的敌人，你们的目的一定达不到。不要以为占领了我们的地方就算达到了你们的目的，没在达到也不会达到。你们日本法西斯的胜利，历史判定只会是暂时的，不会是永久的，有充足的理由证明，最后胜利只会属于我们一方面。而且战争打到结局，你们也一定只能占领我们一部分地方，要占领全国是不可能的。即使你们得到一个城市的速决战，同时也就要你们得到一个乡村的持久战，例如你们已经把山西的几条大路与若干城市占领了，但数倍于你们占领地的乡村将始终是中华民国的。我们要把这个道理告诉全国的同胞，日本差不多在任何一省都只能作部分的占领，日本的兵力不够分配，它的野蛮政策又激怒了每一个中国人，中国有广大的军队与人民，中国又实行着统一战线的良好政策，就此决定了持久战以及最后胜利之属于哪一方。"

毛泽东继续阐发他的持久战理论："如像现在已经建立起来了的五台山根据地一样，我们就包围了日本军。我们的这个外线的战争，配合着内线的战争，又从各方努力，把我们全国范围内的党政军民各项紧要工作办得大大进步起来，有朝一日，就可以互相配合，内外夹击，打大反攻，那时还一定会配合着世界革命的援助，同日本国内人民革命的援助，最后胜利谁能说不是中国的？"毛泽东意犹未尽，"我们要使全中国人都有这种明确的认识与坚固的信念，都懂得最好的持久战方针，……"①

"惟近来迭见共产党出版之《群众》《解放》等刊物及《新华日报》竟以全国一致抗日立场诬及陈独秀先生为汉奸匪徒、曾经接受日本津贴而执行间谍工作。此事殊出乎情理之外……"3月16日，《大公报》刊载《为陈独秀辩诬傅汝霖等九人致本报函》。在武汉的政学社会各界名流傅汝霖、段锡麟、高一涵、陶希圣、王垦拱、周佛海、梁寒操、张西曼、林庚白联名发表公开信，声称对于陈独秀"蒙此莫须有之诬蔑"，"为正义，为友谊，均难缄默，特此代为表白"。②

傅汝霖等矛头所指，是连载于《解放》第 2 卷第 29 期（1938 年1 月 28 日）、《解放》第 1 卷第 30 期（1938 年 2 月 8 日）的康生署名长文《铲除日寇侦探民族公敌的托洛茨基匪徒》。当时苏联肃反运动扩大化爆出所谓日寇指示托派扰乱中国，以便日本发动侵华战争的

---

① 《毛泽东在纪念孙中山先生逝世十三周年及追悼抗敌阵亡将士大会上的演说词》（1938 年 3 月 12 日），中央档案馆编：《中国共产党抗日文件选编》，中国档案出版社 1995 年版，第 231—234 页。

② 王树棣、强重华、杨淑娟等编：《陈独秀评论选编》下册，河南人民出版社 1982 年版，第 234 页。

罪案，^①为了有所呼应，康生竟诬指陈独秀的"托匪中央"在九一八后每月接受三百元的日本津贴，等等。^②莫须有的罪名，让陈独秀怒不可遏，更让他难以忍受的是周达文、俞秀松、董亦湘等也被打入托派另册。

闪回——俞秀松淳朴清纯的脸庞，他脱下长衫，换上短装，改换名字，到上海虹口的厚生铁厂做工，这还是在 1920 年 4 月间的事，是中国先进分子到工人群众中去传播马克思主义的先行者。随后，他积极参加马克思主义研究会，支持共产党的创建。他在那年 7 月 10 日的日记探求自己近来发生"知识欲"的两大原因之一，无意中写到了中国共产党发起组的成立："经过前回我们所组织底社会共产党以后，对于安那其主义（即无政府主义，引者注）和波尔雪佛克主义（即布尔什维克主义，引者注），都觉得茫无头绪，从前信安那其主义，的确是盲从的，此后不是自己对于现在社会有很明瞭很正确的观察，应取甚样的方法来改造他是不行。"^③

3 月 17 日，陈独秀写成致《新华日报》的公开信，开始反击。他虽然有意切断自己与托派的关联，但同时拒不对自己与托派的关系作出声明，激烈回敬中共方面的措辞分明将自己与共产党之间划下了一道深深的鸿沟。两天后（3 月 19 日），《新华日报》发表叶剑英、博古、董必武的公开信，还原陈独秀出狱后与中共方面的几次交涉，

---

① 《叛徒拉哥夫斯基供认日寇指示托匪扰喧中国》，《新华日报》1938 年 3 月 8 日，第 3 版。

② 康生：《铲除日寇侦探民族公敌的托洛茨基匪徒》，王树棣、强重华、杨淑娟等：《陈独秀评论选编》下册，河南人民出版社 1982 年版，第 224 页。

③ 《俞秀松的日记、书信、文稿选编》，《俞秀松传》编委会编：《俞秀松传》，浙江人民出版社 2012 年版，第 205 页。

重申共产党对托派的严正立场。[1]20日，《扫荡报》刊登陈独秀3月17日所写公开信，[2] 翌日《新华日报》发表短评，对陈独秀的声明褒贬交加，肯定："以曾经是中国托派首领身份的陈独秀，声明他今天未参加汉奸党派"，又批评："他仍然不愿意起来反对他过去的伙伴和部属"。[3]

陈独秀暂未回应，实因周恩来等从中调停发挥了作用。4月24日、25日《汉口正报》连载罗汉致周恩来等一封公开信，澄清了西安之行是其自出主张，陈独秀确实没有重回共产党之意。此后，也就再没有什么笔战。[4]

---

[1] 一说该信刊发于3月21日《新华日报》。《叶剑英、博古、董必武给〈新华日报〉的信》，张永通、刘传学编：《后期的陈独秀及其文章选编》，四川人民出版社1980年版，第235—236页。后据郑超麟新时期所作《陈独秀出狱后绝无复回中共的愿望》揭示，李××是李华英，并认为陈独秀、罗汉提出与中共方面的合作，绝无回归中共之意。参见郑超麟：《陈独秀出狱后绝无复中共的愿望》，郑超麟：《怀旧集》，东方出版社1995年版，第206页。

[2] 又刊发于1938年第12期《血路》周刊。

[3] 《新华日报》1938年3月21日，转引自朱洪：《陈独秀的最后岁月》，东方出版社2011年版，第122页。

[4] 罗汉此信后由尼斯编入《陈独秀与所谓托派问题》，编者按语即称："这封信发表后至本书编成止，其中没有什么文笔之战了。"罗汉：《致周恩来等一封公开的信》，沈寂主编：《陈独秀研究》第4辑，黄山书社2013年版，第258页。

17

宜于极端迅速向党内军内进行张国焘私逃脱党的解释

公祭黄帝陵，张国焘突然出走 /

毛泽东向抗大 4 期 3 大队学员指出抗日战争是持久战 /

李克农等在汉口火车站拦接张国焘，张拒去八路军办事处 /

张国焘被迫迁入办事处，执意见蒋介石后逃脱 /

复经劝说无效，张国焘联系国民党方面离去，表示愿意公开脱党 /

中共中央开除张国焘党籍，张国焘来信发文诋毁 /

张国焘拜访周佛海，周约其与陈独秀聚会 /

王明、周恩来和博古回答「子健」来信因张国焘脱党产生的困惑 /

毛泽东教诲抗大第 3 期 2 大队毕业生不要学张国焘

更为棘手的问题缠上了中共中央，张国焘出走脱党了。

4月22日，《新华日报》刊发《中共中央关于开除张国焘党籍的决定》：

张国焘已于四月十七日在武汉自行脱党。查张国焘历年来在党内所犯错误极多，造成许多罪恶。其最著是为一九三五年进行公开的反党反中央斗争，并自立伪中央以破坏党的统一，破坏革命纪律，给中国革命以很多损失。在中央发布抗日民族统一战线总路线后，他始终表示不满与怀疑。西安事变时，他主张采取内战方针，怀疑中央和平方针。此次不经中央许可私自离开工作，跑到武汉，对党的抗日民族统一战线总路线表示不信任，对中国革命的光明前途表示绝望，并进行破坏全国抗日团结与全党团结的各种活动。虽经中央采取各种方法促其觉悟，回党工作，但他仍毫无改悔，最后竟以书面声明自行脱党。张国焘这种行动当然不是偶然的，这是张国焘历来机会主义错误的最后发展及其必然结果。中共中央为巩固党内铁的纪律起见，特决定开除其党籍，并予以公布。

一九三八年四月十八日 [①]

1938年4月5日清明节将至，又到了国共两党及社会各界公祭黄帝陵的神圣日子。

[①] 中共中央文献研究室、中央档案馆编：《建党以来重要文献选编（1921—1949）》第15册，中央文献出版社2011年版，第256页。

张国焘明显胖了，肥头大耳，形象不佳。代理陕甘宁边区政府主席工作不久，分别近 7 年的妻子杨子烈辗转来到延安，儿子随后也来到了延安，一家团聚，其乐融融。妻子很快又怀孕了，这又添一喜。不过，受批判的心理阴影还是挥之不去，工作中总觉得受到掣肘与歧视。这回，张国焘要求去祭黄帝陵就被拒了，他不甘心，几次三番跑到毛泽东那里：① 我好歹代理着陕甘宁边区政府主席的工作，我还没到过黄帝陵；老毛，我要去散散心……

4 月 2 日，张国焘带着陆秘书、警卫员张海和一个警卫班，同乘一辆大卡车，离开延安南下，经甘泉、富县、洛川，前往黄帝陵。一路颠簸昏昏沉沉，脑海回放着王明与自己的交谈。那次，王明有意留自己单独谈话。王明问：毛儿盖会议争论的症结究竟何在？

张国焘当时回答："除批评党中央政治路线外可以说是争军事领导权。"

"这不尽然，另一个主要原因是托派在暗中作怪。"王明说，"李特、黄超就是托派，他们在迪化经邓发审问，已招认是托派，并已枪决了。"

张国焘震惊之下切齿痛恨："李特、黄超是托派！那任何人都可被指为托派！"

王明不动声色："你不是托派，不过受托派利用。"他接着说道，在莫斯科的大清党中，证明你与托派并无联系，可是不能因此说你所信任的左右中没有托派，也不能说你自己不会受托派的利用。王明的

---

① 据张国焘警卫员张海回忆，张国焘的要求遭到毛泽东的拒绝和严肃批评，张去黄帝陵属于擅自行动。张海：《横眉冷对　英勇无畏》，《周恩来总理八十诞辰纪念诗文选》，转引自吉楠编著：《张国焘和〈我的回忆〉》，四川人民出版社 1982 年版，第 282 页。

雄辩闸门再一次打开：与你接近的俞秀松、周达文、董亦湘等在莫斯科经过几次清党，都没有露出破绽。我是一直有些怀疑，这次我到新疆，将他们逮捕审问，果然他们直供不讳，都是托派，自然也只有把他们绳之以法了。①

张国焘忍无可忍又不得不忍的目光。

4月4日黄帝陵，张国焘陪西安绥靖公署主任蒋鼎文致祭完毕，突然摆脱秘书与警卫，声称要去西安办事，坐进了蒋鼎文的汽车。

张国焘如此走上不归之路，既是其党内斗争落败、内心思想挣扎、政治环境陡紧的结果，同时，也与国民党特务的活动拉拢有着关联。张国焘的落寞寡欢在火热的延安中显得异常的突出，引起国民党特务的注意。4月1日，张国焘在延安城南接受一个国民党"记者"的访谈，②国民党特务由此掌握了张的心态，为张国焘在祭扫黄帝陵后突然"出走"打了前站。③

车抵西安，蒋鼎文安排张国焘住进了国民党高级将领所住的西京招待所。从延安出来的随行人员只有警卫员张海搭乘西安公署宪兵队的车子来到西安，一打听才知道张国焘没去中共驻西安办事处，而是在西京招待所与国民党方面人员往来。

4月7日，国民党方面安排张国焘坐胡宗南的专列去武汉，张国

---

① 张国焘：《我的回忆》下册，东方出版社 2004 年版，第 426 页。
② 《张国焘年谱》，盛仁学编：《张国焘年谱及言论》，解放军出版社 1985 年版，第 88 页。
③ 彭古丁在新时期撰文，提出是国民党方面设计将张国焘劫持而走，此说来自在全面抗战初期时任《西北文化报》社长、国民党陕西省党部宣传处长兼调统室主任李贻燕，李是参与劫持张国焘的当事人之一，彭当时在《西北文化报》任职。彭古丁：《劫持——张国焘叛逃新说》，《上海文史》1992 年第 2 期。

焘到火车站后，临时打电话给西安八路军办事处的林伯渠。林伯渠匆匆赶来，张国焘趁机挑拨离间破坏党内团结。[①] 林伯渠劝阻张国焘不要出走无效，返回办事处即向党中央报告。中共中央迅速密电武汉第十八集团军办事处和在武汉工作的周恩来、博古等同志，让他们在武汉寻找张国焘，促其觉悟，回党工作。[②]

4月9日，毛泽东出席抗大4期3大队开学式，并发表讲话。

在热烈的掌声中，毛泽东继续他的讲话：

你们还要下一种决心。你们从很远的地方辛辛苦苦地来延安学习，我看是已经有了决心的。什么决心呢？延安没有升官发财的机会，不知你们来此一不为升官，二不为发财，然则远道来此，果何为呢？无疑的是为了抗日救国，所以你们是有抗日救国的决心的。……

毛泽东的讲话深入浅出，比喻生动，时而激起学员会心的大笑，待笑声稍事平息，毛泽东继续他的演讲：

抗日战争的前途上困难还很多，你们要下一个更大的决心——不怕任何艰苦、向前迈进的决心！抗日战争是持久战，不是一年半载可以解决的，而且将来还要建设新的中国。……[③]

4月11日晚7时，连日到汉口大智门火车站拦接张国焘的中共中央长江局秘书长李克农、秘书兼机要科长童小鹏等，见旅客都快散

---

① 童小鹏：《风雨四十年：童小鹏回忆》第1部，中央文献出版社1994年版，第160页。

② 《张国焘年谱》，盛仁学编：《张国焘年谱及言论》，解放军出版社1985年版，第88页。

③ 齐得平：《我管理毛泽东手稿》，中央文献出版社2015年版，第69—70页。

尽，仍未发现张国焘的身影，不免焦躁。

周恩来的随从副官邱南章、吴志坚，身着第十八集团军军装，挂着武装带，腰佩手枪，威武堂堂；邱南章登上列车，在车厢里逐一检查，终于，在最后一节车厢里发现了张国焘，正心神不宁地等国民党方面派人来接。

李克农闻声带吴志坚上车，对张国焘说：张副主席，王明同志和周副主席请你到我们办事处去住。① 护送张国焘的两个国民党特务，见李克农一身便服、戴副眼镜，颇有风度，身后又有两名全副武装的副官，不敢作声。但是，张国焘下车后，却执意不去办事处。大庭广众，毕竟张国焘还是陕甘宁边区政府副主席，李克农不便勉强，就让邱南章、吴志坚陪护张国焘先到江汉路大华饭店住下，并特别关照："你们两人要负责保证张副主席的安全，照顾好他的生活。"邱、吴当即回答："报告秘书长，我们一定坚决完成任务。"李克农就与童小鹏带着张海回办事处向周恩来报告。

当晚，王明、周恩来、博古、凯丰等在李克农的陪同下，来到大华饭店和张国焘谈话。张国焘表示，是否可在相当独立性下与国民党解决党派问题，边区如同"鸡肋"弃之可惜、食之无味。王明等没有同他讨论这些问题，只是批评他不报告中央就出走的错误，希望他到办事处住，什么事情都可以商量解决。张国焘大倒苦水：中央对我的批评和处理太过分，让我当陕甘宁边区政府副主席也是不公道的。周恩来严肃批评：你几乎毁灭了红军，毁灭了党。中央对你的批评和处理有什么不对！你若有什么意见可以向中央提出来嘛！为什么要背着

① 廖其廉：《随卫敬爱的周副主席》，转引自于吉楠编著：《张国焘和〈我的回忆〉》，四川人民出版社1982年版，第284页。

中央自由行动？你到西安，不到我们的办事处去住，住国民党的招待所，还在他们的护送下来到武汉。来到武汉又不到办事处，你这种行为对吗？你这不是错上加错吗？你还有什么组织纪律呢？[①]

张国焘消极以对，他再三表示："国民党没有办法，共产党也没有办法，中国很少办法的。"甚至自暴自弃地说："我感觉到消极，请允许我回江西老家去作老百姓，我家饭还有得吃的，我此后再不问政治了。"[②] 任凭耐心劝说，张就是坚持不住办事处。周恩来要张打电报给中央承认错误，并请示对他今后工作的指示。张国焘迫不得已写了一个电报：

毛、洛：

弟于今晚抵汉。不告而去，歉甚。希望能在汉派些工作。

国焘

谈话一直到第二天的凌晨 2 点。最后，周恩来对张国焘说：你既然来到武汉，那就在这里等候中央的指示再说。临走时，周恩来交代邱南章、吴志坚：一定要时刻跟着张，并随时抽出一人用电话报告张的活动情况。周恩来等回办事处后，即向中央报告并请求处理办法。[③]

4 月 12 日，中央书记处复电陈（绍禹）、周（恩来）、凯（丰）："为表示仁至义尽，我们决定再给张国焘一电，请照转。"以下便是给张国焘的电文：

———————————

① 姚金果、苏杭：《张国焘传》，陕西人民出版社 2000 年版，第 568 页。姚金果、苏若群：《张国焘传》，天地出版社 2018 年版，第 568—569 页。

② 《陈绍禹、周恩来、秦邦宪答复子健先生的一封公开信》（1938 年 4 月 28 日），中共中央文献研究室、中央档案馆编：《建党以来重要文献选编（1921—1949）》第 15 册，中央文献出版社 2011 年版，第 284 页。

③ 童小鹏：《风雨四十年：童小鹏回忆》第 1 部，中央文献出版社 1994 年版，第 109 页。

国焘同志:

我兄去后,甚以为念。当此民族危急,我党内部尤应团结一致,为全党全民模范,方能团结全国,挽救危亡。我兄爱党爱国,当能明察及此。政府工作重要,尚望早日归来,不胜企盼。

弟

毛泽东　洛甫　康生　陈云　刘少奇①

4月13日,周恩来拿着这电文到大华饭店,面交张国焘,又反复进行劝说。张国焘无言以对,只是敷衍几句,仍然坚持不到办事处住。周恩来回到办事处,立即召开长江局会议,大家认为张国焘已决心投靠国民党,挽回的可能性很少。不过要做到仁至义尽,决定让张国焘自己活动一天,以观动静,明晚再去争取他到办事处。②

在邱南章、吴志坚的监护下,张国焘在4月14日并不敢多活动,只是打了一些电话。当晚,周恩来和王明、博古、李克农一起来到饭店,再次劝张仍是无效。李克农使出特工手段,连拉带劝地把张国焘弄上汽车,大家一起回办事处(一说张国焘提出要看市容,周恩来陪张前往。同时,根据周的指示,警卫员把张的行李搬到办事处。张国焘返回后,不见了行李,又经人苦劝,他无奈地到办事处去住)。③

搬到办事处后,张国焘仍然态度消极,不愿正式谈问题,总是找

---

① 《中共中央书记处关于再给张国焘一电致陈绍禹、周恩来等电》(1938年4月12日),中共湖北省委党史资料征集编研委员会、中共武汉市委党史资料征集编研委员会编:《抗战初期中共中央长江局》,湖北人民出版社1991年版,第209—212页。

② 童小鹏:《风雨四十年:童小鹏回忆》第1部,中央文献出版社1994年版,第162—163页。

③ 吉楠编著:《张国焘和〈我的回忆〉》,四川人民出版社1982年版,第284—285页。

借口外出。在邱南章或吴志坚的陪同下，张国焘会晤了陈立夫、周佛海，周时任蒋介石侍从室副主任、国民党中央宣传部副部长，风光得很。此外，他还去见了陈独秀一面，这位共产党的创始人，晚境不免有些萧瑟。张国焘再三向周恩来提出要面见蒋介石，汇报边区政府工作。周恩来拗不过他，4 月 16 日上午陪张国焘从汉口过江到武昌。张国焘一见到蒋介石就毫无共产党立场地说："兄弟在外糊涂多时。"周恩来当即纠正："你糊涂，我可不糊涂。"接着，张国焘语无伦次地说了一些边区政府的事，他来意原本就不是为此。蒋介石见此场面，也不多说，只是敷衍了几句，就把张国焘打发了。

不料，在渡江到江汉关码头时，张国焘乘周恩来与另一同行朋友谈话之机，突然抽身疾跑。周恩来急忙追赶，却最终迷失在汉口纵横交错的大街小巷。[①] 当日，王明、周恩来、博古、凯丰致电中共中央书记处，建议书记处负责同志利用作报告和讲话的机会说明张国焘路线应由他一人负责；对原红四方面军干部应表示亲切团结，以便为最近公开反对张国焘事做政治上的准备，同时不要因此事增加红一、红四方面军的隔阂，而应更加增强全党的团结。[②] 同日，毛泽东、张闻天、康生、陈云、刘少奇发电报给中共中央长江局转张国焘，仍希望他幡然悔悟，早日归来。[③]

张国焘始在汉口，继而过江在武昌街巷乱跑乱撞，终于找到了事先与别人约好的旅馆，住了进去。办事处派人四处寻找，最终找到他

① 中共中央文献研究室编：《周恩来年谱（1898—1949）》上卷，中央文献出版社 1998 年版，第 419 页。一说张国焘回办事处后另行外出，伺机而逃。

② 中共中央文献研究室编：《周恩来年谱（1898—1949）》上卷，中央文献出版社 1998 年版，第 419 页。

③ 中共中央文献研究室编：《毛泽东年谱》中卷，中央文献出版社 2013 年版，第 71 页。

所住旅馆，于是，深夜劝其渡返回汉口。张不得已回到汉口，但坚持不回办事处，只得安排在太平洋饭店住下。① 周恩来、王明、博古、凯丰找他谈话，张国焘消极至极，表示国民党和共产党都糟，愿暂脱离政治生活。② 周恩来、王明等认为张已决心脱党，只有尽最后的努力，因为当夜已经很晚，于是，商定明天上午同张公开谈判，以及谈判的内容。③

4月17日上午，经电告中共中央书记处，商讨处理办法，并经中央同意后，④ 周恩来、王明、博古一起来到太平洋饭店。周恩来对张国焘严正地提出三条：第一，回办事处，回党工作，这是我们所希望的；第二，暂向党请假休息一时期；第三，公开脱党，党亦径告以开除决定。张国焘表示，愿意居第二、三条中采取一种办法，希望允许他考虑后决定。待周恩来等人走后，张国焘立即打电话约军统特务、时任国民政府军事委员会调查统计局第二处处长的戴笠来饭店面谈，后又约胡宗南司令部驻汉口办事处处长谈话。

当晚，两辆小汽车戛然停在太平洋饭店门口，几个便衣特务从车上下来后，直奔张国焘的房间。"你们要干什么？"邱南章迎上前去大声喝问，却不防被两名特务猛地死死抱住，动弹不得。一名特务把张国焘拉到车上，那两名特务才放开邱南章。特务迅速上车，得意地

① 《陈绍禹、周恩来、秦邦宪答复子健先生的一封公开信》（1938年4月28日），中共中央文献研究室、中央档案馆编：《建党以来重要文献选编（1921—1949）》第15册，中央文献出版社2011年版，第284页。

② 中共中央文献研究室编：《周恩来年谱（1898—1949）》上卷，中央文献出版社1998年版，第419页。

③ 童小鹏：《风雨四十年》第1部，中央文献出版社1994年版，第164页。

④ 中共中央文献研究室编：《周恩来年谱（1898—1949）》上卷，中央文献出版社1998年版，第420页。

对邱吹了声口哨，小汽车急驶而去，这一回合他们赢了。邱南章回到张国焘的房间，但见桌上留有张国焘写给周恩来等的一张字条："兄弟已决定采取第三条办法，已移居别处，请不必派人找，至要。"①

长江局连夜开会，决定向党中央报告经过。4月18日晨，周恩来即起草陈绍禹、周恩来、秦邦宪关于张国焘脱党情形致中共中央书记处的电报，报告张国焘脱党情况，并提议：

（一）发表下列的开除决定，宜于极端迅速向党内军内进行张国焘私逃［脱］党的解释，但绝不应因此提起所谓一、四方面军问题，而应当用开除国焘机会加紧党和军队中的团结。

（二）为安慰国焘接近［的］干部，甚至对其妻儿勿使他们不安心，以观张之究竟。②

接到电报后，中共中央当天就作出《关于开除张国焘党籍的决定》，并向全党公布。为了统一全党的认识，翌日中共中央又向党内发出《关于开除张国焘党籍的党内报告大纲》。《大纲》分甲、乙、丙、丁四部分，通报了"张国焘脱党的经过"，剖析了"张国焘脱党的历史根源"，强调"张国焘是中共党内老党员之一，也是犯错误最多的一人"，指出"张国焘的脱党是有他的一贯的历史根源的，这是他的

---

① 童小鹏：《风雨四十年：童小鹏回忆》第1部，中央文献出版社1994年版，第109页。一说张国焘从武昌被半夜劝回汉口后，执意住在一友人家中，翌日在陈、周、秦找张谈话后不及一小时，张国焘就跑到太洋饭店，乘一辆有三人保护的汽车而去，临行时留下书信道别。《陈绍禹、周恩来、秦邦宪答复子健先生的一封公开信》（1938年4月28日），中共中央文献研究室、中央档案馆编：《建党以来重要文献选编（1921—1949）》第15册，中央文献出版社2011年版，第284页。

② 《陈绍禹、周恩来、秦邦宪关于张国焘脱党情形致中共中央书记处电》（1938年4月18日），中国人民解放军历史资料丛书编审委员会编：《八路军新四军驻各地办事机构（4）》，解放军出版社1999年版，第69—70页。

机会主义的最后发展及其必然结果"。大纲还解释了"张国焘何以在统一战线成立之后与抗战紧张之时脱党呢?"的问题。"党在抗日民族统一战线中是长大起来了,党的影响也扩大了。无数纯洁的革命分子要求在党的领导之下工作奋斗,并大批的加入党。但是,在另一方面,党内最少数最不坚定的分子,经不起这个民族革命的浪潮,在资产阶级的影响之下,在其挑拨离间与各种诱惑之下,发生动摇腐化,丧失了阶级的立场以至个别的脱离党。""在两面派掩盖之下的反党的张国焘路线得不到党内任何同志的同情与拥护","张国焘在党内是孤立了,他在党内寻找群众的一切企图是失败了。于是他只有从党内跑出去,在党外去寻找反党的同盟者,他的会见陈独秀,当然不是偶然的,这就是张国焘脱党以后的前途。"

大纲最后是表明"党对张国焘脱党的态度":"(一)中央对于张国焘过去的错误曾一贯的采取了教育与说服的方针","(二)张国焘的出党对于本党不但不是什么损失,而是去掉了一个腐朽的不可救药的脓包。""(三)在清洗张国焘这种叛党分子中间,各级党部更应该坚持民族抗战,坚持扩大与巩固民族统一战线以最后战胜日寇的总路线,加强同各种机会主义倾向、同一切个人野心的派别的无原则的破坏纪律的行动以及同生活上的腐化现象做坚决的斗争,以教育全党同志,巩固党内布尔塞维克的统一与团结。""(四)在反对张国焘这种叛党分子中间,各级党部应该加紧向全党同志解释统一战线中国共产党的作用与意义,使他们清楚了解,扩大与巩固统一战线是扩大巩固共产党不可分离的,应该加紧对全党同志的马克思列宁主义的教育,使他们能够灵活的使用这个尖锐的武器去为民族解放的事业与共产主义的事业而奋斗。""(五)中央对于坚决反对张国焘叛党行为与坚决拥护国际和中央路线、忠实于民族解放事业和共产主义事业的同志,不论他过去是否受过张国焘的影响与是否犯过错误，都是一致爱护的。""（六）让张国焘等这类腐化的叛党分子滚出去吧。"文件号召："让我们全体忠实的共产党员高举起马克思与列宁的旗帜，为最后战胜日寇，为民族的、社会的与共产主义的事业而奋斗到底！"①

4月22日，《新华日报》一版广告栏刊载开除张国焘党籍的决定公布，连续刊登3天。这一天，突然同时收到张国焘4月21日和22日写的两信。

张国焘4月22日的那封信说："连日因寓所未就绪，故不曾致函诸兄，昨晚即写好一信，拟今晨派人送来，突阅报载有开除弟党籍的决定之公布，深使我痛心。……千祈我们间应维持冷静而光明之政治讨论，万一决定不能改变时，亦希彼此维持最好友谊。"②

就在4月22日同一天，张国焘在国民党《扫荡报》发表《张国焘声明》。全文如下：

阅读中共中央关于开除张国焘党籍之决定一节，本人特为如下简单之声明：（一）本人素具抗战到底之坚强决心，和抗战必胜之坚强信心，对于中国抗战救国之光明前途，并无丝毫失望。本人更愿贡献一切，为国家民族效力。（二）当此国家民族存亡关头，本人认定国家民族高于一切。（三）三民主义为中国今日之必需，中国国民党为主持抗战建国大计之领导中心，蒋先生为全国唯一之最高领袖，此三

---

① 《中共中央关于开除张国焘党籍的党内报告大纲》（1938年4月19日），中共中央文献研究室、中央档案馆编：《建党以来重要文献选编（1921—1949）》第15册，中央文献出版社2011年版，第257—262页。

② 《陈绍禹、周恩来、秦邦宪答复子健先生的一封公开信》（1938年4月28日），中共中央文献研究室、中央档案馆编：《建党以来重要文献选编（1921—1949）》第15册，中央文献出版社2011年版，第285—286页。

点中共中央亦不否认。中共中央主张抗日民族统一战线之方针，自是中共中央的进步，本人亦表赞成。但深感如此还是不够，因主张中共中央对于中国国民党临时全国代表大会宣言和抗战建国纲领，应即为更恳切之响应，以达更进一步之精诚团结，和增强抗战建国之力量。（四）本人曾本以上主张，用至诚态度，与陈绍禹、周恩来、秦邦宪三同志初步商讨，不料此项商讨仅仅于开始进行，中共中央突有开除本人党籍之决定，公布拟（拟当作报，引者注）端。本人与中共关系极深，该决定内所说各点，均不必急于答辩。甚望中共中央和中共诸同志对于本人上列主张，深切考虑，并与本人诚恳商讨，不使稍有遗憾，俾吾人与全国人士，均得本抗战救国，抗战建国之主旨，向前迈进，则幸甚矣。[①]

张国焘对自己出走引起的恶劣影响绝无反省之意，反而以辩诬方式，宣扬国民党的领袖与主义。"本人与中共关系极深"，毛泽东看到这里不觉念出声来，他怒斥道：简直辱没我们党的名声！

国民党媒体不可能放弃利用张国焘出走事件，进行舆论炒作的良机。4 月 24 日，署名"晓江"的时评文章《张国焘去矣》在《抗战文化》第 4 期发表。文章在罗陈中共中央开除张国焘党籍的四大罪状后，有意强调张国焘在中共党内非同寻常的政治身份："中国共产党的'老布尔色维克'(?) 张国焘被'开除'了！'中华苏维埃共和国'中央政府的副主席张国焘被驱逐了！第三国际的执行委员张国焘被判罪了！"紧接着便是一句判词式的定论："这是继陈独秀先生之被骂为'托匪'和'汉奸'、李立三同志之被斥为'半托洛茨基主义者'以后共产党内部一幕重大的丑剧！"随后，便是一通的讥讽嘲弄、含

[①] 中共中央宣传部编：《中共党史教学参考资料》第 3 批，人民出版社 1957 年版。

沙射影，并引张国焘的声明来反驳中共中央对张国焘的指责，进而抓住张谰言的"（必须）达到进一步之精诚团结和增强抗日建国力量之目的"一句，提出质问："但，你主张怎样作'进一步之精诚团结'呢？是不是和我们的意见一样，提议解散共产党、加入到国民党里面去做实现三民主义的工作呢？照你的意思看来，好像如此。若是真的，那我就要举起大拇指来称赞你一句：同志！对的！"后文便以张国焘为典型，向革命青年作反动宣传：

须知张国焘的政治水平比你们要高得多、斗争经验比你们要丰富得多，所知的事实比你们要详细得多，如果你们中央的路线没有错误，他还会"不满与怀疑"吗？反省呵！宗教的信仰，决不是无产阶级的忠诚；感情的盲动，决不能成就革命的事业；张开你的眼睛、沉潜你的头脑、武装你的思想、留下你的性命，认识了中国社会，再去干你们的革命事业吧！这便是我贡献给你们的忠言。[1]

这天下午，张国焘前去拜访周佛海。

周佛海在当天日记中记道："下午，张国焘来谈。张为共党巨头，此次脱离，令余回忆十六年前，与渠在上海出席共党第一次全国代表大会，并在上海工作时情形，宛如昨日；而十余年变化之大，则令人有今昔之感。"（1938年4月24日）[2]

3天后（4月27日），周佛海颇为念旧地"约陈独秀、张国焘来寓晚饭"。[3]觥筹交错间，多少有些不是滋味。

---

[1] 盛仁学编：《张国焘问题研究资料》，四川人民出版社1982年版，第641—644页。

[2] 蔡德金编注：《周佛海日记全编》上编，中国文联出版社2003年版，第116页。

[3] 蔡德金编注：《周佛海日记全编》上编，中国文联出版社2003年版，第117页。

4月28日，王明、周恩来、博古联名写的公开信，连同"子健"来信翌日在《新华日报》发表。公开信提到另两位同志也来信问过相关问题，并肯定"子健"对目前政治问题及党的问题的了解和解释基本正确。

署名"子健"的书信写于4月26日，是寄给王明、周恩来和博古，说出了在当时情境下社会舆论与基层共产党的困惑。来信者自称是"在学校中工作的一个共产党员"，因与两名非党员的同学谈话，发现了两个问题，均与张国焘的声明有关。一是近期报纸有关张君劢代表中国国家社会党致函国民党蒋、汪两总裁，以及蒋、汪给张的复信，因为张国焘声明提到他主张中共中央积极响应国民党临时全国代表大会宣言和抗战建国纲领，因此，有同志问中共会不会也像国家社会党一样致函国民党，表明共产党对国民党和三民主义的态度？如果说这一问题只要溯及去年9月发表的中国共产党为公布国共合作宣言等历史，似还不至于被问得哑口无言，那么，第二个问题就实有公开内情的必要：中共中央开除张国焘党籍是否真如张所声明的，他找王明、周恩来、博古谈问题，"而中共中央似乎在他正在谈判的过程中，便把他开除党籍了，这是否太急了一点呢？""子健"指出"张国焘在党内的确是个著名的老机会主义者和小组织者"，"特别是一九三五年的重大反党错误，的确早已值得开除党籍。"他明知"共产党中央对每人党员党籍问题，素持慎重态度"，"此次开除张国焘党籍经过，绝不会像张国焘在各报上登的声明所说的那样简单。"但心里仍有疑虑。缘此，"请三位同志迅速帮助我更清楚地了解这些问题。"①

---

① 《子健同志给陈绍禹、周恩来、秦邦宪三同志的信》(1938年4月26日)，中共中央文献研究室、中央档案馆编：《建党以来重要文献选编（1921—1949)》第15册，中央文献出版社2011年版，第286—287页。

"为的使你和其他同志对这两个问题有更具体更深切的了解，兹特详为解答如次"。公开信回顾 1935 年八一宣言以来中共中央致书国民党的历史，明确"共产党没有再重复一次类似去年九月已经发表的说明国共关系一类的文件的必要"。并乘势公开了中共中央在国民党临时全国代表大会开幕前给大会的一个建议书，主要有"建立一种包括各党派共同参加的某种形式的民族革命联盟"，"关于健全民意机关问题"，"关于动员和组织民众问题"，进而利用此公开信的机会，再一次说明中共中央对国民党临时代表大会宣言和纲领的赞同拥护。同时，指出该纲领发表时被冠名为《中国国民党抗战建国纲领》，不知"国民党领导机关是把这一纲领只作为国民党一党的纲领，还是用国民党大会名义提出交各党派及各团体共同讨论和研究"，这问题还准备再与国民党方面交换意见。

至于第二个问题，公开信详引《中共中央开除张国焘党籍决议》有关开除原因，以正视听，对张的既往错误进行大起底，并公开了张国焘从延安到武汉以至被开除出党的简要经过，指出是在开除党籍的决定公布后，张国焘的 21 日、22 日两信才同时送到，强调说明："由此可见，此次中央开除张国焘的党籍，首先由于他不能遵守一个共产党员应当遵守的起码的党的纪律，由于擅自离开工作而至自动脱离党。"揭露张国焘的"欺人自欺之谈"，进而明确："张国焘既已不能再留存于共产党的队伍之内，共产党为党的纪律、党的统一和党的政治纯洁起见，只有将张国焘这类自甘暴弃于革命队伍之人驱逐出党。"①

---

① 《陈绍禹、周恩来、秦邦宪答复子健先生的一封公开信》（1938 年 4 月 28 日），中共中央文献研究室、中央档案馆编：《建党以来重要文献选编（1921—1949）》第 15 册，中央文献出版社 2011 年版，第 275—285 页。

4月30日，毛泽东在抗大第3期2大队毕业典礼上讲话。

今天讲的是一部分和模范作用。

中国有四万万五千万人，我们是一部分，合起来才是中国。八路军是全国军队的一部分，边区是全国领土的一部分，共产党是全国人民的一部分。但是单只一部分还不够。去年的那位李服膺也是一部分，要逃跑，又要逃得快，结果阎王请他吃饭。又如三路军（我们是八路军）总指挥韩复榘遇到日本人到来也采取李服膺的办法，结果也到阎王那里去了！这和我们虽同样是一部分，然而不相同。因为我们要加上一点东西，成为模范的一部分。土豪劣绅不是好的，自己肚子胀得这么大，我们便和他相反，努力工作，廉洁得很，为了革命牺牲自己的一切。我们要在这方面来起模范作用，全国人民都该如此。

毛泽东停顿了一下，时事枨触涌上心头：

张国焘却不如此，张国焘说边区是块鸡骨头，吃之无肉，弃之可惜。所以他终于丢了！我们全国男女青年便不然，由南洋群岛来的，由成都步行来的，李服膺的女儿把她家的汽车全捐与八路军，自己走路，愿意学习，当宣传员。这是"小姐"，还有"少爷"。我们抗大不但是全国佩服，而且世界闻名。……

毛泽东的讲话洋溢着革命乐观主义精神：

模范作用不在于口头说而在事实上做。不在于两只手举起来赞成马克思主义，主要的在于实际中去行马克思主义。这才是真要紧的。单是学学还不够，要在实际中去做到底。为全世界的平等而奋斗到底。而且要在人家来诱惑我们的时候贯彻到底。……共产党是与别人不同的，有功不见得赏，有过便要批评，薪水也不过五元为最高。……我们革命是没有什么赏的。赏，可说是侮辱了人家。我们对伤兵发钱慰问，并不说是赏，因为革命是自动的嘛，自觉的嘛，还要什么赏不赏？如果这一点底子不打好，可能一点不满意便离开革命的，所以你们要起模范作用，不要学张国焘。①

① 齐得平：《我管理毛泽东手稿》，中央文献出版社 2015 年版，第 79—80 页。

18

还有另一种围困，应是美国、苏联同中国一道围困日本

异常忙碌的五四，毛泽东向新四军发出「五四指示」，在抗大第 4 期第 1 大队成立大会讲话又讲到张国焘问题，当晚参加延安青年纪念五四晚会 /

毛泽东会见卡尔逊，形象地解释持久战观点 /

《张国焘敬告国人书并与中共同人商榷抗战建国诸问题》出笼，近乎共产党员叛变的自白悔过书，毛泽东对即将毕业的陕北公学第 2 期学员讲话指出，张国焘叛党在全党可引为教训

5月4日，又一个忙碌红火的日子。

那天，毛泽东复电中共中央军委新四军分会书记、新四军副军长项英，就新四军如何开展华中游击战争问题这一重大问题作出指示，史称第一个"五四指示"。针对项英报告中顾虑国民党当局"屡次以命令强迫执行"向他们指定的地区开进，"显然是将我们送出到敌区，听其自生自灭，含着借刀杀人的用意"，毛泽东在电文起首就提出不同思路："在敌后进行游击战争虽有困难，但比在敌前同友军一道并受其指挥反会要好些，方便些，放手些。敌情方面虽较严重，但只要有广大群众，活动地区充分，注意指挥的机动灵活，也会能够克服这些困难。这是河北及山东方面的游击战争已经证明了的。"

项英采取的是拖延战术："目前先遣队已出发，各支队不日陆续跟进，军部准备移南陵。我们的计划：利用短距离行军，每日的三十里路行程，其余时间进行教育，同时拖延时间，侦察地形"，等等。毛泽东指示电明显纠偏："在侦察部队出去若干天之后，主力就可准备跟进。在广德、苏州、镇江、南京、芜湖五区之间广大地区创造根据地，发动民众的抗日斗争，组织民众武装，发展新的游击队，是完全有希望的。"进而绘制更大的进军图景："在茅山根据地大体建立起来之后，还应准备分兵一部进入苏州、镇江、吴淞三角地区云，再分一部渡江进入江北地区。在一定条件下，平原也是能发展游击战争的，条件与内战时候很大不同。当然，无论何时应有谨慎的态度，具体的作战行动应在具体情况许可之下，这是不能忽视的。"

同时，毛泽东还提示对时任国民党第十九集团军总司令兼第五军军长薛岳的不怀好意，既要"严重注意"，"但现时方针不在与他争若干的时间与若干里的防地，而在服从他的命令开到他指定的地方去"，为的是"到达那里以后就有自己的自由了。""尔后不要对他事事请示与事事报告，只要报告大体上的行动经过及打捷报给他"就行了。最后，是关照"请始终保持与叶（叶挺，引者注）同志的良好关系。"①

下午，毛泽东在抗大第 4 期第 1 大队成立大会讲话。他首先讲国共合作问题：

国共合作可分为三段：头一段是两党合作；第二段是两党分裂；第三段是两党又合作。按照中国古书《三国演义》——你们看过吗？——那里开头就说："话说天下大势，分久必合，合久必分"。全场大笑。

毛泽东继续说道：

过去分了十年，现在又合起来，把这话拿到现在来说当然是不正确的，现在合起来了不一定会再分的。我们可以把他改成两句话，改成，"国共两党，合则两利，分则两伤"。这是过去已经证明了的。……②

毛泽东滔滔不绝地说着：

以前与国民党一致，西安事变前不一致，现在又一致了。

合作是在一定条件之下，什么条件呢？就是反帝反封建。谁能遵

① 《毛泽东关于放手开展敌后游击战争等问题给项英的电报》（1938 年 5 月 4 日），中共中央文献研究室、中央档案馆编：《建党以来重要文献选编（1921—1949）》第 15 册，中央文献出版社 2011 年版，第 289—290 页。

② 齐得平：《毛泽东在抗大讲话记录稿介绍》，齐得平：《我管毛泽东手稿》，中央文献出版社 2015 年版，第 139 页。

守这一条就与之合作到底。……

他这样结束这一话题：

最近国民党的临全大会，发布了宣言与纲领，你们都看见过没有？共产党认为这根本上是好的——虽然与十大纲领还很差——全国应该拥护，解释、宣传并实行这个纲领，你们每个同志都要实行，这是国民党十年来最进步的表现。国民党想想自己的历史，也不会要打，为什么大革命失败？十年来有什么好处？国民党的领袖也都承认没有好处的。他们要实行这纲领，进步，共产党决与之合作下去。还有从过去事实来讲，合则两利，分则两伤。现在的抗日合则又大利。[1]

鉴于张国焘出走事件在延安引起的震动，毛泽东接着讲到了开除张国焘党籍的问题："至于开除张国焘党籍的理由，我简单地讲些。他是一个共产党员，为什么开除？因为他不干了，对共产党路线发生动摇，因为他自由行动，到汉口与陈独秀、叶青天天会面，弄得火热。"[2]

事实上，不仅是上月底周佛海请客，使张国焘与陈独秀得以晤面餐叙，据说5、6月间，通过武汉警察局长蔡孟坚的介绍，张国焘又见到了陈独秀。宴席间，陈独秀颇为感慨地谈到张国焘早年带领北大学生到上海"沿租界马路商店散发叫卖《新青年》"最为努力。[3]此

---

[1] 齐得平：《毛泽东在抗大讲话记录稿介绍》，齐得平：《我管理毛泽东手稿》，中央文献出版社 2015 年版，第 139—143 页。

[2] 齐得平：《毛泽东在抗大讲话记录稿介绍》，齐得平：《我管理毛泽东手稿》，中央文献出版社 2015 年版，第 127—128 页。

[3] 蔡孟坚：《悼反共强人张国焘》，台湾《传记文学》第 36 卷第 1 期，转引自路海江：《张国焘传记和年谱》，中共党史出版社 2003 年版，第 176 页。

后，张、陈二人一度密切往来。张国焘还曾对包惠僧说：想再组织共产党，想拉陈独秀来顶这块招牌。不过，陈独秀没有理他。①

毛泽东继续说张国焘：

他在西安事变时主张杀蒋，实行内战。以前，在1936年西征的时候，他要到昆仑山上进行统一战线，与姜太公、太上老君进行统一战线。

听众发出一阵大笑。毛泽东双手叉腰：

我们到了陕北他还要去，他自立伪中央，自封为总书记，天下少有的这位先生。1921年中共开第一次全代大会，他也到了；1923年在广东开第三次全国代表大会，他也到了；中央决定国共合作统一战线政策，他坚决反对与资产阶级合作，他说无产阶级是清高的阶级，与资产阶级合作，要沾上赃物，反对合作。可是他终是少数，在革命时他就脱队了，因而到了末期又与陈独秀机会主义的方向同去。这是所谓历史根源。承认错误，尾巴又在，一翻一复，两面派的行为始终占据他，现在又去了，跑到国民党那儿特务机关里去。我们要他当代主席时，希望他割掉尾巴（机会主义的尾巴——记录者），要他在工作中纠正错误，他说"割掉了"！而实际上穿起长袍子，尾巴藏在里面。

学员们又是发出一阵笑声。

为什么今天才开除呢？因为讲讲仁义道德，而且他资格老，做过工人运动。同时，我们共产党对党员以说服教育为前提的。他这次走，是借口到中部祭黄帝陵，黄帝抓他到墓里去了。他到西安与林伯渠讲，说边区是鸡骨头，吃之无肉，舍之有味，这是曹操讲的。这边

---

① 路海江：《张国焘传记和年谱》，中共党史出版社2003年版，第175—176页。

区是否鸡骨头，可以讨论，我看你们一定以为它不是。我看边区还有两块肉：（一）坚定的政治方向；（二）艰苦的工作作风。……全国青年潮水一般的涌进来，他（指张——记录者）说边区不好，是鸡骨头，我看不对，不知你们意下如何？

人们发出会心的笑声。

毛泽东如此宽容大度地结束他的讲话：

他到汉口，住特务机关，与托匪往来，脱离了共产党，共产党的册子上有他的名字，现在就可把他勾销，因此开除他的党籍。今天他被开除后，不破坏共产党，不破坏抗日民族统一战线，不当汉奸，我们对他还可以在党外联合抗日。①

当晚，毛泽东出席延安青年纪念五四晚会，并发表讲话。他号召青年们打倒日本帝国主义，为建立独立、自由、幸福的新中国奋斗。②

5月5日晚，一支蜡烛的幽光，毛泽东的窑洞了无陈设，只有土炕、木桌和几排书架。毛泽东在自己的窑洞里会见美国海军部观察员卡尔逊。

在毛泽东的关照下，卡尔逊已曾到晋察冀边区考察，后来还经历了国民党军队正面战场的一次惨胜——台儿庄大捷。这回再度奔赴敌后根据地考察，终于来到了延安，见到心仪已久的传奇人物毛泽东。

但见一位身材魁梧、体格健壮者，"他头如雄狮，密密麻麻的黑

---

① 齐得平：《毛泽东在抗大讲话记录稿介绍》，齐得平：《我管理毛泽东手稿》，中央文献出版社 2015 年版，第 128—129 页。

② 中共中央文献研究室编：《毛泽东年谱》中卷，中央文献出版社 2013 年版，第 74 页。

发，从中间朝两边分开，蓬松地向后背去"，这就是卡尔逊蔚蓝眼眸中的毛泽东，他当时就从对方脸部表情判断，毛泽东是个极富想象力的人。

热情有力的握手，毛泽东笑容可掬地轻声说道："欢迎你！我听说你已经跟着我们的队伍转了一大圈，现在欢迎你来延安访问。"

于是，二人在一张方桌边对面坐下。毛泽东轻声吩咐窗外的警卫员沏茶、拿花生来待客，贺子珍去年底赴苏联治病去了。

海阔天空，近乎无话不谈，一谈就谈到次晨。他们谈到了中国人民的抗日战争，谈到了欧洲和美国的政治形势，谈到了历史上政治思想的发展，谈到了宗教对人类社会的影响，也谈到了建立一个有效国际组织的条件。毛泽东分析并预言日本和美国总有一天会打起来的；谈到欧洲形势，二人还就德国如果侵略捷克斯洛伐克，英国会不会参战等问题各抒己见。

"只要我们的人民能经受住困难，决心坚持抗战，中国是打不败的。领导人应该取信于民，为他们指出光明前途，只有这样，人民才会有坚强的意志。为了创造这些先决条件，我们要求领导人做到艰苦朴素，办事公正，关心人民疾苦。只有发扬民主，教育人民自己管理自己，才能实现美好的未来。"毛泽东对抗战前景充满信心。

卡尔逊的问题有时还是很尖锐的："假如中国是在单独作战的情况下抗战能坚持多久？"毛泽东往烟斗里填上中国黄烟丝，随后譬喻作答："中国像一个容量一加仑的细颈瓶，而日本灌进了半品脱水。它的部队进占一地方，我们转向另一地方；他们追击，我们就后退。日本兵力不足，无法占领全部中国，只要人民决心继续抵抗，它就无法用政治手段控制。"

"有两种包围方式。日本在五台山包围我们，围困我们。日本和

中国都使用阵地战术，就像孙连仲在台儿庄所采用的一样。但我们有
另一种围困，比如日本在太原驻守，"他用一只茶杯代表日本驻军的
位置，其他四件东西代表中国军队的位置，"太原的东北是聂荣臻的
部队，西北是贺龙的部队，林彪的部队在西南，朱德的部队在东南。
日本在山西一出动就会撞上我们的巡逻队。日本人如果入侵山西，就
会受到我们其中一支部队的打击。"他补充道："正像山西是华北的战
略锁钥一样，五台山区也是山西的锁钥，我们占领五台，日本人就不
能控制山西。还有另一种围困，应是美国、苏联同中国一道围困日
本，这将是一种国际的围困。"①

卡尔逊急速地记下毛泽东的话，蓝眼睛闪耀钦服的目光。他主动
表示要送一支新烟斗和一些美国烟丝给毛泽东。

5月6日，张国焘抛出《张国焘敬告国人书并与中共同人商榷抗
战建国诸问题》。这篇长文大论，除了重复前文的观点之外，更大的
篇幅用以批判"中共的政治路线"，这使其接近于白色恐怖下共产党
员叛变的自首悔过书。其攻讦的论点主要如下：

第一，中国原是一个经济落后的与被帝国主义侵略的国家，散漫
的农业为组成国民经济的骨干，纯民族工业的比重，颇为低下；因此
革命的任务，对内是铲除封建残余，改正土地关系，完成国家的统
一，对外是废除帝国主义在中国境内之经济特权与政治特权，争取领
土主权之完事，与政治上经济上之完全独立自主，这是国民革命的主

---

① 中共中央文献研究室编：《毛泽东年谱》中卷，中央文献出版社 2013 年版，第
　74—75 页。姬乃军：《情系热土：国际友人在延安》，陕西人民出版社 1993 年
　版，第 79 页。孙大勋编著：《毛泽东与国际友人》，山西人民出版社 2014 年版，
　第 99—101 页。

要内容。……

中国共产党虽亦见到这些基本问题，而并没有深切的了解，因此，经常以急进的主观上之幻想，代替中国社会发展之客观条件，……

中共昧于此义，贸然将阶级斗争和民族解放，勉强地予以联系，并强调阶级斗争愈深入，民族解放愈迫近成功之说，处处以阶级利益抹杀民族利益。……

第二，……对于中国国民党之认识，亦极不正确。中共初则认三民主义为反动思想体系，而认国民党只是代表地主资本家的阶级政党，继又认国民党为法西斯主义之分派，国民政府为亲日卖国政府；……

第三，……于是形成其一般策略路线的连串错误，中共本身组织之缺陷与退化，亦随此错误路线而愈益充分暴露出来。

……

第四，抗战发动以后，全民族之迫切要求，为精诚团结，一致抗日，中共主张抗日民族统一战线，在形式上改变红军，取消苏维埃政权，停止土地革命，表示服从中央政令，但实际上仍然因循其固有错误思想与派别成见，严格维护其小组织的利益，……有所谓"共同领导，共同负责，共同发展，共同纲领"等说话，仍不免是一种争取领导权之陈旧思想，……

在对自己曾为之奋斗的政党进行一番歪曲抹黑后，张国焘自称"站在抗战建国的基本观点上"，对中共提出以下亡党亡军反苏的建议：

第一，中共同人只有在确认国家民族利益高于一切之原则下，真诚拥护蒋先生领导的抗战建国运动，毫无保留地实行三民主义，务必言行合一，不再作与此相违反的宣传和组织；基此立场，中共同人应自动破除门户之见，泯灭界限，与国民党党员同在蒋先生领导之下携手前进！

第二，无论在任何情况之下，国家政权和军队应完全统一。第八路军，奋勇杀敌，深为国人所赞许；但望中共同人能根本破除"抗日联军"之成见，使八路军国军化；……

第三，一致站在国家民族的立场上，从事实践中央之外交政策。

鉴于刚从共产党阵营里跑出来，张国焘又花了不少笔墨来解释与撇清他自己与上述中共"错误"的关联。一句"本人与中共历史关系甚深，由于近二十年之经验教训，愈使我深刻地理解中共政策之不当"，算是认错。接下来，便有意扭曲1935年红一、红四方面军会师后，自己与毛泽东的进军分歧："毛泽东等估计长征是胜利，主张应北进出陕西，形成川陕甘根据地，重建所谓中华苏维埃共和国中央政府。本人彼时估计长征是失败，一省数省首先胜利前途早成过去，吾人应在川西和西康地区域或甘肃西北部之甘凉肃一带，首先求得与中央军之休战，再图举国一致抗日方针之实现。"

对于中共方面揭露的张国焘在西安事变初力主杀蒋的事实，张国焘知道抵赖不了，必须作出解释。他一是声明"本人到达陕北时，恰是西安事变前十天，西安事变是由于中共'抗日反蒋'之宣传主张而来，其实质则系军事阴谋，本人事先并未与闻。"完全割断自己与发动西安事变的关联。至于杀蒋主张，他这样运用"春秋笔法"："西安事变发生后，延安方面中共负责诸人均不免有情感冲动之主张，当时特别冲动者，另有人在，事实昭然，当可复按。"算是实现了倒扣之法。进而将自己的出走说成是与毛泽东等对统一战线方针的分歧。

总结段如此自我表彰、汲取"教训"，并顺势进行蛊惑宣传：

总之，本人自弱冠以来，目击国势凌夷，奋起救国，不计其他。献身革命，垂二十年，对于中共政策之形成，未能及时纠正，自然亦负有某些连带责任。然生平言论行动，素为国人共见共闻。此次举动，纯出爱国至诚。为爱护中共同人，更为爱护中国革命起见，……①

张国焘问题实在揪心，5月7日毛泽东对即将毕业的陕北公学第2期学员讲话，又讲到了这一问题。

毛泽东说：张国焘过去在政治上早已"开小差"，现在在组织上也"开小差"了。此人一贯称自己是"中国的列宁"，什么都要争第一，但实际上他是一个十足的"老机"，历史上不"左"就右。党的"三大"讨论第一次国共合作者，开会十几天，他反对十几天。到了武汉，他又支持陈独秀右倾。长征路上，他反对北上抗日，主张到西藏去建立根据地。以后，又另立"中央"。到陕北以后，1936年10月，他反对党中央致国民党二中全会的信，反对第二次国共合作，说什么党中央的信是"韩文公祭鳄鱼文"，"与国民党合作是幻想"。西安事变后，他半夜敲我的门，坚决主张对蒋介石……毛泽东用手比画着在脖子上一割，说道：处以极刑。

党中央进入延安后，张国焘说："延安是块鸡骨头，食之无肉，弃之有味。"这是曹操主义，结果味也没有了，开了小差，一直逃到汉口。毛泽东对张国焘一通揭露后，说道：延安有自由、有民主，有正确的政治方向，有好的工作作风，但张国焘没有看到。张国焘在革命的道路上从头到尾是机会主义，沿途开小差。

---

① 盛仁学编：《张国焘问题研究资料》，四川人民出版社1982年版，第614—623页。

最后，毛泽东语重心长地指出，张国焘叛党在全党可引为教训。① 他殷切期望："我今天讲的是坚定革命的旗帜，就作为对同志们远行的礼物。每个同志出去要记住，坚决奋斗，不怕困难、不开小差，不学张国焘。"②

---

① 中共中央文献研究室编：《毛泽东年谱》中卷，中央文献出版社 2013 年版，第 75 页。

② 李良志：《毛泽东与陕北公学》，《湖南党史月刊》1993 年第 4 期，转引自苏若群、姚金果：《张国焘传》，天地出版社 2018 年版，第 556—557 页。

19

在什么条件下，中国能战胜并消灭日本帝国主义的实力

毛泽东连续熬夜写作《论持久战》／

周佛海观察形势，对抗战前途殊觉渺茫／

毛泽东在抗大第 3 期总结干部会上自任负责编写战略方面的教材，又批张国焘／

刘仁静来见陈独秀，二人不欢而散，陈不愿再见托派

应对日益紧迫的抗战局势，才是深关中华民族前途命运的当务之急。5月上旬起，毛泽东开始写作一篇大文章，但见他执笔染墨，略一沉思，即伏案疾书。

警卫员翟作军不免有些焦躁地在窑洞外走来走去。都两天两夜了，主席一直没有睡觉，还一个劲儿伏在桌上写呀写的。写得实在太累太困的时候，这才叫警卫员打盆水洗洗脸，清醒清醒，或者到院子里转一转，或者是躺在躺椅上闭目养神一会，然后，又继续写。饭吃得很少，脸色发灰。"主席别累病了，这些天值班时要加倍注意，劝主席多休息。"警卫班长王能坤如此命令各警卫员。

夜幕徐徐降临，警卫员翟作军走进窑洞，为主席点燃两支蜡烛，分别置到书桌的两端。他有意放慢动作，想趁机劝说主席休息。可是，毛泽东的眼睛一点都没有离开纸笔，翟作军只得一声不响地退了出来。到半夜了，该是毛泽东吃晚饭的时候，翟作军把热气腾腾的饭菜端进去，顺势提醒主席趁热吃，然后睡会儿觉。

"你们先睡吧。我等一会儿再睡，工作没有搞完，睡不着呵！"毛泽东说着话，手中的笔片刻未停。

"主席，您身体不大好，像这样熬夜怎么行呵？吃完饭，睡睡吧！"翟作军的语气透着恳求。

毛泽东抬起头，看了他一眼，微笑着说："好，等一会儿就睡。"

不能再打扰主席，翟作军退了出去。约莫着过了一顿饭的工夫，他去收拾碗筷，推开门，却看见主席仍保持着原有的身姿，在那里聚精会神地写着，桌上的饭菜一动没动，已经没有热乎气了。

　　翟作军失望地将饭菜端出去，放在火上温热，再送进去。"主席，您吃饭吧，天冷，一会儿就凉了。"陕北高原昼夜温差大。"啊？"毛泽东抬起头，"我还没有吃饭？"他一时不能置信地看着眼前的饭菜，喃喃地说："好，就吃就吃。"然而，等了好长一会儿，翟作军又走进房，饭菜仍然没动。主席还在写，不能打扰。直到天快亮时，翟作军第4次进屋去瞧，饭菜仍然一动没动，主席还在勤奋写作。

　　就这样茶饭不思、黑夜白天连轴转，毛泽东一连写了五六天。警卫班长找叶子龙反映也没用。其间的开会、会谈，稍事缓解写作的疲劳。5月10日，毛泽东在中共中央常委会议上，作关于中日战争形势的报告。毛泽东说道：现在蒋介石与我们的估计都认为抗日战争是持久战。最近《大公报》两篇社论态度变化，认为鲁南战争是准决战，否认中日战争是持久战。我们对于中日战争的估计，过去也有两种意见。我一贯估计中日战争是持久战，因为中国是大国，日本不能完全吞并中国，同时中国又是弱国，需要持久战争才能取得胜利。5月11日傍晚，毛泽东会见国民党老党员施方白，逐一回答对方提出的9个问题。毛泽东明确地说：抗战的必胜是确有把握的。

　　翌日，毛泽东针对施方白的关注焦点为其题写了赠言。"中国目前阶段一定要完成民族民主革命，即彻底战胜日寇与建立新的民主共和国。中国将来阶段一定要完成社会主义革命，即实现更进步的更完满的社会主义共和国。完成这两个革命都要坚持统一战线政策，只有好好团结一切革命势力于统一战线里面，才能达到目的。"[1] 也正是在同一天，毛泽东修改《抗日游击战争的战略问题》，这是前阶段写作

---

[1] 中共中央文献研究室编：《毛泽东题词题字手迹精选》，中央文献出版社2015年版，第15页。刘益涛：《十年纪事：1937—1947年毛泽东在延安》，中共党史出版社2007年版，第419页。

的另一篇长文，2万多字。

修订一遍，越读越朗照心灵。"我们的敌人大概还在那里做元朝灭宋、清朝灭明、英占北美和印度、拉丁系国家占中南美等等的好梦。这等梦在今天的中国已经没有现实的价值，因为今天的中国比之上述历史多了一些东西，颇为新鲜的游击战争就是其中的一点。""战争的基本原则是保存自己消灭敌人"，"在这个基本的原则上，发生了指导整个军事行动的一系列的所谓原则，从射击原则（隐蔽身体，发扬火力，前者为了保存自己，后者为了消灭敌人）起，到战略原则止，都贯彻这个基本原则的精神。"接着，便是分析"抗日游击战争的六个具体战略问题"："（一）主动地、灵活地、有计划地执行防御战中的进攻战，持久战中的速决战和内线作战中的外线作战；（二）和正规战争相配合；（三）建立根据地；（四）战略防御和战略进攻；（五）向运动战发展；（六）正确的指挥关系。"随后，便是一系列辩证法在战争中的运用："主动地灵活地有计划地执行防御战中的进攻战、持久战中的速决战、内线作战中的外线作战"。"游击战争战略问题的第二个问题，是和正规战争相配合的问题。""游击战争和正规战争的配合有三种：战略的、战役的和战斗的。""抗日游击战争战略问题的第三个问题，是建立根据地的问题。""它是游击战争赖以执行自己的战略任务，达到保存和发展自己、消灭和驱逐敌人之目的的战略基地。""抗日游击战争的根据地大体不外三种：山地、平地和河湖港汊地。"

"敌我之间的几种包围"，为卡尔逊讲解的情景瞬间一闪，"由是敌我各有加于对方的两种包围，大体上好似下围棋一样，敌对于我我对于敌之战役和战斗的作战好似吃子，敌之据点和我之游击根据地则好似做眼。""如果我们能在外交上建立太平洋反日阵线，把中国作为一个战略单位，又把苏联及其他可能的国家也各作为一个战略单位，我们就比敌人多了一个包围，形成了一个太平洋的外线作战，可以围剿法西斯日本。""游击战争战略问题的第四个问题，是游击战争的战略防御和战略进攻的问题。""抗日游击战争战略问题的第五个问题，是向运动战发展的问题"。"战争既是长期的和残酷的，就能够使游击队受到必要的锻炼，逐渐地变成正规的部队，因而其作战方式也将逐渐地正规化，游击战就变成运动战了。""抗日游击战争战略问题的最后一个问题，是指挥关系的问题"，"一方面反对绝对的集中主义，同时又反对绝对的分散主义"。

修订比写作要畅快得多，主要是改正一些排印错误和标点问题，为此特别关照中共中央军委编译处处长郭化若加以注意。[①] 紧接着，便又废寝忘食地继续撰写新作，桌角稿纸已积起一大摞。两眼布满了红丝，脸庞明显消瘦；执笔既久，不仅手指连胳膊也酸麻起来，毛泽东就在笔记本旁边放一块石头，紧握几下以助指、臂稍得松弛。有时停笔，内心作着主客辩论式的独白。"为什么是持久战？""持久战的三个阶段？""犬牙交错的战争"，"能动性在战争中"，"战争与政治"，"抗战的政治动员"，"防御中的进攻持久中的速决内线中的外线"……突然，脚上一阵灼烫，身体下意识地弹跳起来——棉鞋着火了。

"警卫员，你来一下。"

翟作军闻声从警卫室推门而出，立时就闻到一股破布烂棉花烧着的焦臭味。跑进主席房里，正看到毛主席微弯着身子在脱棉鞋，两只脚上正冒着青烟！翟作军赶紧上前，帮主席把鞋脱下来，顺手拿起

---

① 中共中央文献研究室编：《毛泽东年谱》中卷，中央文献出版社 2013 年版，第 77—78 页。

暖水壶里的水,往鞋上一浇,火灭了,焦臭味直冲鼻子。翟作军察看主席的脚,发现右脚的袜头烧穿了个窟窿,窟窿周边的袜子被烧得焦黄,主席的脚趾头露在外面,幸好没有烧伤。再看那棉鞋,右脚鞋头上连帮带底都烧没了,口子裂得好大,左脚鞋的鞋腰补过的地方也被烧掉一大块,棉花都露了出来。这双棉鞋是没法穿了,翟作军找出主席的单鞋帮他换上。这时,翟作军开始作检讨,自己是怕主席夜间久坐冻脚,特意弄了盆炭火搁在脚边。"怎么搞的?我一点也没觉得就烧了。"毛泽东看着烧坏的棉鞋,突然哈哈大笑。

翟作军也受感染地笑起来。接着,他抓住机会劝说道:"主席,您该睡睡了。您老不休息,把大家都急坏了。"

"好,好,你们先睡,我等一会就睡。"主席还是那句老话,说完又坐回用毛巾毯垫着的椅子上,这毛巾毯还是翟作军从饲养员那里找来的马垫子代用品。翟作军悻悻地退出房间。不过,没过多久,主席的屋子确实熄灯了,主席躺下了。

翟作军不放心,过了一会儿,就轻手轻脚地走过去,却发现主席正侧躺着身子,用手捶着自己的腰。

"还是睡不着。"看到翟作军,毛泽东说,"浑身酸痛,你帮我捶几下好吗?"

翟作军赶紧答应一声,上了床,双手给主席捶背、捶腿,随后周身地捶。

"你们晚上睡得着吗?"主席突然问。战友的鼾声犹在耳边,翟作军如实回答:"睡得着。还睡不够呢!"

"唉,还是年轻人好呵!没心事,我就不如你们。我时常睡不着。"

翟作军不知如何回答是好,只好一声不吭。

过了一会，主席又问："翟作军，我问你，你为什么要参加革命哪？"

"因为家里穷，吃不上饭。"

"是呵，"主席点点头，"要革命，不革命穷人没有饭吃。"

这样，主席总算睡下了。然而，第二天，毛泽东病倒了。头痛得厉害，既吃不下也睡不着。警卫员迅速请来医生，医生仔细地作了一番检查，望着眼睛布满血丝、面颊消瘦发灰的毛泽东，确诊这是过度劳累和精神长时间高度紧张所致，于是，开了些药，再三叮嘱一定要好好休息。

只遵医嘱休息了一天，毛泽东又坐在了书桌前。这回，他左手支颐、右手执笔，依旧全神贯注地运思行笔："主动性灵活性计划性"，"运动战、游击战，阵地战"，"消耗战、歼灭战"。在"乘敌人之隙可能性"一节里，毛泽东指出日军在 10 个月侵华战争中所犯战略和战役上的错误，计其大者有五："一是逐渐增加兵力"；"二是没有主攻方向"；"三是没有战略协同"；"四是失去战略时机"；"五是包围多歼灭少"。同时指出，日军"其战斗指挥，即部队战术和小兵团战术，却颇有高明之处，这一点我们应该向他学习。"

这样大约又过了两天，正是连续写作的第 9 日，当写到"兵民是胜利之本"这一节，毛泽东笔下轻快起来，这是最后一节了，但意犹未尽，总要有一个结论。于是，他在稿纸又加了一节"结论"。结论其实是现成的，自己早在 1936 年 7 月 16 日，即于西安事变前 5 个月、卢沟桥事变前 12 个月，同斯诺的谈话；还有，在卢沟桥事变发生后一个多月，即 1937 年 8 月 25 日作出的《中共中央关于目前形势与党的任务的决定》，都说得清楚，在书稿开头就已照录相关问答，以及对形势的研判部分，其实这两个文本的结论内容也颇有预见性，

在这里不妨照录:

结论是什么呢？结论就是:"在什么条件下,中国能战胜并消灭日本帝国主义的实力呢?要有三个条件:第一是中国抗日统一战线的完成;第二是国际抗日统一战线的完成;第三是日本国内人民和日本殖民地人民的革命运动的兴起。就中国人民的立场来说,三个条件中,中国人民的大联合是主要的。""这个战争要延长多久呢?要看中国抗日统一战线的实力和中日两国其它许多决定的因素如何而定。""如果这些条件不能很快实现,战争就要延长。但结果还是一样,日本必败,中国必胜。只是牺牲会大,要经过一个很痛苦的时期。""我们的战略方针,应该是使用我们的主力在很长的变动不定的战线上作战。中国军队要胜利,必须在广阔的战场上进行高度的运动战。""除了调动有训练的军队进行运动战之外,还要在农民中组织很多的游击队。""在战争的过程中……使中国军队的装备逐渐加强起来。因此,中国能够在战争的后期从事阵地战,对于日本的占领地进行阵地的攻击。这样,日本在中国抗战的长期消耗下,它的经济行将崩溃;在无数战争的消磨中,它的士气行将颓靡。中国方面,则抗战的潜伏力一天一天地奔腾高涨,大批的革命民众不断地倾注到前线去,为自由而战争。所有这些因素和其它的因素配合起来,就使我们能够对日本占领地的堡垒和根据地,作最后的致命的攻击,驱逐日本侵略军出中国。"(一九三六年七月与斯诺谈话)"中国的政治形势从此开始了一个新阶段,……这一阶段的最中心的任务是:动员一切力量争取抗战的胜利。""争取抗战胜利的中心关键,在使已经发动的抗战发展为全面的全民族的抗战。只有这种全面的全民族的抗战,才能使抗战得到最后的胜利。""由于当前的抗战还存在着严重的弱点,所以在今后的抗战过程中,可能发生许多挫败、退却,内部的分化、叛变，暂时和局部的妥协等不利的情况。因此，应该看到这一抗战是艰苦的持久战。但我们相信，已经发动的抗战，必将因为我党和全国人民的努力，冲破一切障碍物而继续地前进和发展。"（一九三七年八月《中共中央关于目前形势与党的任务的决定》）这些就是结论。亡国论者看敌人如神物，看自己如草芥，速胜论者看敌人如草芥，看自己如神物，这些都是错误的。我们的意见相反：抗日战争是持久战，最后胜利是中国的——这就是我们的结论。①

长舒一口气，毛泽东另取一纸，飞速地写下几个草体大字："论持久战"。

半夜里，翟作军突然又听到主席的呼唤："警卫员，你来一下。"担心再次发生意外，翟作军迅速推门入内，但见毛泽东交给他一叠书稿：快过延河，送清凉山解放社。②

武汉，5月13日傍晚5时半。

周佛海来到包惠僧家，"约张国焘来谈；传达蒋先生之意，赠送二千元。"随后，赶去参加侍从室主席小组会议。③

翌日晨起，周佛海"参加国防会议，外交、军事消息均不佳。尤以军事情形紧急，南京失陷前之心理又复恢复矣。"④

回想自己从南京到武汉，继而回长沙探亲，忽接高宗武、陶希圣

---

① 毛泽东：《论持久战》，《毛泽东选集》第2卷，人民出版社1991年第2版，2007年第2次印，第518—539页。

② 翟作军：《回忆毛主席写〈论持久战〉的时候》，四川人民出版社1960年版，第1—16页。

③ 蔡德金编注：《周佛海日记全编》上编，中国文联出版社2003年版，第124页。

④ 蔡德金编注：《周佛海日记全编》上编，中国文联出版社2003年版，第124页。

等人的电报，叮嘱迅速赴汉。以为时局有了转机，得此电报，恰"似炎热日中饮凉剂，为之大慰。"① 打长途电话过去，对方就是讳默如深。急匆匆地赶回武汉，从陶希圣的口中方知是德国驻华大使陶德曼充当调解人，向蒋介石转告日本政府的"和平"条件，"闻蒋先生表示尚好"。② 然而，没过几天，调停宣告失败。

随后便是南京沦陷惨绝人寰的大屠杀，自己虽然没有亲身在这人间地狱走一遭，但是读报交谈所得的见闻已经伤及神经。抗战果有前途吗？"未知吾辈死在何处也。"③

12 月 12 日南京沦陷之际，国民政府发布了《南京撤守告国民书》：

此次抗战，开始迄今，我前线将士伤亡总数已达三十万以上，人民生命财产之损失，更不可以数计，牺牲之重，实为中国有史以来抵御外侮所罕见。……敌人侵略中国，本有两途，一曰鲸吞，一曰蚕食，今者逞其暴力陷我南京，继此必益张凶焰，遂行其整个征服中国之野心，对于中国为鲸吞，而非蚕食，已由事实证明。就中国本身论之，则所畏不在鲸吞，而在蚕食，诚以鲸吞之祸，显而易见，蚕食之祸，缓而难察。敌苟持慢性之蚕食政策，浸润侵蚀以亡我于不知不觉之间，则难保不存因循苟且之心，懈其敌忾同仇之义，驯至被其次第宰割而后已；今则大祸当前，不容反顾，故为抗战全局策最后之胜利，今日形势，毋宁谓于我为有利。且中国持久抗战，其最后决胜之

---

① 周佛海 1937 年 12 月 3 日日记，蔡德金编注：《周佛海日记全编》上编，中国文联出版社 2003 年版，第 99 页。

② 周佛海 1937 年 12 月 8 日日记，蔡德金编注：《周佛海日记全编》上编，中国文联出版社 2003 年版，第 101 页。

③ 周佛海 1937 年 12 月 11 日日记，蔡德金编注：《周佛海日记全编》上编，中国文联出版社 2003 年版，第 102 页。

中心，不但不在南京，抑且不在各大都市，而实寄于全国之乡村与广大强固之民心；……①

持久抗战重在强固民心，固然是不错，然而，《南京撤守告国民书》所提三条实在不算高明："中国欲外求独立，内求生存，解放全民族之束缚，完成新国家之建设，终不能不经此艰难奋斗之一役。""既明革命过程中之中国当以抗战到底为本务，到目前形势无论如何转变，唯有向前迈进，万无中途屈服之理。""日本侵略中国实为侵略世界之开始。……但使世界正义不终桔亡，则吾人目的必有达到之一日。"② 这岂不是说南京惨剧是命中注定的吗？问题是抗战了就果真能够不屈服？所谓世界正义，又当真能够靠得住？

5月16日，周佛海"闻徐州四面被围，数十万大军退路已断，恐上海退却之情势又将重演，而武汉且生动摇矣！"内心愈发焦灼。

周佛海对抗战前景素不抱胜利的希望，主张"一面猛烈的抗战，一面不能断绝外交的线索"，③ 质言之，是以有限的抵抗期待随时的议和。"我们当然不愿学阿比西尼亚，那末，当然最后还是要讲和了。即使中国能够最后胜利，至多也只能把日本军队打出中国。我们要把日本当做阿比西尼亚，也是万万不可能的。然则结果还是要讲和。'抗战到底'，底是甚么？底在哪里？如果不愿谈和，那何异说要'抗战到亡'呢？"这种心里话，只能在小圈子里讲讲。自己负责国民党中

---

① 《南京撤守告国民书》，博瀚整理：《陈布雷自述》，华文出版社2013年版，第305—306页。

② 《南京撤守告国民书》，博瀚整理：《陈布雷自述》，华文出版社2013年版，第306—307页。

③ 周佛海：《回忆与前瞻》，蔡德金编注：《周佛海日记全编》下编，中国文联出版社2003年版，第1213页。

央宣传部的工作，还是要硬挺着振奋人心，自己"是相信抗战下去，是要灭亡的，但是宣传上却不能不鼓吹最后胜利。我是主张和平之门不全关的，但是宣传上却要鼓吹抗战到底，反对中途妥协。"周佛海自觉知行扞格、身心俱疲，但就是辞不了这个职。①

高宗武赴香港与日本斡旋，不知有无结果，不胜悬念，但"据大势观察，前途殊沉涉茫也"。②

5月19日，周佛海上午办公；中午11时半就过江回寓所。"宴公博、骝先、独秀、国焘、希圣、豹隐，谈至三时始散。"③骝先，即国民党浙江省主席朱家骅；陶希圣，在抗战前是北京大学名教授；豹隐，是红动中国二十世纪二三十年代的马克思主义经济学家陈启修。陈公博、陈独秀、张国焘能够与自己坐在一起，让周佛海在举箸谈吐间有一种莫名的感动。这天徐州沦陷，徐州会战基本结束。

5月21日，毛泽东在抗大第3期总结干部会上讲话：

教材的事，我完全同意这意见。三期在别的方面都进步，在这点却失败了。教员的话不容易懂，听的与写下来的有时根本不同，说的一件事，写的又是一件。所以要有个本本才好。……游击战，战略、战术、政治工作。现在我想游击战由我负责，战略我负一部分责，……

最后，他又讲到了张国焘：

---

① 蔡德金编注：《周佛海日记全编》下编，中国文联出版社2003年版，第1216页。

② 周佛海1938年5月16日日记，蔡德金编注：《周佛海日记全编》上编，中国文联出版社2003年版，第125页。

③ 周佛海1938年5月19日日记，蔡德金编注：《周佛海日记全编》上编，中国文联出版社2003年版，第126页。

最后有一点，便是刚才讲的军队有无民主问题。我说军队里许多事就没有民主。有人反对，现在恐怕还有，那怎么得了？……我们有自觉的纪律，这些方面不能自由，一自由便亡国。

与会者哄的一笑，毛泽东神态自若地继续讲下去：

你打东，他要打西，哪有不亡之理？张国焘便是如此。军队要统一，就会专制，……长征时候中央队的队长刘少任，我们都服从他的命令，……别的事如革命的自由，政治上平等，生活同艰苦等等，都是民主的。所以行动要服从。伙夫长官平等，废止肉刑打骂，而不是极端民主。……①

刘仁静突然造访，陈独秀却并无意外之喜。

果然，刘仁静不合时宜地提起陈独秀去年底发表的给陈其昌的信，并转述了托派成员的意见：他们认为你采取了"超党""超阶级"的立场，等于叛变了组织、叛变了自己。

不是老彭也骂我是托派的败类吗？我不怕。陈独秀并不相让：现在还有人骂我是汉奸，有人骂我是叛徒，随他骂去，反正我和彭述之他们到此为止。

话不投机，刘仁静一气而去，陈独秀余怒未消。他明天还要来的，陈独秀对妻子潘兰珍说道，我明天到外面看看朋友。

他要是坐等不走，怎么办呢？潘兰珍问。

陈独秀想了一会，坐下来，随手写了一张纸条，递给了潘兰珍。

果然，刘仁静第二天又来了，展看纸条，上面只有简单的一句话："我不是托派，也不愿和有托派关系的人来往。"②

---

① 齐得平：《我管理毛泽东手稿》，中央文献出版社 2015 年版，第 107 页。
② 朱洪：《陈独秀的最后岁月》，东方出版社 2011 年版，第 123—124 页。

独秀啊独秀，你认为跟托派划清界线就可以了吗?！刘仁静气得真想跳脚骂：这划得清吗?

自认为早与中国托派一刀两断，却仍被中共方面视为托派的头目。陈独秀开始改变试图与共产党交好的想法，转而攻击中共抗日游击政策等政治主张。那时期发表的《抗战中的党派问题》，还要求共产党及其他党派"一致承认国民党一党政权及其对于抗日战争之军事最高统率权这一事实，不要把开放党权和开放政权混作一谈。"[①] 陈独秀退步了，再不能引领时代的潮流。

---

① 张永通、刘传学:《后期的陈独秀及其文章选编》，四川人民出版社 1980 年版，第 121—122 页。

20

伟大的七月

毛泽东演讲《论持久战》，提出七一建党纪念日 /

周佛海酗酒 /

张闻天撰写《读了〈张国焘敬告国人书〉之后》/

朱德、彭德怀等训令 7 月 1 日至 7 日为抗战纪念周 /

陕甘宁边区党委决定纪念抗战一周年和中共成立十七周年 /

延安党政军各机关团体代表联席会议商定「纪念周」纪念办法，刊发纪念宣传大纲 /

张闻天撰写《中国共产党十七周年纪念》/

发布《中共中央关于中共十七周年纪念宣传纲要》/

毛泽东在陕北公学继续宣扬持久战观点，校订《论持久战》/

朱德、彭德怀等通报八路军战绩 /

毛泽东为《新中华报》题词 /

延安各界积极筹备抗战一周年及中共十七周年纪念活动 /

从七一到七七，《论持久战》全文发表，延安，欢乐的海洋、党群的盛会

5月26日，近卫内阁改组，新任外相宇垣一成宣布取消1月16日不以蒋介石政府为谈判对手的声明。

也正是在同一天，毛泽东在延安抗日战争研究会开始作《论持久战》的演讲。张闻天抽不出空来，他特别指示新创办的马列学院师生与工作人员十多人前来听讲，回校传达、组织讨论。①

第一部分是"问题的提出"，毛泽东一开讲就颇具历史感地从时间方面切入：

> 伟大的抗日战争的一周年纪念，七月七日，快要到了。全民族的力量团结起来，坚持统一战线，坚持抗战，向着敌人作英勇的战争，快一年了。这个战争，在东方历史上是空前的，在世界历史上也将是伟大的，全世界人都关心这个战争。身受战争灾难、为着自己民族的生死存亡而奋斗的每一个中国人，无日不在渴望战争的胜利。然而战争的过程究竟会要怎么样？能够胜利还是不能够胜利？能够速胜还是不能够速胜？很多人都说持久战，但是为什么是持久战？怎样进行持久战？很多人都说最后胜利，但是为什么会有最后胜利？怎样争取最后胜利？这些问题，不是每个人都解决了的，甚至是大多数人至今没有解决的。于是失败主义的亡国论者跑出来向人民说：中国会亡，最后胜利不是中国的。某些性急的朋友们也跑出来向人民说：中国很快就能战胜，无需乎费大气力。这些议论究竟对不对呢？我们共产党人

---

① 中共中央党史研究室张闻天选集传记组编：《张闻天年谱（1900—1976）》，中共党史出版社2010年版，第391页。

一向都说：这些议论是不对的。可是我们说的，还未为全国大多数人民所完全了解。一半因为宣传解释的普及性不够，一半也因为客观事变的发展还未完全暴露其固有的性质，还未将其面貌鲜明地摆在人民群众之前，使人民无从看出其整个的趋势与前途，无从决定其整套的做法与努力。现在好了，抗战十个月的经验，尽够击破毫无根据的亡国论，也尽够说服急性朋友们的速胜论了。在这种情形下，很多人要求做个总结性的解释。尤其是对持久战，有亡国论和速胜论的反对意见，也有空洞无物的了解。"卢沟桥事变以来，四万万人一齐努力，最后胜利是中国的。"这样一种公式，在广大人们中流行着。这个公式是对的，但有加以充实的必要。抗日战争和统一战线之所以能够坚持，是由于许多的因素，全国党派，从国民党到共产党，全国人民，从资产家到工人，全国军队，从主力军到游击队，国际方面，从各民主国家到社会主义国家；敌国方面，从国内反战的人民到前线反战的兵士，都在我们的抗战中尽了他们各种程度的努力。每一个有良心的人，都应向他们表示敬意。我们共产党人，同其他抗战党派与全国人民一道，唯一的方向，是努力团结一切力量，战胜万恶的日寇。这种努力，过去与现在都是一贯的。

毛泽东稍作停顿，认真地看了一下会场在座的同志，郑重地说道：

七月一日，是中国共产党建立的十七周年纪念日，这个日子，又正当抗战的一周年。为了使每个共产党员在今后抗战中能够尽其更善更大的努力，也有着重地研究持久战的必要。因此，我的讲演就来研究持久战，作为送给这两个伟大纪念日的礼物。……①

在场的党员干部第一次听说7月1日是自己政党建立的纪念日，

① 毛泽东：《论持久战》，《解放》第43、44期合刊，1938年7月1日，第2—3页。

无不群情激奋，不由得相互交头接耳起来。

5 月 28 日这一天，周佛海吃了 4 顿饭。早饭后，先是出席国防会议；10 时，赴河街出席党务会议，先行退席，到国际宣传处，拟接见预约的安南记者，然而，久候不至，于是返回。张国焘、包惠僧来，"留午饭，并谈今后抗战趋势"。周佛海对抗战前景素不抱胜利的希望，暗中热衷国民党与日本方面的和谈。前些天（5 月 20 日）接高宗武来信，高氏报告在香港与日方会谈，转告蒋介石关于中日"和平"的条件，即"东北和内蒙问题可留待他日再谈，惟河北与察哈尔省须绝对交还中国；长城以南中国领土主权之确立与行政完整，日本须予尊重"云云，日本因正发动侵占徐州的战役，寇氛正炽，毫不理会，周佛海得知"所事渺茫"，虽"此本为余意料之结果"，但听闻之下，仍"不无焦灼失望耳"。①

这天午饭后，周佛海一觉睡了很久。据其日记所记，下午 4 时起，"见客二人，并理发"。晚上则是应蒋介石之召，"会谈及聚餐。委座自前方归来，神采奕奕，私心为之一慰"。夜晚 9 时半"过江返寓"，正好"寿民等送菜来。今日为母亲寿辰，饮酒甚（多），十二时半始散。"而"兴致未尽"，又偕妻杨淑慧"至夏宅，谈至三时始返"。②此后，内心仍不能宁静，数有酗酒之迹象。

6 月 7 日，张闻天撰写《读了〈张国焘敬告国人书〉之后》。开篇第一句便点穴要害："每一个中国共产主义的叛徒，在他叛变共产

---

① 蔡德金编注：《周佛海日记全编》上编，中国文联出版社 2003 年版，第 127 页。

② 蔡德金编注：《周佛海日记全编》上编，中国文联出版社 2003 年版，第 129 页。

主义之后，照例要发表一个'自首书'，在自首书中，照例要乱骂一顿共产主义如何如何错误，共产党如何如何要不得，而同时又要表面上颂扬一顿三民主义如何如何正确，国民党如何如何好等等。"随后，指出："最近他在武汉公开发表的《张国焘敬告国人书》，也就是张国焘的自首书。"①

在这篇长文中，张闻天批判张国焘在中共党内一贯的错误路线，揭露其"腐朽的机会主义""自私自利的极端个人主义""口是心非、言不顾行、行不顾言、两面三刀的恶根性"。"我们并不否认张国焘曾经拥护过党的革命路线，曾经为革命为党做过一些工作，没有这个条件张国焘是一天也不能混在革命队伍中与党内的。但是当我们澈底把握住了张国焘一贯的错误之后，我们应该说，张国焘这样做的目的，决不是为了革命的利益，为了巩固与发展党，而是为了企图以此取得革命群众的与党的信任，取得与保持他在革命队伍中与党内的地位，为了欺骗群众与蒙蔽党，以便利于他反对革命与反对党的工作。"那么，"张国焘既然是这样一个混在中国革命队伍中与混在中国共产党内的投机分子与破坏者，那末共产党为什么不老早就把他驱逐出党"，张文答复："张国焘的真面目不是在一个短时期内全部暴露出来的。中共对于张国焘过去所暴露的每一个错误，从来没有放松过去。中共发展的历史过程，也是同反对张国焘错误的斗争不能分离的。"

在说完过去的张国焘后，文章转而批评"今天的张国焘"。针对张国焘在"自首书"中标榜"素具抗战到底的坚强决心和抗战必胜之坚强信心"，张闻天揭露道："第一，张国焘说是要'抗日'，然而张

---

① 张闻天：《读了〈张国焘敬告国人书〉之后》（1938 年 6 月 7 日），中共中央党史研究室张闻天选集传记组编：《张闻天文集》第 2 卷，中共党史出版社 2012 年版，第 281 页。

国焘的自首书中全部都是'反共'。全中国全世界一切有良心的人，只要研究一下中国革命史与中共党史，他们就会明白中共历年来牺牲奋斗的历史是与中华民族解放运动史血肉相关的。中共始终把澈底解放中华民族的事业当成自己的神圣的任务。为了完成这个任务，中共已经艰苦奋斗了十七年。它以无数同志的生命与鲜血，奉献给了中华民族澈底解放的伟大事业。没有过去的那种英勇牺牲与艰苦奋斗，今天的全民族的抗战显然是不可能的。现在任何的造谣污蔑，已经封锁不了这一历史的真理了。关于今天中共同志在抗战前线与后方充分发挥了民族先锋队的作用，更是谁都可以看到的铁的事实。……"

"第二，张国焘说是要'抗日'，然而张国焘的自首书却是全部充满了挑拨国共两党关系的谰言。""第三，张国焘说是要'抗日'，然而张国焘的自首书中，对于在前线浴血抗战的国民革命军第八路军、新四军，对于中华民族领土内的一个良好的抗日根据地陕甘宁边区，进行各种造谣污蔑。""第四，张国焘在他的自首书中，还向中共提议什么'一致站在国家民族的立场上，从事实践中央之外交政策'。"接着，文章又揭批张国焘将逃跑主义、被迫北上的活动自我美化为抗日路线，特别是详引张国焘《我的错误》的检讨书，张氏岂止是没面子，连里子也荡然无存了。

张闻天还揭露了张国焘的动机。他一针见血地指出："今天的张国焘在社会上找一个位置，那是无疑的事实。张国焘的《敬告国人书》就是他的投标广告。他那种向着当局卑躬屈膝阿谀奉迎的态度，显然是为了要达到他的这个目的。"

文章最后"希望全国抗日的朋友们，不要上张国焘挑拨离间的当，中他花言巧语的奸计。我们所需要的是全国抗日民族统一战线的巩固与发展，是全国内部的更加团结——只有这样，我们才能克服抗战中一切困难，而最后战胜日寇！"①

6月8日，山西省长治市沁县。

朱德与彭德怀、任弼时、傅钟发布训令：确定7月1日至7日为纪念周，拟举行盛大之宣传纪念，以检阅我军抗战一年来之军事政治等工作成绩和经验教训，扩大宣传党的民族统一战线政策和八路军及友军抗战胜利的事迹，以提高军民的胜利信心和推动部队各项工作。

训令规定工作检查以下几个方面：（一）军事战术方面的学习与进步情形。（二）作战的英勇战例与各部之伤亡、缴获统计。（三）军事教育方面的教育科目、进度及结果。（四）各种制度建立情形。（五）政治工作检查。

训令要求在部队中对干部战心门进行一周的共产党抗日统一战线的主张与争取持久抗战及抗战经验教训的教育，同时要开展召开纪念大会、举行阵亡将士追悼大会、慰问负伤将士和阵亡将士家属，优待抗日军人家属，组织胜利品展览会，演剧，出版报纸与纪念刊物，召开各种座谈会等活动。②

6月12日，《陕甘宁边区党委关于纪念抗战一周年和中共成立十七周年的通知》发布。

中共陕甘宁边区党委，成立于一年前的5月1日。那年5月在

---

① 中共中央党史研究室张闻天选集传记组编：《张闻天文集》第2卷，中共党史出版社2012年版，第281—289页。

② 中共中央文献研究室编：《朱德年谱（新编本）》中卷，中央文献出版社2006年版，第807页。

延安召开全国党的代表会议后，即召开陕甘宁特区党的第一次代表大会，由林伯渠主持，选举产生以郭洪涛为书记的新的陕甘宁特委。随着中共陕北省委和陕甘宁省委陆续撤销，中共陕甘宁特委成为陕甘宁特区的领导核心。1937 年 9 月 6 日，陕甘宁边区政府成立，中共陕甘宁特委随之改称陕甘宁边区党委。当时边区和特区两个名称通用。11 月 10 日起，统称为特区政府，边区党委也改称为中共陕甘宁特委。翌年 1 月，又改称为边区党委。①

在毛泽东开始演讲《论持久战》的第 9 天，陕甘宁边区党委就根据其讲话的重要精神，开会决定当年的 7 月 1 日至 7 日为"抗战周年纪念与中国共产党 17 周年纪念宣传周"。② 相关"通知"随后拟定发布：

各分区、县委：

我们决定从七月一日到七日为"抗战周年纪念及中共十七周年纪念宣传周"。在这一周内，宣传的内容应把拥护全国团结，进行持久抗战，争取抗战最后胜利的方针，和拥护中国共产党在中国民族解放事业中与中国抗战中的作用密切联系起来。要在宣传中坚定群众持久抗战的决心与抗战必胜的信心，和更加扩大共产党的影响与组织，更加巩固共产党与群众的联系。在这一周内应采用各种的宣传形式，在党内党外进行广泛深入的宣传，要选择一天召开抗战周年纪念与中共成立十七周年纪念群众大会。要很好的准备晚会和组织宣传队，要灵活的运用座谈会、家庭访问、戏剧、歌咏、口头、文字、绘画……各种宣传方法，务使宣传深入。此外，还须具体实现以下任务：

---

① 王晋林、秦生：《新民主主义模型》，中共党史出版社 2007 年版，第 45—46 页。
② 《历史上第一次"七一"纪念活动》，田晓娜主编：《百科荟萃：政治·经济·军事·法律·宗教》，国际文化出版公司 1995 年版，第 26 页。

一、要在这一宣传周中，吸收许多积极分子、群众领袖加入党来。要在各种形式中表现出群众对于共产党的拥护。

二、要在这一宣传周中检查党在思想上和组织上的纯洁和一致，是否做到政治警觉性是否提到应有的高度。

三、要在这一宣传周中，检查党与群众的联系是否十分密切，党的工作是否深入。

四、要在这一宣传周中表现出每个党员自动性、积极性、创造性的各种活动。

五、要在这一宣传周中推动政府和群众团体的工作，也做一番检查他们与群众关系是否密切，工作是否深入，是否能注意解决每一个群众迫切的要求，是否能发动广大群众在抗战动员工作中的自动性、积极创造性，特别检查优待抗属的工作是否做得好。

六、要在这一宣传周中引起党员和群众对于敌我优劣情形更深入的研究和了解，所谓知己知彼，才能百战百胜。

边区党委 [1]

当天，还签发了《陕甘宁边区党委关于抗战一周年纪念及中共成立十七周年纪念宣传大纲》。

6月15日，朱德与彭德怀又致电八路军各部首长，对纪念抗战一周年作补充指示：在七七纪念周中，除照前电训令规定工作执行外，并拟在该周中向平汉、平绥、同蒲、正太等线之敌作大规模之军事进攻与破坏，特别是平津与大同、保定、卢沟桥等处能夺取几个城

---

[1] 中央档案馆、陕西省档案馆编：《中共陕甘宁边区党委文件汇集（1937—1939年）》，1994年印，第163—164页。

镇，最好能夺回卢沟桥，打一两个较大的胜仗，争取几部分伪军反正，以振奋全国军民，配合保卫武汉，扩大八路军的影响。①

同日，《新中华报》刊发报道《抗战一周年及中共十七周年纪念，延市各界筹备举行纪念周》。报道称，昨日边委宣传部与边区抗敌后援会召开延安党、政、军、各机关团体代表第一次联席会议，商定自7月1日起至7日止为"纪念周"，并商定各项纪念办法，明确7月1日为工人日，由工会负责；2日为学生日，由陕公负责；3日为抗战运动日，由抗大政治部与体育委员会负责，晚会由抗大负责；4日为妇女日，由妇联会负责；5日为青年儿童日，由青救会负责；6日为商人日，由市商会负责；7日为自卫军日，由保安司令部及后方政治部负责。每日由各单位负责进行各种扩大宣传活动，组织宣传队、举办晚会等，并确定7月1日举行延安各界庆贺共产党十七周年纪念提灯大会。

同张报纸同版还刊登了中国共产党陕甘宁边区党委1938年6月12日拟定的《抗战周年及中共十七周年纪念宣传大纲》。大纲明确："七月七日为我们抗战周年纪念日，同时这一个月又是中共成立十七周年纪念。"要求一是要从中国抗战周年的经验教训，指明："（一）抗日战争是持久的，最后胜利是中国的。""（二）要坚决反对亡国论与速胜论的错误。""（三）要指出抗战一周年来中国民族空前觉醒与团结，中国在政治、军事、民运各方面一年来的伟大进步，胜过过去若干年的进步。""（四）说明如何进行持久抗战，如何争取抗战最后胜利的办法。"

二是"要说明中国共产党在过去为中国民族与中国人民解放

---

① 中共中央文献研究室编：《朱德年谱（新编本）》中卷，中央文献出版社2006年版，第807页。

事业斗争中的伟大贡献，特别说明中国共产党在现时抗战中的作用。”“（一）中共是为马列主义所领导的最先进革命阶级的政党，把实现共产主义的社会作为自己最后奋斗的目标，同时根据中国实际的情况，为中国人民利益的每一个进步事业而奋斗。（二）中共是最忠实保护中国民族利益与中国人民利益而奋斗的党。中国［共］十七年来奋斗的历史，是为独立自由幸福的新中国而奋斗的历史。（三）中共不仅有着正确的政治路线，而且有着百折不回的与人民在一起为人民事业而奋斗，不怕牺牲，不怕困难的艰苦奋斗的作风。（四）中共是抗日民族统一战线的提出者和忠实执行者，是造成今天全国能够团结抗战的重要因素。（五）巩固和扩大共产党力量，对于巩固统一战线与争取抗战胜利，有绝对必要，不仅是工人阶级有利的事情，而且是全民族有利的事情。（六）陕甘宁边区共产党，是中共最坚强的堡垒，是最忠实拥护边区民众利益，并领导他们获得解放的党。号召广大民众拥护和信任共产党，因为共产党是最忠实保护他们的利益，并善于在各个时期领导他们去奋斗。……”

三是要说明“陕甘宁边区共产党及边区民众在今天纪念中共十七周年中的任务。……”① 宣传大纲还罗列许多口号，除了纪念抗战周年，其他大多与中共 17 周年直接相关：“庆祝中国共产党成立十七周年纪念！”“拥护无产阶级的先锋队——中国共产党！”“拥护十七〈年〉来为独立、自由、幸福的新中国而奋斗的中国共产党！”“拥护最忠实于民族解放事业和人民利益的中国共产党！”“拥护抗日民族统一战线的发起者和忠实执行者的中国共产党！”“发扬中国共产党忠实

① 中国共产党陕甘宁边区党委：《抗战周年及中共十七周年纪念宣传大纲》，《新中华报》1938 年 6 月 15 日，第 3 版。

于人民利益、艰苦奋斗的作风！"最后两条口号是："中华民族解放万岁！""独立、自由、幸福的新中国万岁！"①

6月17日，张闻天又开始写作一篇长文。这是特别为《解放》七一特刊所作，题目为《中国共产党十七周年纪念》。心中澎湃着无限的激情，笔下的文字喷涌而出。

"中国共产党从它产生之日起到今天已经十七周年了。这是为了民族独立、民权自由与民生幸福的民主共和国而英勇奋斗的十七周年。不论国内外的形势如何变动着，不论中国共产党处在何种艰难困苦的条件之下，然而它总是向着这个总的目标前仆后继的前进着。"

为了印证这一点，张闻天抄录了中共二大产生的《中国共产党宣言》的一段："中国共产党远在民国十一年（一九二二年），即在它产生之后的第一年，即提出了如下的政治纲领：

（一）推翻国际帝国主义的压迫，达到中华民族完全独立；

（二）打倒封建军阀，建设国内和平；

（三）统一中国为真正民主共和国；

（四）中国境内少数民族一律平等；

（五）平等的、直接的、不记名的普选权，言论、出版、集会、结社、罢工的自由权；

（六）八小时工作制，减租减赋，废除厘金苛杂，男女一律平等，普及教育等。

（见一九二二年五月中共第二次全国代表大会宣言）②

---

① 中央档案馆、陕西省档案馆编：《中共陕甘宁边区党委文件汇集（1937—1939年）》，1994年印，第169—170页。

② 中共二大1922年7月16日至23日在上海召开。

　　这个纲领在中国历史上第一次这样明确的给中华民族与中国人民指出了一条自求解放的道路与共同奋斗的目标。这个纲领的某些具体条文虽是在中国革命不同的历史时期内有过变更，然而它的为建立民族独立、民权自由、民生幸福的民主共和国而奋斗的基本内容则是始终一贯的。只要我们研究十七年来中共的党史，把中共历年来的一切政治主张拿来做一个比较的时候，我们立刻可以看到像一根红丝一样贯穿在所有这些主张中的基本方针，就是："为建立民族独立、民权自由、民生幸福的民主共和国而奋斗！"

　　"远在一九三一年九一八事变时，中国共产党即首先提出了以神圣的民族革命战争驱逐日本帝国主义出中国，保持中国领土主权之完整的任务。一九三五年华北事变时，中国共产党又首先提出了以抗日民族统一战线，动员全民族力量，去实现抗日救国战胜日寇的任务。经过了六年的艰苦奋斗，最后于去年的七月七日爆发了伟大的民族抗战。抗日民族统一战线也从此建立起来了。在伟大抗战的一周年内，中国共产党人在抗战的前线与后方充分的表现出了他们是抗日救国的先锋，他们是忠于中华民族与中国人民的解放事业的英勇战士，他们是伟大的中华民族的优秀子孙与儿女。"

　　张闻天高度总结评价了中国共产党的 17 年奋斗："十七年来中国共产党为建立民族独立、民权自由、民生幸福的民主共和国而英勇奋斗的历史，充分的证明了：中共是代表中华民族与中国人民的全体利益的党，中共是最澈底的、最坚决的、最一贯的为中华民族与中国人民的利益而奋斗的党。"随后，文章探究其中的根本原因："中共所以能够这样坚持的为中华民族与中国人民的全体利益而奋斗，中共所以能够成为中华民族与中国人民自己的党，就是因为中共是中国工人阶级的党，就是因为中共是马克思列宁主义的党。"

对，不必隐瞒共产党是为全人类的解放而斗争，还是要强调马克思列宁主义作思想指导的重要性。一些颇具雄辩的政论词句从心底流泻于纸上："正是因为中共是中国工人阶级的党，是马克思列宁主义的党，所以中共能够最坚决的为民族独立、民权自由、民生幸福的民主共和国而奋斗。也正因为如此，所以中共的这种奋斗，服从于它自己的立场，即服从于马克思列宁主义的立场，服从于它自己的历史使命，即最后解放中华民族与中国人民的使命，建立共产主义社会的使命。""这也就说明了中国共产党为什么在这个历史时期内，当它向其他党派亲密合作，为建立民族独立、民权自由、民生幸福的民主共和国而共同奋斗的过程中，必须保持其政治上与组织上独立性的原因。推动这个资产阶级性的民主革命到底，使之走向共产主义社会的建设，这就是中国共产党的特殊任务。""马克思列宁主义不但在中国有着社会的基础，而且也有着思想的与文化的渊源。就是世界没有马克思列宁主义，中国的思想史与文化史也是要向着马克思列宁主义的道路发展的。""至于有人把马克思列宁主义的字句当做教条，那只是证明那些人的不懂或是曲解马克思列宁主义而已。"

张闻天振笔继续写道："中国共产党十七年来的发展史，也证明了中国共产党在中国有着它的存在与发展的深刻的社会基础。""中共的发展，是顺着中国社会的发展而发展的。历史的车轮，正向着中共所指出的方向运转着，谁也没有力量停止历史车轮的前进，谁也没有力量阻止中共的发展。"

"几千几万几十万的最好的中国共产党员为着共产主义的事业，为着中华民族与中国人民的最后解放的事业而壮烈地牺牲了。"写到牺牲的革命同志，张闻天抑制不住内心的悲痛。"然而谁也不怕死，踏着他们的血迹而继续前进的人，反而一天一天地增加着。""以上一切都证明中共的独立存在与发展是绝对必要的！"

张闻天还检视当前党组织存在的最大不足。"当然，中国共产党今天也有它的很大弱点。这就是，直到今天中共还不够强大"，"中国共产党为了加强它在抗战中的作用，为了坚持抗战到最后胜利，为了建立民族独立、民权自由、民生幸福的民主共和国，为了中华民族与中国人民的最后解放，必须扩大自己的组织，必须加强对全党同志马克思列宁主义的教育"。文章最后，以一个长句口号结束全篇："在纪念中国共产党十七周年的今天，我们以极大的兴奋与自信心号召中国共产党的全体党员，以先进的中国工人阶级代表的资格，更积极的、更坚决的、更勇敢的以自我牺牲的精神为中华民族与中国人民的最后解放的事业，为伟大的马克思列宁的共产主义的事业而奋斗！"

6月24日，发布《中共中央关于中共十七周年纪念宣传纲要》。"纲要"正文如下：

（一）中共是中国工人阶级的马列主义的党。最后解放中华民族与中国人民是它的历史使命，因为工人阶级只有解放全人类才能解放它自己。中国工人阶级的最高利益，是同中华民族与中国人民的最高利益一致的。

（二）为了最后解放中华民族与中国人民，中共的首要任务，就是建立民族独立、民权自由、民生幸福的民主共和国，争取民主革命的彻底胜利，然后使中国革命走向共产主义去。只有共产主义的社会，才能完全实现中华民族与中国人民的最后解放。

（三）中共过去的十七年即是为民族独立、民权自由、民生幸福而艰苦奋斗的十七年。这个奋斗的基本目标，中共远在一九二二年已经明确的提出来了。十七年来虽是由于国内外环境的变迁，使中共的某些主张不能不有某些变化，然而在其基本奋斗方向说来，则是始终一贯的。

（四）九一八事变后中共首先提出了以神圣的民族自卫战驱逐日寇出中国，保持中国领土主权的完整的口号。经过六年的艰苦斗争，民族抗战终究于去年的七月七日开始了。中共很早指出了扩大与巩固抗日民族统一战线，是争取抗战最后胜利的关键，并使自己成为这个统一战线的发起人与组织者。

（五）日寇自占领徐州之后，主力正向着武汉进攻。保卫武汉，保卫全国，用一切方法削弱敌人，加强自己，克服一切困难与动摇，以持久战最后战胜敌人，这是中共提出的当前的紧急任务。

（六）中共在为中华民族与中国人民的最后解放而英勇奋斗的十七年中，是坚强与壮大起来了。它的基本主张的正确是为十七年来中国的革命史所证实了，它已经在全国人民中，取得了极大的威信。它已经成为全国政治生活中的有力因素。一年来在民族抗战的各个战线上，中共同志已经表示出了他们是中华民族与中国人民的先锋队。中共同志必须在这个方向继续努力，以求得抗战的最后胜利。

（七）为此，中共必须在任何困难条件下坚持抗日民族统一战线，同时坚持党在政治上与组织上的完全独立性，十倍百倍的扩大与巩固党的队伍，大大的加强党内马列主义的教育，保持与发挥历来艰苦奋斗的作风。——这就是中华民族与中国人民最后解放的保证。[①]

6 月 25 日，《新中华报》刊登"谭平"署名文章《从"七一"到

[①] 中共中央文献研究室、中央档案馆编：《建党以来重要文献选编（1921—1949）》第 15 册，中央文献出版社 2011 年版，第 475—476 页。

"七七"纪念周，抗大是怎样筹备的？》。文章报道："今年纪念抗战周年与中共成立十七周年是有非常重大意义的。边区各界曾经筹备决定自七月一日起至七月七日止为纪念周。举行盛大的宣传动员。"抗大为此决心抱定"坚定的政治方针和坚固的决心"，"抛开一切动摇，不怕一切牺牲，坚持持久战的方针，坚决反对'亡国论'与'速胜论'的错误理论"，等等，其中还罗列了抗大的相关具体工作事项：

一，拟制中共十七周年政治主张的图解。

二，简略的写了一部份中共十七周年英勇牺牲同志的史略。
......①

6月27日，毛泽东在陕北公学作关于时事问题的讲演，继续宣传持久战的观点，并讲解保卫武汉问题。

同日，毛泽东校完《论持久战》第一、第二部分清样，并告出版科《论持久战》拟出单行本，是否可用一次排版印出。②

6月28日，朱德与彭德怀、左权、傅钟向所属各部通报八路军战绩：

自1937年9月20日至1938年6月20日，八路军共进行大小战斗638次，毙伤日伪34734人，俘日军254人、伪军1988人。伪军反正3300人。毙敌马1300匹。缴获马、步枪6490支，轻、重机枪249挺。缴获无线电台、望远镜、电话机、脚踏车、军毯以及子弹等大量军用品。炸毁大小铁桥86次、大小桥梁95座，破坏铁

---

① 《新中华报》1938年6月25日，第2张。
② 中共中央文献研究室编：《毛泽东年谱》中卷，中央文献出版社2013年版，第88页。

道总共 205 公里。炸毁敌火车 30 列、装甲车 38 辆、坦克 10 辆、飞机 22 架。炸毁井陉煤矿全部机器，砍断电杆 3087 根，收回电线 18970 斤。

翌日（6 月 29 日），又通报各部队：一年来八路军共伤亡 25986 人，其中伤 17366 名，阵亡 8620 名。[1]

6 月 30 日，《新中华报》发表毛泽东手迹署名的文词："共产党员，应与各党各派各界人民一道坚持抗战，为驱逐日寇建设新中国而奋斗，并在斗争中起模范作用，不达目的，决不停止！"同版面还刊登了"齐华"署名文章《纪念"七一""七七"与我们的任务》。[2] 同日，王明在武汉撰写《十七年来的中国共产党——纪念中共十七周年》，这是其原计划撰写的《为争取抗战最后胜利和独立自由幸福的新中国而奋斗》文章的一半。[3]

自从陕甘宁边区政府定从"七一"到"七七"的纪念周后，延安军民更加忙碌起来。

街上行人匆匆，旧标语被刷掉，换上新标语。哪里传来了京剧唱腔，原来是演艺家正忙着排演戏剧。商店、合作社、饭馆，等等，也都忙着刷新门面，招牌都整齐划一起来：二尺多长、一尺多宽，蓝底白字的小巧的木牌子，整齐地悬在每家的门前。店家还相约"七一"

---

[1] 中共中央文献研究室编：《朱德年谱（新编本）》中卷，中央文献出版社 2006 年版，第 811 页。

[2] 齐华：《纪念"七一""七七"与我们的任务》，《新中华报》1938 年 6 月 30 日，第 3 版。

[3] 郭德宏编：《王明年谱》，社会科学文献出版社 2014 年版，第 408 页。

起 3 天内廉价待客。

　　时间到了，陕甘宁边区，以及晋冀豫根据地等若干敌后根据地纷纷举行各类庆祝活动，而尤以延安的庆典盛况空前。

　　7 月 1 日出版的《解放》第 43、第 44 期合刊，正是《抗战一周年中国共产党十七周年纪念专刊》。16 开本，封面是毛泽东龙蛇劲舞般的题词："坚持抗战，坚持统一战线，坚持持久战，最后胜利必然是中国的。毛泽东"。特刊第一篇便是毛泽东的《论持久战》，副标题颇长："——论抗日战争为什么是持久战与最后胜利为什么是中国的及怎样进行持久战与怎样争取最后胜利（一九三八年五月二十六日至六月三日在延安抗日战争研究会的讲演）"，21 个章节约 53000 字的雄文全部刊发。第二篇便是朱德的《八路军抗战的一周年》。第三篇是刘少奇的《坚持华北抗战中的武装部队》。该刊还特辟"中国共产党十七周年纪念特辑"，打头一篇便是张闻天的《中国共产党十七周年纪念》。林伯渠《伟大的七月》也十分切题："中国共产党是一九二一年七月在上海开第一次代表大会的。""在党正式成立以前，各地已发现了共产主义的小组并进行了职工会的组织。只有在一九二一年七月中共第一次全国代表大会召集以后，全国的共产主义者才在统一的领导下团结起来，为实现中华民国与中国人民解放的事业而奋斗。"

　　"七一"到"七七"纪念周就此拉开帷幕，延安街头墙壁贴出了招贴画《中国像巨人一般站着》，还有敌人巨量损失的统计，工人、学生、青年、妇女、儿童、商人、军人等社会各界纷纷走出屋外，宣传队员在激昂地演讲。延安沸腾了。

　　上午 10 时，在市工会举行千人以上的工人大会，成立延安市各业工会总俱乐部。报告开会意义后，进行政治测验、墙报、唱歌等项比赛。① 同时，儿童团、少先队、男女自卫军分别举行大检阅。② 下午 2 时，工人宣传队全体化装出发，在钟楼到北城门一带宣传。③ 在延安南门外举行的运动大会，吸引大量观众。参赛者先把各自的军帽、皮带、裹腿等，按一定距离依次放在跑道上。发令枪响了，参赛者边跑边武装自己。④

当天庆祝中国共产党成立 17 周年活动的压轴好戏，当然是提灯大会。太阳还高悬在西山上，各学校、各团体、各机关、各部队就开始向南门外公共体育场会合，延安大概一半以上的人都涌到这里来了。主席台的前面，高高挂着"延安各界庆祝中国共产党十七周年纪念大会"的横幅。晚上 7 时，大会宣布开幕。激越的乐曲响起，全体人员齐唱《义勇军进行曲》，指挥者是鲁迅小学学生于龙江。八路军后方政治部主任莫文骅上前致词："十七年来艰苦奋斗的中国共产党，有两大特点：一是坚定的政治主张，二是艰苦的工作作风。全中国人民应该学习共产党这两大特点。"会场响起热烈的雷鸣般的掌声，经久不息，这是大家对中国共产党致以最崇高的敬礼。"拥护中国共产党！""中国共产党万岁！"的口号声此起彼伏。

西边的晚霞彻底消失，灯火通明、火炬熊熊，从延安城上望去，仿佛一片星海，各种雄壮的歌声混响在城市的上空。提灯大会正式开始，由南门入城。飞机灯、炸弹灯、高射炮灯、坦克车灯、战舰灯、五星灯、宝塔灯……还有绘有斯大林像的，画有我们失去了的东北四

① 《71—74：活跃的延安动态》，《新中华报》1938 年 7 月 5 日，第 3 版。
② 方殷：《抗战一周年在延安》，《新华日报》1938 年 7 月 25 日，第 4 版。
③ 《71—74：活跃的延安动态》，《新中华报》1938 年 7 月 5 日，第 3 版。
④ 方殷：《抗战一周年在延安》，《新华日报》1938 年 7 月 25 日，第 4 版。

省、河北省、江苏省等地图的各类彩灯。抗大第五大队第五中队的"五星·斧头·镰刀"灯最引人注目，灯上一面写着"71—77"，另一面写着"1921—1938"。第二大队第一中队的火炬，第四大队的化装游行，延安警卫部队 14 位勇士各执一架飞机，举在半空中，组成飞机队，也是格外的抢眼。① 提灯队进城，但见各家商店、机关、民房门前也都挂出大的、小的、红的、绿的灯笼，上面贴满了抗战标语。②

灯的火"龙"逦迤上山，又蜿蜒而下，经过南弄、西弄，转入北大街、东弄而汇流到府衙门剧场去，一路上观众云集，歌声、口号声不绝，火光映照着群众欢快的笑脸，其中还有外国朋友人影幢幢。提灯游行持续一个多小时，到当夜 9 点 15 分方始结束。③

当天，中共中央收到各界发来的贺电。八路军后方各留守兵团军政首长会议的贺电最能切中庆祝建党活动的要旨：

中国共产党中央执行委员会：

八路军后方各留守后团军政首长此次在延安举行会议，适值中国共产党诞生十七周年纪念，我们谨代表各留守兵团全体指挥员战斗员，工作人员向党中央执行委员会及其贤明的领袖毛泽东、洛甫、王明、朱德、博古、康生、周恩来等同志致最亲爱的布尔塞维克的敬礼！

中国共产党十七年来，一贯的站在全国人民的先头，不避一切困难，不惜一切牺牲，为着社会与民族的解放而作英勇的斗争："九一八"后，日本帝国主义企图以血洗全中国，蹈中华民族于死亡的地位，共产党即以抗日救国为己任，正确的提出抗日民族统一战线的主张，团结了各党各派及全国人民实行坚持抗战，以挽救中华民族

① 《71—74：活跃的延安动态》，《新中华报》1938 年 7 月 5 日，第 3 版。
② 方殷：《抗战一周年在延安》，《新华日报》1938 年 7 月 25 日，第 4 版。
③ 《71—74：活跃的延安动态》，《新中华报》1938 年 7 月 5 日，第 3 版。

危亡的命运，……①

毛泽东没有参加七一庆祝活动，当天他出席中共中央召集的欢迎世界学联代表团的干部会议。翌日，毛泽东会见世界学联代表团柯乐满、雅德、傅路德、雷克雅，并回答问题，强调"坚持抗战，坚持统一战线，坚持持久战，这就是目前中共的基本主张，它在全国的工作与作用也就在这里。"他略加解释："什么叫做坚持抗战？妥协还是坚持抗战，这是存在着的问题。我们是主张抗战到底，反对任何妥协的。我们愿和国民党及其他党派与全国人民一道，坚持抗战，绝不动摇，直到收复失地打到鸭绿江为止。"在解释了"什么叫做坚持统一战线"后，他接着回答道："什么叫做坚持持久战？中国现在有两种人，一种人说，'中国会亡，不能作持久战'；另一种人说，'中国很快可以把日本帝国主义赶出去，也无需乎持久战'。我们认为这两种意见都是不对的。首先，中国决不会亡。理由是日本虽强，但它先天不足，国内外矛盾很多；中国虽弱，但是大国，又有许多国内外的优良条件。因此，中国虽在战争的一定时期损失了许多地方，但仍能坚持战争，取得最后的胜利。"随后，他又加转折语："但要很快地打胜日本也困难，因为虽有争取胜利的可能条件，但不能很快地全部地实现，这不论中国的进步也好，日本的内溃也好，国际的援助也好，都非有相当长的时间不能达到目的。所以我们应准备长期战争，不能希望即刻胜利。"随后，毛泽东还回答了"中国是否有什么条件可以缩短这一持久战的时间呢？"等问题。最后，他"代表中国共产党与中国人民向你们致敬！希望你们回去之后，把中国伟大抗日战争的真相

---

① 《各界致中共贺电》，《新中华报》1938 年 7 月 5 日，第 3 版。

带给世界学生与人民。我们与你们永远团结起来，为中国的自由平等而战，为世界的永久和平与永久幸福而战！"①

一周内每天都有庆祝活动。7月2日学生日，由陕北公学组织发动各校学生到街头、农村开展宣传活动；7月3日武装日，由保安司令部、抗大组织打靶、扔手榴弹等军事比赛，还组织了男女排球、篮球，以及男子足球等比赛；7月4日妇女日，举行边区战时儿童保育会成立大会……②延安城到处可以听到歌声，从小孩到老年人都会唱出雄壮的救亡歌曲，十字路口在千百民众中的围观中演着抗敌的戏剧，在城外30里内的乡村也活跃着各团体的宣传队，带着标语、图画、传单和街头剧、活报，在强烈的阳天下宣传鼓动民众。③

7月7日是抗战建国日，也是此纪念周的最后一日，这天延安全城挂半旗志哀。上午，延安各机关团体，以及四乡的自卫军，集中在南门外的大运动场，主席台上挂着抗日阵亡将士佟麟图、赵登禹，以及最近在武汉大空战中英勇捐躯的李桂丹、吕基淳等遗像，前面摆放美丽的花圈，敬献挽联挽词有数百之多："踏着烈士的血迹前进"（中共中央机关工作人员挽），"抗战到底，浩气长存"（毛泽东挽），"抗日阵亡将士精神不死，把我们的血泪化成枪弹，把我们的悲哀化成坚持持久抗战的信念，踏着先烈的血迹前进，驱逐日本帝国主义出中国！"（朱德挽），"誓以我们的血肉和头颅，完成先烈未竟事业，为

---

① 《毛泽东同志同世界学联代表团的谈话》(1938年7月2日)，中共中央文献研究室、中央档案馆编：《建党以来重要文献选编（1921—1949）》第15册，中央文献出版社2011年版，第479—483页。

② 《71—74：活跃的延安动态》，《新中华报》1938年7月5日，第3版。

③ 友星：《纪念抗战一周年在延安》，《春云》1938年第4卷第4、5期，第27页。

死难同胞复仇！"（彭德怀挽）除了共产党人之外，还有国民党将士敬献的挽联挽词。10 时左右，"追悼阵亡将士暨死难同胞"大会召开，一万多人全体肃立，齐唱《义勇军进行曲》。大会推定毛泽东、张闻天等为主席团。① 张闻天上前致词：

各界同胞们！

今天是中华民族神圣抗敌的一周年。在这一周年内虽是我们祖国的许多中心城市与广大领土被日寇所侵占浩劫，成千万我们的父老兄弟诸姑姊妹被日寇所屠杀侮辱，然而中华民族也正在这一周年内，以崭新的姿态，雄伟的站立起来了，……②

张闻天振臂高呼："抗战阵亡烈士精神不死！""打倒日本帝国主义！""中华民族最后解放万岁！"台上台下口号声响应一片。这时，礼炮 23 响鸣放，哀乐同时响起。

乌云在上空团聚，一滴两滴，雨落得正对心情，但当大雨倾盆而下，群众骚动起来，有些人本能地想跑回城去。这时，毛泽东突然出现在前台。"请在毛泽东同志的领导下，继续进行阵亡将士纪念碑奠基仪式。"③ 人群安静下来，全体肃立在滂沱大雨中。毛泽东从容不迫地走下台来，领着大队，奔向新近改建的纪念亭。在亭前，毛泽东行奠基礼，在奠基石上亲笔题写四个大字："奠基典礼"。大会在沉痛的氛围中闭幕。④

---

① 《七日上午举行盛大追悼大会》，《新中华报》1938 年 7 月 10 日，第 2 版。

② 《洛甫同志在延安各界民众纪念抗战一周年及追悼抗死阵亡将士大会上的演说》，《新中华报》1938 年 7 月 10 日，第 2 版。

③ 《洛甫同志在延安各界民众纪念抗战一周年及追悼抗日阵亡将士大会上的演说》，《新中华报》1938 年 7 月 10 日，第 2 版。

④ 方殷：《抗战一周年在延安》，《新华日报》1938 年 7 月 25 日，第 4 版。

1941年6月，中共中央书记处对全党发出《中央关于中国共产党诞生二十周年、抗战四周年纪念指示》。指示全文如下：

（一）今年"七一"是中共产生的二十周年，"七七"是中国抗日战争的四周年，各抗日根据地应分别召集会议，采取各种办法，举行纪念，并在各种刊物出特刊或特辑。

（二）宣传要点：在党外要深入的宣传中共二十年来的历史，是为中华民族与中国人民解放事业英勇奋斗的历史。他最忠实的代表中华民族与中国人民的利益。今天无论在国际国内任何困难情况下，他都要坚持抗日民族统一战线政策，团结到底，抗战到底，反对分裂，反对投降。要表扬八路军新四军抗战的战绩，与各抗日根据地建设的成绩，并着重宣传我们的施政纲领，是能坚持敌后抗战的正确办法，同时也是全国人民能够走向光明胜利的道路。

在党内要使全党都明了中共在中国革命中的重大作用，在今天他已成为团结全国抗战争取抗战胜利的决定因素，他的政策，关系全国抗战的成败与全中国人民的命运。因此每个党员都要正确懂得如何运用党的统一战线方针，要加强策略教育，与学习党在二十年革命斗争中的丰富经验。

（三）中央准备在"七七"发表宣言与文章，尽可能于"七一"前拍出，在全国各地刊物同时发表。因此各地方纪念文章，应侧重说明与当地具体任务有关联的问题。

中央书记处 ①

七一建党纪念日，由此得以确立。

---

① 中央档案馆编：《中共中央文件选集》第13册，中共中央党校出版社1991年版，第140—141页。

主要参考文献

毛泽东、陈绍禹、洛甫：《关于团结救国问题》，解放社 1938 年版

朱德、彭德怀：《抗敌的游击战术》，长沙上海书店 1938 年版

李达：《社会学大纲》，笔耕堂书店 1938 年版

包清岑编：《抗战文选》第 1 辑，拔提书店 1938 年版

爱特伽·斯诺：《西行漫记》，王厂青、林淡秋等译，复社 1938 年版

波立特等：《英国共产党三十年》，欧英辑译，火星社 1951 年版

Nym Wales： RED DUST：Autobiographies of Chinese Communists，Stanford，California：Stanford University Press，1952

陆人译：《意大利共产党简史》，人民出版社 1953 年版

中共中央宣传部编：《中共党史教学参考资料》第 3 批，人民出版社 1957 年版

［苏］奥西波夫（M. B. Осипов）：《资本主义总危机第一阶段中的保加利亚》，杨志超译，高等教育出版社 1957 年版

［美］福斯特：《美国共产党史》，梅豪士译，世界知识出版社 1957 年版

［保加利亚］季米特洛夫：《控诉法西斯：季米特洛夫在莱比锡审讯中的两个发言》，种冲校译，生活·读书·新知三联书店 1958 年版

［意］帕尔米罗·陶里亚蒂：《意大利共产党》，寒微等译，世界知识出版社

1959 年版

翟作军:《回忆毛主席写〈论持久战〉的时候》,四川人民出版社 1960 年版

谢觉哉:《不惑集》,作家出版社 1962 年版

[苏] **H. 维诺格拉多夫等**:《罗马尼亚近现代史》,中国科学院世界历史研究所翻译组译,商务印书馆 1974 年版

[罗] **米隆·康斯坦丁内斯库、康斯坦丁·达伊科维丘**:《罗马尼亚通史简编》中册,商务印书馆 1976 年版

中共中央对外联络部二局:《蒙古人民革命党代表大会、代表会议和中央全会决议汇编(1921—1939)》第 1 卷,1977 年印

安徽省中共党史学习研究会编:《包惠僧回忆录》,1979 年印

中国人民解放军政治学院党史教研室编:《中共党史参考资料》第 15 册,1979 年印

福建师范大学中文系《毛主席诗词》教研室编:《毛主席诗词学习参考资料》,福建人民出版社 1979 年版

中国社会科学院近代史研究所中华民国史组编:《胡适来往书信选》中册,中华书局 1979 年版

张永通、刘传学编:《后期的陈独秀及其文章选编》,四川人民出版社 1980 年版

中共中央对外联络部编:《各国共产党概况》,1980 年印

湖北省社会科学院编:《回忆陈潭秋》,华中工学院出版社 1981 年版

《彭德怀自述》,人民出版社 1981 年版

[美] **海伦·斯诺**:《七十年代西行漫记》,安剑华译,陕西人民出版社 1981 年版

中央档案馆编:《中共中央文件选集》第 1 册,中央党校出版社 1982 年版

王树棣、强重华、杨淑娟等编:《陈独秀评论选编》下册,河南人民出版社

1982 年版

陈公博:《共产主义运动在中国》,[美]**韦慕庭编,**中国社会科学院近代史研究所翻译室译, 中国社会科学出版社 1982 年版

强重华编:《陈独秀被捕资料汇编》, 河南人民出版社 1982 年版

盛仁学编:《张国焘问题研究资料》, 四川人民出版社 1982 年版

中共中央党史资料征集委员会、中共中央党史研究室编:《中共党史资料》第 3 辑, 中共中央党校出版社 1982 年版

仲侃:《康生评传》, 红旗出版社 1982 年版

吉楠编著:《张国焘和〈我的回忆〉》, 四川人民出版社 1982 年版

柳振铎主编:《国际共运史话》, 福建人民出版社 1982 年版

中共中央对外联络部八局:《卢森堡共产党简史》, 1982 年印

中共中央文献研究室编:《毛泽东书信选集》, 人民出版社 1983 年版

黔南布依族苗族自治州《概况》编写组编:《邓恩铭烈士专集》(总第 13 集), 1983 年印

王顺生、杨大纬:《福建事变:1933 年福建人民政府始末》, 福建人民出版社 1983 年版

中共中央统一战线工作部、中共中央文献研究室编:《周恩来统一战线文选》, 人民出版社 1984 年版

中共甘肃省委党史资料征集研究委员会编:《甘肃党史资料》第 1 辑, 甘肃人民出版社 1984 年版

[美]**埃德加·斯诺**:《红星照耀中国》, 董乐山译, 新华出版社 1984 年版

[美]**埃德加·斯诺**:《为亚洲而战》, 新华出版社 1984 年版

[美]**埃德加·斯诺**:《复始之旅》, 宋久、柯楠、克雄译, 新华出版社 1984 年版

徐向前:《历史的回顾》, 解放军出版社 1985 年版

盛仁学编：《张国焘年谱及言论》，解放军出版社 1985 年版

［美］海伦・斯诺：《旅华岁月：海伦・斯诺回忆录》，华谊译，世界知识出版社 1985 年版

［美］史沫特莱：《史沫特莱文集》第 1 册《中国的战歌》，袁文译，新华出版社 1985 年版

［美］索尔兹伯里：《长征：前所未闻的故事》，过家鼎等译，解放军出版社 1986 年版

中央统战部、中央档案馆编：《中共中央抗日民族统一战线文件选编》下册，档案出版社 1986 年版

中华全国总工会中国工人运动史研究室编：《张浩纪念集》，上海人民出版社 1986 年版

北京鲁迅博物馆鲁迅研究室编：《鲁迅研究资料》第 15 辑，天津人民出版社 1986 年版

平卓：《长征中的张国焘》，湖北人民出版社 1986 年版

凌治彬：《世界现代史稿（1917—1945）》上册，黑龙江教育出版社 1986 年版

《国际共产主义运动史文献》编辑委员会编译：《共产国际第二次代表大会文件》，中国人民大学出版社 1988 年版

甘肃省军区党史资料征集办公室编：《三军大会师》上册，甘肃人民出版社 1987 年版

甘肃省军区党史资料征集办公室编：《三军大会师》下册，甘肃人民出版社 1987 年版

中共中央文献研究室编：《周恩来书信选集》，中央文献出版社 1988 年版

《陈公博・周佛海回忆录》，跃升文化事业有限公司 1988 年版

中国抗日战争军事史料丛书编审委员会编：《八路军回忆史料》第 1 辑，解放军出版社 1988 年版

石仲泉编著：《〈毛泽东哲学批注集〉导论》，中共中央党校出版社 1988 年版

中共中央对外联络部世界政党党章编选组编：《罗马尼亚共产党章程汇编》，求实出版社 1988 年版

邓学稼：《陈独秀传》下册，时报文化出版企业有限公司 1989 年版

中共贵州省毕节地委党史办公室编：《地下党在黔西北的革命活动》，中共贵州省毕节地委党史办公室 1989 年版

中共中央党史资料征集委员会编：《第二次国共合作的形成》，中共党史资料出版社 1989 年版

中央档案馆编：《中共中央文件选集》第 11 册，中共中央党校出版社 1991 年版

中央档案馆编：《中共中央文件选集》第 13 册，中共中央党校出版社 1991 年版

中央档案馆编：《中共文书档案工作文件选编（1923—1949）》，档案出版社 1991 年版

《**毛泽东选集**》第 1 卷，人民出版社 1991 年第 2 版，2007 年第 2 次印

《**毛泽东选集**》第 2 卷，人民出版社 1991 年第 2 版，2007 年第 2 次印

中共江西省委党史资料征集委员会、中共江西省委党史研究室编：《江西党史资料》第 22 辑《湘赣边三年游击战争》，1991 年印

《**徐向前传**》编写组：《徐向前传》，当代中国出版社 1991 年版

[美] **麦金农（Mackinnon，J.）、麦金农（Mackinnon，S.R.）：**《史沫特莱传》，江枫等译，辽宁人民出版社 1991 年版

中共湖北省委党史资料征集编研委员会、中共武汉市委党史资料征集编研委员会编：《抗战初期中共中央长江局》，湖北人民出版社 1991 年版

薛顺生编著：《上海革命遗址及纪念地》，同济大学出版社 1991 年版

郑寅达：《澳大利亚史》，华东师范大学出版社 1991 年版

《中国工农红军第四方面军战史资料选编：长征时期》，解放军出版社 1992 年版

中共中央党史研究室编：《中共党史资料》第 44 辑，中共党史出版社 1992 年版

《**回忆朱德**》编辑组编：《回忆朱德》，中央文献出版社 1992 年版

《在历史的激流中：刘英回忆录》，中共党史出版社 1992 年版

袁明仁等主编：《三秦历史文化辞典》，陕西人民教育出版社 1992 年版

萧少秋：《延安时期毛泽东著述提要（1935—1948）》，陕西人民教育出版社 1993 年版

卢权、禤倩红：《叶挺传》，河南人民出版社 1993 年版

姬乃军：《情系热土：国际友人在延安》，陕西人民出版社 1993 年版

李其炎主编：《中国共产党党务工作大辞典》，新华出版社 1993 年版

中央档案馆、陕西省档案馆编：《中共陕甘宁边区党委文件汇集（1937—1939 年）》，1994 年印

[美] **威尔斯**：《西行访问记：红都延安秘录》，华侃译，中国青年出版社 1994 年版

童小鹏：《风雨四十年》第 1 部，中央文献出版社 1994 年版

中央档案馆编：《中国共产党抗日文件选编》，中国档案出版社 1995 年版

郑超麟：《怀旧集》，东方出版社 1995 年版

陈勇：《旷代名将：叶挺将军传奇纪实》，成都出版社 1995 年版

《**叶剑英传**》编写组：《叶剑英传》，当代中国出版社 1995 年版

中共上海市委党史研究室编：《潘汉年在上海》，上海人民出版社 1995 年版

朱庭光：《当代国际知识大辞典》，团结出版社 1995 年版

田晓娜主编：《百科荟萃：政治·经济·军事·法律·宗教》，国际文化出版公司 1995 年版

中国近现代史史料学学会编：《抗日战争史及史料研究》第 1 辑，南开大学出版社 1996 年版

《中国工农红军第二方面军战史资料选编》第 4 册，解放军出版社 1996 年版

中共中央文献研究室编：《刘少奇年谱（1898—1969）》上卷，中央文献出版社 1996 年版

范小方、毛磊：《国共谈判史纲》，武汉出版社 1996 年版

陈木辛编：《陈独秀印象》，学林出版社 1997 年版

李珂：《陈公博》，河北人民出版社 1997 年版

宋镜明：《李达》，河北人民出版社 1997 年版

杨青：《何叔衡》，河北人民出版社 1997 年版

中共中央文献研究室编：《周恩来年谱（1898—1949）》上卷，中央文献出版社 1998 年版

汪佩伟：《江亢虎研究》，武汉出版社 1998 年版

李龙如主编：《为苏维埃流尽最后一滴血：忆何叔衡》，岳麓书社 2000 年版

斯夫、王磊、王雨霖：《南京政府大撤退（1937—1938）》，团结出版社 1998 年版

姚金果、苏杭：《张国焘传》，陕西人民出版社 2000 年版

钟清清主编：《各国共产党总览》，当代世界出版社 2000 年版

张炯主编，蒋祖林、王中忱副主编：《丁玲全集》第 6 集，河北人民出版社 2001 年版

陆象贤主编：《易礼容纪念集》，团结出版社 2001 年版

李海文、熊经浴：《张浩传》，当代中国出版社 2001 年版

总政办公厅编：《中国人民解放军政治工作历史资料选编（土地革命战争时期）》第 3 辑，解放军出版社 2002 年版

[保]季米特洛夫：《季米特洛夫日记选编》，马细谱等译，广西师范大学出

版社 2002 年版

政协平顶山市新华区文史资料委员会编：《新华区文史资料》第 2 辑，2002 年印

[美] **尼姆·威尔斯：**《续西行漫记》，陶宜、徐复译，解放军文艺出版社 2002 年版

王树荫：《中国共产党思想政治教育史纲（1919—1949）》，党建读物出版社 2002 年版

中共中央文献研究室第二编研部编：《朱德自述》，解放军文艺出版社 2003 年版

蔡德金编注：《周佛海日记全编》上编，中国文联出版社 2003 年版

蔡德金编注：《周佛海日记全编》下编，中国文联出版社 2003 年版

路海江：《张国焘传记和年谱》，中共党史出版社 2003 年版

郝成铭、朱永光主编，麻琨副主编：《中国工农红军西路军（文献卷）》上册，甘肃人民出版社 2004 年版

郝成铭、朱永光主编，麻琨副主编：《中国工农红军西路军（文献卷）》下册，甘肃人民出版社 2004 年版

张国焘：《我的回忆》上册，东方出版社 2004 年版

张国焘：《我的回忆》下册，东方出版社 2004 年版

王凡西：《双山回忆录》，东方出版社 2004 年版

陈公博：《苦笑录》，东方出版社 2004 年版

政协延安市委员会文史资料委员会编：《延安文史资料》第 7 辑 "延安革命遗址"，2004 年印

《向仲华》编辑委员会编：《向仲华》，军事科学出版社 2002 年版

刘统：《北上：党中央与张国焘斗争纪实》，广西人民出版社 2004 年版

田子渝：《中国共产党创始人：李汉俊》，武汉出版社 2004 年版

任桂兰、李宗儒：《统领万岁军：梁兴初将军的戎马生涯》，中国青年出版社 2004 年版

黄允升、张鹏主编：《毛泽东人际关系》下册，中央民族大学出版社 2004 年版

中国文化书院学术委员会编：《梁漱溟全集》第 6 卷，山东人民出版社 2005 年版

张业赏编著：《邓恩铭》，中共党史出版社 2005 年版

张福兴、王绍军：《八路军总部》，解放军出版社 2005 年版

郝雪廷：《八路军改编纪实》，浙江人民出版社 2005 年版

胡玥：《朱德与抗日战争》，中央文献出版社 2005 年版

[美]斯诺等：《前西行漫记》，王福时等译，解放军文艺出版社 2006 年版

中共中央文献研究室编：《朱德传》，中央文献出版社 2006 年版

程中原：《张闻天传（修订本）》，当代中国出版社 2006 年版

《董必武传》撰写组：《董必武传（1886—1975）》上册，中文文献出版社 2006 年版

张云：《潘汉年传》，上海人民出版社 2006 年版

中共中央党史研究室第一研究部译：《共产国际、联共（布）与中国革命档案资料丛书》第 15 卷，中共党史出版社 2007 年版

中共中央党史研究室第一研究部译：《共产国际、联共（布）与中国革命档案资料丛书》第 17 卷，中共党史出版社 2007 年版

李达：《社会学大纲》，武汉大学出版社 2007 年版

武汉地方志编纂委员会办公室编：《武汉抗战史料》，武汉出版社 2007 年版

《董必武年谱》编纂组：《董必武年谱》，中央文献出版社 2007 年版

刘益涛：《十年纪事：1937—1947 年毛泽东在延安》，中共党史出版社 2007 年版

余方德：《他们在历史长河中》，沈阳出版社 2007 年版

王晋林、秦生：《新民主主义模型》，中共党史出版社 2007 年版

肖裕声：《中国共产党军事史论》，中央文献出版社 2007 年版

刘晓纪念文集编辑组编：《肃霜天晓：刘晓纪念文集》，中共党史出版社 2008 年版

戴茂林、曹仲彬：《王明传》，中共党史出版社 2008 年版

任建树主编：《陈独秀著作选编》第 5 卷，上海人民出版社 2009 年版

李海涛编著：《王尽美》，青岛出版社 2009 年版

林文光选编：《傅斯年文选》，四川文艺出版社 2010 年版

中共中央党史研究室张闻天选集传记组编：《张闻天年谱（修订本）》上卷，中共党史出版社 2010 年版

中国延安干部学院编：《延安时期大事记述》，中央文献出版社 2010 年版

杨奎松：《西安事变新探：张学良与中共关系之谜》，江苏人民出版社 2010 年版

谢觉哉：《谢觉哉日记（一九二一）》，青岛出版社 2011 年版

杨宏峰主编：《新青年简体典藏全本》第 9 卷（第 1—6 号），宁夏人民出版社 2011 年版

中共中央文献研究室、中央档案馆编：《建党以来重要文献选编（1921—1949）》第 12 册，中央文献出版社 2011 年版

中共中央文献研究室、中央档案馆编：《建党以来重要文献选编（1921—1949）》第 14 册，中央文献出版社 2011 年版

中共中央文献研究室、中央档案馆编：《建党以来重要文献选编（1921—1949）》第 15 册，中央文献出版社 2011 年版

戴隆斌、王学东主编：《国际共产主义运动历史文献》第 31 卷 "共产国际第三次代表大会文献" 第 1 册，中央编译出版社 2011 年版

戴隆斌主编：《国际共产主义运动历史文献》第 32 卷 "共产国际第三次代表

大会文献"第 2 册，中央编译出版社 2011 年版

陈新民主编：《第七次代表大会前的共产国际文献》，中央编译出版社 2011
年版

高永中主编：《中国共产党口述史料丛书》第 1 卷，中共党史出版社 2011 年版

吴殿尧编：《亲历者说：建党纪事》，解放军出版社 2011 年版

梁漱溟：《我生有涯愿无尽：梁漱溟自述文录》，中国人民大学出版社 2011
年版

中共一大会址纪念馆编：《中国共产党创建图史》，上海文艺出版社 2011 年版

朱洪：《陈独秀的最后岁月》，东方出版社 2011 年版

中共"一大"会址纪念馆、上海革命历史博物馆筹备处编：《上海革命史资
料与研究》第 11 辑，上海古籍出版社 2011 年版

康学同等编：《当代拉美政党简史》，当代世界出版社 2011 年版

戴隆斌主编：《国际共产主义运动历史文献》第 29 卷"共产国际第一次代表
大会文献"，中央编译出版社 2012 年版

魏建国主编：《瓦窑堡时期中央文献选编》上册，东方出版社 2012 年版

中共中央党史研究室张闻天选集传记组编：《张闻天文集》第 2 卷，中共党
史出版社 2012 年版

中国人民政治协商会议、福建省武平县委员会文史与学习宣传委员会编：
《武平文史资料》第 22 辑，2012 年出版发行

《俞秀松传》编委会编：《俞秀松传》，浙江人民出版社 2012 年版

汪东林编：《我对于生活如此认真：梁漱溟问答录》，当代中国出版社 2013
年版

**中共嘉兴市委宣传部、嘉兴市社会科学界联合会、嘉兴学院红船精神研究中
心编：**《中国共产党早期组织及其成员研究》，中共党史出版社 2013 年版

王学东主编：《共产国际第七次代表大会文献》第 1 册，中央编译出版社

2013 年版

博瀚整理：《陈布雷自述》，华文出版社 2013 年版

《人民日报社论全集》编写组编：《人民日报社论全集：国民经济恢复和社会主义改造时期（1949 年 10 月—1956 年 9 月）》第 4 册，人民日报出版社 2013 年版

中共中央文献研究室编：《毛泽东年谱（修订本）》上卷，中央文献出版社 2013 年版

中共中央文献研究室编：《毛泽东年谱（修订本）》中卷，中央文献出版社 2013 年版

张掖红西路军精神研究会、中共高台县委：《董振堂传》，甘肃人民出版社 2013 年版

赵一平：《军事家彭德怀》上册，中国青年出版社 2013 年版

沈寂主编：《陈独秀研究》第 4 辑，黄山书社 2013 年版

萧盛编：《惊天谜案》，北京联合出版公司 2013 年版

毛泽东思想生平研究会、韶山毛泽东同志纪念馆编：《毛泽东文物图集（1983—1949）》上册，湘潭大学出版社 2014 年版

中华民国陪都史课题组编：《中国战时首都档案文献：迁都·定都·还都》，重庆出版社 2014 年版

张万杰：《季米特洛夫：国际反法西斯斗争先锋共产国际总书记》，中国工人出版社 2014 年版

周国全、郭德宏：《王明传（增订本）》，郭德宏增补，人民出版社 2014 年版

郭德宏编：《王明年谱》，社会科学文献出版社 2014 年版

任文主编：《会师陕北》，陕西师范大学出版总社有限公司 2014 年版

孙大勋编著：《毛泽东与国际友人》，山西人民出版社 2014 年版

王章辉编著：《新西兰》，社会科学文献出版社 2014 年版

王学东主编：《共产国际第七次代表大会文献》第 2 册，中央编译出版社 2015 年版

中国抗日战争军事史料丛书编审委员会编：《华南人民抗日游击队（文献）》第 1 辑，解放军出版社2015 年版

中共山东省委党史研究室、山东省中共党史学会编：《山东党史资料文库》第 14 卷，山东人民出版社 2015 年版

中共中央文献研究室编：《毛泽东题词题字手迹精选》，中央文献出版社 2015 年版

齐得平：《我管理毛泽东手稿》，中央文献出版社 2015 年版

《彭德怀传》编写组：《彭德怀传》，当代中国出版社 2015 年版

钟雪生：《刘长胜》，中国工人出版社 2015 年版

张树军主编：《图文中国共产党抗战纪事》上册，河北人民出版社 2015 年版

张亚、杨青芝、王燕群：《扬威平型关：平型关抗战影像全纪录》，长城出版社 2015 版

政协陕西省委员会文史和学习委员会编：《陕西抗战史料选编》，三秦出版社 2015 年版

胡为雄：《马克思主义哲学在中国传播与发展的百年历史》下册，百花洲文艺出版社 2015 年版

杨凤城主编：《中共历史与理论研究》第 2 辑，社会科学文献出版社 2015 年版

刘绍唐主编：《民国人物小传》第 6 册，上海三联书店 2015 年版

中共一大会址纪念馆编：《陈公培文集》，上海人民出版社 2016 年版

中共一大会址纪念馆编：《中共首次亮相国际政治舞台：档案资料集》，上海人民出版社 2016 年版

奚金芳、伍玲玲主编：《陈独秀南京狱中资料汇编》上册，上海人民出版社 2016 年版

奚金芳、伍玲玲主编：《陈独秀南京狱中资料汇编》下册，上海人民出版社 2016 年版

丁晓平编注：《陈独秀自述》，中共党史出版社 2016 年版

蒋伯英主编：《邓子恢闽西文稿（1916—1956）》，中共党史出版社 2016 年版

中共中央党史研究室编：《红军长征纪实丛书（红一方面军卷）》第 1 册，中共党史出版社 2016 年版

中共中央党史研究室编：《红军长征纪实丛书（红二方面军卷）》第 3 册，中共党史出版社 2016 年版

中国工农红军长征史料丛书编审委员会编：《中国工农红军长征史料丛书》第 4 册《文献》，解放军出版社 2016 年版

中共中央文献研究室编：《朱德年谱（新编本）》上卷，中央文献出版社 2016 年版

中共中央文献研究室编：《朱德年谱（新编本）》中卷，中央文献出版社 2016 年版

吴江、青霖编：《重读长征原始文本》，中共党史出版社 2016 年版

曲爱国、张从田：《长征记》，华夏出版社 2016 年版

中共陕西省委党史研究室：《中共中央在延安十三年史》上册，中央文献出版社 2016 年版

金冲及：《生死关头：中国共产党的道路抉择》，生活·读书·新知三联书店出版社 2016 年版

石仲泉：《长征行》，上海人民出版社 2016 年版

郑鲁南主编：《军中老照片：老照片背后的故事》第 3 册，解放军文艺出版社 2016 年版

刘标玖：《总司令的长征》，华文出版社 2016 年版

程中原：《中共高层与西安事变》，中国民主法制出版社 2017 年版

姜廷玉：《红军不怕远征难：红军长征若干重大史实聚焦》，江西人民出版社 2017 年版

董宝瑞：《李大钊评传》，燕山大学出版社 2017 年版

苏若群、姚金果：《张国焘传》，天地出版社 2018 年版

《黄埔周刊》第 8 期

《良友画报》1935 年第 106 期

《红色中华》1936 年 10 月 28 日

《中央日报》1937 年 4 月 3 日

《民报》1937 年 4 月 5 日

《抗日旬报》1938 年第 4 期

《政论旬刊》1938 年第 2 期

《激流》1938 年第 1 卷第 4 期

《抗到底》1938 年第 1 卷第 6 期

《春云》1938 年第 4 卷第 4、5 期

《新中华报》1938 年 7 月 5 日、7 月 25 日

《解放》第 43、44 期合刊，1938 年 7 月 1 日

《新华日报》1938 年 3 月 8 日、3 月 12 日、3 月 13 日、7 月 25 日

李达：《七一回忆》，《七一》1958 年第 1 期，1958 年 7 月 1 日

高增安、祁恒文、张天海：《毛泽东、朱德祭黄帝文》，《文博》1985 年第 2 期

何隽：《李大钊殉难目睹记》，《革命人物（1985—1986）》1986 年 12 月

陈君邦：《有关何叔衡牺牲的一些史实》，《党史研究资料》1991 年第 4 期

彭古丁：《劫持——张国焘叛逃新说》，《上海文史》1992 年第 2 期

金立人：《中共上海发起组成立前后若干史实考（上）》，《党的文献》1997年第 6 期

金立人：《中共上海发起组成立前后若干史实考（下）》，《党的文献》1998年第 1 期

金冲及：《刘少奇与白区工作会议》，《党的文献》1999 年第 2 期

［俄］K·B·舍维廖夫提供：《张国焘关于中共成立前后情况的讲稿》，《百年潮》2002 年第 2 期

曹仁孝：《毛泽东〈七律·长征〉创作时间及地点考略》，《党的文献》2008年第 3 期

刘春元：《土耳其共产党对社会主义的探索》，《当代世界与社会主义》2010年第 5 期

梁化奎：《首次中国共产党诞辰纪念活动揭析》，《党的文献》2011 年第 4 期

李颖、陈郝杰：《"七一"党的诞生纪念日的由来》，《人民政协报》2017 年 6月 29 日，第 9 版

后　记

　　中共党史有关纪念节点，已成为人生的记忆坐标。记得是在建党 95 周年后，在与同事坐车前往张闻天故居的途中，热议如何迎接建党百年大庆的话题。

　　一切宣传都不如电影宣传，我强调，《五十一号兵站》有这么一句台词，"小老大"在前往上海的船上，耳畔响起首长的叮咛：你要牢牢记住，上海，是我们党的诞生地……这对于观众的潜移默化是巨大的。

　　可是，有关党的创建题材的电影少说也有两部了。如何做出新意呢？

　　这样谈论着，突然，一个灵感思路撞上心头。

　　这就是以再现七一纪念日确立的历史情境为主，穿插党的创建关键场景，特别是表现中共一大代表不同命运遭际的创作构思的缘起。如此设想，不仅是为了历史叙事的出新，同时也有助于纠偏一创即成的历史观念，彰显继续奋斗的重要性。

　　感谢市作协提供有关国歌题材的创作机会，然而，纪念日的写作时间压后了。在一次被包装成红色场馆参观活动的催稿会上，我谈了自己急迫完成手中项目，以便开始另一主题写作的心情，相关创作构思立时引起时为作协副书记马文运同志的关注。

在市作协热切的鼓舞下，纪念日的写作速度，犹如久被羁绊的烈马终获释放。我特别留意场景的画面衔接、有意借鉴电影的叙事语言，详录文件也是为了改编者的方便，一切都冲着数年前那场电影议论的想定目标而疾奔。

初稿草成后，经与不止一家电影单位联络，发现宏大题材要进入电影世界前路艰难。自己也开始困惑，由于人物气质的时代鸿沟，谁能饰演？

为此暂且还是收收心，回转纸上，就此敲定文字，深愿书稿能穿上庄重大气的华服在明年及早问世，为党的百年大庆发挥些暖场作用也好。套用一代伟人的话，这就作为我献给伟大纪念日的礼物吧。

2019 年 10 月 28 日凌晨 1 时半

图书在版编目(CIP)数据

伟大纪念日/吴海勇著.—上海:学林出版社,
2021
ISBN 978 - 7 - 5486 - 1766 - 2

Ⅰ.①伟… Ⅱ.①吴… Ⅲ.①纪实文学-中国-当代
Ⅳ.①I25

中国版本图书馆 CIP 数据核字(2021)第 091453 号

责任编辑 许苏宜
封面设计 今亮后声

伟大纪念日

吴海勇 著

出   版 学林出版社
          (200001 上海福建中路 193 号)
发   行 上海人民出版社发行中心
          (200001 上海福建中路 193 号)
印   刷 上海商务联西印刷有限公司
开   本 720×1000 1/16
印   张 29.25
字   数 36 万
版   次 2021 年 7 月第 1 版
印   次 2021 年 7 月第 1 次印刷
ISBN 978 - 7 - 5486 - 1766 - 2/I・235
定   价 100.00 元